KB202223

제천의 문학과 문학지리

권순긍 權純肯

1955년 경기도 성남시 출생
성균관대학교 국어국문학과 및 같은 대학원 졸업(문학박사/고전문학 전공)
1984~1992년 영란여자중학교, 경신고등학교 교사 및 성균관대학교 강사 역임
1993~2020년 세명대학교 미디어문화학부 교수
2002~2006년 대학교육협의회 대학입학전형 심의위원장
2008~2009년 헝가리 부다페스트 엘테(ELTE)대학교 한국학과 객원교수
교육문예창작회 회장, 우리말교육현장학회 회장,
한국고소설학회 회장, 한국고전문학회 회장 역임

저서

『삶을 위한 문학교육』(공저), 연구사, 1987.
『우리소설 토론해 봅시다』, 새날, 1997.
『역사와 문학적 진실』, 살림터, 1997.
『활자본 고소설의 편폭과 지향』, 보고사, 2000.
『고전소설의 풍자와 미학』, 박이정, 2005.
『선생님과 함께 읽는 한국고전소설』, 숨비소리, 2006.
『고전, 그 새로운 이야기』, 숨비소리, 2007.
『고전소설의 교육과 매체』, 보고사, 2007.
『한국문학과 사회상』(공저), 소명출판, 2009.
『살아있는 고전문학 교과서』(공저), 휴머니스트, 2011.
『유럽 도시에서 길을 찾다』, 청아출판사, 2011.
『한국문학과 로컬리티』, 박이정, 2014.
『고전소설과 스토리텔링』, 박이정, 2018.
『헌 집 줄게 새 집 다오 - 고전소설의 근대적 변개와 콘텐츠』, 소명출판, 2019.

제천의 문학과 문학지리

초판 인쇄 2020년 12월 1일
초판 발행 2020년 12월 8일

지 은 이 권순긍
펴 낸 이 박찬익

펴 낸 곳 ㈜ **박이정**
주　　소 경기도 하남시 조정대로45 미사센텀비즈 7층 F749호
전　　화 031-792-1193
팩　　스 02-928-4683
홈페이지 www.pjbook.com
이 메 일 pijbook@naver.com

등　　록 2014년 8월 22일 제2020-000029호

ISBN　979-11-5848-509-2　93810

* 책값은 뒤표지에 있습니다.

제천의 문학과 문학지리

권순긍 지음

(주)박이정

내일을 향해 나아갈 '제천의 양산박'을 위하여

내내 국문학자로 살아온 권순긍 교수가 제천의 세명대에서 28년의 시간을 보내고 이제 정년을 맞게 되었습니다. 그의 다양한 학문적 성과 중에서 제천 지역과 관련한 논문 등을 정리해『제천의 문학과 문학지리』를 펴낸다고 합니다. 반가웠습니다. 지역에 대한 애정 없이 집에서 거리가 먼 직장쯤으로 여기고 대학 강의실을 오간 사람이라면 생각하기 어려웠을 일입니다.

저와는 피차 타향인 제천에서 30대에 만나 여태 좋은 벗으로 지냅니다. 저는 일찍 귀농해서 제천 외각의 농촌에 사는 판화가, 권 교수는 신설 대학에 갓 부임한 청년교수였습니다. 1993년 무렵, 문민정부가 들어선 때였습니다. 지방을 '변방'과 동의어로 간주하는 시대에, 한때 교통요충이라 자부하던 제천은, 변화하는 현실 속에서 위축된 지방 소도시로 전락할 것을 걱정하고 있었습니다. 인문학자들과 지역 예술인들의 고민도 그 지점에 있었지요. 마침 대학이 생기자 경제적 기대와 함께 청년 학생과 교수 집단의 역할에 대한 기대가 덩달아 커지고 있었습니다.

권 교수는 세명대 개교 초기인 1993년 교수진에 합류해서, 문민정부의 출범으로 결성이 가능했던 충북민예총의 제천지부 구성원들과 활발한 교유를 시작하게 됩니다. 의기투합한 젊은 예술인들의 잦은 회동을 두고 '제천의 양산박'이라고 스스로 작명해 부른, 바로 그 사람들입니다.

지역 문화의 고루함을 한탄하고, 활기를 잃어가는 문화예술의 현실을 안타까워하면서, 대안을 고민하며 술잔을 기울이던 그들이 처음 이루어낸 성과는 〈제천의병 100년 문화예술제 - 팔도에 고하노라!〉였습니다.

전통문화의 민중적 재해석과 조직화로 전국적으로도 활기를 띠게 된 풍물놀이는 제천 단양의 '웃다리풍물' 등과 어우러져 한층 힘 있어졌습니다. 역동적이고 화려한 거리굿은 당시 행사에서도 시민들의 흥을 불러일으키면서 행사의 중심적 역할을 했습니다. 〈제천의병제〉의 맹아였다고 해도 좋을 '문화예술제'의 기획에 권 교수의 역할이 컸던 것은 두말할 나위가 없습니다. 낭만적이고 매사에 긍정적인데다 사업 추진력까지 갖춘 인문학자의 참여로 지역문화행사는 눈에 띄는 성과를 거두었습니다. 지식인의 사회참여가 어떤 의미와 가치를 가지는지 구체적인 행사를 통해 극적으로 확인해 준 것이었습니다.

첫 번째 〈제천의병 100년 문화예술제〉가 거둔 성과는 제천 시민들의 뜨거운 호응으로 확인되었습니다. 시민들의 평가가 좋아서, 마침 제천시와 제원군의 행정구역 통폐합과 맞물려 논란 중이던 '지역문화제'를, 신설하는 〈제천의병제〉로 단일화하게 되었습니다. 작다고 할 수 없는 성과였습니다. 하지만 지역의 보수성이 새로운 변화를 이어가기 어렵게 발목 잡고, 세계적 흐름인 '신자유주의'와 조응하는 소비적인 문화가 범람해서 전국을 압도하는 현실에 직면하게 됩니다. 대중 예능 중심의 상업적인 문화 공연 등은 화려한 무대와 조명으로 말초적인 감각을 자극하면서 전통 문화예술인들이 설자리를 비좁게 했습니다. 지역문예는 결국 속수무책으로 뒷걸음질 치게 됩니다. 잠시 생기를 얻는 듯하던 지역의 문화예술제와 예술활동은 이후 해마다 조금씩 더 입지를 잃어가고 있습니다.

이 책의 등뼈를 이루는 '문학지리학'과 향토적 상상력과 관련한 논의는 지역 문화예술 현장의 실패를 배경으로 시작되었을 듯합니다. 지역민들에게는 여전히 삶의 공간이자 주소지인 청풍과 의림지가… 역사와 만나고 문학과 만나서, 생기를 찾고 새롭게 현재적인 의미로 다가올 수 있어야 고전을 읽는 의미가 있을 터입니다. 〈호서의병창의문〉을 의병제를 통해 현재에 소환한 취지도 그와 다르지 않습니다. 〈울고 넘는 박달재〉 같은 대중가요의 탄생 배경과 〈박달재 전설〉이라는 지역사회에 회자하는 설화의 형성 과정을 소상히 짚어주는 논문이 '양산박 사람들'의 술자리에서 그 얼개를 얼추 갖추어가곤 한 것도 그와 맥락이 닿아 있습니다.

문학지리학을 통해 제천 지역의 대표 유학자와 사대부들의 시적 성취를 적절히 자리매김하면서 관련한 고전시를 현대어로 일목요연하게 정리해 놓고 있습니다. 그것만으로도 고마운 일입니다. 다만 거기에 등장하는 청풍, 황강, 달천… 많은 지명은 이제 '청풍호'에 잠겨 있습니다. 고전작가와 지역을 대표하는 현대작가들의 문학적 예술적 성취 사이에 '수몰(水沒)'이 개입해 있는 것입니다. 수몰 이주민들의 고향이자 대를 이어 살아온 생활 터전이 충주댐 담수로 물에 잠기게 된 아픈 사연은, 제가 제천 주민이 된 1987년 무렵에도 깊은 신음 소리처럼 지역을 떠돌고 있었습니다.

고 김시천 시인의 안내로 수위가 낮아진 청풍호를 찾아, 능강에서, 마을 진입로와 개울을 건너던 작은 다리와 초등학교 운동장의 나지막한 조회대… 등을 확인하고 다니던 날을 기억합니다. 겹겹의 산이 장쾌하게 펼쳐진 중원제일의 풍광을 만난 것은 금수산 의상대 아래 정방사(淨芳寺)에서였습니다. 정방사 풍광은 청풍호의 물빛을 얻었습니다. 얻는 사람이 있고 잃는 사람이 있습니다. 묻히는 것이 있으니 드러나는 것도 있었습니다. 고향을 물에 묻고 실향민이 된 사람들만 아프고 고달픕니다. 가난과 학정을 피해 떠돌던 조선시대의 유민(流民)들과도 닮았습니다. 김시천은 거기서 청풍의 시인이 되었습니다.

인구가 줄어드는 지방도시에도 새 아파트는 들어섭니다. 구도심은 비어가지만 새 길도 나고 위락 휴양시설도 생깁니다. 이제는 청풍호수 위로 케이블카가 다니고 있습니다. 생산 대신 소비인 걸까요? 그렇게 달라지는 지형에서 21세기 제천사람들의 삶이 새롭게 펼쳐지고 있습니다. 21세기 제천의 문학과 예술도 거기서 이루어지고 있지만 여전히 쉽지 않습니다. 더구나 '시장'에 내맡겨버린 세상은 이제 망가질 대로 망가졌습니다. '인간'이 설자리도 비좁아질 대로 비좁아지고 있습니다. 크나큰 위기를 맞게 된 것은 제천 지역만이 아닙니다. 우리 사회에도 대동, 대의, 공동체, 공동선 등의 언어가 사라지고 있습니다. 그리고 사익, 소유, 배제, 차별… 등의 언어가 창궐하고 있습니다. 피폐해진 영혼을 드러내는 언어입니다. 온 세계가 하나같습니다. 비정하고 폭력적입니다. 봉건 왕조시대의 유산인 학고(鶴皐) 김이만(金履萬)의 '농민시'를 권 교수의 안내를 따라 읽으면서 신자유주의 시대 이전에도 비인간의 야만성이 엄연했던 것을 확인할 수 있었습니다. 시대를 막론하고 인간의 저열한 욕심을 제어하지 못하면 사회는 곧 지옥이 되고 만다는 거지요? 지금 이미 그렇습니다.

코로나 같은 감염병이 아니라도, 신지유주의가 만든 탐욕과 이기와 각자도생의 처신술과 적대가 인간을 깊이 병들게 하고 있습니다. 인문의 역할에 기대하는 사람들이 많지만, 누구나 병든 현실을 살고 있습니다. 종교조차 딴 주머니를 차는 터입니다. 자유롭기 어렵습니다. 그래서 문화자원의 확장과 의병제의 미래에 대한 권 교수의 전망 역시 다소 풀죽어 있습니다. 사회와 개인 모두의 '회심'이 필요한지만 그게 쉬울 리 없습니다. 낙관은 어려운 일입니다. 그래서 생각이 많습니다. 하지만 어려운 현실의 한가운데, 바로 여기에서, 새롭게 시작해야 한다는 사실을 압니다. 인간회복을 노래하는 시와 노래와 그림은 늘 위기와 혼돈의 한복판에서 시작 되어온 터입니다.

제천의 어제와 오늘을 딛고, 내일로 향해 한걸음을 새로 내딛게 될 사람들이 계시겠지요? 권순긍 교수의 『제천의 문학과 문학지리』를 통해 우리가 함께 바라보며 나아갈 거기가 어디인지 이야기할 수 있으면 좋겠습니다.

어려운 시기입니다.

모두 평안하시기 바랍니다.

2020년 겨울
이철수(판화가)

제천, 그 굳센 이름으로

제천에 내려온 시도 어느덧 28년이 지나 이제 대학에서 정년(定年)을 맞게 되었다. 그간 저자가 발 딛고 살던 제천에 관심을 가지고 지역의 문학과 '지역성(Locality)'에 관해 여러 편의 글을 여기저기에 쓴 바 있다. 특히 지역성과 '문학지리(Literary Geography)'에 관심을 가지고 제천의 지리적 표상들이 문학에서 어떻게 형상화 됐는가를 주요하게 다루었다. 지리적으로는 단순한 산과 강이지만 옥소(玉所) 권섭(權燮, 1671~1759)의 많은 시와 〈황강구곡가(黃江九曲歌)〉로 인해 청풍(淸風)의 자연은 새로운 표상을 얻었고, 제천의 대표적 명소인 의림지(義林池)는 학고(鶴皐) 김이만(金履萬, 1683~1758)의 시로 인해 민(民)의 생활을 대표하는 지리적 상징으로 부각되었다. 제천의 문학은 자연을 통해 육신을 취했고, 제천의 자연은 문학을 통해 영혼을 얻은 셈이다.

이들 문학적 상징은 '제천'이라는 구체적 현실 속에서 보아야만 제대로 읽힌다. 왜 의림지가 그토록 소중한 지는 지금도 농경을 가능케 하는 지역의 현실 속으로 들어가야만 알 수 있는 것이다. 저자에게는 28년의 제천 생활이 지역과 지역민들의 삶을 통해서 문학을 다시 볼 수 있는 좋은 계기가 되었다. 중심에 대한 주변으로서 '지방(地方)'이 아닌, 또 다른 중심으로 가능한 '지역(地域)'의 의미를! 거기에도 사람들의 삶을 지속 가능케 한 터전이 있기 때문이다.

이제 정년을 맞이하여 28년의 제천 생활을 정리하면서 제천에 대한 그간 저자의 연구와 소회를 정리하여 나름대로 한 권의 책으로 묶고자 한다. 제천을 중심으로 그 지역성을 드러낸 문학이나 제천 출신 혹은 거주 문인들의 작품들과 제천의 정신을 세운 '의병(義兵)'을 형상화 한 소설들을 연구한 것들이다. 하여 '제천'을 아예 책의 표제로 내세워『제천의 문학과 문학지리』로 하였다.

책은 모두 3부로 나누고 [부록]을 덧붙였다. 1부는 제천의 문학지리에 대한 본격적 논의다. 제천은 의림지와 청풍의 대립적인 상징체계를 가지고 있다. 의림지의 지리가 민(民)의 생활공간이라면 청풍의 자연은 사대부(士大夫)의 풍류공간으로 위치한다. 의림지는 임호(林湖) 박수검(朴守儉, 1629~1699)과 김이만에 의해 민의 생활공간으로서 형상이 부각되었으며, 특히 서사한시 〈어장사참사가(魚壯士斬蛇歌)〉는 그 대표 작품이다. 청풍의 자연은 옥소 권섭의 한시 및 〈황강구곡가〉를 비롯하여 수많은 '한벽루시(寒碧樓詩)'를 통해 사대부들의 계산풍류가 잘 드러나 있다.

그런데 제천을 대표하는 의림지에 비해 오히려 '박달재'가 대중적 인지도가 높다. 불멸의 대중가요 〈울고 넘는 박달재〉 때문이리라. 하여 많은 전설자료에 실려 널리 알려진 〈박달재 전설〉의 실체를 분석했다. 여기서 이미 제천의 캐릭터이자 상징으로 부각된 '박달'과 '금봉'이 대중가요에 의해 어떻게 내용이 왜곡되어 확대 재생산됐는가를 밝혔다.

2부에서는 제천을 대표하는 네 명의 고전작가인 임호 박수검, 수암(遂菴) 권상하(權尙夏, 1641~1721), 옥소 권섭, 학고 김이만과 현대 제천 출신의 소설가 강승원을 다루었다. 이들 작가들은 실상 옥소 권섭을 제외하고는 연구가 드물거나 거의 없는 실정이다.

한편 제천의병을 다룬『남한강』을 쓴 강승원 작가는 이미 의병소설을 다루는 데서 언급했기에 작가론이 아닌 인터뷰를 실었다. 의병의 후손인 강승원 작가의 발언은 특히 제천에서 항일의병의 후손들이 어떤 삶을 살아야 했는지를 증언한 것이어서 그 의미가 적지 않을 것이다.

아, 그리고 단양과 제천에서 전교조와 민예총 활동을 하다 세상을 떠난 두 시인 정영상(1956~1993)과 김시천(본명 김영호, 1956~2018)을 다루었다. 이 두 시인은 각각 80년대 초 '삶의 문학'과 '분단시대' 동인으로 등단하여 지역의 교육운동, 문예운동의 일선에서 많은 활약을 해왔던 터였다. 저자와는 제천·단양 지역에서 많은 일을 함께 추진했던 친구이자 동지였다. 이 글로써 못다 한 '절현(絕絃)'의 아픔을 달래고, 이들 '지음(知音)'의 넋을 위로하는 만사(輓詞)를 대신하고자 한다.

3부는 지역과 문학의 '로컬리티(locality)'를 폭 넓게 다루어 한국문학에 나타나는 지역성의 의미를 밝혔다. 고전소설에서 유난히 중국 후난[湖南]지역이 많이 등장하는 이유와 근거를 밝히고, 지리적 배경이 두드러지는 〈배비장전(裵裨將傳)〉에서 지리적 배경으로 등장한 제주도가 어떤 의미를 갖는지를 살펴보았다.

특히 제천의 정신을 형성한 '의병'을 부각시키고자 '항일의병'과 '제천의병'이 소설에서 어떻게 형상화 됐는가를 다루었다. 아울러 1995년부터 〈제천의병제〉를 기획하고 실행했던 저자로서 20년이 지난 시점에서 지역문화운동으로 〈제천의병제〉에 대한 반성과 전망을 살펴보았다.

[부록]에서는 제천을 소재로 한 한시를 번역해 실었다. 옥소의 〈황강구곡가〉와 학고의 〈어장사참사가〉를 비롯하여 제천팔경과 의림지, 한벽루를 노래한 작품 중에 형상화가 뛰어난 작품을 뽑아 실었다. 지역성과 문학지리를 언급한 데서 부분적으로 다루었던 것이 많은데 온전한 작품만을 텍스트로 읽어보며 제천의 풍광을 음미하는 것도 좋을 듯하다.

이 책은 특히 많은 사람들에게 빚지고 있다. 이철수 형을 비롯한 '민예총' 식구들에게 고마움을 전한다. 28년 전인 1993년, 제천에 내려와 지역민으로 처음 만난 사람이 판화가인 이철수 형이었고 우리는 밤을 새워 제천과 제천의 문화에 대해 많은 얘기를 나누었다. 그리고 다음 해 꽃피는 봄날, 김연호 형과 이철수 형, 지금은 고인이 된 고 권운상 작가, 고 김시천 시인과 같이 지역문화운동에 대한 대안을 만들자고 의기투합하여 결성한 것이 제천·단양 민족예술인총연합(민예총)이었다. 그리고 지역의 역량을 모아 제천의병 창의 100주년인 1995년을 맞이하여 〈제천의병제〉 "팔도에 고하노라!"를 성대하게 거행하기도 했다.

아름다운 시절(Belle Époque)이었고, 빛나는 날들이었다. 민예총은 우리의 '양산박(梁山泊)'이었다. 그 시기 '제천'은 우리에게 늘 중심적인 화두가 되었다. 루쉰[魯迅]의 말처럼 "누군가 걸어가면 그것이 곧 길이 된다."고 믿고, 또 믿었으며 그렇게 밀고 나갔다. 이철수 형을 비롯하여 고 김시천 시인과 홍창식, 함영훈, 정우택, 오정택, 엄태석, 박노현 등과 고민을 함께 하며 제천문화를 건강하게 일구고자 애썼던 그 수많은 날들의 사연을 어찌 여기 다 쓸 수 있으랴! 다만 그런 열정과 고민의 속내를 글의 행간을 통해 읽어주었으면 하는 바람이다. 다만 이철수 형의 판화 〈남한강〉을 표지로 하여 우리가 꿈꿨던 지역 문화와 지역민의 이상향을 그려 본다. 더욱이 아름다운 시절을 기억하며 애정어린 〈서문〉을 써준 이철수 형에게 더 없는 고마움을 전한다.

이제, 28년의 긴 여행을 마치려 한다. 새로운 길이 열리길 기대한다. 30대 중반에서 60대 중반까지 내 삶의 '아름다운 시절'을 관통한 제천! 그 굳센 이름 위에 이 책을 바친다.

2020년 겨울, 제천의 樂民齋에서
권순긍

차 례

1부 제천의 문학지리, 그 지정학적 상상력

2부 제천의 작가들, 그 삶과 문학

3부 지역과 문학, 장소에 각인된 문학적 심상

1부

제천의 문학지리, 그 지정학적 상상력

의림지(義林池)의 ‘문학지리’와 그 의미

1. 문제의 제기

지역이 우리에게 어떤 의미가 있는가? 지역민 삶의 현실적 공간이자 문화의 1차 생산지지만 역설적이게도 지역이 푸대접을 받고 있는 것이 오늘의 현실이다. 서울을 비롯한 대도시 중심으로 인구와 경제가 집중되고 이에 기인한 문화의 집중화와 서열화가 고착됐기 때문이다.

이 때문에 지역은 실상 자신들의 지역문화를 바르게 세우고 가꾸어 나갈 인적, 물적 인프라를 제대로 조성하지 못했다. "지구적으로 생각하고, 지역적으로 행동하자"는 이른바 ‘세방화(世邦化)’ 시대의 구호는 그럴 듯하지만 이 구호를 현실에 옮길 수 있는 아무런 인적, 물적 토대도 지역은 갖추고 있지 못하다. 그저 서울이나 대도시의 주변부로 머물러 있을 뿐이다.

지역문화가 이러기에 지역민들은 건강하고 자생적인 자신들의 문화를 생산하거나 향유하지 못하고 소비적인 도시문화를 따라가거나 답습할 수밖에 없다. 이를 극복할 방법은 너무도 당연한 말이지만 서울과 대도

시에 집중되어 있는 문화적 자산을 분산 배치해야 한다는 것이다. 재배치의 기준은 당연히 지역성이다. 특히 지역문화나 문학의 경우 그것을 생산한 지역으로 돌려보내 지역민의 삶의 기제 속에서 파악하고 논의돼야 한다는 것이다.

문학을 지리적 개념으로 재구하자는 '문학지리학(Literary geography)'이 필요한 이유가 여기에 있다. 문학사가 문학의 시간적 인식이라면 문학지리학은 문학의 공간적 인식이다.[1] 즉 문학을 지역의 토대 위에서 살펴보는 문학의 공간적 배치인 것이다. 문학지리학의 입장에 설 때 비로소 우리는 문학을 생성된 고향으로 돌려보내 논의할 수 있는 것이다. 그 지역적 기반 속에서 우리는 작품이 진정으로 무엇을 말하려고 하는가를 발견하게 된다. 결국 문학지리학은 한국문학이라는 총론에서 각론으로 나아가 개별적인 것들을 그 자체로 이해하고 존중하게 되는 분산화인 것이다.[2]

그렇다면 문학지리학에서 '지역성(locality)'은 어떤 의미가 있는 것일까? 문학지리학은 문학과 지리의 결합이지만 지역성은 단순한 지리적 배경이나 소재로 그치지 않고 작품을 통하여 심상적 의미를 획득한다. 문학지리학의 입장에서 작품에 나타난 공간은 단순한 자연물이 아니라 의미를 가진 심상적 공간으로서 전환되는 것이다. 자연물로서의 지리적 공간은 그냥 평범한 강과 산에 불과하지만 이것이 작품 속에 제재로 개입되는 순간 심상적 의미를 획득하게 된다. 이를테면 '남한강'은 한반도의 중심부를 가로 지르는 평범한 강에 불과하지만 옥소(玉所) 권섭(權燮, 1671~1759)의 〈황강구곡가(黃江九曲歌)〉와 신경림의 시들로 인해

---

1 조동일, 「문학지리학, 어떻게 할 것인가?」, 『문학지리·한국인의 심상 공간』, 논형, 2005, 21면 참조.
2 같은 글, 같은 곳.

서 사대부들의 계산풍류와 민중들의 한이 서린 심상적 공간으로 의미를 획득하게 된다는 것이다. 남한강이라는 지리적 공간이 문학을 통해서 영혼을 얻고, 작품은 자연을 통해 육신을 얻은 셈이다.

여기서는 제천의 대표적 공간인 의림지(義林池)를 중심으로 그 문학지리적 의미를 살펴보도록 한다. 그것은 곧 '삼한시대 저수지'라는 의림지가 오랜 세월을 거치면서 어떤 문학적 상징들을 획득했는가를 확인하는 작업인 것이다. 이미 의림지와 짝을 이루는 제천의 청풍(淸風) 지역은 "산천이 기이하고 빼어나서 남도의 으뜸이 된다."[3]고 했듯이 사대부들의 계산풍류가 넘쳐흐르는 곳으로 파악한 바 있다.[4] 옥소 권섭의 시가들을 비롯하여 무려 35편에 이르는 '한벽루시(寒碧樓詩)'가 이를 증거한다.

이에 비해 의림지는 저수지인 만큼 무엇보다도 농경생활의 중심 공간으로서 위치한다. 이미 김제의 벽골제(碧骨堤), 밀양의 수산제(水山堤)와 더불어 삼한시대의 농경문화 유적지로 이름을 알렸을 뿐 아니라, 충청도를 지칭하는 '호서(湖西)'라는 말도 의림지를 기준으로 정한 것이니 농경생활의 공간으로서 의림지가 차지하는 비중은 지대한 셈이다.

우선은 농경의 중심지로서 생활의 터전이기에 이와 관련된 많은 설화가 생성될 수 있으며, 다음은 이곳을 노래한 사대부들의 많은 한시가 등장했다. 필자가 수집하여 확인한 바로는 4편의 설화와 10수의 한시가 의림지를 소재로 생성되었다.[5] 그 중에서 특이한 작품은 의림지에 얽힌 〈어씨 오장사 전설〉을 서사한시로 형상화한 학고(鶴皐) 김이만(金履萬,

---

3 『국역 신증동국여지승람』 Ⅱ, 민족문화추진회, 1969, 448면. "山川奇秀爲南道冠"
4 권순긍, 「중원지역의 문학지리와 그 의미」, 『고전문학연구』 33집, 한국고전문학회. 2008, 83~92면 참고.
5 제천시지편찬위원회, 『제천시지』(중), 제천시, 2004, 533~593면의 〈堤川題詠〉 부분을 필자가 집필했는데 그 당시 수집한 의림지에 관련된 시가 모두 10편이었다.

1683~1759)의 〈어장사참사가(魚壯士斬蛇歌)〉이다. 이들 설화와 한시를 통해 의림지의 문학지리와 그 의미를 살펴보도록 한다.

2. 농경생활의 공간으로서 의림지(義林池)

의림지는 언제부터 있었던 것일까? 통설에 의하면 김제의 벽골제, 밀양의 수산제와 더불어 삼한시대부터 존재했다고 하지만 이에 대한 구체적인 기록은 전무한 편이다. 의림지에 관한 흔적을 찾아볼 수 있는 최초의 단서는 삼국시대에 처음으로 등장한다. 『삼국사기(三國史記)』에 의하면 제천은 본래 고구려 땅으로 '내토(奈吐)'라 불리었다. 6세기 중반 신라의 진흥왕이 백제의 성왕과 더불어 한강 유역을 점령한 이후 신라의 영토로 귀속되었으며, 경덕왕 때에 '내제(奈堤)'로 개명되었다 한다.[6]

내(奈)는 곧 '시내[川]'를 의미하는 말이고, 토(吐)는 고구려 말로 제방을 뜻하는 말이기에 제(堤)와 같은 말이니 내토(奈吐)나 내제(奈堤)나 결국 같은 의미인 셈이다. 말하자면 "제방이 있는 고을"이란 이름인 셈이다. 그 당시에도 이미 큰 저수지가 있었고 그것이 결국 고을 이름이 된 것이다. 내토군을 달리 대제(大堤)로 불리기도 했으니 곧 큰 저수지인 의림지를 지칭하는 말이다. 벽골제가 있었던 김제의 백제 때 이름이 벽골현(碧骨縣)이었던 것을 보면[7] 당시 삼국시대 농경사회에서 저수지가 얼마나 중요한 역할을 했는지 알 수 있다.

이렇게 본다면 의림지는 삼국시대부터 고구려 땅으로, 뒤에는 신라 땅

---

6 『三國史記』 권 35, 志 4, 地理 2, 奈堤郡.
7 같은 책 권 36, 志 5, 地理 3, 碧骨縣.

으로 이른 시기부터 농경사회에서 중요한 관개시설로 역할을 수행해 온 것이다. 제천은 경북과 더불어 한반도에서 비가 적게 오는 지역에 속하고 지세가 300m 이상 높은 곳에 위치해 있어서 늘 물을 잘 보존하지 않으면 안 되는 곳이었다. 그러기에 대규모의 저수지가 필요했던 것이다. 의림지가 이른 시기부터 저수지로서의 기능을 충실히 수행할 수 있었던 것은 그것이 '산곡형(山谷型)' 저수지였기 때문이다. 즉 큰 토목 기술적 어려움이 없이도 협곡을 막기만 하면 물을 가둘 수 있기에 일찍부터 저수지로서의 기능을 온전하게 수행할 수 있었다. 실제로 의림지는 평야지대에 위치한 여느 저수지와는 달리 그 아래의 청전 뜰과 많은 표고차를 보이며 협곡에 위치하고 있다.

의림지의 본래 이름은 숲속에 있다 하여 '임지(林池)' 또는 둑에 버들나무가 우거져 '유지(柳池)'라 불리었다. 그러다가 고려 성종 11년(992)에 제천을 의원(義原) 또는 의천(義川)이라 부름에 따라 저수지의 이름에 '의(義)' 자를 붙여 의림지(義林池)로 부르게 되었다고 한다.[8]

하지만 의림지가 지금의 형태로 조성된 것은 조선 초이다. 속설에 의하면 조선 세종 때 현감 박의림(朴義林)이 쌓았다고 하여 의림지로 불린다 하지만 저수지에 축조자의 이름을 붙이는 경우가 전혀 없는 점으로 보아 허구일 가능성이 크다. 가능한 주장은 세조 초에 정인지(鄭麟趾, 1396~1478)가 충청도 관찰사로 있을 때, 단종복위를 꾀했던 금성대군(錦城大君)과 순흥부사 이보흠(李甫欽)을 저지하기 위하여 체찰사(體察使)로 제천에 머물면서 보수했다는 설이다. 신축한 것이 아니라 도중에 보수한 것으로 이해된다.[9]

---

8 충북 문학지리 편집위원회편, 『충북문학지리 - 너의 피는 꽃이 되어』, 고두미, 2005, 195~196 면 참조.
9 구완회, 「堤川 義林池에 관한 역사적 검토」, 『인문사회과학연구』 제7집, 세명대 인문사회과학

의림지 근처에 살면서 의림지에 관해 많은 시를 썼던 김이만(金履萬)의 〈산사(山史)〉에도 "정인지가 體察使로서 호서, 영남, 관동의 장정들을 조발해 못을 치고 남쪽에 큰 제방을 쌓았다."[10]고 기록되어 있어 조선 초에 정인지가 증개축에 관여했음을 알 수 있다.

정인지의 시 〈의림지(義林池)〉에 보면

지세(地勢) 가장 높은 곳,	地勢最高處,
백성들 서기 궁벽한 마을에 사네.	民居其僻鄕
샘은 끝없이 깊은 구멍으로부터	泉從無底竇,
펑펑 솟아나 절로 못이 되었네.	觱沸自成塘.[11]

라고 하여 지세가 높은 곳에 위치한 의림지의 지리적 특징을 묘사하고, 협곡을 통해 유입되는 물 뿐만 아니라 바닥에서도 물이 솟아나는 커다란 샘이었던 의림지의 속사정을 자세히 그리고 있다. 이런 사실은 그가 중수에 직접 관여했음을 알 수 있게 한다.

이 무렵인 조선 초에 수전 중심의 농업이 크게 발전하여 관개시설인 저수지의 중요성이 더욱 부각되었다. 『세종실록지리지』에 의하면 충청도 내의 총 경지면적은 236,300결이며, 그 중 수전은 대략 94,181결로 전체의 40% 정도였다고 한다. 그 중 제천의 경작지는 3,915결이고 수전은 559결에 지나지 않았다. 충청도 내의 전체 경작지의 1.7%, 0.6%에 지나지 않는 미미한 정도이지만 의림지가 물을 대는 관개면적은 무려

연구소,1999, 264면 참조.

10 〈山史〉,「雜著」,『韓國文集叢刊』(續65) 권 9, 한국고전번역원, 2007, "鄭河東麟趾 體察湖西嶺南關東三路 調其壯丁 浚治之築大堤 于池南"

11 『국역 신증동국여지승람』 II, 480면.

400결로 제천의 수전 71.6%에 해당한다. 이 수치는 충청도 내의 관개규모로는 최대이며 농업선진 지역이라는 경상도 지역의 평균 관개규모인 28.6결과 비교해 보아도 엄청난 규모다. 말하자면 제천은 농업 경작면에서 볼 때는 자그마한 고을에 불과하지만 단양, 청풍, 영춘 등의 이웃 고을과 비교하자면 벼농사가 가능한 유일한 지역이고 그것이 의림지 때문이라는 것은 분명한 사실이다.[12]

이처럼 의림지는 제천지역 대부분의 수전이 여기에 의존할 정도로 농경생활에서 절대적인 지위를 차지하고 있어 제천의 생명 샘이나 다름없었다. 게다가 협곡을 막아 풍부한 수량을 확보하고 있었고 외부에서 유입되는 물 이외에도 샘처럼 바닥에서 물이 솟는 천혜의 요건을 두루 갖추고 있었기에 지금까지 함몰되지 않고 제천의 대표적인 관개시설로 그 역할을 수행해 왔던 것이다. 삼한의 저수지라는 김제의 벽골제와 밀양의 수산제가 함몰된 것과 달리 제천의 의림지가 지금까지 완전한 형태를 유지하고 있는 것은 이런 이유에서이다. 지금도 모내기철에는 의림지의 물로 청전(靑田) 뜰 논을 적신다.

3. 심상적 공간으로서 의림지(義林池)

1) 의림지 전설–인색함에 대한 징벌과 삶의 비극성

의림지에 전승되는 구비전설은 전국 360곳에 분포되어 있는 광포전설인[13] 〈장자 못 전설〉의 유형을 따르고 있다. 그 화소를 추출하면 다음과

---

12 구완회, 앞의 글, 268~270면 참조.

같다.

① 거름으로 중을 괴롭힘
② 며느리의 적선과 "뒤 돌아 보지 마라"는 금기
③ 시아버지의 박해
④ 집의 함몰
⑤ 며느리가 돌로 변함

〈의림지 전설〉은 장자못 전설의 유형을 따라 인색한 부자에 대한 징벌이 두드러지게 나타나 있다. 부유하다는 것은 그 자체로는 죄가 될 수 없다. 부자의 죄는 애써 찾아간 내방자인 시주승에게 도움을 주기는커녕 거름이나 모래를 퍼준 것이다. 자발적으로 선행을 베풀지는 않더라도 도움을 청하러 오는 내방자를 괴롭히지는 말았어야 한다. 인색함과 아울러 심술까지 지니고 있는 셈이다. 그래서 결국 집이 함몰되는 징벌을 받는다.

그런데 의림지 전설을 보면 특이한 것이 쌀을 퍼 준 며느리가 시아버지에게 박해를 받는 화소가 등장한다. 대부분의 〈장자 못 전설〉에서는 인색한 장자와 시주승만 대립한다. 며느리는 보조적인 역할만 수행할 뿐이다. 하지만 〈의림지 전설〉에서는 며느리가 시아버지로부터 탄압을 받는 박해화소가 추가되었다. 시주승에게 쌀을 퍼 주었다고 "며느리를 뒤 광에 가두더니 문에 자물쇠를 채워 밖으로 나오지 못하도록 해 버렸다"[14] 한다. 며느리는 이야기 속에서 보조자가 아닌 적극적 인물로 개입

---

13 최래옥, 『한국구비전설의 연구』, 일조각, 1981, 8면.
14 충청북도, 『전설지』, 1982, 90면.

을 한 것이다. 그럼으로써 시아버지와 대립관계를 형성한다.

이 대립관계는 이야기의 결말에서 징벌을 피해 도망치는 것으로 해결되는 듯하다. 인색한 부자의 징벌, 그리고 사지를 빠져나오는 며느리. 하지만 며느리는 금기를 어기고 뒤를 돌아보다 돌이 된다. 돌의 의미는 무엇인가? 단순히 금기를 어긴 것 때문인가? 왜 죄 없는 며느리까지 돌이 되어야 할까? 이 설화를 인색함에 대한 단죄의식 혹은 징벌의 의미만으로 해석하기에는 시아버지의 박해와 며느리의 화석(化石)화소가 쉽게 연결되지 않는다.

일반적으로 며느리의 화석화소는 신과의 약속을 파괴한 불경이나 신에 대한 도전과 교만과 방심에 의한 것이라고 한다.[15] 그런데 금기를 파괴한 것이 돌이 되는 벌을 받을 정도로 그렇게 큰 죄인가라는 의문이 남는다. 이런 문제의식으로 전승변이에서 그 삽화가 많이 탈락되었다 한다.[16] 인색한 부자의 징벌을 현실감 있게 처리하기 위하여 이렇게 변이된 것이지만 의림지 전설에서는 여전히 화석화소가 존재한다.

여기서 왜 며느리가 뒤를 돌아보게 됐는가에 주목할 필요가 있다. 많은 '〈장자 못 전설〉에서 "궁금해서" 혹은 "뇌성벽력이 치니까" 등의 이유를 들었다. 그런데 〈의림지 전설〉에서는 "집에 남아 있는 아이들이 생각이 나서"[17] 뒤돌아보았다고 한다. 집에 남아있는 아이들은 며느리에게 있어서는 삶의 희망이요 존재이유인 셈이다. 그것이 금기임에도 불구하고 뒤를 돌아볼 수밖에 없는 것은 삶에 대한 애착 혹은 미련 때문이다. 생사의 갈림길에서 며느리는 자식걱정으로 인해 돌이 된다. 이런 며느리의 비극적 한이 이 전설이 갖는 현실적 의미일 것이다. 시아버지의

---

15 최래옥, 앞의 책, 105~106면 참조.
16 같은 책, 110면.
17 충청북도, 앞의 책, 같은 곳.

박해는 그 비극성을 한층 강화시켜 주는 기능을 한다. "청천하늘엔 잔별도 많고/우리네 가슴엔 수심도 많다"는 민요사설이 대변하듯 훌쩍 버리고 떠날 수 없는 고달픈 삶에 대한 민중들의 의식을 이 전설은 잘 보여준다. 이 전설은 인색함에 대한 징벌이라는 윤리관과 삶에 대한 비극적한이라는 현실인식이 날줄과 씨줄로 어우러져 전승된 것이다.

이 전설들이 유포되게 된 데에는 제천지역의 특성과 관련해 어떤 역사적 혹은 지역적 근거들이 있을까? 먼저 인색함에 대한 징벌이라는 윤리관을 생각해 보자. 이런 종류의 설화는 전국에 널리 퍼져 있어 공통적인 한국인의 윤리의식을 대변한다고도 볼 수 있다. 그런데 제천지역에 유난히 많다. 무려 4편의 설화가 전하고 제천시만 해도 3편이나 된다.

제천지역은 정인지의 시에서도 보이듯이 예로부터 지세가 높고 궁벽한 고을이었다. 해발고도가 300~400m로 전국의 시 중에서 가장 높고, 태백산맥, 소백산맥, 차령산맥으로 둘러싸인 험준한 산악지역이며 연교차도 31.3도로 전국에서 가장 심하다. 더욱이 경작지가 3,915결로 충청도 전체의 1.7%이며 이웃 충주의 19,893결에 비하면 1/5에 불과할 정도로 미미하여 농경문화가 풍성하게 발전할 수도 없었다. 말하자면 농경사회에서는 소출이 적은 가난한 지역이었던 셈이다. 그러니 정인지의 시에도 제천을 "궁벽한 마을[僻鄕]"이라고 불렀을 것이다.

이런 궁벽하고 척박한 지리적 환경으로 인하여 제천지역 사람들의 기질이 억세게 형성될 수밖에 없었다. 이런 강인함과 억센 기질은 외지인에 대한 배타성은 물론 지역민들 서로 간에도 인색함으로 비춰졌을 것으로 여겨진다. 이런 기질의 반대급부로서 인색함을 징계하는 '장자 못 전설'이 널리 공감될 수 있었을 것이다. 그러기에 이 전설은 한편으로는 선함이나 인자함에 대한 강한 윤리의식을 보이면서 동시에 자신들의 기질에 대한 반성의 의미를 공유하고 있다.

다음은 삶의 비극성이라는 현실인식을 살펴보자. 앞에서 언급한 것처럼 제천지역은 높은 산들로 둘러싸인 분지의 형태다. 외부와의 교류도 많지 않고 외부로 나가기도 쉽지 않은 곳이다. 이승소의 제천을 읊은 시에도 "관청이 가난하니 지나는 손이 드물고/땅이 궁벽하니 백성이 적다"[18]고 했다.

이런 지역적 특성은 자신이 위치하고 있는 현실에 대한 갑갑함과 아울러 도저히 벗어날 수 없는 공간적 한계를 인식시켜 준다. 뒤를 돌아보다 돌이 된 며느리처럼 벗어나고 싶지만 벗어날 수 없는 이런 상황이 삶의 비극적 한을 형성시켰다.

현실은 고통스럽지만 그 고통을 떨치고 저 고개를 넘을 수 없다는 것이 바로 그 비극성의 실상이다. 정선지역 '아라리'를 조사하면서 똑같은 사실을 발견할 수 있었다. 애조 띠고 느린 가락의 정선아라리에서 '아라리 고개'는 정선을 둘러싼 험준한 산악이면서 동시에 도저히 넘을 수 없는 현실의 고개였던 것이다.[19]

2) 서사한시 〈어장사참사가(魚壯士斬蛇歌)〉
   –민중들의 용맹성과 역동적 형상

〈장자 못 전설〉의 유형인 〈의림지 전설〉이 지난한 삶을 벗어날 수 없는 삶의 비극성을 형상화 했다면, 학고 김이만의 서사한시 〈어장사참사가(魚壯士斬蛇歌)〉는 이와는 확연히 다르게 민중들의 용맹성을 부각시키고 있다. 애초 의림지의 구비설화인 〈어씨 오장사 전설〉을 토대로

---

18 『신증 동국여지승람』 II, 480~481면, 원문은 "官寒稀過客 在僻少齊民"
19 정우택, 「'아리랑 고개'의 인식 과정」, 『벽사 이우성 선생 정년기념 국어국문학 논총』, 간행위원회, 1990, 1119~1125면 참조.

이를 서사한시로 형상화한 것인데, 그 자세한 내용이 김이만의 산수유기
(山水遊記)인 〈산사(山史)〉에 보인다.

서남쪽에 大松亭이 있는데, 넓고 평평한데다 탁 터이고 연한 莎草가 우
거져있어 앉을 만 하였다. 못 가운데 커다란 이무기가 있어 오래도록 사람
과 가축을 해쳤다고 한다. 이전 魚得晃의 兄弟 다섯사람이 모두 주먹과
용맹으로 소문이 났다. 한번은 그들이 함께 大松亭에 놀러가서 담배를 말
아 피우려고 했는데 창졸간이라 불이 없었다. 멀리 燕巖을 바라보니 樵人
이 남긴 불씨가 모락모락 피어올랐다. 得晃이 드디어 헤엄쳐 못을 건너
심지에다 불을 붙여 상투에 묶고는 또다시 헤엄쳐 돌아오다가 湖水 한가
운데 이르렀는데, 커다란 이무기가 갑자기 올라와 득황을 습격하였다. 득
황의 兄弟 네사람이 大松亭에 있다가 멀리서 이 광경을 바라보고는 크게
소리를 질러대니 得晃은 "염려하지 말고 우선 나무를 잘라 몽둥이를 만들
고 기다려라"고 하였다. 이무기가 가깝게 다가오자 得晃이 힘껏 한번 냅다
차니 이무기는 잠시 주춤하였다. 이윽고 못가에 이르러 뭍으로 올라오자,
이무기는 못에 있으면서 그 꼬리를 휘둘러 사람을 치다가 꼬리에 있는 발
톱이 나무에 못처럼 박혀 졸지에 빠지지 않았다. 得晃과 그 兄弟 네 사람
이 몽둥이를 잡고 패 죽여, 이무기의 허리를 둘둘 말아 나무 끝에 걸어두
니 머리와 꼬리가 땅에까지 닿았다고 한다. 그 지방 수령 李아무개는 그
땅을 넓혀 정자를 짓고 그곳에 편액하여 臨沼亭이라고 하였다.[20]

---

20 김이만, 앞의 글, "西南有大松亭, 夷曠爽土豈 軟莎茸茸 可坐. 池中有巨蟒, 久爲人畜之害.
昔有魚得晃兄弟五人, 皆以拳勇聞. 共遊大松亭, 欲吸煙茶, 而倉卒無火燧, 遙望燕巖, 樵人遺火
煙, 冉冉起, 得晃, 遂游而過湖, 以紙繩炳火, 束于髻, 又游而反, 至湖心, 巨蟒猝起而襲之.
兄弟四人, 在松亭望見, 大呼之, 得晃曰, 無虞也, 第伐木爲梃而待之. 蟒幾及之, 得晃盡力一蹴,
蟒輒少却, 俄而, 到池邊躍而出, 蟒在水中, 奮其尾撲人, 尾有距釘樹, 猝未得脫. 得晃與兄弟四
人, 持梃擊之斃, 疊其腰, 懸之樹杪, 首與尾, 下及于地云. 賢宰李某, 拓其地, 而亭之扁其面曰,
臨沼亭"

그런데 이 〈어씨 오장사 전설〉은 현재 구비설화로는 전하지 않는다.[21] 그렇다면 김이만의 〈어장사참사가〉 이후에는 구비전승의 맥이 끊어지고 서사한시만 남은 셈이다. 이야기에 광해군 때에 전래된 담배가 주요 소재로 등장하는 것으로 보아 원 설화는 아무리 올려 잡아도 학고가 살았던 시기와 그리 멀지않은 17세기 초반에 형성됐으리라 짐작된다. 학고가 이 이야기를 듣고 이를 산수유기인 〈산사〉에 채록하였을 뿐만 아니라 〈어장사참사가〉로도 창작했던 것이다. 하지만 원 이야기는 300년 이상의 시간의 경과하면서 지금은 소멸되어 구전설화로는 전승되지 않는다.

왜 구비전승의 맥이 끊겼을까? 김이만의 〈산사〉에 채록되어 기록전승으로 전해지면서 구비전승의 맥이 사라진 것이 아닌가 싶다. 그런 경우 구전을 한문으로 기록된 야담에서 흔히 찾을 수 있는데 〈어씨 오장사 전설〉도 그럴 가능성이 크다.

김이만은 지방의 수령을 전전했던 벼슬길을 제외하고는 생애의 대부분을 고향인 제천에서 보냈다. 지역의 전승되는 구비설화에 대한 관심은 물론 고향인 제천에 대한 애정이 있기에 지역의 전설을 산수유기에 실었을 뿐 아니라 서사한시로도 형상화했던 것이다. 34구로 이루어진 서사한시 〈어장사참사가〉의 전문[22]은 이렇다. 다소 길지만 전문을 인용한다.

옛날 씩씩한 다섯 장사가 있었으니 　　　　　　　　　 昔有堂堂五壯士

---

21 의림지에 관한 전설의 조사과정에서도 이 이야기를 구연하는 사람은 없었고, 지역의 구비설화를 채록한 자료집어디에도 구비전승 된 이 이야기는 없었다. 지역의 설화자료집에도 김이만의 〈山史〉에 기록된 내용만 전한다.

22 『鶴皐先生文集』 권3, 「詩晩稿」, 4면.

그가 바로 제천의 어씨 아들들이네.	乃是堤州魚氏子
의림지 위에 대송정이 있어	義林池上大松亭
형제들이 활과 화살 갖추어 와 연습하곤 했다.	兄弟俱來演弧矢
담배를 피고 싶었으나 부싯돌이 없는 중에	欲吸銅腔無火燧
멀리 바라보니 북쪽에 한 줄기 연기 오르는구나.	遙望北坨孤煙起
막내가 맨몸으로 뛰어들어 푸른 물결 헤치는데	季也赤身凌碧波
누가 말했던가 호수가 넓어 시야에 다 차지 않는다고.	誰云湖廣不盈視

심지에 불을 붙이고 상투에 묶어서는	紙繩取火束之髻
헤엄쳐 가고 오기를 지척인 듯하는데	泳去泳來如咫尺
가운데서 갑자기 큰 뱀이 솟아나와 놀래니	中流忽驚大蛇出
대낮에 사나운 파도 일어 양 물가가 분간 없네.	白日風濤迷兩涘
몸을 날려 후려 차자 뱀이 잠간 주춤하더니	奮身一就蛇輒退
하늘과 수면에 번뜩이는 생사를 건 싸움.	天水光中闘生死
간간이 거의 따라 잡힐 듯 말 듯 보이는데	看看幾及不能及
호숫가 네 형들 주먹 움켜쥐고 기다린다.	湖上四者摩拳俟
드디어 호수 끝의 언덕으로 뛰어 올라 나오니	湖窮岸平躍而出
뱀 또한 화가 나 긴 꼬리 휘두르네.	蛇亦怒掣常山尾
꼬리가 매우 길어 발톱이 나무에 못처럼 박히니	尾有脩距釘著樹
그 형세가 울타리에 뿔이 걸린 양과 흡사하구나.	勢與觸藩羝羊似
드디어 몽둥이로 두들겨 패 죽이니	遂將白梃擊之斃
떨어진 비늘 땅에 가득하고 피는 물처럼 흐르네.	碎鱗滿地血如水
허리를 가로로 말아 높은 나무에 매어다니	橫捲其腰冒高柯
머리와 꼬리는 진흙 바닥에 쳐박혔네.	頭尾下垂蹯泥滓
신령스러운 용도 겁을 먹고 물귀신도 자취 감추니	神虬瑟縮馮夷遁

맹렬한 기운 하늘에 뻗쳐 하늘도 붉어진다.	猛氣射天天爲紫

蘇定方이 용을 낚은 것은 논할 필요도 없고	蘇公釣龍不須論
周處가 이무기를 벤 것은 다르지만 비길 만하네.	周處斬蛟差可擬
앞으로도 사람이 짐승 만나 얼마나 해를 입겠는가?	向來人畜幾遭害
이로부터 어부와 나무꾼이 서로 은혜입어 기뻐하네.	從此漁樵相報喜
아득한 옛일은 물에 비친 구름처럼 뚜렷한데	悠悠往事雲水白
늙은 소나무만 홀로 사양을 받으며 서있구나.	老松獨立斜陽裏
내 지금 이 노래를 비교하여 헤아리노니	我今商推爲此歌
천년을 이어 '시사(詩史)'의 맥을 잇는구나.	留與千秋續詩史

이 시는 내용상 크게 세 부분으로 나눌 수 있다. 첫째 부분은 이무기와 사투를 벌이게 되는 이유를, 둘째 부분은 그 생사를 건 투쟁의 자세한 과정을, 셋째 부분은 이 일에 대한 소회를 각각 그리고 있다. 담뱃불을 붙여오다 이무기를 만나 싸움을 벌이고 그 결과 이무기를 죽여 퇴치했다는 내용으로 특히 주목되는 것은 이무기와의 격렬한 싸움을 형상화한 대목이다. 〈산사〉에 소개한 오장사 전설의 내용을 바탕으로 하고 있지만 시는 서사적 전개보다는 장면의 형상적 묘사에 치중하고 있다.

이무기와 엎치락뒤치락 하며 싸우는 장면을 "대낮에 사나운 파도 일어 양물가가 분간 없네."라고 하여 눈앞에 보이듯이 역동적으로 그려냈으며, 이무기를 죽이는 장면도 "몽둥이로 패 죽였다"는 서사의 내용을 "떨어진 비늘 땅에 가득하고 피는 물처럼 흐르네"로 장면을 극대화 시키고 있다. 일종의 '클로스 업'인 셈인데 이런 방식으로 당시의 상황을 장면별로 생생하게 재현하고 있어 주목된다.

시의 형상화 방식은 이처럼 당시의 상황을 재현하는 일종의 '장면화'

인데 그렇게 장면을 현장감 있게 재현하기 위해서 다소 과장되고 비현실적인 묘사가 동원되기도 했다. 이는 설화 자체가 비현실적인 것도 있지만 이를 기반으로 각 장면을 극대화하였기 때문이기도 하다. 이 작품뿐만 아니라 유한준의 〈호식승〉이나 김이만의 〈연화봉가〉, 김창흡의 〈적지가〉, 홍양호의 〈사롱대〉 등 설화나 민담의 소재를 시로 포착한 경우, 표현상 과장되거나 비현실적인 묘사가 다수 동원된다고 한다.[23]

임형택은 이런 서사한시의 형상화 특징을 '명송(銘頌)' 즉 '새기고 기리는 일'로 규정하였다. 깨달음을 주기 위해서 형상의 각인에 치중했다는 것이다.[24] 이야기의 전개에 치중하기 보다는 장면을 생생하게 그려내는 방식을 통하여 역동성을 드러내고 감동을 주기 위해서라고 할 수 있다.

이런 장면 극대화의 형상화 방식을 통해서 김이만이 부각시키고자 하는 것은 무엇일까? 아마도 민중들의 용맹성과 역동적 형상일 것이다. 이무기와의 격투를 죽음도 두려워하지 않는 '생사를 건 싸움'으로 규정했거니와 싸움의 과정을 역동적으로 그림으로써 그 승리를 "신령스러운 용도 겁을 먹고 물귀신도 자취 감추니/맹렬한 기운 하늘에 뻗쳐 하늘도 붉어진다."고 노래했다. 신화의 주인공처럼 영웅적 행위를 두드러지게 형상화하고 있는 것이다.

주지하다시피 학고 김이만은 〈유민탄(流民歎)〉이나 〈애걸개녀(哀乞丐女)〉 등을 통하여 유민들의 참상을 현실주의의 시선으로 그려낸 바 있다. 대표작인 〈유민탄〉을 보자.[25]

---

23 진재교, 「李朝 後期 敘事漢詩 연구」, 『이조 후기 한시의 사회사』, 소명, 2001, 43~44면 참조.
24 임형택, 「현실주의의 발전과 서사한시」, 『李朝時代 敘事詩』, 창작과 비평사, 1992, 29~32면 참조.
25 『鶴皐先生文集』 권2, 「詩中稿」, 34~35면.

국가 세금 정해진 양이 있어	國租有常科
감히 관장을 원망하지 못하네	不敢怨官長
쌀독은 벌써 다 비었고	瓶盎已盡傾
사방 벽은 비질한 듯 깨끗하네	四壁如掃盪
이장은 문 밖에서 독촉하고	里胥迫追呼
관청에서는 곤장을 때리는구나.	公門足箠杖
그러니 포흠을 짓고 도망하여	所以作逋逃
너도나도 다투어 따라가네	遠近競相倣
누군들 고향을 떠나고 싶으랴마는	豈欲離鄕黨
필경 구렁텅이에 처박히게 될지니	畢竟塡溝壑
깊이 생각해봐도 뻔한 일이라	中心亦已想
위험한 곳으로 쫓기는 사슴과 같고	眞同鹿走險
그물 빠져 도망하는 물고기 모양이구나.	且學魚漏綱

관청의 횡포로 인해 땅을 버리고 유민이 될 수밖에 없음을 실감나게 그리고 있다. 누구라도 고향을 떠나 유민의 신세로 전락하길 바라지 않지만 삼정(三政)의 문란으로 인한 당시의 상황이 농민들을 땅에서 몰아냈던 것이다. 그래서 작품에서도 "위험한 곳으로 쫓기는 사슴"이라거나 "그물 빠져 도망하는 물고기"로 유민들의 처지를 대변하고 있다.

이런 유민시에서는 유랑민들의 유리걸식하는 처참한 모습을 그렸던 반면 〈어장사참사가〉에서는 위험을 극복하고 승리를 이룩해낸 민중들의 용맹한 모습을 그려낸 것이다. 비록 현실에서는 이리저리 쫓기는 처참한 유민의 처지를 그릴 수밖에 없었지만, 서사한시인 〈어장사참사가〉에서는 설화의 문맥을 가져와 고난을 극복하고 승리를 이룩해낸 용맹한 민중들의 형상을 그리려고 하지 않았나 싶다.

다소 확대해 해석한다면 이 시에 등장하는 이무기와의 싸움은 땅을 잃고 이리저리 떠돌아야 했던 고난에 찬 현실의 알레고리로도 읽힌다. 김이만은 제천의 세태와 풍토를 읊은 〈또 제천풍토를 읊다[又堤川風土]〉에서 "관가에선 궁한 백성에게도 세금을 받"[26]는다고 했다. 하루하루 힘겹게 살아가는 백성들에게 세금을 독촉하는 관가는 공포의 대상인 이무기와 무엇이 다르겠는가? 어쩌면 이무기는 곧 이런 고통스러운 현실의 다른 모습이 아니겠는가? 그래서 시의 마지막 구에서도 두보(杜甫, 712~770)의 뒤를 따라 시로 역사를 썼던 '시사(詩史)'의 맥을 천 년 뒤에 이었다고 했던 것이다.

산세가 험한 제천은 이미 앞에서 언급했듯이 궁벽하고 척박한 곳이어서 이런 환경 속에서 살아나가기 위해 억센 기질이 형성되었다. 김이만도 〈제천풍토(堤川風土)〉에서 "골짝 길 고갯마루 험해 말 타는 이 적고/묵정밭 거칠고 돌 많아 소 꾸짖는 이 많도다"[27]라고 그 정황을 그리고 있다. 이런 제천 사람들의 억센 기질이 〈의림지 설화〉처럼 한편으로는 배타적인 것으로 나타나기도 했지만, 〈어장사참사가〉에서는 현실의 고난을 극복하는 민중들의 용맹함으로 나타났던 것이다.

4. 마무리; 의림지(義林池)의 문학지리

제천의 의림지는 청전(靑田) 너른 뜰에 물을 대어주어 수전을 가능케 했던 농경의 중심이었다. 관개면적이 400결로 무려 제천지역의 수전

---

26 같은 책, 10면, "窮民官市稅靑錢"
27 같은 책, 같은 곳. "峽路嶺羇騎馬少 畬田磽确叱牛多."

71.6%에 해당할 정도로 제천의 생명 샘이나 다름없었다. 그러기에 의림지는 청풍의 황강(黃江)이나 한벽루(寒碧樓)와 달리 풍류의 공간이 아닌 생활의 공간이며, 삶을 영위하는 장소였다.

의림지를 대상으로 한 문학작품 역시 현실 속에서 부대끼며 살아야 했던 민중들의 삶의 모습을 담고 있다. 의림지의 심상은 그렇게 민(民)의 삶과 밀접하게 형성되었다. 〈장자 못 전설〉의 유형인 〈의림지 전설〉을 통해서는 인색함에 대한 징계와 삶의 비극성을 드러내어 고달픈 현실에 좌절할 수밖에 없음을 말하고 있다.

하지만 학고 김이만의 〈어장사참사가〉에서는 이무기로 대변되는 고난을 딛고 일어나 승리를 쟁취하는 민중들의 용맹성과 역동적 형상을 부각시켰다. 현실은 고달프지만 그것을 극복하고 승리하는 모습을 전설을 끌어와 형상화한 것이다. 우리 문학사에서 전설이나 민담을 소재로 이를 한시로 작품화한 경우가 드문 만큼 현실의 고난을 극복하는 낭만적 도약으로서 의의가 있는 것이다.

이런 의림지의 문학적 상징성은 제천이라는 지역을 떠나서는 존재할 수 없다. 바로 그곳이 지역민들이 살아가는 삶의 공간이기 때문이다. 35수에 이르는 '한벽루시'에 비해 의림지를 노래한 시는 저자가 확인한 바로는 10수에 지나지 않는다. 그만큼 사대부들의 의식 속에 민의 생활 공간인 의림지는 시적 대상이나 풍류의 장소로 부적합하게 여겼던 것이다.

그러기에 그 시들 역시 사대부들의 계산풍류를 표방한 것이 아니라 의림지의 모습이나 민중들의 삶을 노래한 것이 대부분이다. 그 예로 김이만의 시 〈의림지 폭포를 보며[林湖觀瀑]〉와 박수검(朴守儉, 1629~1699)의 시 〈의림지 썰매놀이[林湖雪馬戲]〉를 각각 보도록 한다.[28]

위태로운 정자에 지는 해 높은 산에 의지하고   危亭落日倚嵯峨,
한 길의 나는 폭포 만 이랑의 물결이라.   一道飛流萬頃波.
아직까지 흘러내려도 오히려 마르지 않으니   倒瀉至今猶未涸,
의림지 많은 물 이제야 비로소 알겠네.   義林池水始知多.

얼음 위에서 다투어 썰매를 경쾌하게 내달려   氷腹爭馳雪馬輕
힘껏 내달려 옥같은 모래가 앞 길에 뿌려지네.   瓊沙贔屭漲前程
은하수 황홀하고 별은 비스듬히 비꼈으니   銀河怳惚星槎迴
백옥의 영롱한 호수 세상이 평화롭네.   白玉玲瓏世界平
교룡은 그림자에 놀라 번개처럼 지나가고   鮫室影忙飛電過
물가 학은 시끌벅적 소리에 급히 날아오르네.   鶴汀聲雜駕飇行
다시 여흥을 끌어안고 선대(仙臺) 가에서   更攜餘興仙臺畔
지는 해 술잔엔 만고의 정을 머금었다네.   落日啣杯萬古情

　　의림지는 협곡에 위치하고 있어 물이 내려가는 곳이 폭포를 이루고
있다. 김이만의 시는 바로 그 용추폭포의 정경을 그린 것이다. 의림지는
그 둘레가 1.8km이고 깊이가 8~13m에 이를 정도로[29] 엄청난 수량을
지니고 있어 가뭄에도 마르지 않고 너른 청전 뜰에 물을 공급한다. 그러
기에 "아직까지 흘러내려 오히려 마르지 않"는다며 의림지의 풍부한 수
량을 대견스럽게 노래했다. 의림지를 대하면서 제천의 수전을 가능케
했던 그 감격을 그린 것이다.
　　김이만은 학고(鶴皐) 외에도 의림지 아래 뜰의 이름인 청전(靑田)으로

28　자료는 같은 책 권1과 朴守儉, 『林湖集』 권2, 29면에서 각각 뽑았다.
29　제천시지편찬위원회, 『제천시지』(상), 100면.

도 호를 삼았다. 늘 민중들의 삶과 가까이 있었기에 의림지에서 물을 대는 들판의 이름으로 호를 삼았던 것이다. 양산군수로 재직할 당시 수재가 심해 사재를 털어 제방을 쌓았는데 그 제방을 김이만의 호를 따서 '청전제(青田堤)'로 불렀던 것은 널리 알려진 일화다.

한편 의림지를 사랑해 말년을 이곳에서 보내며 자신의 호도 의림지를 뜻하는 임호(林湖)로 지었던 박수검은 겨울에 의림지에서 썰매 타는 풍속을 시로 표현했다. 겨울이 유난히 추운 제천은 한겨울이면 의림지가 결빙돼 이곳에서 썰매를 타거나 빙어를 잡는 등 예전부터 겨울놀이가 많이 벌어졌다. 박수검의 시는 그런 겨울놀이의 정경을 그린 것이다. 한바탕 얼음을 지치며 즐기는 모습이 눈에 선하다. "옥같은 모래가 앞길에 뿌려지고," "은하수 황홀하고 별은 비스듬히 비꼈"다는 표현으로 얼음가루 날리는 호쾌한 장면을 형상화 했다. 분명 여느 사대부들의 계산풍류와는 달리 민의 역동적인 생활상을 포착한 것이다.

김이만이나 박수검 같은 시인이 그렇게 시를 형상화 한 탓도 있지만 의림지가 지니고 있는 정체성이 그러하기에 자신에 맞는 상징들을 부여받은 셈이다. 곧 의림지는 오래 된 농경 저수지로 민의 삶과 밀착돼 있었기에 그것이 가능했던 것이다. 그럼으로써 의림지는 제천의 농경문화를 대표하는 상징으로 이어져 온 것이다.

제천에는 두 개의 커다란 상징체계가 있다. 하나는 의림지고 다른 하나는 청풍의 자연이다. 의림지가 지금까지 살핀 것처럼 민중의 삶과 밀착된 농경문화의 상징이라면, 청풍의 자연은 사대부 계산풍류의 상징이다. 청풍의 자연을 대변하는 시인이 옥소 권섭이라면, 의림지는 의당 학고 김이만의 몫이다. 옥소의 연시조 〈황강구곡가〉가 청풍의 계산풍류를 대표한다면, 학고의 〈어장사참사가〉야말로 의림지를 대변하는 문학적 상징인 셈이다.

청풍(淸風)은 '맑은 바람'이란 그 이름처럼 사대부들의 풍류에 적합한 공간이었다면, 의림지는 '의로운 숲'이라는 그 이름처럼 당당한 민중들의 모습을 담고 있다. 지금 의림지에 가보면 그것을 증거할 수 있는 유적은 아무 것도 없다. 돌이 된 며느리 바위는 멀리 밭 가운데로 물러나 있고, 어장사 오형제가 활을 쏘며 놀았다는 대송정(大松亭)이나 이무기를 잡은 자리에 지었다는 임소정(臨沼亭)은 터만 남아있다. 다만 이무기를 잡아 걸었다는 노송들만 5, 6백년이 넘도록 그 자리를 지키고 있어 서운함을 달래준다. 학고의 〈어장사참사가〉에도 "늙은 소나무만 홀로 사양을 받으며 서 있구나."라고 노래하지 않았던가.

분명 제천의 의림지는 〈의림지 전설〉과 학고 김이만의 〈어장사참사가〉로 인해 민의 삶에 밀접한 문학적 심상들을 획득하여 단순한 저수지가 아니라 민중들의 한과 용맹스런 삶이 녹아있는 심상적 공간으로 거듭 난 것이다.

*부기(附記): 최근 원고를 정리하는 과정에서 구완회 교수의 「제천 의림지의 경제·문화적 활용에 대한 역사적 검토」(『조선사연구』 28집, 조선사연구회, 2019)를 보게 되었다. 진섭헌, 후선각(임소정), 의호사 등 의림지 누정을 중심으로 남인·소론계와 노론계 사대부들의 쟁패를 다룬 부분이 있어 흥미로웠다. 저자는 의림지를 민(民)의 농경생활과 그 심상으로만 보았는데, 의림지의 경치를 두고 사대부들의 향유방식을 알 수 있어 시각을 넓히는 데 많은 도움이 되었다. 이를 부기하여 참고로 삼고, 후일 연구를 기약한다.

〈박달재 전설〉의 형성과 대중가요 〈울고 넘는 박달재〉

1. 문제의 제기

제천의 박달재는 대중가요 〈울고 넘는 박달재〉의 인기[1] 때문인지 '제천 10경' 중에서도 제 2경에 들어있고, 제천의 대표적 명소이자 상징인 의림지(義林池)보다도 오히려 대중적 인지도가 높다. 게다가 대중가요와 연관되고 〈박달재 전설〉로도 알려져 있는 박달재에 얽힌 애절한 사랑 이야기에서 유래하여 제천시는 '박달도령'과 '금봉낭자'를 시의 캐릭터로 형상화하고 있으며, 1997년부터는 매년 〈박달가요제〉를 개최해 이를 기리고 있기도 하다. 그 유래지인 박달재에는 1988년 국내에서 두 번째로 〈울고 넘는 박달재〉 '노래비'를 세웠으며 〈박달재 전설〉을 주제로 박달과 금봉의 동상, 조각 등 테마 공원을 조성하기도 했다.

더욱이 박달재에 얽힌 사연은 심우섭 감독에 의해 1968년에 〈울고 넘

---

[1] 2005년 KBS '가요무대'가 20돌을 맞아 가장 많이 불린 노래를 조사한 결과 〈울고 넘는 박달재〉가 1위를 차지했다.

는 박달재〉, 1970년에 속편인 〈눈물의 박달재〉로 영화화 됐으며, 1997
년부터는 극단 '가교(架橋)'에 의해 〈울고 넘는 박달재〉가 신파(新派) 악
극(樂劇)으로도 만들어져 공연되고 있다. 〈박달재 전설〉은 애초 제천의
박달재에서 유래된 전설로 알려졌지만, 이제는 대중가요, 영화, 악극, 음
악제, 테마 공원, 캐릭터 등 다양한 콘텐츠로 확산되고 있는 것이다. 〈박
달재 전설〉은 그 자체로도 제천의 상징으로 정형화 됐으며 전통문화의
재창조란 측면에서 다양한 문화콘텐츠들을 파생시켜 이른바 '원 소스 멀
티 유즈(OSMU)'를 제대로 실현하고 있는 깃으로 보인다.

그런데 제천의 표상인 〈박달재 전설〉은 지명전설의 측면에서 여러모
로 의문이 든다. 〈박달재 전설〉에 주인공으로 등장하고 박달재의 이름
을 얻게 된 '조선 중엽의 경상도 선비'인 박달(朴達)은 실존인물이 아닐
뿐더러 우리나라의 경우 지명에 사람의 이름을 넣는 것이 유례가 없기
에 허구일 가능성이 높다. 이는 제천에서 박의림(朴義林)이 개축했다는
의림지의 경우도 마찬가지다.[2] 게다가 지명전설의 근거가 되는 증거물
도 없으며 전설의 문맥상 허점이 많다. 그렇다면 박달재의 유래담인 이
전설은 근거가 없는 허구인 셈인데 어떻게 해서 '울고 넘는 박달재'라는
지역의 상징으로 유명세를 타고 다양한 콘텐츠들을 파생시켰을까?

지역의 상징이자 다양한 콘텐츠들의 소스(source)가 되는 〈박달재 전
설〉이 근거가 없는 허구이거나 혹은 근대 이후에 새롭게 형성되어 구비
전설로서 본래적 의미가 퇴색된 것이라면 어떻게 될까? 하나의 소스에
서 파생된 다양한 콘텐츠들은 역사적, 문화적 의미는 상당히 퇴색될 것
이다. 이 때문에 〈박달재 전설〉의 형성과 의미를 따져보는 작업은 중요
할 수밖에 없다.

---

2 이에 대한 자세한 고증은 졸저, 『한국문학과 로컬리티』, 박이정, 2014, 18~21면 참조.

게다가 〈박달재 전설〉과 악극, 음악제, 캐릭터 등의 콘텐츠들은 이제는 지역에서 확고하게 자리 잡아 제천의 상징으로 부각됐다. 여기서 그것을 검증하고 역사적 근거와 의미를 따져보려는 이유는 지금 그것들이 지역문화의 구도 속에서 어떤 현재적 의미를 갖는지를 확인하기 위해서다. 이 작업은 〈박달재 전설〉은 물론 그것으로부터 파생되어 지역문화에서 확고한 자리를 구축한 문화콘텐츠들의 생성 과정과 현재적 의미를 따져봄으로써 그 의미를 재검토하고 생산적이고 주체적인 지역문화를 구축할 새로운 토대를 만들기 위한 것이기도 하다.

2. '박달재'의 역사적 유래와 〈박달재 전설〉의 허구성

제천의 상징인 박달재의 '박달'은 어디서 유래됐을까? 〈박달재 전설〉에서는 "조선 중엽 경상도 선비 박달(朴達)"에서 유래했다고 하지만 전국적으로 '박달'이라는 이름의 산이 많다. 제천의 박달산(504m) 뿐만 아니라 파주의 박달산(370m), 괴산의 박달산(825m), 안동의 박달산(580m), 충북 영동의 박달산(475m) 등이 그렇다. 박달이라는 명칭은 우선 그 어원이 박달나무에서 유래한 것으로 보인다. 박달재 아래쪽인 봉양 단곡(檀谷)에서 출생하고 살았던[3] 학고(鶴皐) 김이만(金履萬, 1683~1758)의 시〈박달재[檀嶺]〉에도 박달재의 명칭이 박달나무를 뜻하는 '단(檀)'자로 표기되어 있다.[4]

박달나무는 〈단군신화(檀君神話)〉의 '신단수(神檀樹)'로 등장하는 신

---

3 金履萬, 〈行狀〉, 『鶴皐先生文集』 권 11, 『韓國文集叢刊』 續65, 한국고전번역원, 2007, 233면. 현재는 연박(硯朴) 혹은 벼루박달로 부른다.

4 金履萬, 〈檀嶺〉, 『鶴皐先生文集』 권 4, 같은 책, 85면.

령한 나무 곧 '우주목'인 것이다. "환웅이 무리 3천 명을 거느리고 태백산 꼭대기 신단수 아래에 내려오니 여기를 신시(神市)라 하였다."[5]는 대목이 그것이다. 이 신단수는 천제의 아들인 환웅이 강림한 신령한 장소이며 거처가 된다. 뒷날에는 환웅을 위하여 제사를 올리는 신성한 장소가 되기도 했다. 그의 아들이 이 신단수의 이름을 이어받아 '단군(檀君)'이 되는 것은 자연스러운 일이다. 그러기에 박달이라는 말은 실제 박달나무가 자라는 식생과는 관계없이 하늘에 제사를 지내던 신령스러운 곳을 가리키는 것으로 봐야 한다. 제천 출신의 사학자 천관우(千寬宇, 1925~1991)가 쓴 〈박달재비〉에도 "박달은 태고적부터의 유래를 지닌 백산(白山)의 뜻"이라고 명시했다.

『정감록(鄭鑑錄)』에 의하면 제천의 천등산(天登山, 808m)과 충주의 인등산(人登山, 667m), 지등산(地登山, 535m) 등 천·지·인 삼재(三才)가 있는 산은 태극무늬가 있는 곳으로 아직 발견되지 않았지만 천하의 명당이 있다고 한다. 이런 점으로 보건대 박달재는 하늘에 제사를 지내던 곳이 아닌가 한다. 실제로 박달재에서 시랑산(侍郎山)의 정상을 향해 올라가다 보면 돌로 된 단군비석을 만난다. 언제 세웠는지 자료가 없어 알 수 없지만 어쨌든 이곳이 단군과 관련된 신성한 장소임을 알려주는 표지가 아닌가 싶다.

『고려사(高麗史)』에서 1217년(고종 4) 김취려(金就礪, ?~1234) 장군이 5천명의 거란군을 물리친 곳이 박달재[朴達峴]이며[6], 조선 초 1530년(중종 25)에 편찬된 『신증동국여지승람(新增東國輿地勝覽)』에서 제천

---

5 『三國遺事』권1, 기이1, 〈古朝鮮〉, "雄率徒三千 降於太伯山頂(卽太伯今妙香山)神壇樹下 謂之神市."
6 『高麗史』권 103, 列傳 16, 〈金就礪〉, "後三日 追至朴達峴 任輔亦將兵來會 元世謂就礪曰 嶺上非大軍所止 欲退屯山下"

현의 산천을 보더라도 현 서쪽 35리에 박달산(朴達山)이 나온다.[7] 박달
산에 위치한 고개가 곧 박달재이니, 이미 고려시대부터 이곳에 '박달(朴
達)'이란 지명이 존재했던 것으로 보인다. 게다가 조선 초에 고개를 넘
는 사람들이 묵어갔던 박달원(朴達院)이 등장하기도 했다. 그런데 이런
역사지리적인 장소의 유래가 어떻게 해서 '박달도령'과 '금봉낭자'의 애
절한 사랑 이야기에서 연유하게 되었을까?

　대중적으로 널리 알려져 있고 『제천시지』나 『내 고장 전통 가꾸기』,
『충북의 전설 읽기』 등과 같은 시지(市誌)나 전설 자료집에 같은 내용으
로 반복해서 실려 정형화 된 〈박달재 전설·1〉[8]은 다음과 같은 단락으
로 이루어져 있다.

① 조선조 중엽, 경상도 선비 박달이 과거를 보러 한양을 가다 평동에 이
　르러 하루를 묵게 되었다.

② 한 농가에서 금봉이를 만나 서로 사랑하는 마음이 생겨 며칠 동안 정을
　나누었다.

③ 한양으로 떠나면서 박달은 과거 급제 후 데려가 함께 살 것을 약속했다.

④ 금봉이 생각에 사로잡혔던 박달은 과거에 낙방하고 면목이 없어 평동
　에 가지 못했다.

⑤ 박달을 기다리던 금봉은 상사병으로 숨을 거두었다.

⑥ 뒤 늦게 내려 온 박달은 금봉이의 무덤에서 슬퍼하다 금봉이의 환영을
　보고 고갯마루에서 떨어져 죽게 되었다.

---

7 『新增東國輿地勝覽』 II, 민족문화추진회, 1969, 475면.
8 〈박달재 전설〉이 문헌으로 처음 정착된 것은 제원군에서 나온 『내 고장 전통 가꾸기』(1982)에
　서다. 그 뒤 이 자료는 『제천·제원사』(1987), 『제천시지』(2004), 『충북의 전설 읽기』(2011)
　에 동일한 내용으로 반복 게재되었으며, 『한국구비문학대계 - 충청북도 제천시』(2013)에도
　동일한 내용으로 전한다. 거의 정형화 된 전설이다. 이 자료는 〈박달재 전설·1〉로 표기한다.

⑦ 박달이 죽은 뒤 사람들은 이 고개를 '박달재'로 부르게 되었다.[9]

그런데 2013년에 펴낸『증편 한국구비문학대계 - 충청북도 제천시』에서는 기존 전설과 같은 〈박달재의 유래〉[10]와 기존 전설이 변형된 〈울고 넘는 박달재의 유래〉[11] 등 2편이 채록되어 실려 있다. 기존의 것과 같은 〈박달재의 유래〉는 채록된 시기가 2009년인 것을 보아 널리 알려진 〈박달재 전설·1〉을 듣고 그대로 구술한 것이지만, 이야기가 변형된 〈울고 넘는 박달재의 유래〉는 이른바 '새가 된 신부' 유형의 화소가 십입되어 〈박달재 전설〉의 다른 형태를 보여준다. 그 변이형 〈박달재 전설·2〉의 단락을 나누면 다음과 같다.

① 경상도 선비 박달이 과거를 보러 한양을 가다 평동에 이르러 하루를 묵게 되었다.

② 주막집 딸인 금봉이를 만나 한눈에 반해 며칠을 더 묵었다.

③ 과거급제 후 함께 살 것을 약속했다.

④ 과거에 급제하여 정승의 딸과 결혼했다.

⑤ 10년 뒤에 고향을 가다 금봉이를 찾아가니 그대로 누워있었다.

⑥ 아침에 일어나 몸을 만지니 금봉이가 가루가 되어 부서졌다.

⑦ 애절한 마음에 박달재 노래[울고 넘는 박달재]가 나왔다.

---

9 자료는 제천시지편찬위원회,『제천시지』(중), 제천시, 2004, 199면. 이 자료는 일일이 주를 달지 않고 괄호 속에 면수만 표시한다.

10 『증편 한국구비문학대계 - 충청북도 제천시』, 한국학중앙연구원, 2013, 207~209면. 제천시의 학술적인 구비문학조사는 그동안 이루어지지 않았기에『한국구비문학대계』에 포함되지 않았다. 이 자료집이 학술적으로는 처음 발간되는 것이다. 앞으로 자료의 인용은 일일이 주를 달지 않고 괄호 속에 면수만 밝힌다.

11 같은 책, 215~218면. 이 자료는 〈박달재 전설·2〉로 구분한다. 자료의 인용은 앞의 예를 따른다.

〈박달재 전설·2〉는 박달이 과거에 급제한 뒤 정승의 딸과 결혼해서 금봉이를 아주 잊었으며, 박달을 기다리던 금봉이는 재가 되었다는 전혀 다른 이야기로 구성된다. 앞부분에 해당되는 ①~③ 삽화는 주막집 딸인 것을 제외하면 동일하지만 뒷부분인 ④~⑦ 삽화는 상당한 차이를 보인다.

두 편의 〈박달재 전설〉은 크게 두 부분으로 구분된다. 하나는 과거를 보러 가던 박달이 농가(혹은 주막)에서 그 집 딸인 금봉이를 만나 정을 나누고 미래를 약속한 ①~③ 삽화고, 다른 한 부분은 금봉이가 죽는 ④~⑥ 삽화로 두 편의 〈박달재 전설〉이 서로 다른 방향으로 전개된다. 기존 〈박달재 전설·1〉은 과거에 낙방한 박달이 평동에 내려가지 않아 그를 기다리던 금봉이 상사병으로 죽고, 뒤 늦게 내려간 박달이 슬퍼하다 금봉이의 환영을 보고 고갯마루에서 떨어져 죽는다는 내용이고, 〈박달재 전설·2〉는 과거에 급제하고 정승의 딸과 결혼하여 살다가 10년 뒤 고향 가는 길에 금봉이를 찾아가니 기다리다 재가 되었다는 것이다. ⑦은 '박달재'라고 불렸다거나 '박달재 노래'가 나왔다는 유래담 혹은 후일담이다.

두 편의 〈박달재 전설〉은 이야기를 통해 박달의 행위와 금봉이의 죽음에 서로 다른 입장을 보여준다. 앞의 이야기가 박달을 중심으로 서사가 전개됐다면 뒤의 이야기는 10년을 기다리다 재가 된 금봉이가 서사의 중심에 있다. 〈박달재 전설·1〉에서는 박달이 과거에 급제하지 못해 면목이 없어서 머뭇거리다 금봉이가 상사병에 걸려 어이없게 죽게 되었고, 금봉이의 죽음을 안타까워하던 박달도 환영을 보고 떨어져 죽는 등 전설로서 이야기의 필연성이 매우 희박해 보인다. 반면 '재가 된 신부' 유형인 〈박달재 전설·2〉 이야기는 박달의 배신이 강조되지만 또한 자신을 잊어버린 남자에 대해서라도 절개를 지키며 재가 되도록 기다린 모습을 통해 오히려 열(烈)을 강조하고 있다. 박달이 약속을 어겼지만 금봉이는 그것에 연연하지 않고 절개를 지킨 것이다.[12] 제보자도 "박달이를 기다리느라구. 그 절개를 말한 거지. 이제 옛날에, 옛날에 지금은 그까짓 절개 아무것도 아니지만 옛날에는 여자는 절개잖아?"(217면) 라며 유난히 절개를 강조했다.

두 편 모두 양반 선비 박달을 기다리던 평민 처녀 금봉이의 한이 두드러진다. 그 한은 서로 다른 계층인 양반과 평민, 남성과 여성 사이에서 발생한 것이기에 계층적 갈등과 동시에 남성지배 사회에서 야기되는 여성수난의 양상을 보여준다. 양반인 남성은 평민 처녀와 관계하고 데려가겠다는 약속을 해 놓고 면목이 없어 못 가거나 다른 여자와 혼인하여 잊어버렸고, 기다리던 처녀는 상사병으로 죽거나 재가 되어 버린다. 그러기에 이 전설은 모두 무책임하거나 신의가 없는 양반 남성에 대한 원망의 시선을 드러내고 있다. 〈박달재 전설·1〉에서는 금봉의 환영을 보고 잡으려다 낭떠러지에 떨어져 죽고, 〈박달재 전설·2〉에서는 "내가 약속을 잊고 내가 죽일 놈이라"(218면)고 뼈아픈 후회를 해야 했다.

그런데 이 두 편의 〈박달재 전설〉을 보면 여러 모로 의문이 든다. 우선 공통적인 삽화인 앞부분을 보면 과거를 보러가던 선비가 날이 저물어 하루를 묵게 되고 그 집 처녀와 사랑에 빠지게 되었다는 이야기인데 흔히 있을 법한 전설이지만 당시 역사적 실상을 고려할 때 그 집 부모의 존재가 없다는 점에서 현실성이 크게 떨어진다. 과거보러 가던 선비와 처녀가 만날 수는 있고, 서로 사랑의 마음이 생길 수도 있지만 결혼을 약속하기는 쉬운 일이 아니다. 같은 이야기 구조를 지닌 설화나 야담을

___

12 이런 점에서 구전전설이나 야담집의 전설은 세계가 주인공이나 서술자에게 공포감을 안겨주면서도 윤리나 도덕을 환기한다고 한다. 이강옥, 『한국야담연구』, 돌베개, 2006, 23~26면 참조.

보면 처녀의 부모가 등장한다. 선비를 흠모하던 처녀는 부모에게 그 사실을 말하고 부모가 선비에게 딸을 거두어달라고 부탁하거나, 욕정에 못 이겨 선비의 방에 뛰어든 딸을 나무라기도 한다.[13]

하지만 〈박달재 전설〉에는 과년한 처녀가 혼자 사는 것도 아닐 텐데 대부분 부모의 존재가 아예 없고 결혼에 대한 결정도 스스로 내린다는 점이 특이하다. 게다가 과거를 보러가는 선비 박달도 여기에 개의치 않고 집에도 알리지 않고 결혼을 약속한다. 여자에게 '삼종지례(三從之禮)'가 엄격하던 조선시대로서는 도저히 있을 수 없는 일이다. 아무리 전설이라 하더라도 최소한의 현실적 근거는 갖춰야 한다. 이 점에서 이 부분은 당대 현실적인 계기에 근거한다기보다는 설화적인 허구성이 두드러진다.

뒷부분에서는 두 편의 설화가 차이를 보이는데 먼저 기존의 〈박달재 전설·1〉에서 박달을 기다리던 금봉이 상사병으로 죽게 되었다는 이야기도 현실적 근거가 부족하다. 박달이 서울에 올라가 다른 여자와 결혼하거나 금봉이를 잊은 것도 아니고 다만 과거에 낙방하고 면목이 없어 내려가길 주저했을 뿐인데 그 기간을 참지 못하고 기다리다 죽었다는 것은 전설의 문맥상으로도 도저히 납득할 수 없는 일이다. 금봉이가 왜 죽었는지에 대한 이야기 자체의 근거가 빈약하다는 것이다.

〈박달재 전설·1〉에서 박달이 "금봉을 볼 낯이 없어 차마 평동에 갈 수가 없었"(199면)다고 한다. 금봉이는 "박달을 떠나보내고는 날마다 서낭당에 가서 박달의 장원급제를 빌었다. 그러나 박달은 돌아오지 않았

---

13 안석경의 『雪橋別集』에 〈深深堂 閑話〉라는 제목으로 이런 과거보러 가는 선비를 흠모하는 평민 처녀들의 이야기가 실려 있다. 2화, 3화는 조광조나 권석주에게 부모나 시부모가 부탁하는 형태이며, 4화는 선비의 방에 뛰어 들어간 딸을 야단치는 역할로 부모가 등장한다. 『靑邱野談』의 〈崔崑崙 登第背芳盟〉에도 과거선비를 흠모하는 처녀의 아비로 지전상인이 등장한다. 이우성, 임형택 역편, 『李朝漢文短篇集(上)』, 일조각, 1973, 212~259면.

다. 금봉은 그래도 서낭에게 빌기를 그치지 않았다. 마침내 박달이 떠나간 고갯길에서 박달을 부르며 오르내리던 금봉은 상사의 한을 품은 채 쓰러지더니 숨이 끊어졌다."(199면)고 한다. 설화에서 단 사흘을 기다리지 못해 그렇게 된 것이다. 채록 조사자료에서도 "삼 일만 일찍 내려왔드라면 이 노무 거 금봉이라도 만나 볼 텐데. 삼 일 늦게 내리오는 바람에 금봉이를 놓쳐버린 거거든."(209면)이라고 한다.

우리 문학의 전통서사 문맥에서 〈춘향전〉도 그렇고 김만중(金萬重, 1637~1692)이 지은 〈단천절부시(端川節婦詩)〉[14]를 비롯하여 퇴계와 인연을 맺고 정절을 지킨 단양의 〈두향(杜香) 전설〉[15] 등 '양반과 인연 맺은 평민(천민) 처녀의 이야기'를 보면 대개는 몇 년이 지나도록 정을 준 양반을 기다린다. 심지어는 그 남자가 자신을 잊고 있거나 죽었더라도 절개를 지켜 '불경이부(不更二夫)'를 실현한다. 여자에게 열(烈)을 강조했던 당시에 그 이데올로기를 확대 재생산하기 위해 '열녀담론'을 강조했던 결과고 그것이 전설에 삽입되어 유포됐기 때문이다. 그런데 〈박달재 전설·1〉에서는 박달을 기다리다 소식을 듣지 못하자 사흘 만에 상사병에 걸려 쉽게 죽는다.

이런 점에서 일반인에게 잘 알려지지 않은 〈박달재 전설·2〉가 당시의 상황으로 볼 때 '열녀담론'을 지니고 있어 전설의 문맥상 훨씬 현실성이 있어 보인다. 그런데 이 설화는 근대에 등장한 대중가요 〈울고 넘는 박달재〉와 연결되어 있다. 금봉이를 죽게 한 애절한 마음에서 '박달재 노래'가 나왔다고 한다. 전설은 구비전승의 문맥을 따르지만 사실성의 증거물로 제시되는 것이 현대의 대중가요여서 상당히 후대적 변모로 보

---

14 자료는 임형택 편역, 『李朝時代 敍事詩(下)』, 창작과 비평사, 1992, 123~132면.
15 退溪와 단양 기생 杜香에 관한 일화와 전설은 강재철 외편, 『退溪先生 說話』, nosvos, 2011, 511~523면.

인다.

　여기서 이 두 편의〈박달재 전설〉이 과연 조선시대부터 존재했던 이야기인가 의문이 든다. 이를테면 박달재에 얽힌 지명전설인 셈인데 그 유래에 해당하는 인물이 앞에서 본 바와 같이 실존했던 인물이 아니고, 금봉이나 박달과 관련된 무덤이나 떨어진 장소 등 전설에 필수적으로 수반되는 사실성을 증명할 어떠한 증거물도 없으며, 전설의 이야기 맥락으로도 억지가 많기 때문이다. 과연 〈박달재 전설〉은 어떻게 형성되어 오늘에 이르렀을까?

3. 〈박달재 전설〉의 형성과정과 〈울고 넘는 박달재〉

　널리 알려진 〈박달재 전설〉 서사의 핵심은 "양반 선비와 평민 여자가 과거를 보러가는 길에 만나 사랑을 나누었지만 결국 성사되지 못하고 죽음에 이르게 되었다."는 것이다.[16] 이런 〈양반 선비를 사랑한 평민 처녀 설화〉가 형성되어 유포되기까지는 먼저 양반 선비와 평민 처녀가 만나 사랑을 나눈 다양한 이야기를 몇 가지 유형으로 나누어 생각해 볼수가 있다.

　첫 번째 유형은 사랑이 성사되지 못하고 일방적으로 이어지다가 양반 선비의 거절로 평민 처녀가 죽음에 이르게 된 경우다. 야담으로 기록되어 전하는 〈양반 선비를 사랑한 평민 처녀 설화〉는 처녀의 일방적인 짝사랑으로 대부분 성사되지 못하는 경우가 많다. 안석경(安錫儆, 1718~1774)의 『삽교별집(霅橋別集)』에 실려 있는 〈심심당한화(深深堂閑話)〉

---

16 이런 유형의 이야기를 〈양반 선비를 사랑한 평민 처녀 설화〉로 규정하여 논의를 진행한다.

에서 조광조(趙光祖, 1492~1519)와 권필(權韠, 1569~1612), 이자의(李
諮議)는 모두 상대방 처녀의 요구를 도덕적 명분을 내세워 거절하고 심
지어 부모를 불러 꾸짖기까지 했다. 망신을 당한 처녀는 부끄러움을 이
기지 못하고 끝내는 자결하기에 이른다. 평(評)에 이르기를 조광조는 부
친의 명을 따르지 않고 소녀를 지나치게 책하며 가엾게 여겨 동정을 베
풀지 않았다고 비난하며,[17] 이자의의 경우는 정도(正道)만 고수했지 권
도(權道)가 부족했다고 비판했다.[18] 결국 이 인물들은 수명을 다하지 못
하고 처녀의 원혼에 의해 화를 당해 죽음을 맞는다. 조광조는 을시시화
(己卯士禍)로 억울하게 죽음을 맞았고, 권필은 광해군의 비(妃)였던 유
씨 친족들이 득세하는 것을 풍자한 〈궁류시(宮柳詩)〉를 지어 화를 당하
기도 했다. 이자의도 끝내 곤궁하게 살다가 일생을 마쳤다.

구전으로 전승되는 〈신립 장군 설화〉도 이와 유사하다. 신립(申砬,
1546~1592)이 죽을 위기에 있던 처녀를 구해주었으나 자신을 거두어
달라는 처녀의 청을 거절해 결국 처녀는 자결하기에 이르렀고, 그 원혼
이 탄금대에 진을 치라고 유인하여 죽음에 이르렀다고 한다. 이 핵심
내용은 거의 모든 〈신립 장군 설화〉에 공통적으로 나타난다.[19] 이 설화
는 도덕적 명분보다는 인간이 더 중요하다는 것을 깨우쳐 주며 도덕적
명분을 중시하는 양반 선비들에 대한 비판을 담고 있지만 처녀가 일방
적으로 사랑한 것이기에 신의를 문제 삼지는 않는다.

두 번째 유형은 서로 마음이 끌려 사랑을 나누었지만 반려자로 맞이

---

17 이우성, 임형택 역편, 『李朝漢文短篇集(上)』, 216면. "父命非不義 而不從 一也, 苟責稚女
而不垂矜恕 二也"
18 같은 책, 220면. "處變無術 經而不權"
19 신동흔, 「신립 장군 설화의 인간관과 역사인식」, 『서사문학과 현실 그리고 꿈』, 소명출판,
2009, 257면.

하겠다는 약속을 지키지 못해서 죽음에 이르게 되는 경우를 들을 수 있다. 이옥(李鈺, 1760~1812)의 〈심생전(沈生傳)〉이 그렇고 문헌이나 구전으로도 많이 전승되는 〈상사뱀 설화〉가 그렇다. 성현(成俔, 1439~1504)의 『용재총화(慵齋叢話)』에는 모두 2편의 〈상사뱀 설화〉가 기록되어 전하는데, 한 편은 홍재상과 사랑을 나눈 여승이 죽어 뱀으로 변한 것이고 다른 한 편은 시골 여자와 정을 나눈 중이 죽어 상사뱀으로 바뀐 경우다.[20] 구전설화로 중국의 공주를 사모하던 총각이 죽임을 당해 뱀이 된 이야기가 춘천의 청평사에도 전한다.[21]

문헌과 구전으로 전하는 〈상사뱀 설화〉에서는 상사병으로 죽어 그 원혼이 뱀으로 환생한 것을 문제 삼는다. 이런 기이한 사건은 사랑의 약속이 깨지면서 여자가 죽어 그 원혼이 뱀으로 변한 것인데, 못다 이룬 한이 남아서일 것이다. 이는 곧 사랑의 약속 곧 신의에 대한 비판인 것이다. 여승이 죽어 상사뱀으로 변한 『용재총화』의 이야기를 보면 "공은 마침내 그 여승과 정을 통하고 약속하기를, '아무 해 아무 달에 너를 맞이해 집으로 돌아가리라.' 하였다. 여승은 이 말만 믿고 늘 기약한 날을 기다렸으나 그날이 지나가도 나타나지 않자 결국 마음에 병이 생겨 죽었다." 한다.[22]

세 번째 유형은 남자의 배신으로 사랑을 이루지 못한 경우 중에 상사뱀이 등장하지 않고 만남의 계기도 과거로 설정된 이야기다. 해당 작품이, 『청구야담(靑邱野談)』에 실린 〈최곤륜 등제배방맹(崔崑崙 登第背芳

---

20 여승의 경우는 『慵齋叢話』 4권에 실려 있고, 중의 경우는 5권에 실려 있다. 자료는 각각 『大東野乘』 1권, 민족문화추진회, 1982, 91~92면, 122면 참조.

21 전신재 편, 『강원의 전설』, 강원발전연구원, 2007, 241~250면.

22 『大東野乘』 1권, 민족문화추진회, 1982, 91~92면. "公遂與紋歡 約日 '某年月迎汝歸家' 尼信之每待某期 期過而竟無影響 遂成心疾而死"

盟)〉인데, 한 지전(紙廛) 상인이 딸이 흠모하는 선비 최창대(崔昌大, 1669~1720)를 찾아가 자신의 딸을 첩으로 맞아주길 간청했고 대신 용꿈을 꾸어 얻은 시지(試紙)를 바쳤다. 선비는 여자의 미모에 반한데다가 몽조(夢兆)의 비상함을 듣고 상인의 딸을 첩으로 맞기로 약속했다. 하지만 선비는 과거에 장원급제를 하고도 감히 부친에게 그 사정을 고하지 못했는데, 데려가기만을 기다리던 처녀는 약속을 어긴 것이라 여겨 자결하기에 이르렀다. 이 이야기는 과거가 만남의 계기로 등장하고 약속을 어겨 죽음에 이르렀다는 점 등 〈박달재 진설〉과 자못 유사한 점이 많다. 두 이야기의 공통점을 추려보면 다음과 같다.

① 과거를 준비하던 선비가 이를 계기로 아름다운 평민 처녀를 만났다.
② 여자에게 반한 선비가 급제하면 데려가겠노라 약속했다.
③ 과거 후 선뜻 행동에 옮기지 못하고 지체했다.
④ 선비를 기다리던 처녀는 한을 남기고 자결했다.

이 두 이야기의 공통점은 과거를 보려던 양반 선비가 평민 처녀를 만나 혼인을 약속했지만 여러 이유로 결행을 미루다가 처녀는 결국 한을 남기고 죽는다는 것이다. 죽음의 이유는 데려가겠다고 약속했던 선비가 믿음과 사랑을 저버렸기 때문이다. 〈박달재 전설〉은 이 점이 분명하게 드러나지 않지만 야담에서는 자결의 이유를 분명히 밝히고 있다. 야담 〈최곤륜 등제배방맹(崔崑崙 登第背芳盟)〉에서 여주인공은 아버지에게 그 이유를 이렇게 말한다.

　　만약 언약이 심중에 새겨 있다면 아무리 분주한들 잊어먹나요. 그리고 만약 애정이 있다면, 비록 총망중이라도 교자를 보내 데려가야 불과 분부 한 번이면 될 일인데, 어찌 그럴 겨를도 없나요? 그 서방님 심중에 이미 소녀가 없기 때문에 여태 소식이 없는 거예요. 남이 이미 나를 잊고 데려갈 의향이 없는 것을 우리가 먼저 탐문하면 그 역시 수치 아니어요? 설사 우리가 탐문함으로 인해서 마지못해 데려간다 하더라도 그 역시 인생에 무슨 재미를 느끼겠어요? 부부가 백년토록 함께 사는 건 서로 믿음과 사랑이 있기 때문이지요. 아름다운 약속이 식기도 전에 이처럼 변심했는데 후일에 무엇을 기대하겠어요. 내 뜻이 이미 결정되었으니 다시 더 말할 것이 없어요.[23]

굳게 약속했던 선비가 믿음과 사랑을 저버렸으며 억지로 데려간다 하더라도 인생에 무슨 재미가 있겠느냐는 것이다. 자결을 감행한 여주인공은 이미 이야기의 앞부분에서 마음에 드는 선비를 스스로 택할 정도로 주관이 강한 여자이기에 자신이 하찮은 존재로 버려지는 것을 도저히 용납할 수 없었던 것이다. 그러기에 원한을 남기고 죽었음이 분명하다.

게다가 〈상사뱀 전설〉에서는 그 한이 뱀으로 환생했지만 여기서는 달리 해코지를 하지 않고 그냥 한으로 끝난다. 다만 "벼슬이 부제학에 이르렀으나 일찍이 세상을 떠났다."[24]고 하는 것을 보아 선비가 자신의 과오에 대해 죄 값을 받았음을 은연중에 암시하는 정도다.

이런 양반 선비와 평민 처녀의 사랑과 좌절을 다룬 〈양반 선비를 사랑한 평민 처녀 설화〉는 당시 신분제도가 엄격하던 사회에서 쉽게 혼인을

23 이우성·임형택 편역, 『李朝漢文短篇集(上)』, 258~259면. "如或中心藏之, 則寧有因撓忘却之理? 如有深情, 則雖甚忽忙, 備轎率去, 不過一分付間事, 豈無其暇乎? 其書房主, 心中已無小女, 故尙無消息, 人旣忘矣, 無率去之意, 則自我先探, 不亦羞乎? 緣我往探, 雖或黽勉率去, 亦有何滋味之可言乎? 百年同歡, 情意是恃, 而芳盟未寒, 有此渝變, 更又何望於他日乎? 吾意已決, 勿復更言."
24 같은 책, 259면. "其後崔官至副學而早卒."

맺기가 어렵다는 실제 상황에 반하여 하나의 이야기 유형으로 사람들의 흥미를 자극했기에 널리 유포될 수 있었고, 과거를 보기위해서 선비들이 지나다니며 유숙했던 고개나 주막을 중심으로 전설이 형성될 수 있었을 것으로 보인다.

그렇다면 사람들이 지나다니는 고개를 매개로 〈양반 선비를 사랑한 평민 처녀 설화〉가 어떤 방식으로 형성되어 전파된 것일까? 박달재 옆의 천등산에 위치한 다릿재에는 이런 이야기 유형으로 이장곤(李長坤, 1474~1519)과 백정의 딸인 봉단(鳳丹)의 사랑 이야기가 전한다. 〈다릿재 전설〉의 내용을 단락으로 나누면 이렇다.[25]

① 이교리가 도망하다 천등산 아래 봉단이와 눈이 맞아 백정 집에 살게 되었다.
② 그 뒤 이교리는 한양으로 올라가 소식을 끊었다.
③ 이교리를 기다리던 봉단이는 죽음을 맞게 되었다.
④ 이교리가 다시 찾아와 봉단이의 죽음을 알고 '각시당(愨侍堂)'을 지었다.
⑤ 봉단이 정성을 다해서 기다리던 재라 하여 '다릿재(待嶺)'로 불렸다.

이장곤과 봉단의 이야기는 이미 『청구야담』의 〈췌유장이학사망명(贅柳匠李學士亡命)〉으로 기록되어 전하며, 1928년 홍명희가 『임꺽정(林巨正)』을 『조선일보』에 연재할 당시 가장 먼저 〈봉단편(鳳丹篇)〉으로 소설화되기도 했다. 그런데 야담이나 소설에서는 모두 이장곤과 봉단이 부부의 정이 두터웠으며 나중에 이장곤이 높이 된 뒤에도 봉단을 정실로 맞아 백년해로 했는데, 전설에서는 이교리를 기다리다 죽은 것으로

---

25 세명대 지역문화연구소편, 『구술로 전하는 20세기 제천 이야기』, 제천시, 2009, 300~301면.

바뀌어져 있다. 게다가 지리적 배경도 야담에서는 전라도 보성으로, 소설에서는 함경도 함흥으로 설정되었는데, 전설에서는 제천으로 나온다. 왜 이런 변이가 일어난 것일까?

앞서 본 것처럼 양반 선비를 기다리다 한을 남기고 죽은 〈양반 선비를 사랑한 평민 처녀 설화〉가 하나의 유형화 된 일화(episode)로 유포되면서 다릿재의 각시당과 연결되고 여기에 구체적인 소재로 널리 알려진 이장곤과 봉단의 이야기가 삽입된 것이다. 그 형성 시기는 제보자(1940년생)가 들었던 것을 염두에 둔다면 아마도 1928년 무렵 『임꺽정』이 연재되어 인기를 얻고 있을 때일 것이다. 그 결과 원래 야담에서는 부부가 해로하는데 전설에서는 여주인공이 한을 남기고 자결하는 것으로 바뀌게 된 것이다. 〈다릿재 전설〉이 형성되면서 다릿재의 각시당은 원래의 용도와는 관계없이 봉단이의 한을 증거하는 장소가 된 것이다.

제보자는 "그래서 이장곤 교리는 한양으로 올라가 가산을 정리하고 움막으로 돌아와 목수를 불러 봉단이가 죽은 그 자리에 당을 짓기 시작했다. 또 봉단이의 초상화를 그려 안치했다. 초상화를 너무 잘 그려 임진왜란 때 없어졌다. 당이 완공되자 이교리는 봉단이가 정성을 다하여 고통을 참으며 기다리던 사당이라 하여 각시당(慤侍堂)이라 했다."고 하고 "내가 어린 시절 6세부터 15세까지[1945~54년; 인용자] 에도 버스나 택시나 자가용이 없어 모두들 걸어서 다녔는데 그때 다릿재에는 각시당이 있어서 지나는 사람들이 절을 하고 그 앞을 지나갔다"[26]고 전한다.

이렇게 본다면 〈박달재 전설〉은 애초 "과거를 보러가던 양반 선비가 평민 처녀와 사랑을 나누고 데려가겠다는 약속을 했지만 과거 후 미루다가 여자는 죽음을 맞게 되었다."는 〈양반 선비를 사랑한 평민 처녀

---

26 같은 책, 300면. 제보자는 수혜스님으로 2009년 1월 3일 채록 당시 69세였다.

설화〉의 한 일화가 다릿재의 경우처럼 박달재를 매개로 형성됐을 것으로 보인다. 하지만 〈다릿재 전설〉의 '각시당' 예에서 보듯이 전설은 역사적 실제 여부와는 상관없이 설화의 문맥 속에서 증거물을 통해 사실임을 입증하는데, 〈박달재 전설〉은 이를 뒷받침 할 증거물이 없다는 것이 문제가 된다.

박달이 떨어진 곳이나 금봉이의 무덤과 같은 증거물이 없다는 것은 〈박달재 전설〉이 사실성에 근거하지 않는 허구이거나 증거물이 필요 없이 근대에 만들어졌을 가능성이 높다. 이런 점에서 본다면 증거물이 필요 없는 〈박달재 전설·2〉가 이야기의 구조상 훨씬 신빙성이 있어 보인다. 과거에 급제하고 정승의 딸과 결혼했지만 금봉이는 박달을 잊지 못하고 재가 되었다고 하는 것은 아무런 이유 없이 기다리다 죽고 말았다는 〈박달재 전설·1〉에 비해서 전설적 요소를 잘 갖추고 있다. 그런데 〈박달재 전설·2〉는 채록시기가 2009년이고 앞서 나온 어떤 설화 자료집에도 없는 것으로 보아 〈박달재 전설·1〉이 확고하게 대표적인 전설로 자리 잡으면서 기존 전설의 후반부에 '재가 된 신부' 모티프(motif)가 삽입되어 변이형으로 형성된 것이 아닌가 싶다. 더욱이 이야기의 마지막에 "그 너무 애절해가지고 그 어떻게 했는지 뭐 자기가 썼는지 모르겠지만 박달재 그 노래가 나왔어."(218면)는 후일담은 〈박달재 전설·2〉가 근대에 형성되었고 '박달재 노래'인 〈울고 넘는 박달재〉와 깊은 관련이 있음을 확실히 보여준다.

'박달재 노래'는 저 유명한 대중가요 〈울고 넘는 박달재〉다. 1946년 반야월(半夜月, 1917~2012)이 노랫말을 쓰고, 1948년 박재홍이 불러 인기를 얻은 노래인데 이 노래의 내용과 〈박달재 전설〉은 매우 유사하다. 〈박달재 전설·1〉을 보면 "박달이 떠나간 고갯길을 박달을 부르며 오르내리던 금봉은 상사병으로 한을 품은 채 숨을 거두고 말았다."(199

면)고 한다. 이 부분은 대중가요 〈울고 넘는 박달재〉 2절의 "한사코 우는구나 박달재의 금봉이야."와 겹친다. 게다가 금봉이가 죽은 사흘 뒤에 박달이 내려왔고 금봉이가 이미 죽어 묻혔음을 알고, "땅을 치며 목 놓아 울다 얼핏 고갯길을 쳐다본 박달은 금봉이 고갯마루를 향해 너울너울 춤을 추며 달려가는 모습을 보았으며 박달은 벌떡 일어나 금봉의 뒤를 쫓아 금봉의 이름을 부르며 뛰었다."(199면) 한다. 〈박달재 전설·2〉에서도 재가 된 금봉이를 보고 "참 내가 그 약속을 잊고 내가 죽일 놈이라고"(218면) 했다고 한다. 이 대목들도 〈울고 넘는 박달재〉의 3절 "금봉아 불러보면 산울림만 외롭구나."의 내용을 담고 있다.

이상의 논의를 정리해보면 〈박달재 전설〉은 〈양반 선비를 사랑한 평민 처녀 설화〉의 한 유형이 박달재를 매개로 형성되어 전파되다가 1946년 반야월이 〈울고 넘는 박달재〉를 짓고 1948년 박재홍이 부른 이후 노래가 유행하면서 거기에 맞춰 부대설화(附帶說話)로 형성되어 본격적으로 전파됐을 가능성이 높다. 인터넷 백과사전에도 〈울고 넘는 박달재〉 항목에 "2절 마지막 부분의 '한사코 우는 구나 박달재의 금봉이야라는 노랫말 중에 '금봉이'라는 이름이 나오는데, **박달이라는 선비와 금봉이의 사연으로 각색되어 구전 전설이 되었다.**"고 한다.[27] 노래가 유행하면서 그 노랫말의 내용이 〈박달재 전설〉로 형성되었다는 얘기다. 무슨 소리인가? 그 내용을 자세히 알아보자. 반야월이 노랫말을 짓게 된 사연은 이렇다.

1946년 봄, 작사가 半夜月이 이끌던 「남대문 악단」은 忠州 공연을 마치

---

27 DAUM 인터넷 「위키백과」, '울고 넘는 박달재', 강조 인용자. 이 자료는 구체적 문헌에 근거하지는 않지만 1948년 이후의 일이기 때문에 적어도 가요계에 떠도는 이야기들을 객관적으로 정리했을 가능성이 높다.

고 다음 공연장인 제천으로 가기 위해 버스에 실려 부슬비 내리는 박달재를 오르고 있었다. 박달재는 충주와 제천 사이를 가로 막고 선 험준한 天登山 고개.

남대문 악극단은 당시 인기가수 秦芳男(半夜月의 가수명)을 단장으로 金振奎, 李民子, 李藝春 (탤런트 李德華의 선친) 등 쟁쟁한 연예인들이 창설했다. 이들이 타고 가던 버스가 고장으로 산마루에서 서고 말았다. 半夜月은 버스에서 내려 주위를 살폈다. 그야말로 박달재는 이때만 해도 부엉새가 울던 깊은 산골이었다. 半夜月은 이때 얼마 떨어지지 않은 성황당 부근에서 한 여인을 두고 떠나는 젊은이의 발걸음을 보게 됐다. 부부인 듯한 남녀는 얼마나 이별이 아쉬웠던지 남자는 차마 발걸음을 떼지 못하고 있었다. 半夜月은 버스에 오르자 이 애절한 사연을 노랫말로 엮어 나갔다.

"천둥산 박달재를 울고 넘는 우리 님아/ 물항라 저고리가 궂은비에 젖는구려./ 왕거미 집을 짖는 고개마다 굽이마다/ 울었소, 소리쳤소, 이 가슴이 터지도록"

2절 노래에 나오는 여인 **'今鳳'은 그가 문학청년 시절 감명 깊게 읽은 春園 李光洙의 소설 〈여자의 일생〉의 여주인공** 이름. 〈선구자〉의 작곡가인 趙斗南이 편곡, 47년 코리아 레코드가 출발한 이 노래는 오늘날 박달재를 노래비가 서는 관광명소로 만들었다. (정두수(작곡가))[28]

위 기사를 보면 반야월이 노래를 짓게 된 것은 〈박달재 전설〉을 듣고 지은 것이 아니라 성황당 부근에서 이별하는 젊은 부부의 모습을 보고 지은 것이다. 〈울고 넘는 박달재〉 가사를 보더라도 박달이 과거를 보러

---

28 〈가요 100년, 그 노래 그 사연(10) – 이별이 아쉬운 남녀의 노래〉, 『동아일보』 1991년 10월 11일자. 강조 인용자.

가다 금봉이를 만났다는 얘기는 나오지 않는다. 만약 반야월이 〈박달재 전설〉을 다 알고 가사를 지었다면 금봉이 뿐만 아니라 주인공인 박달도 같이 등장했을 것이다. 더욱이 과거에 관한 이야기도 나왔을 것이며, 성황당에서 장원급제를 비는 금봉이의 모습도 등장할 것이다. 그런데 〈울고 넘는 박달재〉에는 "돌아올 기약이나 성황님께 빌고 가소."라고 이별만 있지 어디에도 과거에 관한 이야기는 등장하지 않는다. 게다가 '박달'은 인명이 아니라 '박달재'라는 지명으로 노래 가사에 등장한다. 전설 속의 금봉이는 반야월에 의해 가공된 인물이기에 박달과 금봉이의 애절한 사랑이라는 〈박달재 전설〉은 노래의 유행을 타고 그 부대설화로 만들어졌던 것이다.

〈박달재 전설〉에 등장하는 '금봉(今鳳)'이는 1934년 『조선일보』에 연재된 이광수의 통속소설 『그 여자의 일생』에 나오는 시련을 겪는 여주인공이다. 평소 감명 깊게 읽던 소설의 여주인공 '금봉'이를 반야월이 선택함으로써 〈박달재 전설〉에서는 과거 보러 가던 선비와 인연을 맺은 처녀로 등장했고, 박달재의 이름을 따라 '박달'이 금봉이의 상대역으로 등장한 것이다. 이광수 소설의 여주인공 '금봉'의 등장은 이 전설이 근대에 만들어진 전설이라는 확실한 단서가 된다. 이상의 논의를 바탕으로 〈박달재 전설〉의 형성과정을 단계별로 정리하면 이렇다.

1단계 : 유형화 된 〈양반 선비를 사랑한 평민 처녀 설화〉 전승
2단계 : 반야월의 〈울고 넘는 박달재〉 노랫말 작성(1946년)
3단계 : 가공인물 '금봉'과 그 상대역인 '박달'의 등장
4단계 : 가요의 인기에 따라 〈박달재 전설〉의 형성 및 전파(1948년)
5단계 : 『내 고향 전통 가꾸기』 등의 문헌에 정착(1982년)

물론 박달재를 무대로 예전 과거를 보러가던 양반 선비와 평민 처녀의 사랑을 담은 전설이 존재했을 가능성도 배제할 순 없지만 현재 접할 수 있는 자료는 '금봉'의 등장에 따라 〈울고 넘는 박달재〉 가사가 씌어진 1946년 이후 형성된 이야기뿐이다. 1982년 지역의 문헌에 전설자료로 정착하기 전에도 이미 〈박달재 전설〉은 널리 유포되어 알려져 있었다. 1979년 제천을 소개한 향토사학자의 글을 보면 "한포기 꽃을 보고도 얼굴이 붉어지던 금봉이가 과거 가는 도령의 사랑의 하소연에 마음을 주고 떠나가는 임을 위해 도토리묵을 싸주었다넌 이곳이 아홉 굽이 진달래가 물드는 울고 넘던 박달재인 것이다."[29]고 하여 그 전설을 소개하고 있다. 〈박달재 전설〉은 분명 1946년 이후 구비전설의 틀을 빌려 새롭게 만들어진 전설이다. '근대민요' 〈아리랑〉처럼 근대 이후에 정착된 '근대전설' 혹은 '신전설'인 것이다.

4. 〈박달재 전설〉의 변용과 콘텐츠의 문화사적 의미

〈박달재 전설〉 뿐만 아니라 예전부터 전승되었다고 믿고 있는 수많은 전설들이 실상은 근대에 들어와 새로이 만들어진 '근대전설'이 많다. 그 대표적인 경우가 1930년대 김동인(金東仁, 1900~1951)과 윤백남(尹白南, 1888~1954)에 의해 주도되었던 『야담(野談)』과 『월간야담(月刊野談)』 소재 전설들이다. 이 잡지에서는 전승되던 설화나 새로운 소재를 발굴하여 회고조의 통속물로 만들어 냄으로써 근대 문학기에 새로운 야담, 곧 '신야담'들을 만들어냈던 것이다. 당시에 상당한 인기를 얻었고

---

29 이종원, 〈江山萬里 - 제천〉, 『경향신문』 1979년 2월 14일자.

이 경향은 1950년대까지 지속되었다.[30]

1948년 〈울고 넘는 박달재〉 노래가 인기를 얻고 〈박달재 전설〉이 만들어진 것도 바로 그 무렵이니 이러한 신야담의 유행과도 무관하지 않을 것이다. 중요한 것은 근대 이후에 형성됐다고 하더라도 '민족의 노래' 〈아리랑〉처럼 과연 문학사 혹은 문화사의 구도 속에서 민족의 정서를 대변하고 현실의 긍정적 지향을 담고 있느냐는 것이다.

〈박달재 전설〉은 남녀의 애절한 사랑 이야기라고 하기에는 너무 어이가 없고 필연성도 부족하다. 박달을 기다리던 금봉이 상사병으로 죽고 사흘 뒤에 내려온 박달도 금봉의 환영을 보고 죽었다는 얘기가 과연 무슨 의미가 있을까? 왜 죽었는지에 대한 이유도 없고 죽음의 의미도 없다. 이는 '관탈민녀형(官奪民女型)' 설화인 〈우렁각시〉에서 신분에 따른 모진 수난을 겪으며 부부가 모두 죽음으로써 민에 대한 탄압을 증거했던 것과 비교해 보면 분명해진다. 〈박달재 전설〉은 그 주제적 지향이 너무 모호하다는 것이다. 당연히 〈아리랑〉처럼 우리의 민족정서를 대변하지도 못한다. 그런데도 유사한 콘텐츠들을 많이 파생시켰다.

박달재 관련 이야기는 대중가요의 인기 때문인지 1968년에 심우섭 감독에 의해 〈울고 넘는 박달재〉란 영화로 만들어졌으며, 1970년에는 속편인 〈눈물의 박달재〉로도 제작되었다. 그런데 영화는 과거의 사건을 다룬 역사물이 아닌 현대물이며 줄거리 또한 〈박달재 전설〉과는 판이하다. 두 편 영화의 시놉시스(synopsis)를 간추리면 이렇다.

　　박달재를 넘어 시집을 간 선녀는 고생스러운 시집살이 때문에 고달픈 나날을 보낸다. 시어머니는 시샘이 대단하였을 뿐만 아니라 남편은 방탕

---

30 임형택, 「야담의 근대적 변모」, 『韓國漢文學研究』 특집호, 한국한문학회, 1996, 70～85면.

스러웠다. 어느 날 그녀는 실화범으로 쫓기는 남편의 죄를 뒤집어쓰고 감옥살이를 하게 되었다. 그러는 동안에 그녀는 옥중에서 아이를 분만한다. 그러나 시어머니는 며느리를 미워한 나머지 감옥으로 찾아와서 아이를 데리고 가며 나중에 출옥하더라도 아예 시집에 발을 들여세울 생각도 말라는 말을 한다.

하지만 그녀는 출옥한 후에 열심히 돈을 모아 쓰러져가는 시집을 도와준다. 마침내 시어머니는 회개를 하게 되고 그녀는 시집의 알뜰한 살림꾼이 된다.(〈울고 넘는 박달재〉)

남편이 징용을 나가자 선녀는 시어머니에게 아들 용훈을 빼앗기고 집에서 쫓겨난다. 그때 선녀의 몸에는 또 하나의 생명이 자라고 있었다. 낳고 보니 딸이었다. 선녀는 딸을 어느 노파에게 맡기고 호텔 청소부가 된다. 그러면서 그녀는 돈을 모아 아들의 학비를 대는 한편 딸의 양육비도 대 나간다. 20여년의 세월이 흘러 선녀는 딸을 겁탈하려는 한 불량아를 살해하고 경찰에 잡히기 전에 아들의 얼굴이나마 한번 보려고 고향에 내려갔다가 그 동안에 형사가 된 아들 손에 체포된다.(〈눈물의 박달재〉)[31]

전형적인 신파조의 가정 통속 드라마로 전설의 두 주인공 박달이와 금봉이도 등장하지 않고 서사도 〈박달재 전설〉과는 전혀 무관하다. 다만 무대를 박달재로 했을 뿐이다. 대중가요 〈울고 넘는 박달재〉의 인기 때문에 박달재를 무대로 '울고 넘는' 서글픈 사연을 새롭게 구성하여 여성수난의 통속 영화를 만든 것이다. 이 영화를 당시 "여성취향의 홈드라마"[32]로 1960년대는 한국영화사에서 멜로드라마의 전성시대였고 특히

---

31 영화 〈울고 넘는 박달재〉(1968), 〈눈물의 박달재〉(1970) 줄거리 참조.

고부간의 갈등이나 자식을 낳지 못하는 여성의 슬픔 등을 다룬 가정 멜로드라마가 주류였기에[33] 여기에 편승하여 '울고 넘는' 박달재의 사연을 영화로 만든 것이다.

이러한 통속적 경향은 악극(樂劇)으로 그대로 이어졌다. 악극은 노래와 춤과 연기가 어우러진 '통속적인 경음악극'으로 1920년대 말엽 '타락한 신파극'에서 파생되어 1970년대 초까지 명맥을 유지하다가 사라진 장르다. 그런데 1990년대에 다시 부활하여 중반에는 대중연극의 핵심으로 자리 잡을 만큼 번창했고 2000년대 초반까지 유행했다. 그 이유는 미국식 뮤지컬의 영향도 있지만 그보다도 복고풍 상업연극에 따른 것이라 볼 수 있다.[34] 극단 '가교(架橋)'가 중심이 되어 1993년 〈번지 없는 주막〉을 시작으로 2005년까지 〈홍도야 우지 마라〉, 〈굳세어라 금순아〉, 〈비 내리는 고모령〉 등 무려 11편을 공연하면서 대중적인 인기를 누렸는데, 1997년 공연되어 인기를 얻었던 '국민악극' 〈울고 넘는 박달재〉의 줄거리는 이렇다.

충청북도 충주와 제천 사이의 험준한 준령에는 천둥산 박달재라는 고갯길이 있었다. 이름하여 '울고 넘는 박달재' 불리기도 한 이 고개 너머 첫 번째 마을인 원박골에 비련의 이야기가 숨어 있다.

원박골에서 삼대째 만석꾼 지주로 살아온 박진사 집안의 삼대 독자인 박준호는 경성 유학 중에 집안의 부름을 받고 집으로 돌아온다. 그는 박달재를 넘는 중에 우연히 금봉 모녀의 이별을 목격하게 된다. 병든 어머니를 위하여 쌀 두 섬에 팔려 남의 집에 종살이를 가야 하는 금봉과 가난으로

32 〈영화 '울고 넘는 박달재'〉, 『경향신문』 1968년 11월 9일자.
33 호현찬, 『한국영화 100년』, 문학사상사, 2000, 188~191면 참조.
34 유민영, 「악극」, 인터넷 『민족문화대백과사전』 참조.

인해 딸을 보내야 하는 어머니의 애절한 이별이었다.

준호는 집으로 돌아와 부모님과 정겨운 해후를 나누고, 그날 밤 운명의 신에 인도된 듯 그의 집에 종으로 들어 온 금봉을 만나게 된다. 금봉이 박달재에서 어머니와 아픈 이별을 했던 소녀라는 것을 확인한 준호는 곧 청아하고 순박한 금봉의 모습에 매료되어 버린다.

두 사람은 어느덧 사람들의 눈을 피해가며 밀회를 나누는 관계로 발전하고 드디어는 깊은 사랑에 빠져 끊을 수 없는 사랑의 화신으로 변한다. 준호는 집에서 정해준 혼처를 물리치게 되고 이 여파로 두 사람의 관계를 들키고 만다. 금봉이 임신한 사실을 알게 된 어머니 최씨는 크게 노하여 준호를 경성으로 쫓아 보낸다. 준호는 어머니의 명령을 거역하지 못해 사랑하는 금봉이를 고향집에 남겨둔 채 경성으로 떠난다.

홀로 남아 아들을 낳은 금봉은 어머니 최씨의 모진 박대에 못 이겨 서울로 떠난 준호를 찾아 나서지만, 우여곡절 끝에 결국 화류계의 여인으로 전락하고 만다. 살인누명을 쓰고 법정에 선 금봉은 검사가 된 아들 장석규로부터 사형을 구형받는다.[35]

〈박달재 전설〉과는 무관하게 시점도 근대이며 원박골에 사는 가난한 여자 금봉의 인생유전을 그리고 있다. 이 악극은 부잣집 도련님과의 사랑, 예기치 못한 아이의 임신, 집안에서의 추출, 화류계로 전락, 남편 살해의 누명, 검사가 된 아들과의 비극적인 재회와 사형구형 등 눈물샘을 자극하는 신파적 요소를 두루 갖추고 있다. 비록 근대에 들어와 새롭게 만들어진 전설이라고 하더라도 〈박달재 전설〉이 지니고 있는 설화적 모티프가 악극에는 그리 강하게 작용하지 않았다는 것을 알 수 있다. 이런

---

35 극단 가교, 「작품 줄거리」, 『울고 넘는 박달재 공연 제안서』, 2010.

점을 보면 영화나 악극은 박달재를 무대로 해서 전혀 다른 서사를 만든 것이다. 왜 이런 현상이 일어났을까?

〈박달재 전설〉은 〈울고 넘는 박달재〉에서 파생됐기에 오히려 대중가요의 통속적인 정서가 그 중심에 자리하고 있다. 〈박달재 전설〉은 〈울고 넘는 박달재〉의 의고적(擬古的) 외피인 셈이다. 〈박달재 전설〉이 아니라 〈울고 넘는 박달재〉의 금봉이로 대변되는 한 여인의 수난사가 서사의 중심에 오게 되어 새로운 내용의 신파물들을 확대 재생산했던 것이다. 그래서 사랑하는 남자와 이별한 뒤에 여인이 혼자 남아 자식을 낳아 기르고 시어머니와 갈등을 겪다가 파국적 결말로 귀결되는 여성수난사가 영화, 악극 등에 반복적으로 나타난 것이다.

대중가요 〈울고 넘는 박달재〉와 같은 제목의 영화, 악극은 모두 여성수난을 강조하는 전형적인 신파 멜로드라마의 틀을 가지고 있다. 방탕하거나 나약한 남편과 드센 시어머니, 이 틈바구니 속에서 여주인공은 고통을 당한 끝에 파국적 결말로 치닫는다. 이 작품들은 우연적인 사건의 남발과 감정 과잉, 격정적인 대사와 동작을 통해 한 여인의 비참한 인생사를 보여줌으로써 관객들의 눈물샘을 자극했다.

이 첨단 정보화 시대에 복고적인 신파 멜로를 다시 재현하려는 의도는 무엇일까? 복고 신파물인 악극은 '욕망과 소비의 시대'라는 90년대에 들어와 당시 복고풍 유행과 함께 구매력을 갖춘 50∼60대를 대상으로 하는 새로운 문화상품으로 기획되었고, 그것이 성공을 거두어 대중화 되었던 것이다. 더욱이 1997년에 초연된 악극 〈울고 넘는 박달재〉는 IMF 시절을 맞아 가난하고 힘들었던 과거에 대한 향수를 자극함으로써 오히려 당시가 얼마나 행복한가를 느끼게 하려는 의도에서 제작됐다고 한다.[36] 당시 악극을 관람한 노년층 관객들은 "막이 내린 후 출연자들과 〈울고 넘는 박달재〉 노래를 같이 부르며 하나가 됐"을 정도로 뜨거운

반응을 보였으며 "우리들의 이야기여서 좋다."고 호응했다고 한다.[37]

그런데 그것이 지금, 여기서 무슨 의미가 있는가? 지나간 시절에 대한 반성적 거리를 두어 우리의 험난한 역사를 다시 생각해 보게 하는 것이 아니라 격정적인 신파드라마를 통해 한 여인의 지난한 운명에 동참하여 눈물샘을 자극하고 여기에 동조할 뿐이다. 이수일과 심순애가 등장하는 원조 신파 〈장한몽(長恨夢)〉이 식민지 시대의 본질적 현실을 은폐하고 "돈이냐, 사랑이냐?" 식의 달콤한 위안을 던졌던 것처럼, 금봉이로 대변되는 한 여인의 서글픈 운명은 저 유명한 〈아리랑〉처럼 우리의 근대사 속에서 민족저항의 메시지를 획득해낸 것이 아니라 이야기의 필연성을 상실하고 어설프게 조작된 신파의 공식에 의한 것이다. 민중이 피로할 때마다 부활을 거듭하는 〈장한몽〉의 망령이 오늘날도 횡행한다면 그것은 또한 민족적 현실의 본질로부터 우리를 멀어지게 하려는 은밀한 기도(企圖)나 다름 아닌 것처럼 〈울고 넘는 박달재〉 역시 같은 기능을 수행할 가능성이 크다.[38]

5. 마무리

제천을 대표하는 전설로 자리 잡은 〈박달재 전설〉의 형성과정과 여기서 파생된 다양한 콘텐츠의 문화사적 의미를 살펴보았다. 이 전설은 '조선 중엽의 경상도 선비'인 박달이 과거 보러가는 길에 박달재를 넘으면

---

36 같은 자료, 「기획 배경」 참조.
37 〈울고 넘는 박달재 - 가슴 저미는 운명, 저절로 쏟는 눈물〉, 『동아일보』 1999년 1월 17일자.
38 최원식, 「長恨夢과 위안으로서의 文學」, 『民族文學의 論理』, 창작과 비평사, 1982, 94면 참조.

서 평민 처녀 금봉이를 만나 사랑하게 됐지만 데려간다는 약속을 못 지켜 비극적인 죽음으로 끝을 맺는 이야기다. 지역에서는 이 전설을 공식화하고 테마공원, 캐릭터, 악극 등 다양한 콘텐츠를 만들어 제천의 상징으로 삼았다.

하지만 이 〈박달재 전설〉은 박달재를 매개로 〈양반 선비를 사랑한 평민 처녀 설화〉의 한 유형이 전승되다가, 1946년 반야월이 〈울고 넘는 박달재〉를 작사하고, 1948년 박재홍이 노래를 유행시켜 인기를 얻자 거기에 맞춰 부대설화로 형성되어 본격적으로 전파된 것이다. 이로 본다면 〈박달재 전설〉은 근대민요 〈아리랑〉처럼 구비전설의 틀을 빌려 새롭게 만들어진 '근대전설' 혹은 '신전설'인 것이다.

1950년대 이후 박달재에 얽힌 이야기는 1968~1970년 심우섭 감독에 의해 〈울고 넘는 박달재〉, 〈눈물의 박달재〉란 영화로 만들어졌으며, 1997년에는 극단 가교(架橋)에 의해 같은 제목의 악극으로도 공연되었다. 대중가요 〈울고 넘는 박달재〉와 같은 제목의 영화, 악극 모두 여성 수난을 강조하는 전형적인 신파 멜로드라마의 틀을 지니고 있다. 나약한 남편과 드센 시어머니의 틈바구니 속에서 여주인공은 고통을 당한 끝에 파국적 결말로 치닫는다. 영화나 악극에서 드러나는 금봉이의 서글픈 운명은 '민족의 노래' 〈아리랑〉처럼 우리의 근대사 속에서 민족저항의 메시지를 성취해낸 것이 아니라 필연성을 상실하고 어설프게 조작된 신파의 공식에 의한 것이다. 그것이 지금 제천에서 얼마나 의미 있는가는 회의적일 수밖에 없다.

한편 1942~43년에 〈결전 태평양〉, 〈일억 총진군〉, 〈조국의 아들 - 지원병의 노래〉, 〈고원(高原)의 십오야(十五夜)〉 등 '친일군국가요'를 부르고 지은[39] 반야월의 기념관을 박달재에 짓는다고 2012년부터 제천시가 추진해 오던 사업을 2014년 3월에 시민들의 반대로 무산시킨 적이 있다. 대중가요 〈울고 넘는 박달재〉의 인기에 힘입어 그것으로 제천지역의 이미지를 구축하려고 시에서 추진해오던 일이었다. 그 역사적, 문화적 의미에 대한 고려 없이 대중적 인기도에 따라 지역문화의 판도가 좌우되는 어설픈 해프닝이었다. 이제까지 제천지역은 정형화되어 반복된 〈박달재 전설〉과 대중가요 〈울고 넘는 박달재〉로 신파조의 다양한 콘텐츠를 만들어왔던 것은 사실이다. 이 첨단 디지털 시대에 복고풍 신파의 망령을 다양한 콘텐츠의 형태로 소환하는 것은 의도하지 않았더라도 현실의 본질로부터 지역민을 유폐시키거나 망각시키기 위한 기도(企圖)나 다름 아닐 것이다. 지역민들에 의한 건강하고 생산적인 지역의 문화와 상징이 절실하게 요구된다.

---

39 민족문제연구소 편, 『친일인명사전』, 민족문제연구소, 2009, 166~167면 참조; 〈반야월 "친일행적 후회 - 국민에 사과"〉, 『한국일보』 2010년 6월 10일자.

박달재의 문학적 상징성과 그 활용방안

1. 문제의 제기

제천을 대표하는 명소와 지역의 전설로 자리 잡은 〈박달재 전설〉의 형성과정과 여기서 파생된 다양한 콘텐츠의 문화사적 의미를 이미 살펴보았다. 애초 이 전설은 '조선 중엽의 경상도 선비'인 박달(朴達)이 과거 보러가는 길에 박달재를 넘으면서 평민 처녀 금봉이를 만나 사랑하게 됐지만 데려간다는 약속을 못 지켜 비극적인 죽음으로 끝을 맺는 애절한 사랑의 이야기로 알려져 왔으며, 지역에서는 이 전설을 공식화하고 테마공원, 캐릭터, 악극 등 다양한 콘텐츠를 만들어 제천의 상징으로 삼았다.

하지만 이 〈박달재 전설〉은 박달재를 매개로 〈양반 선비를 사랑한 평민 처녀 설화〉의 한 유형이 전승되다가, 1946년 반야월이 〈울고 넘는 박달재〉를 작사하고, 1948년 박재홍이 노래를 유행시켜 인기를 얻자 거기에 맞춰 부대설화로 형성되어 본격적으로 전파된 것이다. 이로 본다면 〈박달재 전설〉은 근대민요 〈아리랑〉처럼 구비전설의 틀을 빌려 새

롭게 만들어진 '근대전설' 혹은 '신전설'인 것이다.[1]

게다가 1950년대 이후 박달재에 얽힌 이야기는 1968~1970년 심우섭 감독에 의해 〈울고 넘는 박달재〉, 〈눈물의 박달재〉란 영화로 만들어졌으며, 1997년에는 극단 가교(架橋)에 의해 같은 제목의 악극으로도 공연되었다. 대중가요 〈울고 넘는 박달재〉와 같은 제목의 영화, 악극 모두 여성수난을 강조하는 전형적인 신파 멜로드라마의 틀을 지니고 있다. 나약한 남편과 드센 시어머니의 틈바구니 속에서 여주인공은 고통을 당한 끝에 파국적 결말로 치닫는다. 영화나 악극에서 드러나는 금봉이의 서글픈 운명은 '민족의 노래' 〈아리랑〉처럼 우리의 근대사 속에서 민족저항의 메시지를 성취해낸 것이 아니라 필연성을 상실하고 어설프게 조작된 신파의 공식에 의한 것이다.[2] 그것이 지금 제천에서 얼마나 의미 있는가는 회의적일 수밖에 없다.

이런 사실로 본다면 제천시의 캐릭터로까지 발전된 〈박달재 전설〉은 아무 근거도 없는 허구인 셈인데, 이제는 이를 대체할 만한 박달재의 새로운 상징성이 필요하다. 이미 제천의 대표적 명소로 자리 잡은 박달재의 상징은 어디서 찾아야 할까? 이에 대한 문화적 대안과 그 활용 방안을 모색해 본다.

2. 박달재의 문학적 상징성

제천의 관문이자 험한 고개의 상징인 박달재의 이미지와 가장 잘 들

---

1 졸고, 「〈박달재 전설〉의 형성과 〈울고 넘는 박달재〉」, 『고전문학연구』 46집, 한국고전문학회, 2014, 49~59면.
2 같은 글, 59~64면.

어맞는 문화적 혹은 문학적 항목은 아무래도 이곳 연박(硯朴)이 고향이고 그곳에 묻혔으며 조선 후기 민중들의 참상을 탁월하게 그려낸 시인 학고(鶴皐) 김이만(金履萬, 1683~1758)이 적당할 듯하다. 잘 알려져 있다시피 학고는 1683년 제천 봉양면 연박리에서 출생했다. 「행장(行狀)」에는 단곡(檀谷)에서 출생했다 한다.[3] 단곡은 우리말로 '박달골'이니 곧 현재 지명으로는 '연박리'인 것이다. 김이만은 학고 외에도 청전(靑田), 동애(東厓)등의 호가 더 있다. 김이만은 청전들에 있는 세 봉우리 가운데 하나인 백학봉(白鶴峰) 주변에 거처하여 살았으며[4] 자신의 호를 '학우는 언덕'이란 뜻의 학고(鶴皐)로 정한 이유도 청전들에 살면서 그곳 언덕에 울려 퍼지는 학의 울음소리를 환기시킨 것이다. 본관은 예안(禮安)으로 부친은 이곳의 지명으로 호를 삼은 단계(檀溪) 김해일(金海一, 1640~1691)이며 모친은 여주 이씨로 진사 이은진(李殷鎭, 1629~1662)의 딸이다. 이은진은 현종·숙종조에 대사헌, 대사간을 역임한 이하진(李夏鎭)의 동생으로서 바로 실학자 성호(星湖) 이익(李瀷, 1681~1763)의 작은 아버지다. 따라서 학고와 성호 간은 내외종 간이며, 이 두 사람은 평생 동안 당색을 같이 하고 뜻을 같이하여 긴밀한 교유관계를 유지하였다.

학고의 부친은 남인계로 이 때문에 벼슬길이 순탄하지 않았다. 1689년(숙종 6) 경신대출척(庚申大黜陟) 이후 정권은 노론이 대부분 주도했고 이 때문에 남인들은 많은 파직을 당해야 했다. 학고 김이만도 부친이 파직당하여 제천에 머무르던 때 태어났으며 지방의 수령 등 관직에 있을 때를 제외하고는 태어나서 죽을 때까지 제천에 머무르면서 많은 작

---

3 金履萬, 「行狀」, 『鶴皐先生文集』 권 11, 『韓國文集叢刊』(續65), 한국고전번역원, 2007, 24면.
4 金履萬, 「鶴皐草堂記」, 같은 책, 권 8, 16면.

품을 남겼다.

학고는 특히 조선 후기 민(民)의 삶에 깊이 들어가 그들의 궁핍한 현실을 시로 그렸다. 이른바 '유민시(流民詩)'가 그것이다. 18세기는 이앙법이 발달하면서 경영형 부농이 나타나 토지가 극히 소수의 부유층에 집중되었고, 대부분의 농민들은 영세한 토지 소유자나 무전농민으로 전락하였다. 여기에 도시의 자본이 농촌으로 유입되어 한층 농촌 분해를 가속화시켰으며, 삼정(三政)의 문란으로 대변되는 중간층의 수탈도 극심하여 유랑민들이 족출(簇出)하였다. 학고는 이 시기 평안도사, 무안현감, 양산군수, 서사군수 등 지방수령으로 전전하면서 이들 궁민 혹은 유민들의 참상을 목도하였다. 대표적 작품인 〈애걸개녀(哀乞丐女)〉[5]를 보자.

문간에서 걸식하는 저 아이 뉘집 딸인고	沿門乞食誰家女
물어도 대답 않고 다만 훌쩍이기만 하네	問之不應但長啼
얼굴은 시커멓고 머리는 어지럽게 헝클어져	面貌黑黑髮鬖鬆
백주 대낮에 나찰귀라도 어지럽게 헝클어져	白晝現出羅刹鬼
맨 손에 표주박조차 없으니	伶俜赤手瓢也無
하루 종일 얼마나 얻을 수 있으리오	終日所得能復幾
저 깊은 규방 아름답던 시절 생각하면	想渠深閨婉戀時
이처럼 영락하여 시궁창 헤맬 줄 어찌 알았으랴	豈知零落誰腐卉

유리걸식하는 가난한 백성들의 모습을 전형적으로 형상화한 시다. 시인 말처럼 꽃같이 예쁘던 규방시절에 어찌 이처럼 시궁창이나 헤매는 거지가 될 줄 알았겠는가. 그러니 구걸에도 익숙치 못하여 표주박 하나

---

5 金履萬, 「詩中稿」, 같은 책, 권지 2. 30면.

없이 훌쩍일 뿐이다. 이 여자거지의 구체적 모습을 통하여 당시 백성들이 얼마나 고통스럽게 사는가를 보여준다.

무엇이 이토록 농민과 농촌의 현실을 어렵게 만들었는가? 특히 조선 후기 삼정의 문란으로 나타나듯 각종 세금의 압박에다 농업기술의 발달로 인한 경영형 부농의 출현 때문이다. 이와 같은 상황에서 전통적 농업방식은 타격을 입지 않을 수 없었으며 이러한 농민들의 고달픈 사연은 보편적 현상이 되었다. 결국 이들은 땅을 버리고 유민이 되어 사방으로 유리걸식하는 처지에 이르게 된다. 유민의 아픔을 가장 잘 그리고 있는 〈유민의 탄식[流民歎]〉[6]을 보면 그 정황이 구체적으로 제시되고 있다.

국가 세금 정해진 양이 있어	國租有常科
감히 관장을 원망하지 못하네	不敢怨官長
쌀독은 벌써 다 비었고	瓶盎已盡傾
사방 벽은 비질한 듯 깨끗하네	四壁如掃盪
이장은 문 밖에서 독촉하길	里胥迫追呼
"동헌에 가면 곤장감이야."	公門足箠杖
그러니 포흠을 짓고 도망하여	所以作連逃
너도나도 다투어 따라가네	遠近競相倣
누군들 고향을 떠나고 싶으랴	豈欲離鄕黨
필경 구렁텅이에 처박히게 될지니	畢竟塡溝壑
깊이 생각해봐도 뻔한 일이라	中心亦已想
험한데도 쫓기는 사슴과 진배없고	眞同鹿走險
그물 빠져 도망하는 물고기 같구나	且學魚漏綱

---

6 金履萬, 「詩中稿」, 같은 책, 권지 2, 34∼35면.

이 시는 특히 유민이 될 수밖에 없는 구체적 정황을 그리고 있다. 즉 살기도 어려운데 대부분 곡식을 세금으로 바치고 그나마 부족하여 관가에서 볼기를 맞는 형편인데도 집에는 쌀 한 톨 없다. 그래서 서로 다투어 도망을 하게 된다는 것이다. 고향을 떠나고 싶은 사람은 아무도 없다. 고향을 떠나 유리걸식해봐야 구렁텅이 처박히는 신세가 될 줄 알지만 당장 살아갈 방도가 없으니 떠나는 것이다. 그래서 험한 데로 쫓기는 사슴처럼 죽을 줄 알지만 도망하게 된다. 이 기막힌 유민의 절박한 심정을 학고는 탁월하게 그렸다. 이처럼 학고는 조선 후기 민의 고통스러운 현실을 핍진하게 그려 문학사에서 주목을 받는다.

게다가 학고는 제천 의림지(義林池)를 형상화한 서사한시 〈어장사참사가(魚壯士斬蛇歌)〉를 써서 어장사로 대표되는 강인한 제천 민중들의 모습을 그리기도 했다.[7] 그런 제천의 강인한 민의 모습을 담고 있는 것이 농경의 상징인 의림지이며, 험준한 박달재이다. 마침 학고의 시 중에 의림지를 그려낸 〈어장사참사가〉가 있듯이 험준한 박달재를 묘사한 학고의 〈박달재[檀嶺]〉라는 시가 있다.[8]

시월 길 가는 사람도 땀이 옷에 배는데	十月行人汗透衫
산봉우리 우뚝 솟고 돌들은 가파르구나	峰巒矗矗石巉巉
험한 길 끝나니 기이한 광경 드러나는데	危途歷盡奇觀出
잘 생긴 모습에 뻐드렁니처럼 앉은 도덕암	玉骨槎牙道德巖

이 시는 우선 박달재 고갯길을 지나는 것이 얼마나 힘든가를 얘기한

7 이에 대한 자세한 고찰은 졸고, 「제천 義林池의 문학지리와 그 의미」, 『민족문학사연구』 44호, 민족문학사 학회, 2010. 참조.
8 金履萬, 「詩晚稿」, 앞의 책, 권지 4, 9면.

다. 10월의 선선한 가을에도 옷에 땀이 밸 정도로 험하다 한다. 그 길은 우뚝 솟은 산봉우리에 험한 돌길이다. 이런 묘사에서 박달재의 강인하면서 올곧은 이미지가 전해진다. 박달재에 길이 난 것이 식민지 시대인 1910년대라고 하니[9] 그 이전에는 얼마나 험준했는지 알 수 있을 것이다. 그런데 그 험한 길이 끝나면 선경(仙境)처럼 기암괴석이 어우러진 곳에 도덕암이 눈에 들어온다. 옥골선풍(玉骨仙風), 즉 잘 생긴 모습에 뻐드렁니처럼 삐죽 도덕암이 나와 있다고 한다. 지금의 경은사 쪽에 보이는 기암괴석이 바로 도덕암이다. 마치 해탈에 이르는 과정처럼 가파른 고갯길을 넘으면 기막힌 경치를 마주 대하게 되는 그 절정의 장면을 학고는 손에 잡힐 듯이 그렸다.

그런데 학고가 그린 그 도덕암은 실상 회개한 도둑들의 전설을 지니고 있어 여러 의미로 해석될 수 있다. 박달재는 예로부터 험준해서 도둑들이 자주 출몰하곤 했으며 행인들은 고개 아래의 숙소인 박달원(朴達院)에 모여 여럿이 고개를 넘곤 했다. 그래서 험준한 박달재는 도둑에 관한 전설이 전해질 수 있는 조건을 갖추고 있기도 한다. 〈도덕암 전설〉의 내용은 이렇다.

조선 시대 태조 때의 일이다. 제천현감이 새로 부임하게 되었다. 청주목에서 제천으로 떠난 현감은 충주를 지나 박달재에 다다랐는데, 일가권속을 거느린 현감의 행차는 지지부진하였다. 더구나 만삭의 부인 때문에 더욱 늦어지고 있었다. 뒤처진 현감 부인 일행이 박달재에 들어섰을 때, 갑자기 한 무리의 도둑이 덤벼들었다. 하인과 뒤따르던 사람들이 모두 뿔뿔이 도망치고 말았다. 겁에 질린 현감 부인도 타고 있던 가마에서 내려 산

---

9 「울고 넘는 박달재, 참 사연도 많아」, 인터넷 사이트, 『디지털제천문화대전』.

비탈을 따라 아래로 도망치다 어느 큰 바위 위로 오르게 되었다. 바위 밑에 자갈이 깔리고 물이 흐르고 있어 더 이상 도망갈 길이 없었다.

현감 부인은 도둑에게 잡혀 욕을 보이느니 차라리 개울로 뛰어내려야겠다고 생각하였다. 부인이 몸을 날리려는데 갑자기 진통이 시작되어 그 자리에서 사내아이를 낳았다. 뒤쫓던 도둑은 이 광경을 보고 그 자리에 선 채 어찌할 바를 몰랐다. 아이를 낳은 현감 부인은 그 자리에서 숨을 거두었다. 도둑은 아이를 안고 자신의 소행을 뉘우쳤다. 그리고 아이를 안은 채 어디론지 가버렸는데, 그 후 자기의 죄를 속죄하고 그 아이를 사식처럼 잘 길렀다고 한다. 사람들은 도둑을 악에서 벗어나 선량한 사람으로 돌아가게 한 아이가 태어난 바위라서 '도덕암' 또는 '도둑바위'라고 부른다.[10]

이 도덕암은 처음엔 도둑바위인 '도둑암'이었다가 뒤에 비슷한 발음이지만 의미는 정반대인 '도덕암'으로 바뀌게 되었다 한다. 학고가 살았던 17~18세기에도 도덕암의 존재가 있었던 것을 보면 분명 도덕암에 얽힌 전설도 있었을 것이다. 박달재가 험해 도둑이 자주 출몰했으니 전설 속에 도둑이 등장하는 것은 당연하다. 실제로 현감부인이 아이를 낳고 죽었으며 이를 본 도둑들이 회개하여 새사람이 됐는지는 알 수 없다. 하지만 이 〈도덕암 전설〉에는 여러 의미들이 중첩되어 있다.

도둑은 처음부터 도둑이 아니었을 것이다. 조선시대 가혹한 세금과 수탈에 시달리던 백성들이 학고의 시에서 보이듯이 유민이 되어 이리저리 도망 다니다 먹고 살기 위해 도둑이 된 것이다. 『조선왕조실록』에서도 "모이면 도적이 되고, 흩어지면 백성이 된다.[聚則盜 散則民]"고 하

---

10 「도둑들이 회개한 도덕암」, 같은 곳. 이 자료는 『제천시지』(2004)를 비롯하여 『전설지』(1982) 등 여러 군데에 동일하게 전한다.

지 않았던가. 그러니 애초 현감 일행을 죽일 생각은 아니었고 재물만 뺏을 계획인데 현감부인이 사내애를 낳고 죽는 바람에 인간의 도리로 잘못을 뉘우치고 그 아이를 키우게 된 것이다. 현감부인 역시 욕을 당하느니 자결하겠다고 했지만 아이가 나오는 데는 어찌할 도리가 없었을 것이다. 이 전설에는 선량한 백성이 도둑이 될 수밖에 없는 현실과 그런 행위를 통해서 잘못을 뉘우치고 아이를 기른 도둑의 인간다운 마음이 잘 드러나 있다. 더욱이 죽으면서도 애를 낳는 인간 생명의 끈질김이 어우러져 있어 허구성이 강한 〈박달재 설화〉보다 박달재의 상징적인 이야기로 손색이 없어 보인다. 말하자면 〈도덕암 전설〉은 민중들의 강인함과 동시에 인간의 따스한 정감이 서린 상징적인 이야기인 것이다.

3. 박달재 문화자원의 활용과 전망

이처럼 박달재는 강인하면서도 인간 냄새가 나는 문화적 상징들을 보유하고 있다. 그 문화적 상징과 자원을 어떻게 콘텐츠화 하고 활용하면 좋을까?

우선 제천의 정신사적 의미를 찾는 작업으로 여러 정황을 고려해 보건대 박달재 정상이 하늘에 제사를 지냈던 곳임을 상기할 필요가 있다.[11] 이는 물론 자세한 역사적 고증을 거쳐 확정해야 할 문제다. 현재 이곳엔 길손의 안녕과 소원을 비는 서낭당이 있지만 하늘에 제사를 지내는 천제단(天帝壇)을 조성하면 제천의 대규모 행사시 활용할 수 있을 것이며 관광객들에게 이곳이 제천에서 성스러운 장소임을 알려줄 수 있

---

11 졸고, 앞의 글, 42~43면.

어 제천의 관문으로서 상징적 의미를 지닐 수 있을 것이다. 게다가 고려의 김취려(金就礪, 1172~1234) 장군이 거란의 10만 대군을 물리친 곳이기도 하니 그런 성스러운 이미지는 더욱 부합할 것이다.

두 번째로 문화적 혹은 문학적 상징성을 부각시키기 위해 이곳 연박의 시인인 학고 김이만을 활용할 필요가 있다. 학고는 조선 후기 문학사에서 민의 현실을 탁월하게 그려낸 주목할 만한 시인인데 현재 지역민들에게 잘 알려져 있지 않다. 우리 문학사에서 "유민(流民)의 문제는 조선 후기 한시에서 하나의 경향으로 자리 잡을 정도로 십중된 바 있나."[12] 하여 학고 김이만의 〈유민탄(流民歎)〉을 비롯한 유민시를 그 대표작으로 꼽고 있다. 이런 문학사적 평가를 고려한다면 대중가요 작사자인 반야월 기념관을 지을 것이 아니라 제천에서 태어났고 대부분 시기를 제천에서 보낸 제천의 시인, 학고 김이만을 기려 박달재에 '학고시비(鶴皐詩碑)'와 '학고문학관'을 조성하고 학고에 관한 자료들을 전시하여 둘러볼 수 있게 하면 지역민들에게는 자긍심이 되고 관광객에게는 지역을 알릴 수 있는 좋은 계기도 될 것이다.

필자는 지역의 문학지리를 고찰하면서 한국문학을 공간적으로 재배치하여 그 몫을 지역으로 돌려줘야 한다고 주장한 바 있다. 그럴 때 제천은 옥소(玉所) 권섭(權燮, 1671~1759)과 학고 김이만으로 대변하는 두 개의 코드를 가지고 있다. 옥소가 〈황강구곡가〉로 인해 청풍의 계산풍류를 대변하는 시인이라면, 학고는 〈어장사참사가〉와 〈박달재〉로 인해 농경생활이자 강인한 민의 상징인 의림지와 박달재의 대표하는 시인으로 손색이 없다. 옥소가 주로 사대부의 삶을 그렸다면 학고는 민의 형상에

---

12 진재교, 「조선 후기 한시의 안과 밖, 현실주의 성향」, 『새 민족문학사 강좌 01』, 창작과 비평사. 2009, 279면.

주목하여 짝을 이룬다. 현재 제천에서는 예총에서 매년 거행하는 '옥소예술제'로 옥소는 이제 지역민들도 어느 정도는 알게 되어 자리를 잡았다. 이제는 학고다. 의림지와 박달재의 시인으로서 학고를 부각시킬 필요가 있다. 마침 백운 출신 오탁번 시인의 원서문학관도 있어 학고문학관과 연계하여 '박달재의 문학'이라는 범주로 콘텐츠를 공유하거나 프로그램을 공동으로 진행한다면 시너지 효과를 일으킬 수도 있을 것이다.

세 번째로 박달재에서 도덕암에 이르는 둘레길을 조성하여 걷기 체험을 할 수도 있을 것이다. 도덕암은 여러 사연을 간직한 장소이자 회개한 도둑의 전설이 살아 숨 쉬는 곳이다. 걷기체험을 통해 도덕암에 얽힌 사연들을 되새겨 보는 것도 의미 있는 일이 될 것이다. 이른바 인생 역전의 '스토리텔링(story-telling)'을 체험하고 자신의 지나온 삶을 되돌아볼 수 있는 적절한 계기가 될 수도 있다.

네 번째는 예전 평동에 고개를 넘는 사람들의 쉼터인 박달원(朴達院)이 있었다는 것을 염두에 두고 주막거리를 조성하는 것도 좋은 계획이다. 현재 박달재에는 정상에 위치한 도토리 묵밥집을 제외하고는 이렇다 할 먹거리가 없다. 박달재를 넘어 가는 평동의 장터에 쉼터인 박달원과 주막거리를 재현하여 관광객들에게 다양한 제천의 먹거리를 제공하는 것도 중요한 일이다.

이렇게 본다면 박달재는 하늘에 제사를 지내던 곳이라는 신성한 공간으로서의 상징성과 학고 김이만으로 표상되는 민의 현실을 드러낸 문학적 심상을 지니게 됨은 물론 도덕암에 이르는 둘레길을 통해 볼거리를 의미 있게 하고 박달원을 비롯한 주막거리 조성으로 먹거리 또한 풍성하게 만들 수 있을 것이다. 이렇게 하면 박달재의 문화적 의미, 사연을 지닌 경관, 먹거리 등이 모두 갖춰지게 되는 셈이다.

남한강의 문학지리와 로컬리티
– 호서(湖西)지역을 중심으로

1. 머리말

"세계적으로 사고하고, 지역적으로 행동하자."는 말이 유행한 적이 있었다. 하지만 막강한 자본력을 앞세운 전지구적 '세계화(globalization)'의 진군 속에 이미 그 발언권은 상당히 약화되었음을 실감한다. 이제는 세계화라는 말을 꺼낼 필요도 없이 우리의 실생활은 이미 세계화 되어 인터넷이나 SNS에 들어가 보면 국경도, 민족도 없이 오직 정보만이 횡행한다.

여기에 맞물려 '지방화(Localization)'의 구호 또한 요란했지만 실상은 세계자본에 대한 국내 축적공간의 개방이라는 세계화와 유사한 경로를 보여준다. 지방화의 실상이 이렇기에 지역민들이 건강하고 자생적인 지역문화를 생산하거나 향유하지 못하고 소비적인 도시문화를 따라가거나 답습할 수밖에 없는 처지가 돼버렸다. 이를 극복할 대안은 당연한 말이지만 서울과 대도시에 집중되어 있는 문화적 자산을 지방으로 분산 배치해야 한다는 것이다. 특히 지역문화나 지역문학의 경우 그것을 생산한 지역으로 돌려보내 지역민들 삶의 기제(機制) 속에서 활용되고 논의 돼야 한다.

문학을 지리적 개념으로 재구하자는 '문학지리학(literary geography)'이 필요한 이유가 여기에 있다. 이는 문학을 지역의 토대 위에서 살펴보고 서울과 대도시에 집중된 작품들을 지역으로 분산시키는 공간적 배치인 것이다. 이런 문학지리학의 입장에 설 때 비로소 우리는 문학을 생성된 고향으로 돌려보내 그 지역적 기반 위에서 작품이 진정으로 무엇을 말하려고 하는가를 발견하게 된다.

그렇다면 문학지리학에서 '지역성(locality)'은 어떤 의미가 있는 것일까? 문학과 지리의 결합인 문학지리학에서 지역은 단순한 지리적 배경이나 소재로 그치지 않고 작품을 통해 새로운 의미를 획득한 심상적 공간으로서 전환된다. 자연물로서의 지리적 공간은 그냥 평범한 강과 산에 불과하지만 이것이 문학작품 속에 개입되는 순간 새로운 이미지를 얻게 된다는 것이다.

여기서 다룰 '남한강'은 한반도의 중심부를 거쳐 흐르는 평범한 강이 아니라 〈황강구곡가(黃江九曲歌)〉와 〈달천몽유록(達川夢遊錄)〉, 민요와 숱한 설화 그리고 현대시 〈목계나루〉로 인해서 심상적 공간으로 의미를 획득하게 된다는 것이다. 말하자면 남한강이 문학을 통해서 영혼을 얻고, 문학작품들은 남한강을 통해서 육신을 얻은 셈이다.

이런 문학지리학의 입장에서 본다면 지역의 문학은 지역민들의 삶 그 자체인 동시에 그 삶을 토대로 하고 지역을 기반으로 한 자율적인 생명체다. 그러기에 추상적 구호가 아닌 지역민들의 구체적 삶의 기제 속에서 기능하고 있는 것이다. 이런 시각에서 호서(湖西), 곧 충청 지역민들의 삶을 지역의 문학이 어떻게 담아내고 의미화 하고 있는가를 남한강의 문학지리를 중심으로 살펴보고자 한다.

호서의 여러 지역문학을 아우를 수 있는 지리적 표상은 북쪽의 남한
강과 남쪽의 금강이다. 강은 여러 지역을 흐르면서 수많은 문학적 심상
들을 다수 내포하고 있기 때문이다. 여기서는 충북에서 경기도를 거쳐
서울로 흐르는 남한강을 다룬다. 이렇게 본다면 남한강은 한반도의 중
심부인 기호(畿湖) 지역을 아우를 수 있는 유일한 지리적 표상일 것인데
여기서는 호서지역, 즉 충북으로 한정한다.

　　주지하다시피 남한강은 태백의 검룡소에서 발원하여 정선에서 동강
(東江)을 이루고 남시쪽으로 흐르다 영월에서 평창강과 주천강이 합류
한 서강(西江)을 만나 형성되어 영춘, 단양, 청풍을 거쳐 충주로 흐른다.
충주 탄금대 앞에서 속리산에서 내려온 달천과 합류하여 서부지역을 관
통하며 북쪽으로 흘러 여주, 이천, 양평을 지나 서울 근교의 양수리에서
북한강과 만나 한강이 된다. 강은 예전에는 육로보다 이동의 속도가 빠

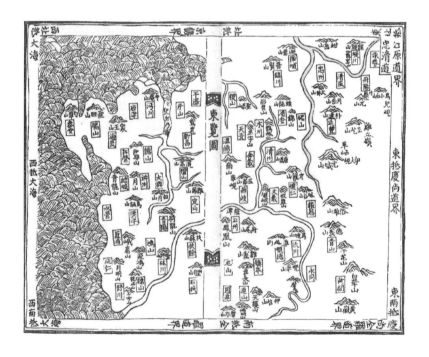

르기에 물류와 문화가 이동하고 전파되는 고속도로 역할을 담당했다. 육로가 발달하지 않아 세곡선(稅穀船)을 비롯한 온갖 물산이 강을 통해 교류되었다. 자연 강을 중심으로 지역의 문화가 발달되었고 또한 교류되었다. 현재 행정구역으로 강원도, 충청북도, 경기도를 남한강은 관통하고 있다.

그 중심지역은 지금의 충주와 그 인근 청풍이다. 예전 충주는 목(牧)으로 그 지역을 관할했고 청풍은 군(郡)이었다. 청풍은 현종 때 명성왕후의 관향이어서 한때 도호부(都護府)로 승격되기도 했지만 고종 32년 다시 군으로 바뀌었다. 이 지역은 나루가 발달하여 포탄진(浦灘津), 달천진(達川津), 신당진(新塘津), 목계진(木溪津), 청룡진(靑龍津) 등이 충주목에 속해있고, 청풍에는 북강진(北江津), 황강진(黃江津) 등이 있었다.[1]

2. 청풍(淸風)의 문학지리-유유자적과 달관

남한강의 물결을 따라 내려가다 보면 청풍을 만나고 그곳을 지나 월악산 쪽으로 가면 황강(黃江)을 만나는데, 그곳에 청풍 지역의 가장 큰 나루인 황강나루가 있었다. 이곳이 수암(遂庵) 권상하(權尙夏,1641~1721)가 살던 곳이고, 그의 조카 옥소(玉所) 권섭(權燮,1671~1759)이 〈황강구곡가〉를 지었던 배경이 되는 곳이다. 권상하가 강학을 했던 황강서원은 1727년(영조 3) 사액되었지만 1871년(고종 8) 서원철폐령에 의해 황강영당으로 개칭되었다. 권상하의 호를 따라 일명 한수재(寒水齋)로도 불린다. 〈황강구곡가〉 3곡에 등장하는 구재(舊齋)가 바로 한수

---

1 『국역 신증동국여지승람』 II, 민족문화추진회, 1969, 422~454면 참조.

재다.

　　三曲은 어드메오 黃江이 여긔로다
　　洋洋絃誦이 舊齋를 니어시니
　　至今의 秋月亭江이 어제론 듯 ᄒ여라[2]

　　황강에서 서원을 열어 거문고 타는 소리와 글 읽는 소리가 끝없이 울려 퍼지며 학문의 맥을 이어가는 정경을 노래했다. 이곳은 우암(尤庵)의 뒤를 이어 노론의 학통을 계승한 수암으로 인해 많은 노론계 사대부들이 무시로 드나든 곳이며, 그들의 정신적 구심점 역할을 했기에 단순한 서원이상의 정치적이고 상징적 의미가 함의된 곳이다.

　　옥소의 〈황강구곡가〉는 남한강 유역의 정경을 읊은 연시조로 1곡 대암(對岩)에서 시작하여 2곡 화암(花岩), 3곡 황강(黃江), 4곡 황공탄(皇恐灘), 5곡 권호(權湖), 6곡 금병(錦屛), 7곡 부용벽(芙蓉壁), 8곡 능강(凌江)을 거쳐 9곡 구담(龜潭)에서 마무리된다. 지금의 충주와 제천 경계인 한수(寒水)에서 시작하여 청풍을 거쳐 제천과 단양 경계인 구담까지 노래한 것이다. 옥소는 「황강구곡도기(黃江九曲圖記)」라는 글에서 "대암에서 시작 하여 구담에서 그친 것은 타지역의 승경을 빌려올 수 없는 까닭"[3]이라고 했다. 말하자면 청풍을 중심으로 제천과 단양을 경계로 현재의 제천 지역만을 형상화한 셈이다. 형상화 방식은 자연을 마치 산수화를 그리듯이 원경(遠景)과 전경(前景)을 한 장면으로 묘사하는 파노라마적 기법을 활용했다.

---

2 자료는 박요순, 『옥소권섭의 시가 연구』, 탐구당, 1990, 219면.
　　앞으로 이 시조 자료는 일일이 주를 달지 않고 괄호 속에 '옥소'라 적고 면수만 표시한다.
3 「黃江九曲圖記」, 『玉所集』 권9, 56～57면. "故始對岩以止於龜潭 不假勝於他境"

옥소는 겸재(謙齋) 정선(鄭敾, 1676~1759)과 교유하면서 손수 그림을 그리기도 했고, 손자인 신응(信應)을 직접 지도하며 겸재의 화풍을 따라 익히게 했을 정도로 회화에 조예가 깊었다. 그러기에 마치 한 폭의 그림을 그리는 방식으로 자연경관을 묘사할 수 있었다. 2곡을 보면 그런 회화적 경지가 잘 드러나 있다.

二曲은 어드메오 花岩도 됴흘시고
千峯이 合沓흔듸 限업슨 烟花로다
어디서 犬吠鷄鳴이 골골이 들니ᄂ니 (옥소, 219면)

화암을 그리는데 처음에는 수많은 봉우리들이 중첩된 원경을 묘사하고 다음엔 전경으로 마을의 아름다운 경치를 그렸다. 카메라가 이동하듯 원경을 보여준 다음 사람들이 사는 마을로 좁혀진 것이다. 거기에 개 짖는 소리, 닭 우는 소리까지 들리게 개와 닭도 그려 넣었다. 종장의 화면은 개와 닭으로 집중된다. 개와 닭이 있다고 하지 않고 개와 닭소리가 들린다고 했다. 경치를 묘사하면서 사물의 형상을 묘사한 것이 아니라 그 속에서 소리가 들린다는 이른바 공감각적인 '이미지즘(imagism)'의 방식을 사용했다. 그림을 그리듯 파노라마적 방식으로 자연을 묘사했기에 가능한 일이다. 실제로 옥소는 황강구곡의 명소를 직접 그림으로 그리기도 했다.

위의 그림 〈능강도〉도 바로 그것인데, 이 정경을 8곡에서 노래했다.

八曲은 어드메오 凌江洞이 묽고 김희
琴書 四十年의 네 어인 손이러니
아마도 一室雙亭의 못내 즐겨 ᄒ노라 (옥소, 221면)

청풍 근처를 흐르는 남한강을 특히 '능강(凌江)'이라 부르고 그곳 지명이 능강동인데 옥소는 이곳에 거처를 마련해 산 적이 있었다. 작품에 등장하는 '일실쌍정(一室雙亭)'이 바로 그 처소의 모습으로 그림에도 등장한다. 그런데 자신을 집주인이라 하지 않고 손님이라고 했다. 맑은 자연을 주인으로 여겨 자신은 40년 동안 거문고와 책을 벗 삼아 지냈을 뿐이며 그렇게 자연의 손님이 되어 흐르는 강물처럼 살았다고 했다.

옥소의 〈황강구곡가〉는 〈총가(摠歌)〉에서 "아마도 석담파곡(石潭巴
谷)을 다시 볼 듯 ᄒᆞ여라"(옥소, 219면)라고 했듯이 율곡의 〈고산구곡가
(高山九曲歌)〉를 흠모하여 그 방식을 그대로 계승하여 '구곡가'의 전통
을 이었다. 원래 '구곡가' 양식은 주자의 〈무이구곡가(武夷九曲歌)〉를
모델로 많은 사대부들이 그의 삶의 방식과 학문을 존중하여 구곡을 경
영하면서 이를 시조, 가사, 한시 등 다양한 양식으로 노래한 것으로 일찍
이 율곡의 〈고산구곡가〉가 그 길을 개척한 바 있다. 그 뒤 율곡의 정치
적 지향을 따르는 기호학파의 우암 송시열(宋時烈, 1607~1689)에 의해
괴산군 청천면 화양리에 화양구곡(華陽九曲)이 경영되면서 화양동은 우
암을 따르는 서인 혹은 노론 사대부들의 성지로서 자리를 잡게 된 것이
다. 충북에서 구곡이 경영된 곳이 모두 28곳에 이르는데[4] 그 중에서 화양
동이 위치한 괴산이 7곳으로 가장 많고, 다음은 수암이 황강구곡을 경영
했던 제천이 6곳으로 그 뒤를 이었다. 우암이나 수암은 서인의 정신적
지주로서 정치적 영향력을 발휘했기에 이렇게 괴산과 제천은 많은 구곡
이 존재하게 되었다. 서인의 '도통(道統)'을 제시하여 정치적 입지와 학
문적 지향을 벼리고 결집시키는 상징적 장소로서 역할을 한 것이다. 옥
소도 〈무이구곡가〉의 운을 활용하여 율곡의 〈고산구곡가〉와 〈신북구곡
가〉를 한시로 옮기기도 했다.

하지만 옥소의 〈황강구곡가〉에는 강호시가에서 흔히 말하는 구도적
공간은 완전히 사라지고 없으며 당연히 서인의 이념적 지향이나 도통도
제시되지 않는다. 현실정치에 거의 관여하지 않고 글만 쓰며 평생 유유
자적하고 살았기 때문일 것이다. 실상 옥소는 혁혁한 가문의 배경 속에

---

4 이상주, 「충북의 구곡문화」, 『충북의 구곡도와 구곡문화』, 다운샘, 2019, 154~159면.

서 낳고 자랐다. 친가는 물론 외가인 용인 이씨와 처가인 경주 이씨 집안이 모두 서인 명문가로 당대 정치현실 속에서 막강한 영향력을 지녔던 벌열(閥閱)이기에 장래가 보장되었지만 오히려 그는 벼슬길에 나가지 않고 평생을 유람과 글쓰기로 보냈다.

그렇게 유람과 글쓰기로 보낸 옥소의 삶은 실상은 평탄치 못해 현실과 늘 갈등을 일으켰다. 〈일곱 가지 한(七恨)〉이란 글에서 다섯 번째 한으로 '절개가 굳어 남을 용납하지 못하는 것'을 들어 "맑은 물은 스스로 맑아도 더러운 먼지가 와서 쉬이네. 절개가 굳은 바위들은 연기와 불꽃에 그슬리네. 그 굳은 절개가 이와 같음이여. 그 맑음은 또 어떠한가. 세상과 더불어 살아가고 싶지만 세상이 나와 함께 하려 하지 않네."[5]라고 하였다. 맑은 바람처럼 청한하게 살고자 했지만 당쟁의 와중에서 서인 명문가의 일원인 관계로 그것이 쉽지 않았고, 더욱이 장남이 어보를 위조해 사사되는 엄청난 고통을 겪기도 했다.

그러기에 옥소에게 유람과 글쓰기는 삶의 존재근거이고 버팀목이었다. 벼슬을 한 적이 없었기에 "외방에서 노닐기를 좋아하여 70년 동안 전국 7도의 산천을 두루 구경하였고 큰 바다에 배를 띄우고 노닌 것이 세 번 이었으며, 방외의 선비라는 호칭을 마다하지 않았다."[6]한다. 옥소의 유람은 삶, 그 자체다. 옥소의 연보를 보면 잠시를 한 곳에 머물러 있지 않을 정도로 계속 돌아다녔다. 그리고 쉴 새 없이 글을 썼다. 2,000여 수가 넘는 한시와 75수의 시조, 〈영삼별곡(寧三別曲)〉, 〈토통가(道統歌)〉 등의 가사와 국문소설 〈설저전(薛姐傳)〉을 한문으로 옮긴 〈번설경전(飜薛卿傳)〉은 물론 80편의 그림과 예술전반에 관한 엄청난 분량의

---

5 〈七恨〉, 이창희외, 『18세기 예술 · 사회사와 옥소 권섭』, 다운샘, 2007, 304면.
　"淸水自淸 塵穢來淆 介石之介 烟炊則燒 其介낙若是 其淸如許 與世推移 世不我與
6 같은 책, 300면. "自外進取 七十年遊 七道山川 而泛大海者三 不辭方外士之稱"

글을 남겼다. 옥소야말로 굽이굽이 흐르는 남한강에 가장 잘 어울리는 시인이다. 그의 〈십육영(十六詠)〉 시조 중 〈계곡(溪)〉을 보면 "무서시 믿친 일이 잇관딩 열열명(咽咽鳴)을 ᄒᆞᄂᆞᆫ다"(옥소, 202면) 라고 가슴 속으로 '열열명'을 하며 살았던 자신의 삶을 굽이치고 소쿠라지는 계곡물에 비유하기도 했지만, 〈강(江)〉에서는

> 됴흘시고 일ᄃᆡ쟝뉴(一帶長流) 소련(素練)을 잇ᄀᆞᄂᆞᆫ 듯
> 뒤야의 흘려내여 곤곤부진(滾滾不盡) ᄒᆞᄂᆞ고야
> 아모리 일만번 것거도 갈ᄃᆡ 몰라 ᄒᆞ노라 (옥소, 202면)

하여 비록 목적지가 뚜렷이 없어도 막힘없이 도도하게 흘러가는 강물을 노래했다. 그의 삶이 바로 그러했다. 본인의 의지와는 관계없이 고통을 겪기도 했지만 막힘없는 강물처럼 그렇게 도도하게 흐르며 살았다. 청풍은 서인의 핵심 가문으로 '삼척(西人三戚)'의 하나였던 청풍 김씨의 관향으로 현종비 명성왕후와 정조비 효의왕후를 배출했을 뿐 아니라 수암으로 인해 노론 사대부들의 근거지로서 정치적 지향이 강한 양반문화가 정착됐던 곳이다. 하지만 청풍은 "산천이 기이하고 빼어나서 남도의 으뜸이 된다."[7]고 했듯이 이곳을 지나는 남한강은 옥소 시조로 인해 '맑은 바람'이라는 고을의 이름처럼 혼탁한 정치현실에서 한 발 물러난 유유자적하고 달관한 심상을 품고 있다.

---

7 『국역 신증동국여지승람』 Ⅱ, 448면. "山川奇秀爲南道冠"

3. 달천(達川)의 문학지리-전란의 기억, 패배의 상흔

속리산 국립공원인 보은군 내속리면 사내리 비로봉 서쪽 계곡에서 발원하여 충주시 칠금동과 중원군 가금면 창동에서 여정을 마무리하여 남한강에 합류되는 물이 '달래강'이라 부르는 달천(達川)이다. 이 달천이 남한강과 합류되는 지점에 바로 임진왜란의 격전지 탄금대(彈琴臺)가 있다. 원래 이곳은 우륵이 가야금을 탔다고 그런 이름이 붙여졌지만 임진왜란 당시 신립(申砬, 1546~1592)이 배수진을 치고 왜군과 싸워 크게 패한 곳이며, 스스로 투신자살한 곳이기도 하다. 이 때문에 이곳을 소환한 문학작품이 많다. 우선 이곳을 배경으로 임진왜란의 패인을 두고 윤계선(尹繼善,1577~1604)이 1600년에 지은 〈달천몽유록(達川夢遊錄)〉과 황중윤(黃中允,1577~1648)이 1611년에 지은 〈달천몽유록(㨃川夢遊錄)〉 등 2종의 몽유록이 있다.

윤계선의 〈달천몽유록〉은 임진왜란이 끝난 직후 1600년(선조 33) 2월에 암행어사로 제수되어 피폐한 국토를 돌아본 경험을 바탕으로 창작되었는데, 작품에서도 파담자(坡潭子)가 호서 암행어사로 충주 달천에 이르러 임진왜란의 격전지를 둘러보고 유골이 방치된 것에 비분강개하여 시를 짓는 것으로 시작된다. 그 뒤 파담자는 조정의 명에 따라 화산(花山)에 부임한 뒤 꿈속에서 임진왜란의 원혼들을 만나 그들과 얘기를 나누게 되는데, 그 대목은 이렇다.

> 장수는 삼군의 생명을 맡은 자이며, 병사는 한 사람에 의해 쓰임을 당하는 자이다. 진실로 (장수가) 어질지 아니하면 반드시 일을 망칠 것이다. 中原은 형세가 뛰어나 실로 남쪽으로 방어가 되며, 草岾은 하늘이 설치한 뛰어난 곳이며, 竹嶺은 지세의 이로움이 족히 믿을 만한 곳이니, 한 사람

이 관을 지키면 만 사람도 열지 못하니 蜀道보다 험난하다. 백사람이 험난한 곳을 지키면 천 사람이라도 지나가지 못하니 위험함이 井陘과 같도다. 나무를 깎아서 목책을 만들고 돌을 쪼개어 수레에 쌓아 놓는다면 북쪽의 군사가 어찌 날아서 건너오겠는가? 남풍에 실려 죽은 자의 목소리도 들리지 않을 것이다. 숨어 기다리는 수고만으로도 장수는 베개를 높이고 주인으로 객을 제어하니 승패는 바둑판과 같도다. 슬프다! 신공의 계책이 여기에서 나오지 않아서 엄한 위세를 가지고 강퍅하게 스스로 사용하였다. 김종사의 청이 어찌 근거가 없으리오.[8]

작품의 중심은 패전의 책임이 어디에 있는가로 원혼들은 방어하기 좋은 죽령(竹嶺)을 버리고 탄금대에 배수진을 친 신립에 있다고 입을 모아 비난한다. 신립의 종사관이었던 김여물(金汝物)을 비롯한 여러 장수들이 방어하기 좋은 조령에 진을 치자고 건의했지만 이를 묵살하고 결국 탄금대에서 배수진을 쳐서 참패를 당했다는 이들 원혼들의 주장은 당시 신립의 전술과 패전에 대한 일반적인 공론이었다. 『선조실록(宣祖實錄)』에도 같은 입장으로 "신립이 충주에 이르렀을 때 여러 장수들은 모두 조령(鳥嶺)의 험준함을 이용하여 적의 진격을 막고자 하였으나 신립은 따르지 않고 들판에서 싸우려고 하였다. …… 적이 복병을 설치하여

---

8 尹繼善, 〈達川夢遊錄〉, 『校堪本 韓國漢文小說 夢遊錄』, 고려대 민족문화연구원, 2007, 106~107면. 앞으로 이 자료는 〈달천〉으로 약칭하고 참고 면수만 표시한다. 원문은 다음과 같다.
"將者, 三軍之可命, 兵者, 一人之制用, 苟或非賢, 心也僨事, 中原形勝, 實爲南紀, 草岾, 乃天設之稱雄, 竹嶺, 是地利之足恃, 一夫當關, 萬夫莫開, 難於蜀道, 百人守險, 千人不過, 危若井陘, 利木作柵, 裂石爲車, 則北軍焉能飛渡? 南風不吹死聲, 以逸待勞, 將士高枕, 爲主制客, 勝敗如局. 惜乎! 申公, 計不出此, 挾其嚴威, 愎於自用. 金從事之請, 豈無據乎?" 이 작품에서는 단양에 위치한 죽령을 언급했지만 달천의 지리적 위치를 고려한다면 조령이 타당하다. 지리적 착오를 일으킨 것으로 보인다.

아군의 후방을 포위하였으므로 아군이 드디어 대패하였다.”[9]하여 신립의 전술이 문제가 있음을 지적했다.

이처럼 파담자를 비롯한 당대의 평가에 대해 신립은 전술상의 실패를 인정하지 않고 제갈공명의 예를 들어 “하늘이 진실로 그러한 것이지, 사람이 어찌 까닭이 있겠습니까? 누구를 원망하며 누구를 탓하리까?”[10]라고 자신을 변호하지만 이마저도 곁에 있던 사람에 의해 “시루는 이미 깨어졌고 일은 이미 지나가 버렸소, 성패는 운수가 있고 시비는 이미 결정되었는데 다시 무슨 여러 말을 할 필요가 있겠소.”[11]라고 묵살된다. 구차하게 하늘의 뜻을 빌려와 자신을 변호하는 신립과 이를 매몰차게 묵살하는 원혼들의 질타를 통해 작가인 윤계선의 입장이 분명 신립의 패전에 대한 냉정한 비판에 있음을 알게 한다. 심지어는 신립의 자결에 대해서조차 “신공의 배수진이야말로 (임금의) 큰 은혜에 보답함이 작은 것이니, 그의 죽음은 마땅하다하겠으나 8천의 건아들이 왜 따라 죽어야 합니까?”[12]라고 폄하할 정도다.

하지만 그 뒤 1611년에 지어진 황중윤의 〈달천몽유록〉은 신립과 탄금대 전투에 대해 윤계선과 다른 입장을 보여 대비된다. 민정시찰의 과정에서 임진왜란의 격전지를 둘러보다 느낀 소회가 있어 지은 윤계선의 작품과는 달리 황중윤의 〈달천몽유록〉은 1611년(광해군 3년) 증광시에 참여했다가 낙방하고 집으로 오던 길에 탄금대 아래서 비를 피하던 중 이상한 꿈을 꾸고 지었다 한다. 그해 5월에 광해군 정권의 실세인 정인

---

9 『선조실록』 선조25년 4월 17일조. [조선왕조실록] http://sillok.history.go.kr
　　“砬至忠州, 諸將皆欲據鳥嶺之險 以遏商嶺 砬不從欲長駈於平原……賊設伏繞出我師之後 衆遂大潰.”
10 〈달천〉, 111면. “川實爲之, 人曷故爾? 誰怨誰尤?”
11 같은 책, 112면. “甑已破矣, 事旣往矣. 成敗有數, 是非已定, 更何足縷縷?”
12 같은 책, 150면. “申公背水之陣, □思鴻報薦, 其斃也國宜, 而八千健兒又何隨?”

홍(鄭仁弘, 1535~1623)이 회재(晦齋)와 퇴계(退溪) 두 분의 문묘종사를 반대하는 차(箚)를 올리자 이에 반대하는 소(疏)를 올리러 두 번이나 서울에 갈 정도로 황중윤은 당시 현실에 부당함을 느끼고 적극적으로 참여했던 인물이었다. 그래서 황중윤의 〈달천몽유록〉은 달천전투의 패인을 신립 개인의 작전 실패 보다는 전쟁의 준비상태나, 군 구성의 문제인 병농제(兵農制)의 모순 등 사회제도적 문제점을 지적하고 있다. 신립의 존재도 천제가 봉한 달천후(㺚川侯)로 당당하게 그려지고 있으며 몽유 공간 속에서도 서사의 주도적 역할을 수행한다. 신립의 작전이 실패했다는 당시 일반적 입장을 몽유자인 생(生)이 조심스럽게 전하여 신립의 답변을 듣는 방식으로 작품은 진행된다.

죽은 원혼들이 입을 모아 신립의 작전실패를 지적한 전자와는 달리 몽유자는 "제가 감히 알지는 못하나 다만 장군께서 한 나라의 정예병을 모두 거느리고도 접전하지 못하고 궤멸을 당했으니 의견이 있는 자 모두 장군의 배수진은 지혜롭지 못하다 합니다."[13]라고 조심스럽게 세상의 평가를 전달할 뿐 신립의 입장에 대해 아무런 반박도 하지 않는다. 몽유자는 그저 신립의 말을 이끌어내는 역할만 담당한다. 이에 비해 신립은 다음과 같이 당당하게 주장한다.

심하도다! 태평함을 논하는 자들은 나를 알지 못하는구나! 우리나라가 태평함을 누린 지 오래되어 편안함만 있어, 귀로는 금채찍 소리를 듣지 못하고, 눈으로는 깃발의 빛남을 보지 못했다. 함성이 크게 터져 나오고 변란이 창졸간에 일어났지만 바야흐로 산에는 견고한 요새가 없었고 관문에

---

13 黃中允, 〈㺚川夢遊錄〉, 같은 책, 165면.
"我不敢知, 但將軍盡一國之精銳兵, 不接而見潰, 議者, 皆以將軍背水爲不智也."

는 결초보은할 장수도 없어 조령은 그 험한 지형을 쓸 수 없어 대궐이 진동하였다. 이때를 당하여 비록 옛날의 병법을 잘 쓰는 자라 할지라도 반드시 훈련받지 않은 백성을 거느리고 기세등등한 적군에 대항할 수는 없었다. …… 비록 정예라고는 하나 실은 양의 무리여서 전쟁이 터지자 도망갈 생각만 하고 창을 잡을 마음이 없으니 내가 대장이지만 어떻게 계책을 내겠는가? 배수진은 내게는 부득이한 것이다.[14]

선생에 대한 대비가 전혀 없어서 병사들은 모두 훈련받지 않고 싸워본 경험이 없는 양민들이라 전쟁이 터지자 도망갈 궁리만 하고 있으니, 배수진은 어쩔 수 없는 선택이라고 주장하고 동생인 임진백(臨津伯) 신길까지 등장하여 병농일치제(兵農一致制)를 비롯한 군사제도상의 문제와 일관성 없는 지휘계통의 문제 등 군조직의 문제점을 지적하기도 한다. 그래서 이들은 "이와 같이 살펴보건대 우리 형제가 패배를 당한 것은 어찌 우리 형제가 지략과 용맹이 없었던 허물이겠는가?"[15]라고 반문한다. 신립, 신길 형제의 주장은 실상 자신들에게 쏟아진 사대부들의 비난을 반박하기 보다는 당시 사회제도의 모순을 지적한 측면이 강하다. 그래서 이 작품이 지어진 1611년 당대 정치현실에 대한 우의(寓意)로도 읽힌다.[16]

어쨌든 임진왜란 당시 전체의 전세를 좌우하는 달천전투의 패인을 두고 윤계선과 황중윤, 혹은 그들의 입장을 지지하는 사람들은 서로 논쟁

---

14 같은 책, 165~166면. "甚矣! 議者之不知我也! 我國昇平之久, 括嬉之餘, 耳不聞金革之聲, 目不觀旌旗之色. 鯨波一決, 變起倉卒, 方岳無鈞石之鎭, 關門欠結草之將, 鳥嶺失險, 王城震動. 當是時, 雖古之善用兵者, 固不能不敎之民, 而抗方張之賊也. …… 雖曰精銳, 實是羊群, 爭有望風之志, 略無苟戈之心, 身爲大將, 何以爲策? 背水爲陳, 余不得己也."
15 같은 책, 같은 곳. "審矣若是, 則吾兄弟之見敗者, 夫豈吾兄弟無智勇之過哉?"
16 신해진, 『조선중기 몽유록의 연구』, 박이정, 1998, 265면 참조.

을 하고 있는 셈이다. 윤계선은 조령을 버려두고 탄금대에 배수진을 친 신립의 전술 실패를 지적했고, 황중윤은 당시 군사제도와 군조직의 모순을 문제 삼았다. 그런데 당시 조정에서 신립의 사후 영의정에 추증하고 '충장(忠壯)'이란 시호를 내려 그의 죽음을 추모했음에도 불구하고 사대부들의 평가는 대체로 부정적이었다. 그런 입장을 잘 대변한 것이 임진왜란 당시의 문제점들을 기록하여 후일의 경계로 삼겠다는 유성룡의 『징비록(懲毖錄)』으로 신립의 문제를 이렇게 주장한다.

> 이것으로 보면 지형을 얻고 못 얻은 데에 성패가 달려 있다고 말할 수 있을 것이다. 적이 상주에 있을 때 申砬과 李鎰 등이 만일 이런 것을 알았더라면 좋았을 것이다. 먼저 兎遷과 鳥嶺 3·40리 사이에 활 쏘는 군사 수천 명을 매복해 두어서, 그 수효를 적들에게 알리지 않았더라면 능히 적을 대적할 수가 있었을 것이다. 그런데 鳥合의 무리와 훈련되지 않은 군사들을 거느리고 더욱이 험한 요새지는 버려둔 채 평지에서 버티고 있었으니 패하지 않을 수 있었겠는가.[17]

여기서의 논리는 형편없는 군사들을 가지고 어찌 이길 수 있었겠느냐고 하는 신립의 주장에 대한 반증이기도 하다. 그러기에 토끼벼루와 조령 같은 험한 지형을 이용해야 한다는 점을 들었다. 실상 이와 같은 주장이 당시 사대부들이 가지고 있는 공통적인 의견이었다.

하지만 당시 사대부들의 비판적인 입장은 〈임진록〉에서는 신립에 우호적으로 변모된다. 작품에서 유성룡이 신립을 불러 "조만에 왜병이 이를지니 공이 맛당이 중임을 당흘지라. 무슴 묘칙이 잇ᄂ뇨. 왜인이 본

---

17 유성룡 저, 이민수 역주, 『懲毖錄』, 을유문화사, 1986, 235~236면.

딘 용밍ᄒ고 ᄯ호ᄒ 조총이 이스니 가뷔야이 녀기지 못ᄒ리라."하자 신립은 "비록 조총이 잇슨들 엇지 ᄉ람마다 마치리오."[18] 할 정도로 애초 자신감이 강한 인물로 나타난다. 게다가 달천전투의 패인도 제장들의 말을 무시하고 무리하게 배수진을 친 데 있음을 분명히 인지하지만 조령에 진을 치고자 했으나 상주에서 이일(李鎰)이 대패함을 듣고 시간이 급박하여 어쩔 수 없이 탄금대에 배수진을 친 것으로 서술하고 있다.

> 슐빈ᄉ 신닙이 츙듀로 ᄂᆞ려기니 빅셩이 다 피란ᄒᆞ엿ᄂᆞ지라. 열읍에 겨셔를 젼ᄒᆞ여 군ᄉ를 초모ᄒᆞ여 팔쳔여 인을 어더 조령을 직희고져 ᄒᆞ더니, 문득 니일의 픽ᄒᆞᆷ믈 듯고 ᄃᆞ경ᄒᆞ여 군ᄉ를 믈녀 탄금ᄃᆡ의 두 믈 ᄉᆞ이를 격ᄒᆞ여 진을 치니 졔장 왈,
>
> "이곳에 결진ᄒᆞ엿다가 도적이 이르면 엇지 ᄒᆞ리오."
>
> 신닙 왈,
>
> "옛날 한신이 초를 칠 졔 빅슈진으로 크게 이긔엿ᄂᆞ니라."
>
> 제장 왈,
>
> "한신은 젹국 강약을 혜아려 짐즛 빅슈진으로 요ᄒᆡᆼ 이긔엿거니와, 이제 쟝군은 져근 군ᄉ로 무슈ᄒᆞᆫ 도적을 엇지 당코져 ᄒᆞ나뇨. 요ᄒᆡᆼ 이긔면 됴커니와 만일 불연즉 ᄒᆞ낫토 하지 못ᄒᆞ리니 엇지 두렵지 아니ᄒᆞ리오."
>
> ᄒᆞ니, 신닙이 ᄃᆡ로ᄒᆞ여 그 말ᄒᆞᆫ 즈을 참ᄒᆞ려 ᄒᆞ더니, 문득 니일이 창을 메고 드러오거ᄂᆞᆯ, 신닙이 ᄃᆡ의ᄒᆞ여 마즈 셔로 말ᄒᆞᆯ 즈음에 군ᄉᆡ 보ᄒᆞᄃᆡ,
>
> "도적이 발셔 됴령을 넘어온다."
>
> ᄒᆞ거ᄂᆞᆯ, 신닙과 니일이 말ᄭᅴ 올나 ᄇᆞ라보니, 도적이 만산편야ᄒᆞ여 오ᄂᆞᆫ

---

18 경판본 〈임진록〉. 자료는 소재영 · 장경남 역주, 『임진록』, 고대 민족문화연구소, 1993, 34면.

지라. 군쫄이 흔번 보믹 낙담상혼ᄒ여 ᄡᅳ홀 슻이 업스니, 신닙이 호령ᄒ여 일시에 ᄡᅩ라 ᄒ며, 장창을 들고 말를 노하 적진을 츙돌ᄒ더니, 도적이 스면으로 ᄡᅥ고 시살ᄒ니 신닙이 아모리 용밍ᄒ나 엇지 버셔나리오. 급히 흔편을 헤치고 다라나다가 쳘환을 마ᄌ 죽으믹, 도적이 승셔ᄒ여 일진을 즛치니 아군이 딕픽ᄒ여 죽는 지 무슈ᄒ더라.[19]

〈임진록〉은 역사적 사실 뿐만 아니라 다양한 설화를 받아들여 작품을 형상화했기에 애초 조령에 진을 치려고 했던 화소나 신립이 조총을 맞아 죽었다는 화소는 설화적 침윤으로 보인다. 여기서는 시간이 급박하여 신립은 어쩔 수 없이 조령이 아닌 탄금대에 배수진을 치고 용감하게 싸웠으나 결국 중과부적으로 적의 포위망에 갇혀 전사하고 말았다는 것이다. 패전 원인을 신립의 작전실패에 두고는 있지만 용맹함을 부각시켰으며 사세가 그러해서 어쩔 수 없이 패망했다고 〈임진록〉은 이야기한다.

그런데 신립 장군을 다룬 설화에서는 패전의 원인을 작전의 실패나 사세가 그래서 어쩔 수 없다고 하지 않고 초자연적인 원혼의 앙갚음으로 보고 있어 특이하다. 대부분 설화에서 젊은 시절 생명을 구해준 처녀가 자신을 거두어달라고 간청했으나 이를 거절해서 결국 처녀는 자결했고, 그 처녀의 원귀가 신립에게 탄금대에 진을 치라고 해서 대패했다는 것이다.[20] 결국 〈신립 장군 설화〉에서 말하는 것은 도덕적 명분에 치우쳐 진정한 인간애를 실현하지 못한 신립에 대한 비판이며, 이는 자기 생각에 빠져 기본적인 상식을 외면하고 탄금대에 배수진을 친 것과 같

---

19 같은 책, 46~49면.
20 〈신립 설화〉는 『한국구비문학대계』에 모두 34편이 실려 있는데 대부분 설화가 처녀 원귀로 인해 탄금대에 배수진을 쳐 대패했다고 이야기 한다. http://gubi.aks.ac.kr

다는 것이다.[21]

그럼에도 전설은 탄금대의 패전이 본인의 전술이나 능력과는 관계없이 초자연적인 일이라 어쩔 수 없다고 말한다. 신립의 작전 실패에 대한 일종의 면죄부인 셈이다. 게다가 지역의 전설 중에는 억울한 신립의 한이 창동리에 자화상으로 남아있다고 한다. 실제로 신립이 손으로 그렸다는 자화상은 충청북도 유형문화재 제76호인 중원창동마애불이다. 전설 속에서는 신립이 죽기 직전에 창동 암벽까지 헤엄쳐와 자화상을 피묻은 손으로 그려놓고 죽었다고 한다. 억울한 패배라는 점에서 황중윤의 〈달천몽유록〉의 문제의식을 일정 부분 수용한 셈이다. 하지만 실패의 원인을 당시 사회의 구조적인 문제로 보지 않고 초자연적인 원혼의 앙갚음으로 보고 있어 차이를 보인다. 그럼에도 마지막까지 결사적으로 싸웠음을 강조하여 설화에서는 신립을 내치지 않고 받아들였다. 이 때문에 신립은 달천 지역의 수호신으로 받들어지기까지 한다.

달천을 무대로 한 달천전투에 대하여 하나는 그릇된 전술로 달천전투에 크게 졌다는 윤계선의 〈달천몽유록〉과 유성룡의 『징비록』에 드러난 비판적인 입장이 있고, 다른 하나는 용맹하게 싸웠지만 당시 군사제도에 문제가 있고 사세가 어쩔 수 없었다는 황중윤의 〈달천몽유록〉과 〈임진록〉의 우호적인 입장이 있다. 달천은 이처럼 달천전투의 패배로 신립과 죽은 자들의 원혼, 사대부들과 민중들이 두 편의 〈달천몽유록〉과 〈임진록〉, 많은 지역설화를 통해 논쟁을 벌였으며 그런 전란의 기억과 패배의 상처를 문학적 심상으로 간직하고 있는 곳이다.

그런가 하면 임란 이후 조선의 사대부들이 이곳 탄금대를 소재로 많

---

21 신동흔, 「신립 장군 설화의 인간관과 역사인식」, 『서사문학과 현실 그리고 꿈』, 소명출판, 2009, 271면.

은 시를 남겼는데²²시의 내용도 앞의 〈달천몽유록〉과 같이 신립에 대한 비판과 추모로 시각이 나뉜다. 우선 신립에 대한 추모의 감정을 노래한 작품 이덕무(李德懋, 1741~1793)의 〈탄금대에서 삼연(三淵)의 운(韻)을 따라 짓다〉를 보자.

옛날에 이곳에서 우리 군사 전복되니	昔玆覆我師
노한 여울 소리는 전쟁에 부딪치고 찢는 소리인 듯	吼湍猶擊磔
판윤은 실로 북쪽의 장수라	判尹實北將
위엄 있는 호령 소리 초목에 남아 있네	威聲在草木
간교한 오랑캐 휘두르는 칼날에	狡虜逞丸劍
배수진도 헛되이 자취만 남았구나	背漳空踐跡
차령산맥의 거점을 잃고 나니	車嶺一失據
팔방으로 적군을 맞게 되었네	八路眞縱敵
왜구의 내침으로 국가가 기우니	寇來實傾國
중과부적이라도 몸을 던져 싸웠네	衆寡矧鬪力
목숨을 내놓는 것이 나의 본분이나	捨生乃吾分
나라가 망하는 것이 슬프구나	王家恫敗績
황폐한 사당이 패전을 슬퍼하여	荒祠悼國殤
아득히 높은 곳에서 푸른 강물 굽어보네	層巓俯深碧
탄금대의 물고기는 먹지 마라	琴臺莫食魚
굳센 혼이 응당 뱃속에 있을 테니	毅魂應在腹
달천의 물은 마시지 마라	㺚川莫飮水

---

22 『한국문집총간』에서 '탄금대'를 검색하면 모두 157편의 작품이 나오는데 시가 대부분을 차지한다. [한국고전종합DB] http://db.itkc.or.kr

전사들의 **뼈**가 버티며 쌓였을 테니	戰骨下撐積
행주와 한산도에선	幸州洎閑山
적을 끝내 꺾었건만	後來終摧廓
공(公)은 이에 앞서 쓰러지니	先當蹶我公
그 슬픔 끝이 없네	撫事重惻惻[23]

　탄금대 전투의 패인보다는 신립에 대한 추모의 감정을 노골적으로 드러내 호령 소리가 초목에 남아있을 정도로 용맹하게 싸웠음을 강조했고, 중과부족인데도 몸을 던져 목숨을 바친 충절을 높이 기리고자 했다. 오히려 나라가 망한 것을 슬퍼하여 신립의 사당이 아득히 높은 곳에서 푸른 강물을 굽어본다고 했다. 그래서 시인은 탄금대의 물고기를 먹지 말고, 달천 물을 마시지 말라고 강조한다. "굳센 혼이 응당 뱃속에 들었고", "전사들의 **뼈**가 버티며 쌓여 있"기 때문이다. 추모의 격한 감정이 현재에도 지속되고 다른 사람들에게도 전파되길 바람에서다. 마지막에서 권율의 행주대첩과 이순신의 한산대첩에 비교하여 아쉬움을 드러내기도 했다.

　이덕무의 시가 신립에 대한 추모의 노래라면, 정약용(丁若鏞, 1762～1836)의 시 〈탄금대를 바라보며[望彈琴臺]〉는 달천전투의 패인에 대한 노골적인 비판과 야유의 감정을 드러내고 있다.

험준한 재 다 지나고 대지가 확 트이더니	嶺隘度盡地坼開
강 복판에 불쑥 탄금대가 튀어나왔네	江心湧出彈琴臺
신립을 일으키어 애기나 좀 해봤으면	欲起申砬與論事

---

23 李德懋, 〈彈琴臺用三淵韻〉, 『靑莊館全書』 권지 51, 같은 자료.

어찌하여 문을 열고 적을 받아들였을까	啓門納寇奚爲哉
한신(韓信)이 만약 성안군의 처지였다면	淮陰若在成安處
승리의 깃발이 무슨 수로 정형을 통과했으리	赤幟豈過井陘來
그때 우리는 조나라였으면서 한나라가 쓰던 꾀를 썼으니	我方爲趙計用漢
뱃전에 표했다가 칼 찾으러 나선 명청이로세	鍥舟索劍眞不才
기 휘둘러 물 가리키며 물로 뛰어들었으니	麾旗指水入水去
목숨 바쳐 싸운 군대들 그 얼마나 불쌍한가	萬夫用命良可哀
지금도 밤이면 도깨비불이 출몰하여	至今燐火夜深碧
길손들 간담을 섬뜩하게 만든다네	空使行人肝膽摧[24]

달천전투의 패장인 신립을 일으켜 왜 그렇게 했는지 얘기라도 해보고 싶다고 전제하고 조령을 지키고 못하고 왜군을 불러들인 상황을 문을 열고 적을 맞이한 것에 비유해 비판했다. 더욱이 신립의 행위를 한신(韓信)이 조(趙)나라를 칠 때 성안군(成安君) 진여(陳餘)가 정형(井陘)의 입구에 군사를 집결시켜 놓고 정면으로 싸우고자 했던 경우에 비유했다. 결국 성안군은 한신에게 대패했으니 신립의 배수진은 한신이 아니라 조나라가 썼던 어리석은 계책이라는 얘기다. 심지어 '각주구검(刻舟求劍)'의 고사처럼 뱃전에 칼이 빠진 곳을 표시한 명청이로 신립을 비하하기도 했다. 다산의 시는 우매한 작전에 대한 노골적인 비난과 야유로 이는 모두 물로 뛰어들어 죽음을 맞이할 수밖에 없었던 수많은 군사들에 대한 애처로움에서 연유한 것이다.

한편 달천은 곧 '달래강'으로 오누이가 강을 건너다 젖은 누이의 몸을 보고 성욕을 억제치 못해 그것이 부끄러워 자신의 성기를 돌로 찧어 죽

---

24 丁若鏞, 〈望彈琴臺〉, 『與猶堂全書』, 시문집 제 1권, 같은 자료.

음을 맞이한 오라비와 이를 알고 "한번 달래나 보지, 왜 죽었나?"고 애통해 했던 누이의 처참한 이야기, 〈달래강 전설〉[25]이 전해지는 곳이기도 하다. 성적 욕망과 도덕적 금기 사이에서 결국 욕망을 자책하며 죽음을 택한 오라비의 넋이 임진란의 수많은 원혼과 같이 깃들어 있는 곳이기도 하여 달천은 원통한 죽음들에 의해 어둡고 침울한 문학적 심상들을 다수 보유한 곳이기도 하다.

4. 나루터의 문학지리
−관리들의 탐학과 민중들의 활기찬 삶 혹은 한(恨)

육로보다는 수운이 발달했던 조선시대에 나루터는 풍성한 물화가 이동되고 거래되며 이 때문에 수많은 사람들이 모여 활기를 띠던 곳이었다. 18세기에 이르면 상품화폐경제가 발전하고 물화의 유통이 활발해지면서 한양으로 바로 들어가고 나오는 남한강의 수운은 전성기를 맞게 되었다. 19세기 나온 『대동지지(大東地志)』에 의하면 당시 충북에는 모두 12곳의 나루가 있었는데 영춘 1곳, 단양 2곳, 청풍 1곳, 충주 8곳 등으로 이 중에서 목계, 금천, 황강, 청풍, 단양, 영춘 등의 나루에서는 장이 크게 섰다고 한다.[26] 이 나루터의 장시에는 서울에서 오는 소금, 직물 등과 충청, 강원, 경상 등지에서 생산되는 곡물 등이 거래되어 활기를 띠었는데, 남한강의 민요 〈띠뱃노래 - 소금배소리〉[27] 가락은 그런 정황

---

25 『한국구비문학대계』에 모두 16편의 〈달래강 전설〉이 전하는데 내용상 별차이는 없으며 여러 지역에서 전하는 전설이 모두 충주의 달래강을 구체적 장소로 지명하고 있다. http://gubi.aks.ac.kr
26 「남한강 水運」, 『남한강(학술조사보고서)』, 충청북도 · 국립민속박물관, 2012, 50면.

을 잘 보여준다.

올라왔소 소금배가 도담삼봉 양반들아
금년에도 철썩철썩 소금배가 당도했네.
기다리던 양반손님 어서나와 반기시오.
강물따라 머나먼길 돛대달고 올라왔소.
어서어서 불어주게 동남풍아 불어주게
영월영춘 올라가네 도담삼봉 주모들아
술걸러서 가져오게 목이말라 못가겠네
수리술렁 내려올제 다시한번 놀다가세

못믿을건 한양손님 닻줄하나 클러놓니
부거지처 떠나가네 인제가면 언제오나
기약없이 떠나가네 잘가시오 한양손님
머나먼길 이별일세

잘있거라 주모들아 변치말고 잘있으면
명년삼월 돌아와서 다시한번 만나보세
어이가나 한양뱃길 비틀비틀 소금배야
서러워서 못가겠네.

한양 마포나루에서 소금을 싣고 배가 닿을 수 있는 영월, 영춘까지
올라가는 길에 단양 나루터 장시에서 소금을 거래하고 주막에 들러 술

---

27 같은 책, 121면. 단양군 매포읍 하괴리 일원, 1998년 8월 녹음, 박정식(남)

한 잔 마시는 정경을 묘사한 노래 가락이다. 단양의 나루는 경상도에서 육로로 올라와 죽령을 넘으면 바로 마주치는 곳으로 인적, 물적 자원이 넘치던 장시였다. 자연 많은 사람들이 모여 들었고 쉬어가는 주막도 발달하여 소금을 싣고 올라오면서 신나서 술 한 잔 가져오라고 단양의 나루터 주모들을 호기있게 부르는 배꾼들과 여기에 화답하는 주모들의 노래가 조선 후기 민중들의 활달한 삶의 단면을 잘 보여준다. 이들의 만남과 이별은 그리운 님과의 만남과 이별은 아니지만 "머나먼 길 이별일세"와 "서러워서 못가겠네" 등을 통해 알 수 있듯이 서로 다른 지역에 남남으로 살아가는 인간들의 따뜻한 정이 나루터의 장시를 통해 왁자지껄하게 서로 소통되고 교감하는 것을 보여준다. 인생사처럼 흘러가는 강물 위에서 나루터는 사람들을 삶의 활기찬 현장으로 부르기도 했던 것이다.

남한강의 나루 중에서 가장 큰 나루는 충주의 목계(木溪) 나루다. 목계 나루는 엄정면 목계리와 가금면을 연결하는 나루로 인근 가금면에는 고려와 조선시대 경상도와 충청도에서 걷어 올린 세곡을 모아두던 가흥창(可興倉)이 있었다. 가흥창은 덕흥창(德興倉)으로도 불렸으며 『신증동국여지승람』에 의하면 "경상도 여러 고을과 본주(충청도) 음성, 괴산, 청안, 보은, 단양, 영춘, 제천, 진천, 황간, 영동, 청풍, 연풍, 청산 등 관(官)의 전세(田稅)를 여기에서 거두어 배로 서울로 나르는데, 수로 2백 6십리다."[28]라고 한다. 경상, 충청도의 그 많은 세곡을 나르던 나루가 바로 목계나루니 이곳에서 들고 나는 물동량은 엄청났을 것이고, 오가고 머무는 사람들 또한 많았을 것이다. 쌀 2백 섬을 실은 20척의 배가 수시로 드나

<hr />

28 『신증동국여지승람』 II, 432면. "收慶尙道諸邑 及本州陰城·槐山·淸安·報恩·丹陽·永春·堤川·鎭川·黃澗·永同·淸風·延豐·靑山等 官田稅于此, 漕至京師, 水路二百六十里."

들었으며 나루에서 일하는 일꾼들만도 5백 명이 넘었다 한다. 그래서 중 성회(性晦)의 시에 "땅이 금천에 가까우니 뱃손들이 소란스럽다."[29]고 했다. 금천 역시 가흥창에서 가깝고 목계나루와도 연결된 지역이니 많은 사람들이 타고 내려 승객들이 분주하고 소란스러웠던 것이다.

하지만 많은 재물이 모이는 곳에는 늘 협잡꾼들이 들끓고 부정부패가 끊이지 않는 법, 남한강 최대의 세곡창인 가흥창과 이를 운송하는 목계나루에서는 그런 인간 군상들이 여기저기서 모여들었고 세곡을 관리하는 아전들과 조운사들도 이들과 결탁하여 부정부패가 만연했다. 그 정황을 점필재(佔畢齋) 김종직(金宗直, 1431~1492)은 〈가흥참(可興站)〉에서 이렇게 그렸다.

우뚝 솟은 저 계립령은	嵯峨鷄立嶺
예로부터 남북의 한계가 되었는데	終古限北南
북인들은 호화로운 생활을 탐하여	北人鬪豪華
남인들의 기름과 피를 감식하네	南人脂血甘
우마차로 험난한 산길을 오느라	牛車歷鳥道
들판에는 장정 남자가 전혀 없네	農野無丁男
밤이면 강가에서 서로 베고 자노니	江干夜枕藉
아전들은 어찌 그리도 탐학한고	吏胥何婪婪
시장에선 생선을 가늘게 회치고	小市魚欲縷
모점에는 술이 뜨물처럼 하얀데	茅店酒如泔
돈 거두어 유녀를 불러오니	釀錢喚遊女
머리 꾸미개에 연지를 발랐네	翠翹凝紅藍

---

29 같은 책, 443면. "地近金遷舟客鬧"

백성들은 심장을 깎는 듯 괴로운데	民苦剜心肉
아전들은 방자히 취해서 떠들어댄다	吏恣喧醉談
말과 섬으로 토색질 하여 배를 채우니	斗斛又討贏
조운사는 의당 부끄러울 일이로다	漕司宜發慚
관에서 부과한 건 십분의 일인데	官賦什之一
어찌하여 이분 삼분을 바치게 하나	胡令輸二三
강물은 스스로 도도히 흘러서	江水自滔滔
밤낮으로 구름과 안개를 불어오지만	日夜噓雲嵐
배 돛대가 협곡 어귀에 그득히	帆檣蔽峽口
북쪽에서 내려와 다투어 실어가니	北下爭駿驔
남인들이 얼굴 찡그리고 보는 것을	南人蹙頞看
북인들이 누가 능히 알겠는가	北人誰能諳[30]

계립령을 기준으로 소백산맥 너머 경상도의 세곡들이 가흥창으로 오는데 우마차를 몰아 험한 산길을 넘어온 일꾼들은 잘 곳이 없어 강변에 줄지어 자지만, 세곡선을 관리하는 아전들은 좋은 음식에 '논다니'까지 불러 흥청망청 노닌다. 이들 아전들과 조운사들은 1할인 세금을 2~3할을 거두어 이문을 취하니 남도의 백성들은 심장을 깎이는 고통을 감수할 수밖에 없는 처지다. 그래서 세곡선이 서울에서 내려와 협구를 가득 메우고 다투어 곡식을 실어가는 장관을 남쪽의 수탈당하는 사람들은 낯을 찡그리고 바라볼 수밖에 없는 것이다. 영남 사림(士林) 세력의 선두 주자로 함양군수와 선산부사를 지낸 바 있는 점필재는 남도의 세곡들이 어떻게 아전들에 의해 토색질 당하는가를 가흥창과 목계나루에서 벌어

---

30 金宗直, 〈可興站〉, 『佔畢齋集』, 권지4. [한국고전종합DB] http://db.itkc.or.kr

지는 작태를 통해 자세히 형상화함으로써 조운의 문제점을 날카롭게 지적하고 있다.

이렇게 목계나루는 세곡선의 수운뿐만 아니라 상업 포구로서 강원도, 경상도, 충청도에서 나오는 곡물과 서울 마포에서 올라오는 소금, 새우젓, 생필품 들이 거래되던 상업의 요지였다. 구한말 개화파 정객이었던 김윤식(金允植, 1835~1922)이 〈목계나루를 건너며[渡木溪津]〉에서 "젊은 아낙들 앞 다퉈 곡식 항아리 가지고 와/ 강 따라 내려온 뱃전에서 소금과 바꾸네"[31]라고 했던 이곳 목계에는 물동량이 많기에 항상 많은 사람들이 모여들어 성시를 이루었다. 사람들이 머물다 가는 주막도 많았는데, 우마가 묶을 수 있는 마방집도 따로 있었고, '썩쟁이' 기생들이 기거하면서 기예와 굿을 배우던 권번집도 있었다 한다.[32] 수운을 이용한 상업과 장시의 발달로 역동적인 삶의 모습이 드러나는가 하면 이를 노린 아전과 조운사들에 의한 토색질이 만연하여 민중들의 고달픈 삶이 이어지는 현장이기도 했다. 현대에 들어와 이런 고달픈 삶의 정서를 노래한 전형적인 작품이 신경림(申庚林,1935~)의 〈목계장터〉일 것이다.

하늘은 날더러 구름이 되라 하고
땅은 날더러 바람이 되라 하네
청룡 흑룡 흩어져 비 개인 나루
잡초나 일깨우는 잔바람이 되라네
뱃길이라 서울 사흘 목계 나루에
아흐레 나흘 찾아 박가분 파는

---

31 金允植, 〈渡木溪津〉, 『雲養集』, 1권 시. 같은 곳. "少婦爭持瓶底粟 船頭來貿下江鹽"
32 이정재 외, 『남한강 수운의 전통』, 한국학술정보[주], 2007, 112~121면.

가을볕도 서러운 방물장수 되라네[33]

　엄혹한 유신시대인 1970년대, 아무 것도 할 수 없어 여기저기 떠돌며 민요를 채집했던 시인은 고향에 위치한 목계나루에 와서 머물지 못하고 떠돌 수밖에 없는 고통스러운 시대와 자신의 처지를 방물장수에 비유해 이렇게 노래했다. 4음보의 민요조를 기본으로 하여 3음보로 변화를 준 〈목계장터〉는 예전 목계장터에서 관리들의 수탈로 고달픈 삶을 영위했던 민중들의 모습과 당시 70년대가 크게 다르지 않음을 보여준다. "청천 하늘엔 잔별도 많고, 우리네 가슴엔 수심도 많다"는 민요가락처럼 삶의 터전을 훌쩍 버리고 갈 수도 없고 그렇다고 머물러 살기엔 버거운 민중들의 고달픈 삶과 한이 "가을볕도 서러운" 방물장수로 대변되어 엄혹한 시대의 절창으로 불렸던 것이다.

　남한강의 나루는 수운의 발달에 따라 장시가 번성하여 많은 물화가 유통됨으로써 민중들의 삶이 활기차게 영위되기도 했지만 이익을 쫓는 관리들의 탐학과 수탈로 민중들의 고달픈 삶이 드러나기도 했다. 그렇게 남한강 나루터는 민중들의 다양한 삶이 보여주는 역동적인 활기와 한을 문학적 심상으로 간직하고 있다.

5. 맺음말

　산과 강은 지리적 의미에서는 평범한 산과 강이지만 작품을 통해 문

---

[33] 신경림, 시집 『새재』, 창작과 비평사, 1979, 6면. 이 작품은 1976년 『엘레강스』지에 처음 실렸다.

학적 심상을 획득한다. 이른바 기호지역을 관통하는 남한강은 강원도에서 발원하여 충북과 경기도를 거쳐 서울로 들어가지만 그 굽이만큼이나 숱한 심상을 지니고 있다. 단양의 나루에서 남한강은 소금을 싣고 와서 주모를 부르는 소리로 왁자지껄 하게 흐르지만 청풍에서는 옥소의 〈황강구곡가〉처럼 유유자적함과 달관으로 도도하게 흐른다. 달천과 마주치는 탄금대에서 남한강은 임진왜란 최대 격전지인 달천전투 패배의 기억과 수많은 군사들의 죽음이라는 상처로 고통스럽고 어두운 심상을 드러낸다. 그리고 남한강 최대의 나루인 목계나루에서는 많은 물동량으로 인해 수많은 사람들이 모여들어 활기차게 장시를 이루었지만 아전들의 탐학과 토색질로 인해 민중들의 삶은 고달프게 이어진다. 그런 민중들의 고달픈 삶이 한으로 흐르는 곳이 남한강 최대 나루인 목계나루다.

남한강은 소리 없이 흐르지만 그 굽이마다 이렇게 많은 사연과 문학적 심상을 간직하고 있는 것이다. 이것이 바로 남한강의 문학지리인 셈이다. 이런 남한강의 심상은 바로 지역성과 밀접하게 연관되어 있다. 지역성이란 그 지역민들의 구체적 삶의 형상과 기제인 바, 그것을 떠나서는 그곳에서 생산된 문학을 올바로 파악할 수 없는 것이다. 〈소금배 소리〉는 단양 나루터의 주막을 떠나서 생각할 수 없고, 옥소의 〈황강구곡가〉는 청풍의 황강을 떠나서 거론할 수 없으며, 〈달천몽유록〉은 달천과 탄금대를 떠나 얘기할 수 없다. 지역민들의 삶이 이루어지는 곳이 지역의 터전이고, 문학은 바로 그곳을 통해 지역민의 삶을 형상화했기 때문이다. 도도히 흐르는 남한강은 이렇게 호서지역의 단양, 청풍, 달천, 목계를 거치면서 지역민들의 진솔한 삶을 작품에 담아내고 또 그것으로 인해 문학적 심상을 획득하게 된 것이다.

하지만 주의할 것은 지역의 입장에서 문학과 지역성을 말할 때 배타적 지역주의와 맞물려서는 안 된다는 점이다. 자칫 잘못 생각하면 가장 지역적인 것이 가장 민족적인 것이고, 가장 민족적인 것이 가장 세계적인 것이라는 오류에 빠지기 쉽다. 몰주체적 보편주의도 문제지만 보편성 없는 폐쇄적 자기중심주의도 배제해야 한다. 가장 지역적이 되기 위해선 그 나름대로 민족문학의 보편성에 합당한, 즉 민족문학의 하위 항목으로 문학사적 의미를 가져야 한다는 것이다. 민족문학과 지역문학이 상호침투하여 그 보편성과 특수성을 공유할 때 진정 지역성은 민족문학의 중요한 항목으로 그 의미를 부여받을 수 있을 것이다. 여기서 언급한 〈소금배 소리〉 등의 민요와 〈황강구곡가〉, 그리고 두 편의 〈달천몽유록〉과 한시들, 현대시 〈목계장터〉는 민족문학의 보편성과 지역문학의 특수성을 동시에 갖추고 민족문학사에서 발언권을 지닌 작품으로 손색이 없어 보인다.

제천지역의 구비전승과 그 역사적 의미

1. 전설과 역사

전설은 역사적 사실에 근거를 둔 이야기다. 하지만 고증을 거쳐야 하는 역사 기술에 비해 훨씬 자유롭다. 그러기에 전설은 역사에 대한 자유로운 해석을 가능케 해준다. 자유로운 해석으로 인해 역사가 왜곡될 염려는 없다. 전설은 어차피 문학의 영역이기 때문이다. 문헌사료는 주로 관(官)의 명에 의해서 찬술된 것이므로, 역사자체에 대한 이해나 해석에도 일정한 한계를 지닌다. 하지만 전설은 문학의 영역으로 역사의 주체이면서도 역사서술을 할 수 없는 민중의 입장에서 역사적 사실을 자연스럽게 전달 할 뿐 아니라 역사에 대한 자유로운 해석은 물론 비판적 인식까지 함의하고 있다. 따라서 지배층 중심의 정치적 문제를 중심으로 기술된 문헌사료의 결함을 극복하는 데 있어서도, 민중의 의식을 드러내면서 피지배층 중심의 사회사와 문화사를 포괄하는 전설의 성격은 새로운 차원의 역사연구를 가능케 한다. 전설을 '구비역사(oral history)'라 부르는 이유도 여기에 있다.[1]

예를 들어 제천의 〈지곡(池谷)전설〉(자료27)을[2] 보면 명나라 구원병 장수인 이여송에 대한 민중들의 의식을 알아 볼 수 있다. 이 전설은 이여송이 우리나라에 인물이 나는 것이 두려워 행주형(行舟形)으로 되어 있는 마을의 지형에 돌을 쌓아 지세를 막았다는 내용으로 되어있다. 말하자면 이여송은 우리를 도와 준 구원병의 장수가 아니라 민중들의 삶에 피해를 끼친 인물로 그려져 있다는 것이다.

　그런데 관변측의 기록을 보면 "진실로 그는 명나라 당대의 명장에 틀림없었고 우리로서도 영세토록 잊을 수 없는 고마운 무장이었다"[3]고 한다. 이런 인식의 차이가 어디서 기인하는 것일까? 집권층은 굴욕을 감수하고 명군을 끌여들였지만, 민중들은 명군으로부터 피해를 받아야만 했기 때문이다. 『선조실록(宣祖實錄)』을 보면 명나라 장수 유아무개가 왜적을 소탕하는 과정에 삭발한 민간인 수백 명을 잡아들이고, 마을에 들어가 재산을 약탈하며 부녀를 겁간하고 어린 소녀를 강간하는 등의 작폐를 범했다 한다.[4]

　전국에 널리 흩어져 있는 명산의 혈을 자른 이야기는 이런 사실에 근거를 두고 있다. 실제로 이여송이 전국의 명산을 돌며 혈을 잘랐을 리 없다. 하지만 명군이 끼친 피해로 인해 민중들은 문학적 상상력을 동원해 이야기를 그렇게 창작, 유포시켰던 것이다. 이여송이 혈을 끊은 데가 피가 흘러서 아직도 그 흔적이 붉게 남아있다고 한다.[5]

---

1 전설과 역사에 대한 논의는 임재해, 「전설과 역사」, 『한국문학연구입문』, 지식산업사, 1982. 참조.
2 이 자료의 번호는 『제천·제원사』, 제천시청, 1987의 구비전승 번호다. 자료의 인용은 여기에 근거한다.
3 이형석, 『임진왜란사』 상, 서울대출판부, 1967, 688면.
4 『宣祖實錄』 권 103, 31년 戊戌 8월 甲寅.
5 정신문화연구원, 『한국구비문학대계』 2-5, 서면설화 43, '조선의 산혈을 자른 이여송' 400면.

이렇게 본다면 역사적 자료는 그 자체가 미완성이며 불완전한 것이지만 전설은 구조상 개방적이며 전승, 전파과정에서 재창조와 수정이 허용되기에 완성된 것이라 하겠다. 전설은 화석화된 역사적 파편이 아니라 아직도 진행되고 있는 살아있는 역사다. 역사적 사료는 사실을 전한다. 하지만 전설은 다수의 민중들에 의해 재창조되고 변이되기에 논쟁적이며 이를 통하여 진실을 전한다.

여기서는 전국적으로 널리 분포되어 있는 '장자못 전설'과 '아기장수 전설'을 택하여 그것이 제천지역에서 어떻게 변이되어 나타나는가를 살피고, 그 지역적, 역사적 의미를 밝혀보도록 한다.

2. 인색함에 대한 징벌과 삶의 비극성
   —의림지 전설, 장수탑 전설

〈장자못 전설〉은 전국 360곳에 분포되어 있는 광포전설(廣布傳說)[6]로 이야기를 요약하면 다음과 같다.

옛날 인색한 부자(장자)가 시주하러 온 중에서 쇠똥을 주었다. 이를 본 며느리는 쌀을 퍼다 중에게 주며 잘못을 빌었다. 그러자 중은 며느리에게 이 집에 비를 내려 망하게 할 것이니 산으로 올라가라고 하며 "절대로 뒤를 돌아보지 마라"고 말했다. 과연 장자네 집은 벌을 받아 뇌성벽력과 소나기로 함몰되었다. 이를 피해 산으로 올라가던 며느리는 궁금해서 뒤를 돌아본 순간 돌로 변했다.

---

6 최래옥,『한국구비전설의 연구』, 일조각, 1981, 17면 참조.

이 전설을 화소(motif)[7]로 나누면 다음과 같이 4개가 된다.

① 쇠똥으로 중을 괴롭힘.
② 금기 (뒤돌아보지 마라.)
③ 함몰
④ 화석(化石)

제천지역의 〈장자못 전설〉은 모두 4편으로 〈의림지 전설〉(자료1), 〈장수탑 전설〉(자료2), 〈거북바위 전설〉(자료12), 〈매바위 전설〉(자료35)이 있다. 앞의 2편은 비교적 원형에 충실한 편이고, 뒤의 2편은 '풍수설화' 특히 '단혈설화'와 결합되면서 심한 변이를 보인다.

이 전설들은 실제 역사적 사실과는 하등 관계가 없다. 의림지는 삼한시대의 저수지로 인공으로 축조됐으며, 장수탑(7층 모전석탑)은 통일신라시대 말기에 조성된 것이다. 인색한 장자 집이 함몰되어 의림지가 됐다거나 심술궂은 부자 집이 탑이 됐다는 얘기는 역사적으로도, 과학적으로도 납득할 수 없는 일이다.

하지만 왜 그런 얘기가 전해져 내려올까? 여기서 그 전설이 지닌 역사적 의미의 존재근거를 찾을 수 있다. 장자못 전설의 원형에 비교적 가까운 〈의림지 전설〉과 〈장수탑 전설〉을 보도록 한다. 이 전설의 중심 화소를 추출하면 다음과 같다.

〈의림지 전설〉
① 거름으로 중을 괴롭힘.

---

7 '화소'는 이야기를 이루는 독립된 요소로 가장 짧은 내용을 가진 이야기의 알맹이다.

② "뒤 돌아 보지 마라"는 금기

③ 시아버지의 박해(중에게 쌀을 준 것을 야단치고, 뒷방에 가두었다.)

④ 함몰

⑤ 화석(化石)

〈장수탑 전설〉

① 모래로 중을 괴롭힘

② "얼른 이 자리를 피하라"는 금기

③ 화석(집은 탑으로, 며느리는 돌로)

'의림지 전설'을 보면 특이한 것이 쌀을 퍼 준 며느리가 시아버지에게 박해를 받는 화소다. 많은 '장자못 전설'에서는 인색한 장자와 시중승만 대립한다. 며느리는 보조적인 역할만 수행할 뿐이다. 하지만 '의림지 전설'에서는 며느리가 시아버지로부터 탄압을 받는다. 시주승에게 쌀을 퍼 주었다고 "며느리를 뒷방에 가두더니 문에 자물쇠를 채워 밖으로 나오지 못하도록 해 버렸다" 한다. 말하자면 며느리는 이야기 속에서 보조자가 아닌 적극적 인물로 개입을 한 것이다. 그럼으로써 아버지와 대립관계를 형성한다.

이 대립관계는 이야기의 결말에서 징벌을 피해 도망치는 것으로 해결되는 듯하다. 인색한 부자의 징벌, 그리고 사지를 빠져나오는 며느리. 하지만 며느리는 금기를 어기고 뒤를 돌아보다 돌이 된다. 돌의 의미는 무엇인가? 단순히 금기를 어긴 것 때문인가? 왜 죄 없는 며느리까지 돌이 돼야 할까? 이 설화를 인색함에 대한 단죄의식 혹은 징벌[8]의 의미만으로

---

8 최래옥, 위의 책, 104~105면 참조

해석하기에는 시아버지의 박해와 화석 화소가 쉽게 연결되지 않는다.

여기서 왜 며느리가 뒤를 돌아보게 됐는가에 주목할 필요가 있다. 많은 '장자못 전설'에서 '궁금해서' 혹은 '뇌성벽력이 치니까'등의 이유를 이야기 한다. 그런데 '의림지 전설'에서는 "집에 남아 있는 아이들이 생각이 나서" 뒤돌아보았다고 한다. 집에 남아있는 아이들은 며느리에게 있어서는 삶의 희망이요 버팀목인 셈이다. 이것이 금기임에도 불구하고 뒤를 돌아볼 수밖에 없는 것은 삶에 대한 애착 혹은 미련 때문이다. 생사의 갈림길에서 며느리는 자식생각으로 돌이 된다. 이 며느리의 비극적 한이 이 전설이 갖는 현실적 의미일 것이다. 시아버지의 박해는 그 비극성을 한층 강화시켜 주는 기능을 한다. "청천하늘엔 잔별도 많고/우리네 가슴엔 수심도 많다"는 민요사설이 대변하듯 훌쩍 버리고 떠날 수 없는 고달픈 삶에 대한 민중들의 집착과 한을 이 전설은 잘 보여준다. 이 설화는 인색함에 대한 징벌이라는 윤리관과 삶에 대한 비극적 한이라는 현실인식이 날줄과 씨줄로 어우러져 전승된다고 하겠다.

'장수탑 전설'도 이와 크게 다르지 않다. 특이한 것은 함몰되어 연못이 되는 것이 아니라 탑으로 변한다는 데 있다. 여기서도 며느리는 "무슨 영문인지 몰라 우두커니 서 있"다가 돌로 변한다. 집에 있는 아이들 때문에 뒤를 돌아보다 돌로 된 것처럼 운명적인 비극성을 함의하고 있지는 않다. 하지만 그 비극성이 약화되었다 할지라도 아무 죄도 없이 오히려 도와주고도 징벌을 받는데서 비극성은 드러난다.

이 전설들이 유포되게 된 데에는 제천지역의 특성과 관련해 어떤 역사적 혹은 지역적 근거들이 있을까? 먼저 인색함에 대한 징벌이라는 윤리관을 생각해 보자. 이런 종류의 설화는 전국에 널리 퍼져 있어 공통적인 한국인의 윤리의식을 대변한다고도 볼 수 있다. 그런데 제천지역에 유난히 많다. 무려 4편의 이야기가 전하고 제천시만 해도 3편이나 된다.

부자라는 그 자체로는 죄가 될 수 없다. 부자의 죄는 애써 찾아간 내방자에게 도움을 주기는커녕 거름이나 모래를 퍼준 것이다. 자발적으로 선행을 베풀지는 않더라도 도움을 청하러 오는 내방자를 괴롭히지는 말아야 한다. 인색함과 아울러 심술까지 지니고 있는 셈이다.

〈매바위 전설〉이나 〈거북바위 전설〉은 집에 손님이 많이 와서 오지 않게 하는 방법으로 바위를 파괴하거나 돌려놓았다 한다. 찾아오는 손님을 잘 대접해야 하는 것이 인지상정이다. 그런데 이를 쫓으려 했으니 문제가 된다.

제천지역은 예로부터 지세가 높고 궁벽한 고을이었다 한다.[9] 해발고도가 300~400m로 전국에서 가장 높으며, 태백산맥, 소백산맥, 차령산맥으로 둘러 싸여 있다. 험준한 산악지역이며 연교차도 31. 3도로 전국에서 가장 심하다. 게다가 물이 부족하여 농경문화가 풍성하게 발전할 수도 없었다. 자연 제천지역 사람들의 기질의 억세게 형성될 수밖에 없었다. 이런 억센 기질은 근대로 들어와서 철도 교통의 요충지로, 상업도시로 발돋움하면서 진가를 발휘하게 되었지만, 근대 이전엔 그것이 미덕이 아니었을 것이다. 즉 강인함과 억센 기질은 외지인에 대한 배타성은 물론 서로 간에도 인색함으로 비춰졌을 것으로 여겨진다. 이런 기질의 반대급부로서 인색함을 징계하는 '장자못 전설'이 널리 공감될 수 있었을 것이다.[10] 이 전설은 한편으로는 선함이나 인자함에 대한 강한 윤리의식을 보이면서 동시에 자신들의 기질에 대한 반성의 의미를 공유하고 있다.

---

9 정인지의 『義林池』라는 시를 보면 "地勢最高處 民居是僻鄉"이라 한다.
10 이런 논리는 '효행설화'에도 그대로 적용시킬 수 있다. 자식에 대한 사랑은 자연적인데 비해 부모의 경우는 그렇지 못해 이를 가르치기 위해 효행설화가 많이 존재할 수 있는 것이다.

다음은 삶의 비극성이라는 현실인식을 살펴보자. 앞에서 언급한 것처럼 제천지역은 높은 산들로 둘러싸인 분지의 형태다. 외부와의 교류도 많지 않고 외부로 나가기도 쉽지 않은 곳이다. 이승소의 제천을 읊은 시에는 "관청이 가난하니 지나는 손이 드물고/땅이 궁벽하니 백성이 적다"고 했다.[11]

이런 지역적 특성은 자신이 위치하고 있는 현실에 대한 갑갑함과 아울러 도저히 벗어날 수 없는 한계를 인식시켜 준다. 뒤를 돌아보다 돌이 된 며느리처럼 벗어나고 싶지만 벗어날 수 없는 이런 상황이 삶의 비극적 한을 형성시킨다.

현실은 고통스럽지만 그 고통을 떨치고 저 고개를 넘을 수 없다는 것이 바로 그 비극성의 실상이다. 발표자는 정선지역 '아라리'를 조사하면서 똑같은 사실을 발견할 수 있었다. 애조 띤 느린 가락의 정선아라리에서 '아리랑 고개'는 정선을 둘러싼 험준한 산악이면서 동시에 도저히 넘을 수 없는 현실의 고개인 것이다. 사통팔달로 길이 뻗어 있는 번화한 도시가 아닌 궁벽한 산골에서 설화의 향유자가 느꼈던 삶의 현실은 고통이고 비극이며 한이었을 것이다. 제천지역의 '장자못 전설'에서 비극미가 두드러지는 것은 이런 연유이다.

3. 민족 영웅의 좌절과 성공의 가능성
   -용마(龍馬) 무덤 전설

〈아기장수 전설〉도 〈장자못 전설〉처럼 전국적인 분포를 보이는 이야

---

11 원문은 "官寒稀過客 在僻少齊民"이다. 『제천. 제원사』, 1269면.

기이다. 전국 391곳에[12] 분포되어 있으며 이야기를 요약하면 다음과 같다.

　　옛날 어느 곳에 한 평민이 살았는데, 산의 정기를 받아서 겨드랑에 날개
가 달린 아기장수를 낳았다. 아기장수는 힘이 셀뿐만 아니라 방안을 날아
다니며 천정에 붙기도 하였다. 그런데 부모는 이 아기 장수가 크면 장차
역적이 되어서 집안을 망칠 것이라 해서 돌로 눌러 죽였다. 아기 장수는
죽을 때 유언으로 콩 닷섬과 팥 닷섬을 같이 묻어 달라고 하였다. 얼마
후 관군이 와서 무덤을 파보니 콩은 말이 되고, 팥은 군사가 되어 아기장
수가 막 일어서려 하고 있어 다시 죽였다. 그런 후 아기장수를 태울 용마
가 근처의 龍沼에서 나와 주인을 찾아 울며 헤매다가 용소에 빠져 죽었다.

이 이야기를 삽화(episode)[13]와 화소(motif)로 나누면 다음과 같다.

1) 아기장수 출생 삽화
　　① 평민 출생
　　② 날개, 천정
2) 아기장수 죽음 삽화
　　③ 부모 죽임(1차 죽음)
　　④ 곡식 군사
　　⑤ 관군 죽임(2차 죽음)
3) 용마 삽화
　　⑥ 용마 죽음

---

12 최래옥, 앞의 책, 17면 참조.
13 '삽화'는 '화소'보다는 넓은 개념으로 독립된 이야기를 뜻한다.

제천 지역에서는 고명동 백양리(뱀골)에 이런 유형의 〈용마 무덤 전설〉이 (자료11) 전한다. 실제로 용마 무덤이 있어 그것을 훼손하면 뇌성벽력이 치며 비가 왔다고 한다.[14] 용마가 있을 리도 없고, 또 용마가 죽어 무덤을 만들었을 리도 없다. 그런데 제보자들은 그 이야기를 사실로 믿고 있다. 과학과 합리성의 범주를 뛰어 넘어 장수와 용마의 이야기를 진실로 인식할 수 있는 근거는 무엇일까? 또 이 이야기의 변이가 갖는 역사성은 무엇일까? 〈용마 무덤 전설〉을 여러 개의 화소로 나누어 보자.

1) 장수 출생 삽화
    ① 양반(철원 윤씨) 출신
    ② 금기(삼칠일 동안 사람 금하고, 찾지 마라)
    ③ 날개, 선반
2) 활약 삽화
    ④ 축지법 사용 서울 다녀옴
3) 죽음 삽화
    ⑤ 금기 어김
    ⑥ 누이 방해
    ⑦ 곡식 군사
    ⑧ 누이 죽임
4) 용마 삽화
    ⑨ 용마 죽음
    ⑩ 임진왜란 일어남

---

14 발표자가 1993년 4월 8일 설화조사 할 때 제천시 고명동 뱀골의 김종천(남, 72네)노인에게 들은 이야기이다.

〈아기장수 전설〉은 흔히 새로운 세상을 바라는 민중들의 소망과 숱한 역사적 실패를 통해 얻어진 좌절감을 보여준다. 이른바 '민중 영웅'의 모습을 보여 주며 김덕령이나 신돌석과 같은 실제 인물의 전설을 형성하기도 한다. 〈용마 무덤 전설〉이 특이한 것은 우선 출신이 양반이라는 점이다. 구체적으로 이름은 모르지만 철원 윤씨 집에서 낳았다고 하다. 철원 윤씨는 파평 윤씨의 지파로 제천의 세거 성씨 중의 하나이다.[15] 그런 까닭에 신분적 갈등이 부각 되지는 않는다. '아기장수'는 대부분 평민 출신이고 뛰어난 능력을 가졌기 때문에 "역적이 될까봐" 부모에 의해 또 관군에 의해 죽임을 당한다. 〈아기장수 전설〉은 이렇게 신분적 갈등을 첨예하게 드러낸다.

그런데 〈용마 무덤 전설〉은 신분적 갈등 대신 '금기'가 개입 된다. 선관(仙官)이 나타나" 삼칠일을 이 방안에 사람을 금하라. 낳은 후 삼일이면 아기가 없어지리니 찾지도 말 것이며 누구에게도 말하지 말라."고 한다. 엄격한 신분제 사회 속에서 평민들이 느끼는 신분갈등의 자리에 선관의 금기가 들어 온 것이다. 신분갈등이 없기에 관군이나 이성계[16]가 등장하지 않는 것은 당연하다. 윤씨 장수는 신분 갈등으로 인해 죽임을 당하는 것이 아니라 금기를 깨뜨림으로써 죽음을 향해 내몰리게 된다. 신분 갈등이 부각 되지 않으니 윤 장수는 '민중 영웅'이 아닌 '민족 영웅'의 면모를 보인다 할 수 있다.[17] 그기에 예상 되는 적대자로 왜군이 등장하고, 임진왜란 때 활약 하지 않고 3년 전에 죽었지만 "만약 살아있었다면" 이라는 가정 아래 왜군과의 격전도 예상할 수 있다. "윤 장군이

---

15 『제천. 제원사』, 1430면.
16 이성계가 등장하는 설화는 지리산 지역의 '동구리 전설', '우투리 전설' 등이다.
17 민족영웅과 민중영웅에 대한 논의는 조동일, 『인물 전설의 의미와 기능』, 영남대 출판부, 1979, '신돌석' 참조.

살았으면 3년만이면 왜란을 평정할 텐데 8년[사실은 7년]까지" 끌었다고
개탄한다.

 윤장수가 민족 영웅이기에 신분적 박해도 없고, 역적으로 몰릴까봐 부
모나 관군이 죽이지도 않았는데 왜 죽음을 맞이하게 될까? 흥미로운 사
실은 윤장수가 아기의 상태로 죽은 것이 아니라 커서 활약을 한다는 것
이다. 어머니가 자신을 찾지 말아야 하는데 금기를 깨고 찾아 자신의
패배는 이미 예정된 것이었다. 그럼에도 쉽게 죽지 않고 장성한다. 누이
가 동생을 죽이려고 "방망이로 머리를 때리고 마루 끝에 밀쳐도 죽지
않았다." 한다. 그리곤 장성해서 활약을 한다. 그의 활약이란 축지법을
써서 서울에 쉽게 다녀오는 것이다. 이것으로는 누이가 동생을 죽여야
하는 이유를 발견하기 어렵다. 〈자료11〉에서는 "집안에 장수가 나면 집
안이 망한다"는 것 때문이 아니라 하지만 윤장수가 평민이 아니라 양반
이니 크게 문제 될 것은 없다.

 발표자가 채록한 설화가 답을 해준다. 제천에서 사고를 내고 도망다
니는 등 "너무 거칠게 돌아다니니까 자칫하면 이게 역적이 되기 쉬우니
까" 죽였다고 한다. 말하자면 제어하기 힘든 억센 기질 때문에 앞날이
걱정이 돼 누이가 동생을 죽이기에 이른다. 누이는 체제 순응적이고 근
시안적인 사고를 지닌데 비해 동생인 윤 장수는 억센 기질로 인해 현실
에 잘 적응하지 못하지만 미래를 내다보는 눈을 가졌다고 할 수 있다.
소심하고 근시안적인 누이가 그것을 알 리 없다. 결국은 임진왜란이 일
어났을 때 왜적을 물리칠 곡식 군사를 쭉정이로 만들어 버리는 실수를
범한다. 누이는 그것이 모반을 할 군사라고 여겼을 것이다.

 윤 장수의 죽음은 아기장수의 죽음처럼 숱한 시도에도 불구하고 좌절
할 수밖에 없는 역사적 경험을 내포하고 있지는 않다. 아기장수는 평민
이고 뛰어난 능력을 지녔기에 역적이 될 수밖에 없었다. 그리고 새로운

세상을 만들려는 시도는 실제 역사에서 늘 실패만을 거듭해 왔다. 많은 민란의 결과가 이를 증명한다.

그런데 윤 장수의 패배와 죽음은 다르다. 우선 금기를 깬 어머니가 문제고 다음은 소심하고 근시안적인 누이가 결정적인 실수를 범한다. 말하자면 내부의 적 때문에, 그들의 근시안적인 사고 대문에 외부의 적을 물리칠 수 있는 기회를 상실하고 죽음을 맞이하게 된다. 〈자료11〉에서는 "온 가족을 불러 놓고 나라의 운이 다하고 내가 갈 때가 되었다"하며, 발표자가 채록한 설화에서는 "내가 죽은 지 석 달 만이면 내 생각이 날 꺼다"했다고 한다. 모두 근시안적 사고를 지닌 내부의 적 대문에 시기를 놓친 것을 안타까워하고 있다. 결국 나라를 위기에서 건질 만한 민족영웅이 나타났지만 이를 알아보지 못한 내부의 적에 의해 뜻을 이루지 못하고 좌절했다는 것이 이 전설의 핵심이다.

하지만 뒤집어 생각하면 그렇기 때문에 윤 장수의 패배를 '있을 수 있었던 성공'으로 바꾸어 볼 수 있다. 단순한 패배가 아니라 미래의 성공을 예비하는 패배일 수 있다는 것이다. 소심하고 근시안적인 사고를 지닌 내부의 적이 없었다면, 그리고 역량을 제대로 발휘할 여건만 주어진다면 윤 장수는 언제든지 성공할 수 있다는 것을 이 이야기는 심층적으로 보여준다. 3년만이면 임진왜란을 평정했을 거라고 제보자의 말은 그런 심층적 논거를 입증해 준다.

민중들의 소망과 좌절을 담은 '아기장수 전설'이 제천 지역에선 왜 이렇게 달리 전할까? 민중영웅이 아닌 민족영웅의 모습으로, 또 어쩔 수 없는 비장한 패배가 아닌 소심하고 근시안적인 내부의 적에 의한 안타까운 패배로 변이 되어 전하는 것일까?

제천은 유학의 뿌리가 깊은 곳으로 일찍부터 기호학파의 학맥을 계승했고 송시열, 권상하, 한원진, 이간 등으로 이어지면서 호락논쟁(湖洛論

爭)을 유발시켜 최근세 유학의 발상지로서 위치한다.[18] 이런 학통 속에서 구한말 유인석(柳麟錫, 1842~1915)을 비롯한 많은 의병장들이 배출됐다. 유림의 고장이고 의병의 고장인 셈이다. 이런 역사적 조건은 신분계층적 갈등을 보인 아기장수를 왜군과 맞설 수 있는 민족영웅으로 바꾸었을 것이다.

제천은 특히 1895년 유인석이 8도 의병을 일으켰던 곳이며 가장 대규모로 조직적인 의병이 일어났던 곳이다. 일본군에 대한 적개심이 어느 곳보다 강하다. 이런 연유에서 왜군이 예상되는 적으로 등장한 것이다. 윤 장수의 안타까운 패배도 유생 의병장들의 실패와 유사한 면이 있다. 아기장수처럼 어쩔 수 없는 패배가 아니라 충분히 가능 했음에도 불구하고 소심하고 근시안적인 내부의 적 때문에 적절한 시기를 놓쳐 안타깝게 좌절하는 것이 그것이다. 실제로 의병들은 평민의병장 김백선(金佰善, 1873~1896)의 처형으로 대변되는 반상(班常) 간의 갈등이나 명분의 차이 등으로 적잖이 전력 손실을 가져왔고 현실에 발 빠르게 대처하지 못해 많은 피해를 입기도 했다. 물론 의병들의 실패와 윤장수의 좌절을 바로 연결시킬 수는 없지만 제천지역이 공유한 의식의 측면에서는 충분한 역사적 근거를 지닌다.

4. 마무리

제천의 전설 중 '장자 못 전설'계인 〈의림지 전설〉, 〈장수탑 전설〉과 '아기장수 설화'계인 〈용마 무덤 전설〉을 중심으로 그 역사적 의미를 따

---

18 『제천. 제원사』, 90면 참조.

져 보았다. 그 결과 앞의 전설은 인색함에 대한 징벌과 삶의 비극성을 드러냈으며, 뒤의 전설은 민족 영웅의 안타까운 좌절과 이면의 숨겨진 성공에의 가능성을 보여 주었다. 이런 의미는 제천 지역이라는 특수한 지리적, 역사적 근거에 바탕하고 있음을 알았다.

그동안 우리는 서울 중심의 문화를 핵심으로 여타 지역의 문화를 보다 열등한 위치에 놓은 중심/주변부 문화론의 망론(妄論)에 시달려왔다. 사실 현실의 그러했다. 하지만 중앙의 문화적 패권주의를 극복하여 지역 문화가 독자성을 갖고 화려하게 꽃 피우는 것이야 말로 지역문화를 살리고 민족문화를 창달하는 데 적극적인 의의가 있는 것이다.

전설은 신화나 민담과는 달리 지역적 토대 위에서 성장, 발전하여 왔다. 의병 설화를 예로 든다면 의병 투쟁이 활발하게 전개되어 온 지역에 집중적으로 분포되어 있다.[19] 그러기에 이런 종류의 작업과 연구는 중심/주변부 문화론의 오류를 시정하고 민족문화의 일원으로서 당당한 시민권을 획득할 수 있는 의의를 지닌다.

서울 사람들의 눈요기 거리로서 지역 문화가 아닌 진정 지역에 뿌리 내리고 살고 있는 사람들의 삶의 터전인 지역 문화를 온당하게 발굴, 정리, 연구함으로써 제천의 문화는 민족 문화의 중요한 구성요소로 당당한 발언권을 확보할 수 있는 것이다.

---

19 경북 영덕군 영해면은 의병장 신돌석의 고향인 관계로 신돌석에 관한 설화가 많다.

충북 지역문화의 전망과 과제

1. 머리말

"가장 지역적인 것이 가장 민족적인 것이고, 가장 민족적인 것이 가장 세계적인 것이다."라는 말이 있다. 이 명제는 세계보편문화 혹은 제국주의 문화에 대립되는 민족문화, 중앙집권문화에 대립되는 지역문화의 특수성에 가치를 부여하는 슬로건으로 널리 활용되어 왔다.

하지만 막강한 자본력을 앞세운 전지구적 세계화(globalization)는 이제 거스릴 수 없는 추세가 되어가고 있다. '세계화'란 이제 익숙한 구호가 되어버렸다. 그것도 단순히 구호의 차원이 아닌 실생활의 요소로 다가오고 있다. 인터넷에 들어가 보면 그 실상을 쉽게 알 수 있다. 국경도 없고 민족도 없이 오직 정보만이 횡행한다. 문화란 이제 '아날로그'가 아닌 '디지털'이 되어버려 세계화란 당연한 추세로 받아들여지고 있다.

한편 세계화와 맞물려 지방화(Localization)의 구호 또한 요란하다. 얼핏 보면 정반대의 지향을 보이는 것 같지만 그 본질을 파고 들어가면 일맥상통하는 면이 있다. 여기서 우리는 지방화 혹은 지역화에 도사린

음험한 기도(企圖)를 짚고 넘어갈 필요가 있다. 세계화와 지방화는 표면적으로는 이질적이지만 자본의 탐욕성이란 측면에서 보면 유사한 활동 경로를 보여준다. 곧 세계화가 국내자본의 세계자본에의 편입이라면, 지방화는 세계자본에 대한 국내 축적공간의 개방이 된다. 그래서 지방화는 지방의 수공업적 생산 방식을 자본의 거대한 흐름에 맡기겠다는 것이 된다. 지역주민의 삶이 세계자본의 논리에 보다 예속됨을 의미한다. 이 때문에 지역화를 얘기하기 위해선 자본의 음험한 기도를 배제하는 구호 차원 이상의 분명한 지향이 있어야 한다.

첫째는 지역문화가 민족문화의 정체성을 담보하는 항목으로 자리매김해야 한다는 것이다. 세계화가 진행될수록 민족의 정체성을 찾는 것이야말로 우리를 지키는 일이 된다는 것이다. 어차피 우리는 중심이 될 수 없고 영원히 변방일 수밖에 없다. 중심으로 편입된다는 것은 환상일 뿐이다. 이미 지난 IMF사태를 통해서 확인된 바다. 이제 세계화의 추세는 거스를 수 없는 대세인 것은 분명하다. 그렇다면 당당하게 자기 목소리를 내면서 여기에 참여하는 것이 마땅하다. 우리의 근대화 과정이 그랬던 것처럼 자칫 하다가는 민족자체가 없어질 판이다. 몰주체적 보편주의도 경계해야 하지만 폐쇄적 자기중심주의도 주의해야 한다. 바로 이런 민족문화의 정체성을 확인하는 항목으로 지역화가 진행되어야 한다.

둘째는 지역화 내지는 지역문화가 지역민들의 삶의 토대 위에서 논의돼야 한다는 것이다. 너무도 당연한 말이지만 문화는 삶 그 자체인 동시에 삶을 토대로 하고 있는 자율적인 생명체다. 그러기에 추상적 구호가 아닌 구체적 삶의 메커니즘 속에서 파악하고 논의돼야 한다. 이런 시각에서 충북 지역문화의 전망과 과제에 대하여 논의하고자 한다. 특히 충북 지역문화의 정체성을 어떻게 규정하고 이를 어떻게 살려나갈 것인가가 이 글의 핵심과제가 된다.

2. 충북문화의 특질-'양반문화론'의 재해석

충북의 지역문화를 하나로 묶을 수 있는 정체성은 무엇인가? 어찌 보면 불가능해 보인다. 충북은 내륙의 중심에 위치하고 있으며 경기도, 강원도, 경상북도, 전라북도, 충청남도, 대전직할시의 6개 지역과 인접하고 있다. 이런 지리적 특성 때문에 충북의 문화는 여러 문화가 교섭하고 융합하는 혼합문화의 특성을 지닌다고 할 수 있다.[1] 자연 단일화할 수 있는 충북 고유의 문화는 찾기가 어렵다. 실상 제천의 의림지(義林池)를 기준으로 하여 명명된 호서(湖西) 혹은 호좌(湖左)라는 용어는 영남, 호남처럼 충청도 전반을 가리키는 말이라 충북의 전유물이라 부르기 어렵다. 이 때문에 충북의 지역문화를 하위권역별로 나누는 문제가 일찍부터 제기되었고 용어상 논란의 여지는 있으나 별무리 없이 통용되고 있는 실정이다. 즉 충북 북부의 충주를 중심으로 한 '중원문화권', 남부의 금강유역을 중심으로 한 '금강문화권', 중부의 청주를 중심으로 한 '서원문화권'이 그것이다.[2] 하지만 중원, 서원은 통일신라의 5소경에서 비롯된 역사적 개념이기에 차라리 북부문화권, 중부문화권, 남부문화권으로 부르는 것이 적절하게 보인다. 임덕순은 방언, 하천유역, 위치, 고차 중심지 분포, 삼국시대 3국영토 점거 등의 5가지를 근거로 하여 '충주문화지역', '남부문화지역', '청주문화지역'으로 나눈 바 있다.[3] 모두 충북 문화권은 3개의 영역으로 나누는 데는 큰 이견이 없는 듯하다.

---

1 임덕순, 「충북지역의 지리적 특성과 문화권」, 『충북학』 제2집, 충북학 연구소, 2000, 43면 참조.
2 김승환, 「21세기 충북·청주의 지역문화와 민족문화」, 『21세기 충북·청주의 지역문화와 민족문화』, 충북 민예총 문화예술연구소, 1996, 19면.
3 임덕순, 앞의 논문, 39면.

문제는 이 3개의 하위권역을 하나로 묶을 수 있는 동질적 요소가 없다는 것이다. 예전 생활의 연결은 강을 통해 이루어져 왔다. 이렇게 본다면 북부의 남한강 수계와 남부의 금강 수계, 그리고 중부의 금강지류인 미호천은 서로 다른 생활양식과 문화를 형성해 왔다고 할 수 있다.

흔히 충북의 문화는 한강과 금강의 유역권에 위치한다는 지리적 환경적 요인을, 고구려 백제 신라의 접경이라는 역사적 배경을 토대로 형성되었다고 한다.[4] 그래서 문화의 정서를 '청풍명월(淸風明月)'로, 문화의 내용을 '양반문화'로 규정해 왔다. 말하자면 멋과 풍류를 즐기는 양반적 기질이 곧 충북 문화의 본질 내지는 정체성으로 파악되었다. 특히 다른 지역에 비해 충청도 지방에서는 평민문화의 양반문화 지향성이 두드러진다고도 한다.[5] 이창식은 충북지역의 민속문화를 분석하여 한강수계와 금강수계의 동질적 요소로 '선비지향의 인성'을 들었다.[6]

하지만 양반 혹은 선비기질이라고 했을 때 그 구체적 실체와 역사성이 무엇인가? 고려 중기 이후 등장하여 조선시대의 문화를 주도했던 사대부의 복잡다단한 분화와 복합적 성격을 어떻게 '양반' 혹은 '선비'기질로 묶을 수 있는가가 문제다. 그러기에 일반적으로 양반이라고 했을 때 그건 역사적 실체라기보다 관념화된 허상에 가깝다. 경북 안동지역과 비교하면 이 점은 분명히 드러난다. 이른바 '영남사림(嶺南士林)'의 근거지라 할 안동은 16세기 퇴계(退溪)를 정점으로 하여 그 학맥과 인맥이 교직(交織)되어 오늘날까지 이어지고 있다. 이럴 때 우리는 그 곳에 뿌리를 내리고 있는 양반문화의 실체와 그 영향력을 확인할 수 있는 것이다.

충북문화의 특질로 얘기되는 양반문화의 실체를 과연 어디서 확인할

---

4 김영진, 「충북인의 충북문화」, 『충북정신의 기둥』, 충북 교육청, 1993, 148면.
5 한상복, 『한국인과 한국문화』, 심설당, 1982, 295면.
6 이창식, 「충북지역 민속 특성과 문화권 모색」, 『충북학』 제2집, 62면.

수 있을 것인가? 일설에 의하면 조선의 정조(正祖)가 규장각(奎章閣) 학사인 윤행임(尹行恁)에게 8도의 인물을 4자단구로 평하라 했을 때 충청도를 일러 '청풍명월(淸風明月)'이라 했다 한다.[7] '청풍명월'이 과연 어떠한 기질을 얘기하는 것인지 많은 논의를 필요로 하지만, 김화진은 다음과 같이 설명했다.

청풍명월(淸風明月)이라고 한 것은 이 지방 인물은 대개가 일에 전진할 생각도 없고 무슨 지개(志槪)도 없이 구내여 남의 앞을 서리고 아니하고 그렇다고 뒤지려고도 아니하여 세상이 되어가는 대로 내버려두는 것이 마치 청풍명월이 대자연의 도는 대로 따라가는 것과 같다는 것이다.[8]

말하자면 온건하고 순응적인 성격을 '청풍명월'로 해석했다. 이 청풍명월의 기질은 자기 속내를 잘 드러내지 않는 '점잖음'인 것이고 그것이곧 '양반스러움'의 실상인 것이다. 김영진은 이에 대하여 다음과 같이 설명한다.

충청도 양반이란 말은 충청도에 사는 사람들이 대체로 그 말과 행동이 양반스럽다는 뜻이며, 여기서 '양반스럽다'는 '점잖다'는 말로 바꿀 수 있는 말이다. 그리고 점잖다는 말은 체면을 중히 여기는 충청도 사람의 기질에서 비롯된 것으로 보는 데, 그것은 소위 팔도치레에서 충청도를 '체면치레'라로 하는 데서도 짐작된다.[9]

7 김화진, 『韓國의 風土와 人物』, 을유문화사, 1973, 21면.
8 같은 책, 24면.
9 김영진, 『忠北文化論攷』, 향학사, 1997, 280면.

곧 충북문화의 특질로 얘기되는 '양반스러움'이란 역사적 실체가 아닌 점잖음의 다른 표현인 것이고 보수적이고 소극적인 온건함을 지니고 있는 것 또한 부인할 수 없는 사실이다. 그러면 이런 특질은 어떠한 역사적 계기와 맞물려 형성된 것일까?

주지하다시피 충북 문화의 하위권역은 세 부분으로 나눠지며 그 부분들은 각각 고구려, 백제, 신라의 문화적 특질을 지니고 있다. 곧 충주를 중심으로 한 한강수계의 문화권은 고구려 문화로, 청주를 중심으로 한 중부문화권은 백제문화로, 금강수계의 남부 문화권은 신라문화로 각각 특징을 드러낸다.[10]

이렇게 삼국의 문화가 각기 맞물려 영역다툼을 했던 지역이 충북이고 그 각각의 특징들은 방언, 민속 등 여러 형태로 확인된다. 이렇다 보니 단일화된 하나의 문화를 형성하지 못하고 삼국의 쟁패 속에서 상대방의 눈치를 봐가며 속내를 감추었던 것이 '양반기질'로 형성되었던 것이다. 양반다움이란 곧 이런 소극적 경향에 대한 미화된 수식인 셈이다. 실상 한국 근대의 정치사를 보더라도 충청도의 경우 '핫바지'라고 비아냥될 정도로 이리저리 휩쓸렸던 것이 사실이다.

"영남의 모든 물줄기는 낙동강으로 모인다."는 말이 있다. 그 만큼 영남지역은 강한 일체감을 지니고 있다. 앞의 4자단구에도 영남을 '태산교악(泰山喬嶽)' 또는 '설중고송(雪中孤松)'이라고 했거니와 그 기질 또한 억세서 김화진은 "이 지방 사람은 목소리가 멋굿고 고집이 세며 세 사람만 모여 한담을 하여도 온 동리가 떠들썩하다. 사람의 성질이 용용한 것이 부족하여 우락부락하고 곧은 목이 '태산교악'도 같고 '설중고송'도 같아 지나치게 솟아 남에게 온순함이 부족하다."[11]고 설명했다. 이 때문

---

10 임덕순, 앞의 논문, 35면 참조.

인지 통일신라 이래 한반도의 정치사를 주도한 것이 바로 영남이 아니었던가.

결국 충북의 양반기질은 사대부 문화의 지향이 아닌 점잖음의 다른 표현이고 이의 부정적 측면은 소극성과 보수성일 것이다. 즉 김화진의 지적처럼 자신의 개성을 적극적으로 드러내는 것이 아니라 눈치를 봐가며 적당히 하려는 경향이나 안정지향의 모습이 바로 그것이다. 이를 도식화하면 다음과 같다. (+는 긍정적 측면, 는 부정적 측면이다.)

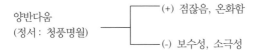

이 때문에 우리 민족이 가지고 있는 보편적 정서인 신바람의 정서에 배치하는 엄숙주의와 복고주의가 충북문화의 진취성을 저해한다고 하여 충북문화의 전망을 '시민문화'에서 찾으려는 노력도 있다.[12] 하지만 문화의 저류는 그리 쉽게 단절되지 않고 면면히 흐름을 지속하면서 역사적 계기와 맞물려 그 구체적 실체를 드러낸다. 그러기에 이를 부정할 것이 아니라 역사적 구체성과 연관시켜 재해석 할 필요가 있다. 김영진이 "충북인의 이러한 특성은 비록 예로부터 형성되어 오늘에 보편화된 것이긴 해도 오늘에 이르기까지 변화를 거쳐 왔고, 또 앞으로 변화를 가져올 것이다. 그렇기 때문에 앞으로 충북인의 양반스러움은 옛날에 체면을 존중하던 점잖은 양반스러움을 지키는 것이 아니라 시대적 감각에 따라 새로운 양반스러움으로 변모할 것으로 보인다."[13] 는 예견처럼 오늘에

11 김화진, 앞의 책, 26면.
12 김승환, 앞의 논문, 28면 참조.

맞게 그 특질을 새롭게 해석하는 지혜가 필요하다.

새로운 해석의 근거를 찾아보면, 충북 선비의 대표적 존재로 보은의 종곡에 은거한 대곡(大谷) 성운(成運, 1497~1579)과 서인의 영수로 수많은 당쟁을 주도한 우암(尤庵) 송시열(宋時烈, 1607~1689)을 꼽는 바,[14] 주자학적 명분론의 극단으로 치달으며 '산림(山林)'의 폐해를 낳게 했던 우암보다는 퇴계, 남명(南溟), 화담(花潭) 등과 동시대를 살았던 대곡(大谷)에게서 긍정적 의미의 양반다움을 발견할 수 있다. 대곡은 작은 형이 을사사화(乙巳士禍)로 화를 입자 50년 동안 속리산에 은거하여 글을 읽으며 도를 닦았다. 대곡의 행적이 서원 창설 운동을 주도한 퇴계나 학문의 실천을 강조한 남명과 달라 하나의 학맥을 이루지는 못했지만 철학자로서의 자기완성과 학문적 업적을 쌓았다. 그의 제자였던 천재시인 백호(白湖) 임제(林悌, 1549~1587)는 그를 기리는 제문에서 이렇게 대곡의 인품을 기렸다.

> 그렇기에 선생의 절개는 소부(巢父) · 허유(許由)보다 높은데 세상이 못 알아보았지요. 세상이 선생을 모를 뿐 아니요, 선생 자신이 또한 세상에 알려지기를 구하지 않았던 것입니다. 비단 알려지기를 구하지 않았을 뿐 아니라, 오히려 들려지고 알려질까 두려워하였답니다. 그래서 한 언덕 한 골짝 사이에서 왼편에는 거문고, 바른 편에는 서책을 놓아두고 나물 먹고 물마시며, 밤이나 낮이나 홀로 보낸 세월이 거의 50년이었습니다.[15]

---

13 김영진, 『忠北文化論攷』, 280면.

14 같은 책, 298면.

15 林悌,「祭大谷先生文」, 『白湖全集』 권4 (신호열 · 임형택 공역), 창작과 비평사, 1997, 672면. "故先生節高于集許, 而世莫知. 非獨世不知先生 而先生於世, 亦不求聞知. 非徒不求聞知, 而惟恐其有聞有知. 一丘一壑, 左琴右書, 簞瓢冷落, 獨寐寤處者, 幾五十年於斯矣."

백호의 찬사는 스승이기에 높이는 것이 아니라 어지러운 세상 가운데 자기를 지키고 학문을 이룬 자에 대한 헌사인 것이다. 물론 대곡은 동시대의 퇴계나 남명처럼 제자들을 길러 미래를 기약하지는 않았다. 하지만 쓸데없이 벼슬을 탐하거나 명리를 취하지 않고 평생을 자기완성을 위한 도학 연구에 몸을 바쳤다. 세상에 알려지기를 두려워 할 정도로 자기를 드러내지 않았다. 그의 시 〈대곡의 낮에 앉아[大谷晝坐]〉를 보면 그런 입장이 잘 드러나 있다.

여름 숲이 장막 되어 한 낮이 어두운 데	夏木成帷晝日昏
물소리 새소리가 고요한 중에 시끄럽네	水聲禽語靜中喧
길이 끊겨 올 사람 없는 줄 알지만	已知路絶無人到
그래도 산 구름 시켜 골짝문을 잠그네.	猶倩山雲鎖洞文

물론 근대적 인간관으로 보면 극단적 폐쇄성을 지녔다 하겠지만 사화(士禍)의 와중에 과연 선비들이 무엇을 할 수 있는가를 생각해보면 대곡의 선택은 지극히 마땅한 것이다.

더구나 그의 조카인 우계(牛溪) 성혼(成渾, 1535~1598)의 저 유명한 시조

말없는 청산이오 태없는 유수로다
값없는 청풍(淸風)과 임자 없는 명월(明月)이로다
이 중에 일 없는 내 몸이 분별없이 늙으리라

— 〈진본청구영언(珍本靑丘永言)〉

에 이르면 충북의 정서인 '청풍명월'이 그대로 텍스트화 되고 있거니와

자기의 실현이 자연과의 교감 속에 지극한 경지로 완성됨을 알 수 있다. 물론 16세기 강호가도(江湖歌道)에서 혼탁한 인간세상과 대비되는 구도(求道)의 공간으로서 자연이 위치하고 있거니와 당대의 사대부들은 그 자연에 순응함으로써 삶의 의미를 찾았다. 우리는 여기서 계급·계층적 의미가 아닌 충북문화의 특질로서 양반다움의 단서를 발견하게 된다. 그것은 바로 자연에의 순응이고 조화인 것이다. 즉 자기를 드러내는 것이 아닌 전체 속의 부분으로서 안주하는 조화의 경지가 바로 양반다움의 긍정적 재해석이다.

대곡의 제자였던 백호는 『중용(中庸)』을 8백독하고 속리산을 떠나면서 그 깨우침으로

도는 인간을 멀리하지 않았는데 인간이 도를 멀리했고 道不遠人人遠道

산은 세속을 떠나지 않았는데 세속이 산을 떠났네   山非離俗俗離山[16]

라 하여 자연과 세속, 도와 인간의 조화를 말했으니 참으로 절묘한 경구가 아닐 수 없다.

충북문화의 하위권역인 북부문화권, 중부문화권, 남부문화권의 이질적 요소들이 별무리 없이 융화될 수 있었던 것도 이런 조화와 포용이라는 충북문화의 특질에 기인한다. 곧 삼국의 쟁패과정에서 속내를 드러내지 않는 역사적 계기들은 이질적인 문화들을 받아들이는 조화와 포용의 문화를 형성시킨 것이고 이 정체성을 통하여 우리는 충북문화의 새로운 전망을 세울 수 있다.

---

16 앞의 책, 951면.

3. 21세기 충북문화의 전망과 과제

그러면 조화와 포용이라는 충북문화의 특질에 근거하여 앞으로의 전
망을 어떻게 세워나가야 할 것인가? 우리의 근대는 이성과 획일성이 강
조되던 시기였다. 서구를 모델로 하여 그것을 따라잡기에 급급했다. 그
것도 엄청난 속도를 동반했다. 300년이 걸릴 일을 30년 만에 해치웠으
니 그 아찔한 속도만큼이나 획일화된 중앙의 논리가 얼마나 위력을 발
휘했겠는가. 모든 길은 서울로 통했다. 그래서 지역의 문화는 아예 존재
할 수 없었거나 존재한다고 해도 중앙에 종속되는 미숙한 변두리 문화
로 자리 잡았다. 얼마나 서울의 문화를 따라 잡는가가 곧 지역문화의
수준이었다. 곧 지역의 문화는 독자적인 형식과 내용을 갖추지 못하고
서울 베끼기에 급급했고 그것이 바로 획일화된 근대화의 논리였다.

이른바 '경제개발'이라는 이름하에 이루어진 산업화는 생산방식에 있
어서 소품종 대량생산 체제인 '포드시스템(Ford System)'을 채택하여 경
제 인프라를 구축했다. 여기에 따라 문화도 교육도 삶의 방식도 대량생
산 라인을 구축했다. 똑같은 수준의 학생들을 양산하여 산업현장에 투
입했고 지역의 문화 역시 국화빵 수준을 벗어나지 못했다. 그러던 것이
1990년대 들어와 지방자치가 실시되고 '삶의 질'에 대한 요구가 대두되
면서 획일화된 근대의 논리를 거부하기 시작했다. 물론 여기에는 생산
방식 자체가 이제는 다품종 소량생산으로 바뀌었다는 사실도 중요한 계
기로 작용했다. 그래서 이제는 "잘 살아보세"가 아니라 "삶의 질을 높이
자"는 문화적 마인드가 중요하게 대두되었다.

하지만 그것이 자생적 요구에서 이루어진 것이 아니라 앞에서도 얘기
했듯이 세계자본의 탐욕성에 근거한다는 것이다. 그래서 세계화와 동시
에 지역화 혹은 지방화가 진행되는 '글로컬라이제이션(glocalization)'의

추세 속에 있게 된 것이다. "자본의 운동은 메트로폴리탄 중심아래 전세계를 지방화하고, 국가적 차원에서는 주변부 나라의 중심도시 아래 나라 안의 모든 지역을 다시 지방화 함으로써, 인천은 서울을, 서울은 도쿄를, 도쿄는 뉴욕을 경배하는 수직적 질서를 창출"[17]하는 딜레마 속에 지역문화가 위치한다.

이러한 글로컬리제이션의 국면에서 지역문화는 다음과 같은 문제점을 안고 있다.[18]

① 지역문화의 육성 발전을 위한 재정기반이 취약하다.
② 지역문화 시설이 절대 부족하고 문화시설 자체도 제 기능을 못하고 있다.
③ 지역문화 전문 양성이 어려우며 이들에 대한 처우가 부족하다.
④ 지역 고유의 전통문화가 파괴되고 지역 공동체 의식이 사라져 가고 있다.
⑤ 관변 단체에 국고 보조금이 집중 지원되고 있어 문화원이나 문화예술 단체의 지원이 부족하다.
⑥ 지역문화의 구심체가 없고 예산의 효율적 분배가 이루어지지 않고 있다.

이들 요소가 대부분 재정 내지는 시설 등 돈과 관련되어 있다. 곧 자본에 의한 수직적 질서의 재편이 빠르게 진행되고 있음을 알 수 있다.

하지만 가능성이 없는 것은 아니다. 지역 주민들의 삶에 기초한 생산적이고 자생적인 지역문화를 만들어나가는 것이야말로 자본에 의한 수직적 질서를 전복시키고 민족문화의 한 부분으로 당당하게 편입될 수 있는 전략이 될 수 있는 것이다. 이 때 충북문화의 정체성이랄 수 있는

---

17 최원식, 「지방을 보는 눈」, 『생산적 대화를 위하여』, 창작과 비평사, 1997, 60면.
18 최천식, 「지역문화 활성화」, 『향토사와 지역문화』, 문화체육부, 1995, 104면.

조화와 포용의 정서야말로 그 기초가 된다. 이에 지역을 통해 중앙을 전복할 수 있는 충북문화의 기획을 생각해 본다.

1) 삶의 속도, 문화 생산의 속도를 늦춰야 한다

글로컬리제이션 시대 중앙으로부터 주변부의 수직적 질서 속에 자본은 엄청난 속도로 그 위력을 과시한다. 거기에 따라 삶의 속도도 비례할 수밖에 없다. 바삐 움직이지 않으면 돈을 벌 수 없기 때문이다. 자연 지역문화의 속도도 이를 따라 간다. 그러다 보니 자기의 문화를 만들어 낼 여유가 없다. 오로지 중앙을 따라가기에 급급할 뿐이다.

충남 서산의 개심사(開心寺)를 간 적이 있다. "마음을 연다"는 이 심심 산골의 절에서 저녁을 먹고 산책을 나가다 동네 10대 청소년들이 경운 기에 앉아 당시 유행하던 노래를 부르며 놀던 것을 목격했다. 그들의 의상과 행동도 서울의 그것과 다르지 않았다. 지역민들의 삶이나 문화가 철저하게 중앙에 종속된 경우였다.

최근 문명의 아찔한 속도감에 대한 반성 때문에 "느리게 살자"는 것이 삶의 중요한 화두로 등장했다. 느리게 살자는 것은 게으르게 살자는 것은 아니다. 삶의 선택에 관한 문제다. 어느 한 기간을 정해 놓고서 그 안에 모든 것을 처리하려고 서두르지 않아도 되고, 시간에 쫓기지 않아도 되는 그런 삶을 선택할 수도 있다는 말이다. 그것은 모든 것이 우리를 서두르게 만들고 있는 이 사회, 그리고 우리가 자발적으로 그 요구에 따르고 있는 이 사회 속에서 건강한 삶을 유지하기 위해 절실하게 필요한 과제이다.[19]

---

19 피에르 쌍소, 김주경 옮김, 『느리게 산다는 것의 의미』, 동문선, 2000, 12면.

바로 이런 여유로운 삶을 선택하는 것이야말로 사람들에게 강요된 아찔한 속도를 제어할 수 있는 첩경이 된다. 다행히 지역에서의 삶은 중앙에 비해 여유로움을 누릴 수 있는 시간적, 공간적 혜택이 허락된다. 출퇴근에 많은 시간이 소요되지 않을뿐더러 움직이는 공간 또한 그리 넓지 않다. 게다가 자연 환경 또한 얼마나 아름다운가. 문제는 중앙을 따라가야 한다는 그 조급함이 이 모든 여유로움을 빼앗아 버리는데 있다. 또한 그것이 자생적 문화의 생성을 가로막고 있기도 하다. 지역의 문화는 바로 이 지점에서 시작돼야 한다. 그것이야말로 전지구적 자본의 탐욕스런 경로를 비켜갈 수 있는 길이 된다.

충북의 문화적 본질은 그런 것이었다. 청풍명월이라는 말처럼 자연의 섭리에 순응하면서 여유를 누렸던 것이다. 그 여유가 지금 분명 자본주의적 시간의 저 아찔한 질주를 제어할 수 있는 의미 있는 화두인 것은 분명하다. 그래야만 건강한 지역문화를 만들어나갈 수 있는 것이다.

2) 지역문화의 생산자가 돼야 한다

자본주의 문화는 소비를 미덕으로 한다. 그래서 대부분의 사람들은 문화의 향유자로 만족한다. 문학작품을 읽고 음악을 듣고 전시회를 보러 가는 것으로 문화적 욕구를 채운다. 그것이 의미 없는 행위는 아닐 것이다. 하지만 이런 행위는 문화의 생산자로서 그 문화를 자기의 것으로 만들 수 없는 한계를 지닌다. 문화란 사람들의 삶을 가꾸고 풍요롭게 하는데 그 목적이 있다. 비록 그것이 낮은 수준의 것일지라도 분명 삶을 가꾸는 데 의미가 있다. 일기(日記)를 생각해 보자. 그것이 뛰어난 문학작품은 아닐지라도 자신의 언어에 의해 자신의 삶을 되돌아보고 가꾸게 하지 않는가.

애초 문화는 모두가 생산자이면서 향유자였다. 생산과 향유가 동시에 이루어져 왔다. 하지만 자본주의의 유통방식은 생산과 소비를 분리하게 했고 교환가치에 의해 문화의 등급을 매겼다. 이래서 문화는 소수에 의해 독점되게 되었다. 이제는 세계적 자본의 침탈에 의해 그 현상은 더욱 심해졌다. 이렇게 가다간 중앙에 비해 상당적으로 열악한 지역의 문화는 말살된다. 충북에서의 공연과 서울에서 이루어지는 세계적인 공연을 비교해 보면 그 차이는 분명 드러난다. 이런 방식으로는 도저히 경쟁이 되지 않는다. 어차피 세계자본의 수직적 질서 속에 이미 향유 혹은 소비의 문화는 서열화 된 셈이다.

결국 지역문화를 활성화하기 위해선 문화의 생산자로 참여할 수 있는 통로를 개척해야 한다. 지역을 단위로 한 대중문화운동이 그래서 필요한 것이다. 서울에서의 삶이 소중한 것처럼 충북지역의 삶도 소중하다. 바로 그렇게 지역민의 삶을 담을 수 있는 그릇으로서 지역문화가 만들어져야 한다.

글쓰기 운동을 생각해 보자. 모두 작가나 시인이 되기 위해서 글을 쓰는 것은 아니다. 충북의 작은 마을에서 사람들이 그들의 삶을 글로 써서 서로 돌려보며 자신들의 삶을 가꾸어 나간다고 가정할 때 그 글을 쓰는 운동이야말로 세계자본의 침윤으로부터 지역민들의 건강한 삶을 지켜주는 보루가 된다. 소수에 의해 독점되었던 글쓰기를 이미 자신의 삶을 벼리는 도구로 가져온 이상 그들이 뛰어난 작품을 쓰지 않는다고 어떻게 얘기할 수 있겠는가.

이런 지역 대중문화운동의 기획은 얼마든지 가능하다. 각자의 일을 끝내고 모여 서로 쓴 글을 돌려보거나, 연극 연습을 하거나 그림을 그리고자 야외로 나가는 일 등은 지역문화를 소비자에서 생산자로 전환시키는 계기가 된다. 여기에 의미를 부여하고 이를 활성화시키는 것이야말로 자생적이고 건강한 지역문화를 살리는 첩경이 된다.

루쉰(魯迅, 1881~1936)이 그의 작품 〈고향〉에서 얘기했듯이 "누군가 걸어가면 그것이 곧 길이 된다."는 것을 명심할 필요가 있다.

3) 작은 것이 아름답다

지역문화의 생산자로서 참여하는 문화활동은 어차피 소규모일 수밖에 없고, 지역민들의 삶에 근거하고 있어야 한다. 예산이 많이 들어가는 대규모의 행사나 문화활동으로는 어차피 경쟁이 되지 않는다. 작고 내실 있는 행사, 지역민들의 삶을 담아낼 수 있는 문화활동이 필요한 것이다. 문화란 저 높은 곳에 존재하는 신비스런 그 무엇이 아니라 일상을 담아내는 그릇이라는 생각이 필요하다.

이런 점에서 칠레의 민중시인 빠블로 네루다(Pablo Neruda, 1904~1973)의 일화는 많은 시사를 준다. 〈일 포스티노(Il Postino)〉라는 영화에서 지중해 섬 마을 우편배달부와의 교감을 통해 시란 무슨 대단한 것이 아니라 바람소리, 파도소리와 같은 지극히 일상적인 데에 있다는 것을 알려 주기도 했다. 그런가 하면 파업중인 칠레의 광산 노동자들에게 자신의 시를 읽어줌으로써 그들을 감동시키기도 했다.

칠레의 어느 탄광에서 있었던 일이다. 한 낮의 찌는 듯한 태양아래서 수천 명의 광산 노동자들이 세 시간이 넘게 조합의 활동가니 지도자의 연설을 듣고 있었다. 마침내 네루다가 연단에 오를 차례가 되었다. 그 당시만 해도 그는 아직 시인으로서 오늘날처럼 명성이 자자했던 것도 아니고 더구나 산 속에서 거의 유폐된 생활을 하고 있었던 광부에게는 거의 이름조차 알려져 있지 않았던 상태였다. 다시 말해서 지금 네루다 앞에 앉아 있는 수천 명의 노동자들, 착취와 굶주림 그리고 어쩌면 읽을 줄도 쓸 줄고 모를 것 같은 이 광부들 앞에서 네루다가 시를 낭송한다는 사회자의 소개가 있자 수천 명의 탄광 노동자들은 이글거리는 검은 태양아래서 일제히 모자를 벗으며 일어나는 것이 아닌가. 그것은 지금까지 전례가 없었던 극히 새로운 감동적인 장면이었다. 즉 노동자들은 민중에게 봉사하는 시인과 시에 고마움의 인사를 보냈던 것이다.[20]

위의 예에서 보듯이 문화란 이렇게 지극히 사소하고 일상적인 것을 통해서 사람들의 삶을 풍요롭게 할 수 있는 것이다. 네루다는 그 벅찬 감동과 기쁨을 〈커다란 기쁨〉이란 시에서 "나는 쓴다. 소박한 사람들을 위해/ 변함없이 이 세상의 기본적인 요소들 - 물이며 달을/ 학교와 빵과 포두주를/ 기타나 연장 등을 갖고 싶어 하는/ 소박한 사람들을 위해서 쓴다."[21]라고 노래했다. 바로 이것이 문화(문학)가 갖는 힘이다. 사소한 것 같지만 '이 세상의 기본적인 요소들'을 통하여 보다 풍요로운 삶을 가꾸어 나갈 수 있기 때문이다.

세계적인 지역축제의 모델이 된 영국 스코틀랜드 에딘버러(Edinburgh)에서 거행되는 '에딘버러 페스티벌'이나 프랑스의 아비뇽(Avignon)에서 거행되는 '아비뇽 연극축제' 같은 것이 그 좋은 예이다. 여기에는 전문적인 극단도 참가하지만 순수한 아마추어 극단도 참여하여 수준 높은 연극을 공연함으로써 자신들의 삶을 풍요롭게 가꾼다. 저마다 직업은 다르지만 저녁이면 모여 연극을 연습하면서 그들의 삶을 돌아보고 좀 더 아름답게 꾸미게 된다. 바로 이런 형태가 지역문화 활동의 대안으로 가능하다는

---

20 김남주, 「사랑과 혁명의 시인, 빠블로 네루다」, 『심장은 탄환을 동경한다』, 민글, 1993, 135면.
21 같은 책, 같은 곳.

것이다. 처음엔 미미하지만 점점 질적인 상승을 이루어 가면서 그들의 삶도 고양되는 것이다. 유럽의 영화를 보다보면 학생들이 주고받는 대화 속에 셰익스피어(William Shakespeare, 1564~1616)나 괴테(Johann Wolfgang von Goethe, 1749~1832)가 자연스럽게 녹아 있음을 발견한다. 그들의 삶 속에 셰익스피어는 저 높은 곳에 존재하는 신비가 아니라 바로 일상 속에 녹아있는 현실인 것이다. 이런 자국의 민족문화를 현재화하는 경지가 어쩌면 건강한 지역문화의 이상형이 아닐까?

4) 문화의 다양함을 수용해야 한다

지역문화의 발전은 다양함 속에 이루어져야 한다. 이른바 고급문화만 고집해서는 안 되고 영화, 대중음악, 만화, 사이버 문화 등 대중문화를 적극 수용해야 한다. 어차피 문화 내지는 문화 활동은 사람이 중심일 수밖에 없고, 그러기에 그들의 요구가 반영돼야 한다. 만화를 원한다면 그것이 저급한 문화가 아니냐고 반박할 것이 아니라 만화를 소재로 다양한 문화행사를 기획해야 한다. 만화 전시는 물론이고 이를 통한 캐릭터 개발, 만화그리기 대회 등 만화를 소재로 무한한 문화 활동이 가능하다.

일본의 경우 만화 전문 도서관이나 전문서점이 있는가 하면 만화를 상품화한 전문 매장도 많다. 프랑스의 '앙굴렘 국제 만화 페스티벌(Festival international de la bande dessinée d'Angoulême)'도 좋은 예이다. 인구 15만의 작은 도시에 나흘간 무려 40만 명의 관광객이 모일 정도로 성황을 이룬다 한다. 우리의 경우도 '부천 국제 애니메이션 축제'를 통해 만화와 애니메이션을 대중문화의 중요한 항목으로 자리매김 했다.

충북문화의 성격도 자연에 순응하고 조화와 포용을 그 특질로 한다. 그러기에 어떤 지역보다도 다양한 문화의 수용과 조화가 가능한 곳이다. 문제는 문화에 대한 고정관념이다. 이 고정관념의 틀을 깨지 않고서는 지역민의 삶을 가꾸는 건강한 문화의 조성이 불가능하다. 중요한 것은 형식이 아니라 내용이다. 내용이 바뀌면 문화의 형식도 바뀌게 된다. 이제는 형식을 고집할 것이 아니라 다양한 내용들을 채울 수 있는 새로운 형식을 고민해야 한다.

5) 각 지역의 정체성을 살려나가야 한다

충북문화는 다양함 속에 조화를 이룬다고 했다. 청주와 충주가 다르고 제천이 또한 다르다. 충북으로 획일화 할 것이 아니라 각 지역이 정체성을 찾아 이를 계발해야 한다. 그것은 말하자면 각 지역의 자기 색깔 갖기, 곧 '이미지 메이킹(Image making)'인 것이다.

그것이 아무거나 될 수 있는 것은 아니다. 우선 지역민들을 하나로 묶을 수 있는 공감대여야 하고 삶을 고양시킬 수 있는 의미 있는 것이어야 한다. 그리고 현재화 할 수 있어야 한다.

대표적인 지역이 안동이나 남원, 강릉일 것이다. 안동은 유교문화의 잔재가 그대로 남아있고 오늘날까지 영향력을 미치고 있다. 퇴계(退溪)로 대표되는 그 양반문화는 16세기 영남사림의 이념적 총화였지만 21세기인 오늘날도 의미 있는 것으로 재해석되고 있다. 남원의 '춘향제', 강릉의 '단오제' 역시 지역의 정체성을 찾아 문화의 형식을 만들어 간 좋은 예이다

청주의 경우 직지(直指)로 대변되듯 인쇄문화를 통해 정체성을 찾고 문화를 계발해야 한다. 김승환의 제언에 의하면 ① 세계 판화 축제 ②세계 고도서 박람회 ③ 고인쇄 시연 ④ 세계의 종이전 ⑤ 세계의 활자전 ⑥ 인쇄 관계 가장행렬 등이 대안으로 제시됐다.[22]

충주는 '남한강 문화'를 그 정체성으로 새로운 형식을 만들 수 있다. 남한강은 영월, 영춘, 단양, 제천(청풍) 등 다양한 지역을 거치지만 아무래도 그 중심은 충주일 수밖에 없다. 한반도 가운데 위치하면서 그 젖줄인 남한강의 중심지역으로서 역사적으로나 지리적으로나 충주는 남한강을 지역문화의 화두로 삼아야 한다. 남한강과 관련하여 임진왜란 당시의 '달천 전투'(비록 패전의 아픈 상처를 간직하고 있지만)나 많은 영남과 충청의 세곡에 집결하여 성시(盛市)를 이루었던 '목계나루' 등은 충주의 정체성을 살려나가는 좋은 대안이 된다.

제천은 그 문화의 정체성을 의병(義兵)에서 찾을 수 있다. 그것이 억센 지역기질이나 정서와도 일치하고 역사적으로 의미 있는 것이며 현재화할 수 있는 장점이 있다. 충북도내 신문기사를 보면 제천과 의병을 동일시하고 있음을 볼 수 있다. 불과 몇 년 밖에 안 되었지만 지역의 정체성을 찾는데 성공했다고 볼 수 있다. 애초 〈제천의병제〉는 구한말 제천을 무대로 활동한 을미의병의 창의로부터 100주년이 되는 1995년에 시작하였다. 제천의병의 넋을 위로하고 그 희생을 오늘에 되살리자는 취지였으며, 제천시민들에게 의병의 고장이라는 자긍심을 주어 제천 지역문화의 정체성을 찾자는 것이었다. 빠른 시일 내에 지역문화의 정체성을 찾고 이를 문화의 형식으로 만들어 낸 성공적인 경우라 하겠다.

단양 역시 영춘의 '온달산성'을 근거로 하여 '온달'을 지역의 문화로 만들어갔다. 1996년부터 '단양온달축제'를 개최하였으며 온달과 평강공주를 캐릭터로 계발하여 단양의 상징으로 삼았다.

보은의 경우는 최근 동학의 보은집회를 화두로 삼아 지역문화의 정체성을 찾아가고 있다. 그 밖에 시인 정지용을 내세운 옥천의 〈지용제〉,

---

22 김승환, 앞의 글, 37면.

홍명희를 화두로 삼은 괴산의 〈홍명희 문학제〉 등도 지역문화의 정체성을 찾는 항목으로 손색이 없어 보인다.

이렇게 본다면 각 지역 문화의 정체성은 인쇄문화 같은 문화적 형태로부터 남한강이라는 지리적 여건, 의병이나 동학 같은 역사적 사건, 역사적 인물인 온달, 근대문학 작가인 홍명희, 정지용 등 다양하게 분포되어 있다. 이 총화가 충북문화의 실체인 것이다. 문제는 이 지역문화의 정체성을 어떠한 내용과 형식으로 만들어 내는가에 있다. 그 대안이 쉽게 나올 수 있는 것은 아니다. 단 그것이 민족문화의 한 항목으로서 보편성을 담보하는 데 손색이 없어야 하고, 지역민들의 구체적 삶에 근거하고 있어야 한다는 점은 분명하게 인식할 필요가 있다.

4. 맺음말

이제까지 장황하게 충북지역문화의 정체성을 확인하고 그 토대 위에서 앞으로의 전망과 과제를 생각해 보았다. 충북지역문화는 그 특질이 '청풍명월'으로 대변되듯 자연에 순응하고 다양한 문화를 받아들이는 조화와 포용에 있음을 밝혔고, 이를 토대로 ① 삶의 속도, 문화의 속도를 늦추는 여유로운 자세 ② 지역문화의 향유자만이 아닌 생산자로서의 전환 ③ 작은 것에 의미를 두는 문화행위 ④ 다양한 문화의 수용 ⑤ 각 지역의 정체성 확인 등을 21세기 충북문화의 전망과 과제로 제시했다.

하지만 주의할 것은 충북지역문화의 발전적 기획이 배타적 지역주의와 맞물려서는 안 된다는 점이다. 흔히 지역문화의 정체성을 찾아 이를 계발하는 것은 다른 지역보다 우월하다는 자만심에서 출발한다. 서두에서 얘기했듯이 가장 지역적인 것이 가장 민족적인 것이고, 가장 민족적인 것이 가장 세계적인 것이라는 오류에 빠지기 쉽다. 몰주체적 보편주의도 문제지만 보편성 없는 폐쇄적 자기중심주의도 배제해야 한다. 우리 정치사에서 이른바 지역감정이라는 광기도 실상 지역에 대한 지나친 자만심과 독선이 아니었던가. 가장 지역적이 되기 위해선 그 나름대로 민족문화의 보편성에 합당한, 즉 민족문화의 코드로서 의미가 있어야 한다. 세계문화와 민족문화에 대해서도 마찬가지다. 우리는 여기서 "전지구적 시야로 지역을 보고, 지역의 눈으로 세계를 보는 상호침투적 시각을 견지할"[23]필요를 느낀다. 조화와 포용을 특질로 하는 충북의 지역문화야말로 이에 적합해 보인다.

이렇게 세계문화와 민족문화 그리고 지역문화가 상호침투하여 그 보편성과 특수성을 공유할 때 진정 지역의 문화는 민족문화로서 그 의미를 부여받을 수 있을 것이다. 우리 것이 제일이라는 아집만으로는 아무것도 이룰 수 없다. 그것은 지역을 볼모로 국가의 정치판을 뒤 흔드는 지역감정의 광기와 무엇이 다르겠는가.

가장 이상적인 경우는 자기가 딛고 사는 고장의 삶을 자기 삶의 일부로 접수하고 그 공간 속으로 침투해 들어감으로써 지역적 실천 속에 전지구적 사고를 벼리는,[24] 그리하여 지역문화의 자장 속에서 개인의 삶을 구원하는 것이다. 이 '지역적 실천'과 '지구적 사고'야 말로 육신과 영혼의 관계처럼 서로를 구원하여 전지구적 자본주의의 아찔한 속도를 제어하고 건강한 지역문화를 만들어나가는 대안이 될 것이다.

---

23 최원식, 앞의 글, 70면.
24 같은 글, 71면.

2부

제천의 작가들, 그 삶과 문학

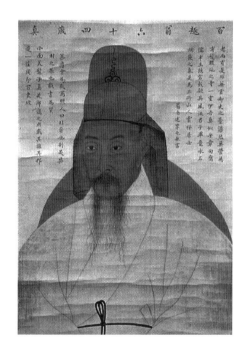

가련한 것들에 대한 따뜻한 시선

― 임호(林湖) 박수검(朴守儉)

1. 임호의 '세아불합(世我不合)'한 삶

임호(林湖) 박수검(朴守儉, 1629~1699)은 17세기를 살다간 문인이다. 관인이 아니라 처사형 문인이었던 만큼 그의 문학은 17세기 지식인의 지향과 삶의 고뇌를 오롯이 대변해 주고 있다. 뿐만 아니라 수암(遂菴) 권상하(權尙夏), 옥소(玉所) 권섭(權燮)과 함께 이 시기 제천 지역의 한문학을 꽃피웠던 인물이기도 하다. 그럼에도 불구하고 그에 대한 학문적 조명이 전무함은 물론, 생애마저도 뚜렷하게 밝혀져 있지 않다.

여기서는 그의 문집에 실려 있는 몇 가지 자료를 가지고 그의 생애를 재조명해 보고, 아울러 고뇌하는 지식으로서의 모습을 그의 한시를 통해서 살펴보고자 한다. 임호는 도학(道學)에 잠심하였으면서도 문학(文學)을 무시하지 않아 다양한 저술을 남겼다.

임호는 인조 7년(1629) 부친 경심(景謀)과 어머니 문화(文化) 유씨(柳氏) 사이에서 태어났다. 그가 태어난 곳은 제천의 만지곡(晩知谷)이다. 자는 양백(養伯)이며, 호는 임호(林湖) 또는 만곡자(晩谷子)이다. 임호란 제천 의림지의 다른 이름으로, 그가 만년에 이곳에 거처하면서 붙인 호이다. 그의 집안은 혁혁한 문벌이 결코 아니었고 뚜렷한 인물도 배출된 적이 없었다. 때문에 임호가 태어났을 때도 집안 형편은 그리 좋지 못했다. 그런 가운데도 문한(文翰)적 전통은 이어져 임호는 일찍부터 학문에 두각을 나타내었다.

어릴 적부터 비범한 재능을 가지고 있었는데, 그런 학문적 재능은 스승 정암(樂靜) 조석윤(趙錫胤, 1605~1654)의 문하에서 튼실하게 구축되었다. 특히 그는 정암의 문하에서 선진양한(先秦兩漢)의 글만을 읽으며 문장 수업을 받았다.

임호는 과체(科體)에도 두루 능통하여 서울에 올라와 과업을 일삼았을 때는 문장으로 명성이 장안에 자자하여 권귀자제들이 그와 교유하고자 했는가 하면, 노년의 택당(澤堂) 이식(李植, 1584~1647)도 이 소년을 만나보고 그 재주의 출중함에 탄복하였다고 한다. 그런데 이렇게 각광을 받으며 과거 준비를 하던 임호는 불현듯 "이는 다만 작은 기예일 뿐이다. 대장부가 일삼을 것이 못된다[此直技耳, 非丈夫究竟事]"라는 사실을 깨닫게 된다. 그가 이런 생각을 품게 된 데에는 당시 과거제의 여러 가지 부당한 면을 직접 목격하였기 때문일 것인데, 어쨌든 이를 기화로 그의 학문관은 큰 전환을 맞게 된다.

이렇게 스스로 과거(科擧)을 거부함으로써 그는 불혹의 나이가 될 때까지 궁한 생활을 지속해야 했는데, 특히 그의 20대와 30대 초반까지 삶은 내외적으로 시련의 연속이었다. 1655년[26세]에는 모친이 돌아가셨고, 또 1662년[33세]에는 부인 연안(延安) 김씨(金氏)의 갑작스런 죽음 지켜봐야 했다. 모친이 위독했을 때 자신의 손가락을 잘라 피를 내어 며칠 더 연명시켰던 일화는 훈훈하게 전해지고 있다.

그러다가 결국 1663년[34세]이 되어서야 임호는 비로소 진사시에 합격을 하게 된다. 그러나 여전히 관로(官路)에 들어서지 못하고 계속 궁핍한 생활을 이어가야 했다. 그런 와중에서 자신의 학문을 넓히기 위해 임호는 우암(尤菴)의 문하로 들어가게 되는데, 그때는 벌써 불혹을 넘기고 있었다. 이때부터 그는 경전과 사서에 침잠해 들어갈 수 있었는데, 특히 『주역(周易)』과 『중용(中庸)』에 더욱 뜻을 두어 후에 『절위여편(絶韋餘編)』과 『중용연의(中庸演義)』를 저술하게 된다. 또한 당대의 불합리한 면들을 보면서 역사 속의 치란성쇠를 살피고자 했던 바, 그런 결실이 『진사통고(震史通考)』로 나타나기도 했다. 그러나 지금 불행하게도 그의 경전과 역사에 대한 의식을 살필 수 있는 이 저술들은 모두 망실되어 전하지 않고 있다.

그런데 그가 우암 문하에 들어간 것은 학문적 성숙을 위한 것이었는데, 공교롭게도 벼슬에 나갈 통로가 되었다. 우암이 괴산의 화양동에 거처하면서 이미 서인(西人)의 영수로서 조정의 시국을 이끌던 시기였기 때문에 다시 서울로 올라간 임호에게는 좋은 기회가 된 것이다. 어쨌든 1673년[44세]에 별시(別試)에 합격하고 마침내 1675년[46세]에 이르러 처음 벼슬을 맡게 되었는데, 그 직함은 가주서(假注書)라는 임시직이었다. 이후 중간에 귀양을 가거나 퇴거하는 등 우여곡절을 겪기는 하지만 생을 마칠 때까지 줄곧 조정의 부름을 받게 된다. 이 시기가 바로 사환기(仕宦期)였다. 이때부터 봉사(奉事), 경적(典籍), 좌랑(佐郎) 등의 내직과 경력(經歷)·판관(判官), 현감(縣監), 군수(郡守) 등 외직을 거치게 된다. 특히 괴산군수 등 외직에 있을 땐 그 치적이 상당하였다고 전해진다.

그러나 실상 요직에는 한 번도 등용된 바 없으며, 때문에 자신의 정치적 이상을 펼쳐볼 수 있는 기회는 얻지 못했다. 더욱이 그의 이 벼슬길은 공교롭게도 정치적 대격변을 치르는 시기였다. 이때는 주지하듯이 서인과 남인(南人) 사이의 골이 깊어지면서 이른바 경신대출척(庚申大黜陟 : 1680)과 기사환국(己巳換局 : 1689) 등의 소용돌이가 휘몰아치던 시기였다. 그 속에서 임호는 자의든 타의든 서인의 일원으로서의 입장에 서있었다. 때문에 남인이 득세하던 시기에 내직에 있으면서 자신의 뜻을 굽히지 않다가 유배를 떠나기도 하는데, 옳다고 믿는 것에는 절대 굽히는 일이 없었다. 그러던 중 남인에 의해 인현왕후(仁顯王后)가 폐출되는 기사환국이 일어나자, 그는 분연히 벼슬을 버리고 고향 제천으로 내려와 의림지 곁에 정자를 짓고 세상과의 인연을 끊기로 한다. 임호는 이 때 62세로 벌써 노년이었다. 그는 이제 벼슬에 뜻을 접고 이곳 의림지에서 소요하며 고향 자제들을 모아 학문을 가르치고, 때론 벗들과 의림지 가를 노닐며 풍월을 읊으며 유유자적한 삶을 향유하였던 것이다.

그러다가 어찌된 일인지 다시 67세의 노쇠한 몸으로 사예(司藝)에 제수되어 다시 서울로 자리를 옮기게 되었고, 결국 3년 뒤인 1699년 서울의 집에서 70세의 병든 몸으로 단출한 삶을 마감하게 된다.

그의 행장(行狀)에서는 만년에 사환(仕宦)의 길을 걸었으나, 남이 시기하여 그 이름을 드날릴 수 없었고, 평생 가난하였다고 전하고 있다. 그리고 자신의 뜻과 세상이 맞지 않아 오직 저술에 잠심하였다고 적고 있다"就仕之後, 爲人所擠, 枳閼名塗.……爲賓潦倒, 與世齟齬, 專意著述."]. 그가 처음 조정에 발을 들였을 땐 이미 동서가 대립되어 있었고, 그 속에서 자신의 뜻을 피력할 수 있는 곳은 전혀 없었으며, 더구나 뛰어난 견식이 도리어 남의 시기를 받기 일쑤였다. 정치적 이상을 펼 수 있는 여지는 전혀 없었던 것이다. 그렇다고 거기에 발길을 끊고 초탈한 삶을 구가할 수도 없었다. 그는 분명 낙척불기(落拓不羈)한 삶을 추구한 것이 아니지만, 세상은 그를 받아주지 않았기에 우울한 삶을 살 수 밖에 없었다. 때문에 오직 자신의 이상을 드러낼 수 있는 것은 서책뿐이었다.

그러나 지금 그의 저술마저도 대부분 일실되어 남아 있지 않다.

2. 가련한 것들에 대한 따뜻한 시선과 유유자적

앞에서도 언급했지만 임호는 사회적으로 불우한 삶을 살았지만 그 대신 학문에 잠심함으로써 이를 해소한 면이 짙다. 그는 비록 문학 방면보다는 경술(經術)에 더 뜻을 두었지만 손 가는대로 읊은 작품이 수없이 많았다고 한다. 그런데 지금 이마저 대부분 일실되었고, 『임호집(林湖集)』에 약 340여 수가 남아 있을 뿐이다. 이 시편에서 세 가지 특징적인 국면들을 포착하여 살펴 보고자 한다.

1) 가을날에 느끼는 객수(客愁)

임호의 시에서 가장 많이 등장하는 용어가 '가을'과 '객수(客愁)'이다. 젊은 시절 서울과 고향을 오가며 느꼈던 소외된 자의 자의식과 중년 이후 외직에 나가 느꼈던 외로움을 읊은 시들인데, 시적 자아의 심상을 가을의 이미지에 실어 객수로 토해냈던 것이다. 그 속에는 갈 곳을 잃어 방황하는 우울한 자신의 처지가 그대로 녹아있기도 하다.

홀로 빈 정자에 앉아 있노라니	獨坐虛亭上
돌아갈 생각은 먼 시름으로 맺혔네.	思歸結遠愁
연못에 한 밤 비 내리더니	池塘一夜雨
성긴 버들 남몰래 가을임을 놀라네.	疎柳暗驚秋

〈객관에서의 가을 생각[客館秋思]〉이란 작품이다. 아마 막 가을의 길목에 들어선 어느 타향의 객관(客館)에서 지었던 것으로 짐작이 간다. 한 밤 가을을 재촉하는 비가 내리고 나더니, 그 비를 맞아 축 늘어진 버드나무가 제일 먼저 가을을 실감케 한다. 평상시에도 홀로 있노라면 향수에 젖어드는데, 어느 틈엔가 그 향수를 자극하는 가을이 다가온 것이다. 가을이 찾아온 것을 실감하고서 향수에 젖어든 것이 아니라 진작부터 가슴속에 응어리진 그리움을 먼저 끄집어내고 나서 비로소 가을이 찾아왔음을 알려주는 방식으로 시를 엮음으로써, 이제 그 향수는 훨씬 배가될 것임을 암시한다. 〈고향을 그리워 함[思鄕]〉이란 시를 보자.

지금 가을이 또 반이나 지났는데	今秋看又半
시름에 겨워도 돌아가지 못한다네.	愁殺未歸人
노니는데 게을러 병든 객이 되었고	遊倦成病客
한관(閑官)이라 가난도 구할 수 없다네.	官閑不救貧
연하(煙霞)는 꿈으로 나를 맞아들이고	煙霞遙入夢
별과 달은 새벽을 알려주네.	星月起看晨
생각해보니 강가 백로는	想得江湖鷺
분명 이내 신세 보고 비웃으리.	分明笑此身

앞 시가 이제 막 가을에 접어들었을 때의 심상이라면, 이 시는 계절적으로 한참 가을이 무르익었을 때 지은 것이다. 그런데 시인은 병든 객으로 아직도 객지를 떠도는 중이다. 벼슬자리도 변변치 못하여 가난을 벗어나지도 못하는 중에 가을은 점점 깊어지고 그에 따라 객수만 병든 몸을 파고든다. 두보(杜甫, 712~770)의 저 유명한 〈등고(登高)〉에서 "만리타향의 슬픈 가을을 해마다 나그네 되어/ 한평생 병치레의 몸을 이끌

고 외로이 대(臺)에 오르는구나.[萬里悲秋常作客, 百年多病獨登臺]"와 일치하는 정서다.

그런가 하면 〈객당에서 가을을 생각함[客堂秋思]〉이란 시에서 "부평초 쑥대의 몸으로 함성(咸城)에 붙어있는 신세/ 고달픈 가을에 병든 객의 심사 견디기 어려워라.[萍蓬身世寄咸城, 不耐窮秋病客情]"라고 읊은 바 있다. 지금 이렇게 나부끼는 부평초 같은 신세를 강가의 백로가 본다면 분명 비웃을 것이라고 한다. 왜 하필 백로인가? 학과 백로는 고결한 선비를 의미한다. 비록 낮은 직위로 가난을 이겨내지 못하는 상황이지만, 선비는 고결한 지취를 고수하며 안빈낙도(安貧樂道)를 즐길 수 있어야 하는 것이다. 그런데 그 자신 그렇게 하지도 못하고 있다. 결국 이러한 심정은 〈나그네로 정회를 읊다[客中詠懷]〉는 시에서 "가소롭다 이내 신세/ 삼춘에도 집에 있지 못하네[可笑吾身世, 三春不在家]"라는 언급에서 극명하게 드러나고 있다.

이런 방황은 고독한 자아의 표상일 터, 이러한 객수는 다시 '방향 상실'로 고양되어 나타난다. 〈가을 들판에서 멀리 바라봄[秋郊遠望]〉과 〈가을날 길에서[秋日途中]〉란 시를 보자.

지는 해 서쪽 고갯마루로 떨어지니	落日下西嶺
가을 해거름이 먼들에 깔리네.	秋陰生遠郊
높은 두건 쓰고 길게 읊조리며 섰노라니	岸巾長嘯立
깃든 새는 제집 찾아 돌아오네.	宿鳥自還巢

지는 해 고개에 반쯤 엿보이고	落日窺半嶺
가을 해거름 먼 들판에 생기네.	秋陰生遠郊
나그네는 여윈 말을 채찍질 하며	行子策羸馬

깊은 생각으로 강 언덕을 향하네.	沈吟向江皋
깃든 새 모두 제집으로 날아들고	宿鳥歸棲盡
불 때는 연기도 잦아들고 있다네.	炊烟將斂痕
앞마을에 투숙해 보려 하는데	欲投前村宿
주인이 딴 말할까 두려울 뿐이라오.	恐有主人言

이 두 작품은 첫머리가 거의 유사할뿐더러 둘째 구는 아예 똑같다. '지는 해'와 '가을 해거름'이 똑같이 시인의 심상에 맺히고 있다. 가을이고 저녁 무렵, 시인은 갈 데가 따로 없는 몸이다. 그 갈 데 없는 시인과 대조되어 나타난 것이 '깃든 새' 곧 '숙조(宿鳥)'이다. 저 미물인 새마저도 해가 지면 자기 보금자리를 찾아가는데, 인간인 자신은 갈 데가 없기 때문에 〈가을 들판에서 멀리 바라봄〉은 갈 곳 잃은 나그네의 처량한 신세를 제집 찾아드는 숙조와 대비하여 각인시키고 있다.

그런데 〈가을날 길에서〉는 여기서 한 걸음 더 나아가 앞마을에 시선을 돌린다. 나그네의 몸이란 으레 객점(客店)을 찾아야 한다. 그래서 앞마을을 찾아갈까 싶은데, 그 마을엔 벌써 저녁 밥 짓는 연기마저 사라지고 없다. 인간의 생리적인 욕구인 주린 배마저도 채울 길이 아득해진 듯싶은데, 시인은 가 보지도 않고 주인이 거절할까 미리 겁을 먹고 있다. 이쯤이면 정말 오갈 데 없는 신세다. 이러한 처지는 〈나그네되어[客中]〉의 "끊어진 다리 서쪽 길가에 말 세우고/ 꼴 베는 아이 만나 앞마을이 어딘지 묻네[立馬斷橋西畔路, 偶逢樵子問前村]"라는 구절을 통해서도 선명하게 드러나고 있는 바, '끊어진 다리'는 바로 방황하는 시인 자신의 이미지다.

갈 곳을 잃은 나그네는 결과적으로 인생의 방향처를 잃은 한 지식인의 표류를 반영하고 있다. 뛰어난 문재(文才)를 지녔으면서도 세상에 쓰이지 못하고 먼 벌판에 버려진 고독한 자아를 임호는 조락한 계절의 '객수'를 통해서 선명하게 드러내고 있는 것이다. 이는 분명 젊은 시절의 임호의 고뇌의 한 단면이기도 하다.

이러한 객수는 벗을 그리워하는 시상으로도 더욱 고양되어 전이되는데, 객지에서 향수를 느끼는 동시에 그 속에서 벗을 찾아 외로움을 달래고자 한다. 〈가을밤에 생각함[秋夜有懷]〉이라는 시를 보자.

객창은 찢겨 종이 하나 없는데	客窓破無紙
오래 앉자 있으니 이슬이 차면서도 맑네.	坐久露凄淸
푸른 산봉우리엔 외론 구름 지나가고	碧峀孤雲盡
푸른 하늘엔 조각달 밝기도 하여라.	靑天片月明
연잎은 꺾여 가을 지난 색이요	荷摧秋後色
벌레들 울어대 밤 깊은 소리라.	虫咽夜深聲
친구의 얼굴 보지 못하니	不見故人面
쓸쓸히 내 마음만 아프다네.	凄然傷我情

앞서 논급한 시들과 그 분위기가 근사(近似)하다. 객점의 창문은 찢겨져 나가 찬 이슬이 방으로 스며든다. 주위엔 구름과 조각달이 있을 뿐이고, 연잎도 제색을 잃었다. 그런 가을밤이 찾아들었을 때 친구의 얼굴을 떠올려본다. 그런데 그 친구의 얼굴을 지금 마주할 수 없다. 그래서 쓸쓸히 마음만 아파하고 있는 것이다. 특별한 감정의 동화 없이 평이하게 전개되는 속에서 객점에서의 가을 밤 속에 벗을 그리는 정이 물씬 배어나온다.

다음 시는 벗을 기다리는 작자의 심정이 간결, 소박하면서도 풍치 있게 그려져 있다.

앞 시내엔 가을 물 떨어져	前溪秋水落
바닥 돌은 반쯤 드러났네.	衆石半露出
발 씻고 다시 갓끈 씻으며	濯足復濯纓
긴 노래로 스스로 기뻐하네.	長歌自怡悅
흰 술 지금 바로 익었고	白酒今正熟
누런 닭 또한 잡으리.	黃雞又堪殺
벗은 때가 되어도 오지 않아	故人期不來
슬피 시산의 지는 해만 바라보네.	悵望西山日

〈가을날 오기로 하던 벗이 오지 않자[秋日期友人不至]〉라는 시이다. 가을이 되어 시내의 물도 줄어들어 돌들이 여기저기 드러나 있다. 그곳에서 발을 씻고 나자 기분이 상쾌해짐을 느낀다. 그래서 기쁜 마음으로 긴 노래를 불러본다. 이 기쁨은 발을 씻어 상쾌한 기분에서 맛보는 것이 아니라, 곧 벗이 찾아오기로 되어 있기 때문이다. 마침 술도 익었고 이참에 닭도 한 마리 잡아 조촐한 술상을 준비하였다. 이제 기다리던 벗만 도착하면 이 밤을 흥겹게 지샐 수 있으리라. 그런데 오기로 했던 벗은 서산에 해가 뉘엿뉘엿 넘어가도 오지를 않는다. 이 아쉬움이란 이루 말로 표현 못할 지경이다. 그래서 속절없이 기울어 가는 해만 바라볼 뿐이다. 이 시에는 벗을 맞이하는 기쁨과 벗을 기다리는 심정이 대비되어 오히려 절박한 심정을 드러내고 있는 것이다.

2) 주변에 대한 관심과 따뜻한 시선

임호는 중심이 아니라 언제나 주변을 맴도는 삶이 적지 않았는데, 그러다 보니 그의 시선은 그 주변의 작은 것들에 대한 남다른 관심이 투과

되어 있다. 그 작은 것을 통해 자신의 불우한 자아를 투영시키기 때문이리라.

임호가 객지를 떠돌 때 항상 가을 산이 함께 할 뿐 그와 함께 하는 이는 아무도 없었다. 다만 단 하나, 그가 타고 다니던 조랑말 한 마리는 언제나 그와 동행하고 있었다. 임호는 그 조랑말을 벗 삼아 줄곧 여정을 계속했던 것인데, 그 조랑말이 노쇠하여 주인을 안타깝게 했던 모양이다. 그래서 임호는 〈늙은 말을 슬퍼함[嘆老馬]〉에서 "가을 날 호산에서 사람과 함께 늙어가나니/ 술 마시고 읊고 나서 찬 울음소리 듣네[秋日湖山人與老, 玉壺吟罷聽寒嘶]"라고 하며 시적 자아와 함께 늙어가는 말의 찬 울음소리를 안타깝게 듣고 있다. 그런데 그 늙은 말이 결국 죽고 말아 〈죽은 노마를 애도함[悼奴馬死]〉이란 시이다.

방울 아래엔 창두, 구유 위엔 총마(驄馬)	鈴下蒼頭櫪上驄
늘그막에 의지하여 여기저기 다녔지.	暮年依倚任東西
수레 끌고 힘쓸 땐 청산에 비 내리고	載藩力重靑山雨
채찍 잡고 가벼운 발굽에 길가엔 바람일었지.	執策蹄輕紫陌風
오랫동안 함께 고생하여 진실로 가련하니	久信并勞誠有戀
같이 병들어 약도 소용없음을 누가 알리?	誰知同病藥無功
일춘도 서로 이어 진토로 돌아가나니	一春相繼歸塵土
양주(楊朱)가 갈림길에서 슬피 운 일 말아야하리.	可禁楊朱泣路窮

'노마(老馬)'가 아니고 '노마(奴馬)'로 표현한 것이 흥미로운데, 아마 주인을 정성껏 따랐던 말이었으므로 이렇게 표현한 것으로 보인다. 이 충직한 노마는 때로는 무거운 짐을 싣고, 때로는 채찍을 맞고 경쾌하게 달리며 언제나 정처 없는 나그네의 발이 되었다. 그런 충물(忠物)이 약

도 소용없이 죽고 만 것이다. 그야말로 "오랫동안 함께 고생하였으니, 그 죽음 더없이 가련할 뿐이다[久信并勞誠有戀]." 그런데 사람을 비롯한 모든 산 것은 죽으면 흙으로 돌아가는 법, 시인은 '귀진토(歸塵土)'로 이 슬픔을 해소하고자 한다. 양주(楊朱)가 갈림길에서 어디로 가지도 못하고 슬피 우는 것처럼 그 자신도 이제 어디로 가야할 지 몰라 슬피 우는 처지이다. 그러나 그것은 죽은 노마를 위해서 할 일이 아니다. 그래서 그 슬픔을 묻고 죽은 노마의 혼을 달래줌으로써 그 죽음을 승화시키고자 한다.

임호에게 있어서 노마의 죽음은 마치 정다운 벗의 죽음으로 비춰진다. 그만큼 노마의 죽음 앞에 바치는 주인의 정성이 각별하다. 우리는 여기서 작은 생물에도 세심한 배려를 아끼지 않는 임호의 다정다감한 면을 간파할 수 있다.

주변 하찮은 사람들에게 따뜻한 시선을 보내는 〈병든 기녀 벽선에게 줌[贈病妓碧僊]〉이라는 작품은 임호의 이런 면모를 다시 확인시켜주는 자료이다. 병들어 누워있는 벽선(碧僊)이란 기녀에게 증여한 시로 벽선은 한창 때가 지나고 지금은 늙고 병들어 예전의 모습이 전혀 아니다. 한 때 화사하던 그녀의 모습이 이젠 "쓸쓸한 얼굴에 원망과 한숨 서린[索莫形容帶怨嗟]" 모습으로 바뀌어 있다. 그런 벽선에게서 시인은 인간적인 연민을 느끼고 있다.

임호의 이런 시선이 집약된 작품으론 〈고달픈 여인[懶婦篇]〉을 꼽을 수 있다. 이 작품은 모두 58구(句)로 엮어진 장편시이다. 어느 젊은 처자가 겪는 시집살이의 고통을 긴 편폭으로 그려낸 서사시이다.

가을바람 동방(洞房)에 일고	秋風起洞房
지친 아낙 귀뚜라미 소리에 놀라네.	懶婦驚蟋蟀

이른 아침 베틀에서 북을 놀리고	明晨上機杼
홀로 앉아있노라니 가을 해가 지네.	獨坐秋日沒
손이 까칠해 약한 실은 끊어져버려	手澁絲脆斷
열흘 동안 한 필도 짜지 못하네.	十日不成匹

〈고달픈 여인〉의 서두이다. 차가운 가을바람 맞으며 귀뚜라미 소리를 시계 삼아 일어난다. 그리고 하루 종일 베틀에 매달려 있다. 그런데 얼마나 심하게 일을 했으면 새댁의 손이 까칠까칠해져 실이 제대로 먹여지지 않는다. 시인은 이처럼 서두에서 한 여인의 고단한 일상을 먼저 간단명료하게 집약하여 보여준다. 이어지는 장면은 길쌈에 능률이 오르지 않는 며느리를 시어머니가 구박하는 것을 그리고 있다. 시어머니는 시집을 오기 전에는 재주가 많다고 들었는데, 시집와서 보니 전혀 그렇지 않다고 소리지르며 나무란다. 이렇게 구박을 당한 새댁은 가슴이 답답해져 죽을 지경이다. 그래서 부질없이 혼자말로 하소연한다.

생각하니 어려서 집에 있을 때	念少在家時
어머니는 '내 딸'이라고 불렀지.	阿母稱吾女
나이 열 네다섯에	年將十四五
얼굴은 꽃처럼 화사했지.	顔色如花紅
새 봄에 예쁘게 단장하였고	新粧艶陽春
길쌈은 익혀 보지 않았다네.	不解學女工
나는 비단 치마 입고	我有繡羅襦
다시 달 모양 귀고리 찼으며	復有明月璫
머리엔 옥 제비 비녀	頭上玉燕釵
여린 허리엔 향낭도 찼었지.	細腰垂香囊

그는 원래 부잣집에서 사랑받던 여자로, 길쌈 일이라곤 해본 적이 없다. 예쁘게 단장하고 마냥 즐겁게 보내는 것이 하루의 일과였다. 그래서 당연히 좋은 집안에 시집을 가서 사랑 받으며 지낼 줄로만 알았는데 그녀가 시집 온 집은 전혀 반대였다.

누가 알았으리 박명한 내 신세	誰知妾薄命
가난한 집 아낙이 되고 말았네.	誤作貧家婦
치마 걷고 다시 소매 걷어	褰衣復捲袖
부엌에 들어가 절구질한다네.	入廚親井臼
힘을 다해 시부모님 섬겨도	努力事舅姑
집안에는 무어 남은 것 있나	家中何所有
조석으로 살 형편 못되니	朝暮不聊生
상자 속 옷가지 모두 팔았다오.	盡賣盈箱衣
아녀자 된 것 한하노니	悔作兒女子
종신토록 돌아갈 곳 없어라.	終身無所歸

찢어지게 가난한 집에 시집을 온 것이다. 그래서 소매를 걷어붙이고 부엌일과 시부모 봉양을 해야 한다. 그러나 끼니도 이어갈 형편이 못되어 시집 올 때 장만해 온 옷가지들을 다 내다 팔아 생계를 도모해 볼 밖에 도리가 없다. 그런데도 이런 생활은 끝이 보이지 않는다. 그렇다고 이 현실에 순응해야 할 뿐 여기에서 벗어날 길은 어디에도 없다. 그저 여자로 태어나 시집 온 것을 한스러워 할 뿐이다.

시어머니에게 꾸지람을 듣고 방에 숨어 한바탕 하소연을 늘어놓았지만, 다시 현실로 돌아가야 한다. 작품은 그래서 "속마음 남이 알까 두려워 / 묵묵히 숨어 눈물을 흘린다네.[中情畏人知, 黙黙潛垂涙]"라고 끝맺고 있다. 혹여 이런 하소연을 시어머니라도 듣게 되면 또다시 불호령이 떨어질 참이다. 때문에 소리 내지 못하고 흘러내리는 눈물을 닦을 뿐이다.

이처럼 〈고달픈 여인〉은 저 유명한 최치원(崔致遠, 857~?)의 〈강남녀(江南女)〉부터 허초희(許楚姬, 1563~1589)의 〈빈녀음(貧女吟)〉으로 이어지는 길쌈하는 여인의 고통스러운 삶을 밀착 취재하여 형상화한 것이다. 특히 여기서는 전혀 고생 모르고 자란 한 여인이 너무나 다른 가난한 집안의 며느리가 되면서 겪는 견딜 수 없는 고통을 생생하게 재현하고 있어 주목된다.

3) 의림호(義林湖)에서의 한가한 정취

지금까지 다룬 임호의 시는 대부분 그의 방황과 고뇌를 포착한 것들이었다. 그리고 그런 속에서도 가까운 대상에 대한 애정어린 시선이 적지 않았음을 확인할 수도 있었다. 그런데 그가 퇴거하여 의림호에 거처하면서부터는 그간의 고뇌와 방황에 마침표를 찍게 된다. 따라서 시의 풍격도 달라지는데, 이때에 지은 시는 만년(晩年)의 한 선비의 유유자적한 정취를 느끼기에 충분하다.

언젠가 임호는 객당(客堂)에서 고달픈 신세를 한탄하면서 의림호의 달빛을 상상하였다. 말하자면 언젠가 돌아가야 할 귀의처로 의림지가 상정되어 있었던 셈이다. 그가 마침내 의림지로 돌아온 것은 나이 육십을 훌쩍 넘긴 때였다. 이제 모든 영욕에서 벗어나 초탈한 만년을 준비할 시점이기도 했던 바, 의림지는 그런 장소로 적격이었다. 임호 박수검은 이곳에서 때론 벗들을 초치하여 시주(詩酒)로 즐겼으며, 또 때론 혼자 한가롭게 거닐며 유유한 흥취를 만끽하기도 했다. 그리고 그의 명성을 듣고 다투어 배움을 구하러 오는 주변의 학도들에게 학문을 깨우쳐주기도 하였다. 〈의림호에서 차운함(義林湖次韻)〉이란 시를 보자.

지팡이 짚고 늦게 무하경에 들어오니	攜笻晚入境無何
나의 게으름 탓하듯 연잎은 나부끼네.	歎我疎慵獵獵荷
구름 낀 해 붉음을 가린 채 빛은 뻗쳤고	雲日掩紅光自透
물과 하늘 파랗게 잠겨 그림자만 서로 붙었네.	水天涵碧影相磨
모름지기 이 저녁에 글을 세세하게 논의하니	須知此夕論文細
선날 밤 딜빛 오래도록 구경한 것보다 낫구려.	猶勝前宵得月多
고기 물결 백로 사장(沙場) 다시 보니 좋고	魚浪鷺沙看更好
그대 위해 붓 잡고 한 번 읊조리네.	爲君操筆一吟哦

　어제는 밤에 나와 달빛을 실컷 완상하였고, 오늘은 벗을 만나 글에 대해 이야기하기로 되어 있다. 시인은 으레 해질녘이 되어서야 지팡이를 짚고 느긋느긋 의림호로 나온다. 마침 떨어지는 해가 구름 속에 가려 붉은 모습을 가린 채 그 빛만 구름 사이로 투과시켜 황홀한 풍광을 자아내고 있었다. 이런 풍경 속에서 시인은 벗을 만나 글에 대해서 이러저러한 이야기를 한가롭게 나눈다. 유유자적한 삶의 모습 그 자체이다. 어제는 달구경, 오늘은 벗과 학문 이야기, 그러면 내일은 또 무엇을 할까?

아득한 고기 물결 녹음 짙은 의림지	浩浩鱗波漲綠池
거울 속에 산 그림자 불쑥불쑥 비치네.	鏡中山影倒參差
꽃은 바람에 어지러이 떨어져 봄은 살구나무에 깊었고	風花亂落春深杏
안개 낀 버들은 고개 숙여 비온 뒤 버들개지 날리네.	煙柳低垂雨後絲
물가에서 경쾌하게 노젓는데 갈매기는 유유히 떠있고	幽渚棹輕鷗泛穩
고단(古壇)의 늙은 소나무에 더디게 돌아오는 학이라네.	古壇松老鶴回遲

자소(紫簫) 소리나더니 어느 새 금 술잔에 술이 가득　紫簫聲轉金盃滿
술에 취해 현로(縣路)조차 분간할 수 없네.　　　　　縣路東西醉不知

〈을해년 늦봄에 의림호에서 놀며 짓다乙亥暮春遊林湖作〉라는 시이
다. 1695년(을해) 늦봄에 의림지에서 조그마한 잔치를 열었던 모양이다.
봄은 깊어 버들개지 날리고 물 위에 갈매기는 유유히 떠 있는가 하면,
물가 늙은 소나무에 학이 서서히 찾아들고 있다. 주변 풍경이 시인의
여유로운 심상과 어울려 흥취를 배가시키고 있다. 이런 낭만적인 분위
기 속에서 퉁소 소리를 들으며 술잔을 기울인다. 좋은 경치 탓인지 술잔
도 제법 많이 기울여 제천으로 들어가는 길마저 분간할 수 없을 정도다.
취한 것이다. 그러나 그 취한 것이 무어 염려될 일인가? 거기에 누우면
바로 안방인 것을.

이렇게 임호는 의림지에서 매일 매일 또 다른 풍광을 목도하며 유유
자적한 정취를 만끽하였다. 한편, 겨울이 되면 의림지는 결빙이 되어 썰
매장으로 둔갑하게 된다. 썰매장치고 이처럼 넓고 좋은 데가 달리 있을
까 싶은데, 임호는 이 썰매 타는 겨울의 흥취도 빠뜨리지 않고 읊었다.

얼음 위에서 다투어 썰매를 경쾌하게 내달려　　　氷腹爭馳雪馬輕
힘껏 내달려 옥같은 모래가 앞 길에 뿌려지네.　　瓊沙矗矗漲前程
은하수 황홀하고 별은 비스듬히 비꼈으니　　　　銀河怳惚星槎迴
백옥의 영롱한 호수 세상이 평화롭네.　　　　　　白玉玲瓏世界平
교룡은 그림자에 놀라 번개처럼 지나가고　　　　鮫室影忙飛電過
물가 학은 시끌벅적 소리에 급히 날아오르네.　　鶴汀聲雜駕飇行
다시 여흥을 끌어안고 선대(仙臺) 가에서　　　　更攜餘興仙臺畔
지는 해에 술잔엔 만고의 정을 머금었다네.　　　落日啣杯萬古情

〈의림호에서 썰매타기 놀이[林湖雪馬戲]〉라는 시이다. 백옥처럼 영롱한 얼음 위에서 경쾌하게 썰매를 타고 있는 모습이다. 지금 의림지는 그야말로 은색의 평화로운 세상이다. 그런데 그곳에서 순식간에 썰매타기 시합이 벌어진 것이다. 이 평화를 깨드리며 일제히 얼음지치는 소리에 물 밑에 있던 물고기는 놀라 정신없이 오가며, 물가에서 잠자던 학도 하늘로 날아오른다. 한바탕 얼음을 지치고 나서 그 여흥을 안고 누대에 올라 술잔을 기울인다. 겨울의 정취치고 제법 흥취가 있을 법하다. 시적 자아는 지금 만고(萬古)의 정(情)을 술잔에 담아 들이킨다. 비로소 오랜 방랑을 마치고 안주처를 찾은 모습이다.

확실히 앞쪽에서 거론한 시편과 여기 의림지를 읊은 시와는 상당한 차이를 느끼게 된다. 그런데 양자는 각각 분열되어 나타난 것이 아니라, 한 고뇌하던 선비의 방황과 좌절, 그리고 이를 통해서 세상을 초탈하는 과정으로 이해되는 것이다. 때문에 임호 박수검에 있어서 의림지는 사계절의 풍광을 담아내는데 좋은 시적 재료가 될 뿐만 아니라, 자신이 영원히 안주할 장소이기도 했던 것이다.

지금까지 임호 박수검의 생애와 그의 문학을 한시를 통해서 살펴보았다. 우리는 이를 통해서 17세기 한 지식인의 자화상을 만나볼 수 있었다. 아무리 뛰어난 재능을 가졌다하더라도 때를 만나지 못하거나 사회적으로 제지를 당할 경우, 그 재능이 꽃피지 못하는 예는 역사에서 숱하게 접할 수 있다. 임호의 경우도 이와 다르지 않다. 그런 세아불합(世我不合)의 고통이 시로 표출된 것은 어쩌면 당연한 일이다. 그러나 임호는 만년에 다시 고향 의림지를 찾아와서는 정신적 평화를 누릴 수 있었다. 몸과 마음의 고향인 의림지는 그의 본연지성(本然之性)을 찾아 안주할 수 있게 해주었다. 그래서 작은 것들에도 따뜻한 시선을 아끼지 않았던 그의 고결한 성품은 고스란히 시의 문면에 남게 된 것이다.

탈속(脫俗)과 정감

— 수암(遂菴) 권상하(權尙夏)

1. 수암(遂菴) 권상하(權尙夏)의 생애와 자취

수암(遂菴) 권상하(權尙夏, 1641~1721)는 1641년(인조19) 서울의 동현(銅峴)에서 태어났다. 아버지는 집의(執義) 격(格)이고, 어머니는 함평(咸平) 이씨며, 우참찬 상유(尙遊)의 형이다. 자는 치도(致道), 호는 수암(遂菴) 또는 한수재(寒水齋)다. 1650년[효종1 : 10세] 조부 권성원(權聖源)의 부임지인 여산에 있었는데 찬성공이 매우 사랑하여 밤이면 항상 품속에 안고 입으로 『시전(詩傳)』을 전수하였는데 다음날 아침이면 줄줄 외워 전질을 모두 구전(口傳)으로 배웠다 한다.

1654년 [14세] 찬성공의 임기가 만료되어 서울로 돌아와 이듬해인 1655년[15세] 전주 이씨에게 장가들었다. 1658년[18세] 조부 찬성공의 임지인 영천(榮川 : 지금의 榮州)에 있었는데 제민루(濟民樓)에 올라가 시 한편을 지었다. 그 시에

큰 소리로 태공법을 읽고 　　　　　　　　　　大讀太公法

길게 양보음을 읊었네	長吟梁甫吟
내 나이 아직 팔십이 못 되었으니	吾年未八十
무엇 때문에 눈물로 옷깃을 적시리	何事淚霑襟

라 하여 나라를 위해 큰일을 할 포부를 드러냈다. 당시 효종이 북벌을 위해 문무의 인재를 널리 구하기 때문에 이런 시를 지은 것이다.

1661년[21세] 진사 초시, 회시에 연이어 합격하여 성균관에 들어갔다.

1662년[22세] 제천에서 우암 송시열을 처음 만났다.

1663년[23세] 부인 이씨의 상(喪)을 당하여 슬퍼함이 예제(禮制)를 넘어 기혈이 손상되고 두 눈이 잘 보이지 않았으며 수염과 머리에 흰 털이 생기기까지 했다 한다.

1668년[28세] 정시(庭試)에 나아가 시권이 높은 등급에 들었으나 시험관의 오해로 뽑히질 못했다. 하지만 "과거에 되고 안 되는 것은 운명이다."고 전혀 개의치 않았으며 이때부터 과장(科場)에 나아가질 않았다.

1674년[34세] 청주 화양동에 가서 우암 송시열을 배알하고 사제 관계를 맺었다. 이때부터 군·사·부를 한결 같이 섬기는 의리를 더욱 돈독히 하여 왕래하며 자세히 가르쳐주기를 청하였는데 거의 거른 해가 없었다.

1675년[숙종1년 : 35세] 앞서 자의대비(慈懿大妃)의 복제문제로 송시열이 관작을 추탈당하고 덕원(德源)에 유배되는 일이 발생하자 관계 진출을 단념하고 식구들을 이끌고 제천의 황강(黃江)으로 이사하여 학문에만 전념할 것을 결심하였다. 그가 거처하는 방을 송시열이 수암(遂菴)이라고 명명했는데, 이는 "내 마음이 진실로 학문에 뜻을 두면 하늘이 내 소원을 이루어 준다."는 설문청의 「독서록(讀書錄)」에 근거한다. 이 때부터 45년간을 제천에 거주하였다. 그 뒤 계속해서 조정에서 순릉참

봉, 의금부 도사, 상위원 주부, 지평 등의 벼슬을 내렸으나 사직하고 나아가지 않았다.

1689년[49세] '기사환국(己巳煥局)'이 일어나 남인이 득세하게 되어 송시열을 다시 제주에 위리안치(圍籬安置) 하라는 명이 있자 여산에서 우암을 배웅했다. 그 뒤 사사하라는 명이 내려 정읍에서 이별을 고하고 의복과 서적 등 유품을 받았다. 우암은 유언을 봉해 "내가 일찍이 아침에 도를 듣고 저녁에 죽기를 바랐는데, 지금 나이 80이 넘도록 끝내 듣지 못하고 죽는 것이 바로 나의 한이네. 이 시대는 사는 것이 죽는 것만 못하니, 나는 웃으며 땅 속으로 들어갈 것이네. 이 후로는 오직 치도(致道 : 권상하의 자)만 믿겠네."했다. 이로부터 송시열의 제자 가운데 김창협(金昌協), 윤증(尹拯) 등 출중한 자가 많았으나 스승의 학문과 학통을 계승하여 '사문지적전(師門之嫡傳)'으로 불릴 정도로 송시열의 수제자가 되었으며, 이로 인하여 서인의 정신적 지주가 됨으로써 불가피하게 당쟁의 소용돌이에 휘말리기도 했다.

1704년[64세] 우암 송시열의 유지를 받들어 화양동에 만동사(萬東祠)를 완성하고 명나라 신종(神宗)과 의종(毅宗) 두 황제를 향사(享祀)하였다. 명나라가 망한 지(1644) 꼭 60년 되는 해여서 더욱 기이했다. 사헌부 대사헌에 제수되었으나 여러 차례 상소하여 사직하고 다음 해(1705) 이조판서에 제수되었으나 재차 상소하여 사직하였다.

1711년[71세] 만동사에 가서 향사에 참여하고 이간(李柬)에게 인물의 성(性) 및 기질(氣質)의 성을 논하여 답하였다. 답서의 내용은 이렇다.

율곡 선생이 말하기를 '사람의 성이 물의 성이 아닌 것은 기(氣)가 국한되어서이고, 사람의 이(理)가 바로 물의 이인 것은 이가 통하기 때문이다.' 하였네. 이른바 이가 통한다고 하는 것은 바로 태극의 전체가 각각 하나의 물 가운데 갖추어져 있지 않음이 없기 때문이고, 이른바 기가 국한된다는 것은 바로 사람과 물이 받은 바의 성(性)에 편(偏)·전(全)의 다름이 없지 않기 때문이네. 오직 사람만이 오행 수기(秀氣)의 전체를 받았기 때문에 오상(五常)의 전덕(全德)을 다 얻었지만 물은 겨우 그 형기의 일편만을 얻었기 때문에 전체에 관통할 수 없는 것이네.

1715년[75세] 『가례원류』의 저작을 둘러싸고 윤선거(尹宣擧)와 유계(俞棨)의 후손 사이에 분쟁이 일어나자, 그 서문에서 유계의 저술임을 밝히고 이어 윤증이 스승을 배반한 죄를 전달하여 소론의 영수 윤증으로부터 공격을 당했다. 또 송시열이 화를 당한 것이 "윤증이 윤휴의 무리와 함께 조작한 것"이라고 송시열의 비문에 기록하여 유생 유규 등 8백여 명과 대사간 이관명, 수찬 어유구 등 소론 측으로부터 비문을 수정하라는 항의를 받기도 했다.

1717년[77세] 숙종의 어가가 온양에 이르러 수암을 부르니 행궁에 가서 입대하였다. 숙종은 사관을 보내 권상하를 청하여 "간절히 부른 것은 그 뜻이 행궁에서 한 번 만나보고 말기 위해서가 아니라 환궁할 때에 경과 함께 돌아가고자 해서이다. 오늘날 재난이 잇따라 일어나 많은 백성들이 기근으로 고생하고 있으니, 만약 경과 함께 돌아간다면 도움 되는 바가 반드시 많을 것이다. 이번 걸음에 나를 따라 함께 서울로 가기를 간절히 바란다."고 했지만 곧고 바르게 정사를 펼 것을 강조하고 끝내 따라가지 않았다. 아들 욱(煜)의 병이 위독하다는 말을 듣고 상소문만 남겨두고 집으로 돌아갔다. 이때의 심정을 숙종은 시로 남겼는데 그 시는 다음과 같다.

자나 깨나 현인 생각하여 교서 내린지 몇 번이던가   寤寐思賢幾降書

행궁에서 처음으로 덕스런 얼굴을 접견했네	行官親接德容初
앓는 아들 보려고 서둘러 돌아가서	欲着病子歸忙遽
수레 뒤에 싣고 환도하지 못한 것 한스럽네	恨不還都載後車

1721년[경종 원년 : 81세] 병이 위독하여 8월 29일 한수재에서 숨을 거두었다.

이상 수암 권상하의 생애를 연보를 중심으로 간략히 살펴보았거니와 그는 당쟁기에 살면서 현실정치에 참여하여 벼슬을 하기보다는 서경덕, 이황, 기대승, 이이, 성혼 등의 선유들로부터 제기된 조선중기 성리학적 기본 문제에 대하여 성리학 자체의 학문적 체계나 논리적 일관성의 문제를 새로이 검토하여 보다 철저히 규명하려 하였다. 그리하여 16세기에 정립된 성리학파 중 이이와 송시열로 이어지는 기호학파의 학통을 계승하여 주기론의 논리를 보다 심화 발전시켰다.

졸수재(拙修齋) 조성기(趙聖期)의 이기설에 대하여 "도심(道心)과 맹자가 말한 사단(四端)은 모두 순선(純善)한 것을 가지고 말한 것이니, 이것을 이(理)를 주로 하여 말한 것이라고 한 것은 진실로 불가한 것이 없으나, 인심(人心)과 자사(子思)가 말한 칠정(七情)은 모두 선악을 겸하여 말한 것인데, 어찌 갑자기 기를 주로 하여 말한 것이라고 지목할 수 있겠는가. 도심과 사단의 선은 이가 주가 되어 발하는 것이고, 인심과 칠정의 선은 기가 주가 되어 발하는 것이라고 한다면 이는 이와 기의 작용이 길을 나누어 각각 따로 나오는 것일 뿐만이 아니라 선(善) 속에도 또한 이에 근원하고 기에 근원하는 다름이 있어서 선에 두 근본이 있는 것이 된다."고 하여 이기(理氣)의 상호작용을 설명했다.

더욱이 그의 문인들에 의해 전개됐던 호락논변(湖洛論辨)을 학파적 성격으로 발전시키는 데 크게 기여하기도 했다. 인성(人性)과 물성(物

性)의 동이논쟁(同異論爭)인 호락논변이 제자 이간(李柬)과 한원진(韓元震) 사이에 제기되자 "인성이 물성과 다른 것은 기(氣)의 국(局)이며, 인리(人理)가 곧 물리(物理)인 것은 이(理)의 통(通)이다."라고 한 율곡의 〈이통기국이론(理通氣局理論)〉을 들어 한원진의 '상이론(相異論)'에 손을 들어주었다. 인성과 물성의 상이론을 주장한 발상은 본성을 후천적인 것, 즉 기질의 다름에 따라 달리할 수 있는 것임을 주장하여 동물성으로부터 분별, 보호하려는 데 있다고 할 수 있으며, 본성의 문제를 물성과 관련하여 이해하려는 태도는 인성론이 자연물에까지 확대된 것으로 16세기 성리학의 발전상을 보여주는 것이다. 임병양란 이후 성리학이 예학(禮學)에 의해 구체적인 사회규범이나 통치이념으로 경직되어가는 학문풍토에서 인성과 물성 상이론의 제기는 예학적 학문이론을 활성화하고 심화하는 데 크게 기여했다.

이단하(李端夏), 박세채(朴世采), 김창협(金昌協)등과 교유했으며, 문하에서 배출된 제자로는 한원진, 이간, 윤봉구, 채지홍, 이이근, 현상벽, 최징후, 성만징 등 이른바 '강문팔학사(江門八學士)'가 있다.

1725년(영조 원년) 관작이 회복되고 문순공(文純公)이란 시호가 내렸다. 청풍의 황강서원(黃江書院)에 배향하였으며 뒤에 충주의 누암서원(樓岩書院)에도 배향하였다. 문집으로는 『한수재집(寒水齋集)』이 있다.

2. 초월적 자연풍광과 따스한 인간 정감

수암 권상하의 『한수재집』에는 모두 712편의 글이 실려 있다. 이중 시가 226편이며 나머지는 대부분 서(書), 기(記), 제발(題跋)등 성리학 사상을 논술한 것이다. 시를 중심으로 작품세계를 살펴보면 크게 자연의 경치를 읊은 '경물시(景物詩)'와 죽은 사람을 애도하는 '만시(輓詩)', 어느 누구에게 작별하며 주는 이별시 혹은 증여시로 나눌 수 있다.

1) 자연을 읊은 시 [景物詩]

한시에서 자연은 영원한 소재이고, 특히 16세기 이래 자연 곧 강호(江湖)는 혼탁한 정치현실과 대비되는 깨끗한 공간이며 지친 심신을 달래주는 곳이기도 하다. 특히 시험관의 오해로 시권이 채택되지 않은 사건과 스승인 우암 송시열이 시사되는 사건 이후 수암은 제천의 황강에 은거하며 자연 속에서 스스로의 위안을 찾을 수밖에 없었다. 그 전형적인 시가 〈산중에 살며 한가로이 읊다[山居閒詠]〉이다.

탁상 쓸고 주묵 갈아 고문에 점 찍는데	掃案研朱點古文
대밭 창 맑은 낮에 향불 피워 향기롭네	竹窓晴晝熱爐薰
세상 간섭할 재주없어 깊은 골짝 달가웁고	才疎涉世甘幽壑
삶을 꾸릴 계책없이 아내 손에 맡겼다네	計拙謀生任細君
깊은 마당 새 날아와 약탕 부엌 엿보고	深院鳥來窺藥竈
작은 뜨락 꽃 떨어져 이끼 무늬 덮었네	小庭花落沒苔紋
산중살이 아무런 일이 없다 말 마소	山居莫道全無事
날마다 산봉우리 흰구름 관리한다오	日日峯頭管白雲

이미 스스로 벼슬길을 버리고 자연에 묻혀 도학의 탐구에 정진하기로 마음먹었기에 그에게 자연은 혼탁한 정치현실과 대비되어 구도(求道)의 공간으로 나타나는 것이 아니라 유유자적 하는 삶의 공간으로 자리 잡게 된다. 삶과 자연의 순리가 어긋나지 않고 서로 조화를 이루는 여유로

움이 그것이다. 마지막 연에서 산중에서 일이 없다고 말하는 사람들을 향해 "날마다 산봉우리 흰구름 관리하는" 것이 일이라는 대답은 그 명확한 증거가 된다. 이백(李白)이 「산중답속인(山中答俗人)」에서 노래했던 "웃으면서 대답하지 않으니 마음이 스스로 한가하다.(笑而不答心自閑)"는 경지와 상통한다. 마치 한 폭의 수채화를 보듯이 한가롭고 여유로운 정취가 두드러진다. 이런 경향은 〈산촌의 경물을 읊다[山村卽事]〉, 〈봄강의 경물을 읊다[春江卽事]〉, 〈여강의 경물을 읊다[驪江卽事]〉, 〈두미의 봄 경물[斗尾春事]〉 등의 시에 잘 드러나 있다.

현실정치와의 인연을 끊고 자연에 은거하여 유유자적하며 도학 탐구에 몰두했기에 때로 자연이 현실을 떠난 선경(仙景)의 모습으로 나타나기도 한다. 〈한벽루에서 최부백 후량의 운에 차하다[寒碧樓次崔府伯後亮韻]〉를 보면 그런 경향이 두드러진다.

관청집 고요하여 절간과 비슷한데	官居寂寂似禪關
세상 밖 푸른 산 속 인가가 높여있네	世外人煙積翠間
깡마른 모습에 앉은 손 모두가 도골이고	坐客癯形皆道骨
하얀머리 수령은 동안이 분명하이	使君華髮卽童顏
천년이라 동부는 풍운을 감추었고	使君洞府風雲秘
백척이라 누대는 일월이 한가롭네	千年樓臺日月閒
어찌하여 별고로 현포 찾아갈건고	何用別尋玄圃去
학 둥지 복사 언덕 이게 바로 선산일레	鶴巢桃岸是仙山

청풍의 한벽루에 모여 친구들과 시회(詩會)를 여는데 바로 그 곳에 모인 사람들이 신선같고, 그 곳이 신선의 세계라는 것이다. '현포'는 곤륜산 정상에 신선이 산다는 곳인데 굳이 그 곳에 찾아갈 필요가 있냐고

되묻는다. 세속의 현실과 자질구레한 일상사가 돌연 선경으로 화하는 경지를 체험하게 된다. 물론 아무나 그런 경지를 느낄 수 있는 것은 아니다. 자연에 묻혀 세상사의 고통과 번뇌를 극복한 자만이 느낄 수 있는 경지일 것이다.

수암 권상하의 시에는 유난히 신선세계를 동경하거나 그린 작품이 많다. 〈최주경이 시 일곱수를 지어 보내 화답을 구하기에 그 책임을 떠우다[崔周卿以七詠見贈永知逐寒其責]〉에는 작은 제목으로 칠언절구 7수가 연이어 있는데 앞의 세 편은 〈신선(神仙)〉, 〈도사(道士)〉, 〈은자(隱者)〉 등 모두 신선세계를 노래한 것이다. 고죽(孤竹) 최경창(崔慶昌, 1539~1583))의 체를 본떠서 지은 〈도사〉라는 시를 보면

기수에 이는 청풍에 학의 꿈이 깨어나고	琪樹淸風鶴夢醒
도인은 단정히 앉아 황정경에 점을 찍네	道人端坐點黃庭
흰 구름 사라지고 요단은 고요한데	白雲掃盡瑤壇靜
하늘 밖 피리소리 한밤중에 들려오네	天外笙簫半夜聽

라고 하여 신선세계의 모습을 구체적으로 그려내고 있다. 하지만 도가(道家)의 입장에서 신선세계를 희구하거나 동경하는 것은 아니다. 〈꿈을 깨고서[記夢]〉라는 시를 보면 백발노인이 나타나 선주를 따라주고 봉황을 태워 옥황상제 명이라고 벽도화까지 주었지만 꿈을 깨고 나니 모두가 부질없다 하였고 또 〈경포대에서 최양 포전 운에 차하다[鏡浦臺次崔楊浦澱韻]〉에도 신선의 종적은 "머리 들어 생각할 뿐 만나지는 못한다네(矯首相思不相見)"라고 고백하기도 했다.

결국 권상하는 신선세계를 그려내고 있지만 그것은 퇴계가 「도산잡영기(陶山雜詠記)」에서 말한 "현허한 것을 사모하고 고상한 것을 숭상하

는" 도가의 경지가 아니라 벼슬길을 단념하고 자연에 묻혀 유유자적하는 여유로운 심사에서 우러난 그윽한 정취라 할 수 있다. 그러기에 그의 한시에서는 유달리 자연의 모습이 한가롭고 여유롭게 그려져 있다. 상선암의 경치를 구경하고 지은 〈상선암에 제하다[題上仙岩]〉에는 "신선놀이 지난 지 얼마이런고/확실히 이는 나의 천석이거니/초가집 얽어서 백년살고파(仙遊問幾時, 居然我泉石, 茅棟白年期)"하여 그런 '천석고황(泉石膏肓)'의 심정이 잘 드러나 있다.

2) 이별의 아픔을 노래한 시 [送別詩 · 贈別詩]

송별시는 지인(知人)과 이별하는 자리에서 서로 주고받는 시다. 대개는 이별의 아쉬움을 표현하는 것이 일반적인 경향인데, 고려 중기 이후 신흥사대부(新興士大夫)들의 등장과 함께 자신들의 결의를 다지는 양식으로 주로 활용되어 왔다. 즉 그들 사대부들에게 있어서 현실을 어떻게 헤쳐 나가고 또 무엇을 하여야 할 것인가를 다짐하는 방식으로 시가 전개된다. 그러기에 주로 고을살이 나가는 경우에 친구들이 모여 그들의 이념을 어떻게 벼리고 펴나가는가를 토로하는 장(場)이 되기도 했다. 〈동래로 부임하는 정중순을 작별하며[別鄭仲淳赴東萊]〉가 그런 경향을 잘 보여준다.

조양 봉명 상서라고 서로들 축하했거니	爭賀朝陽瑞鳳鳴
어느 뉘가 일범에게 변방성 지키게 했나	誰敎一范鎭邊城
응당 위엄과 신의가 오랑캐 풍속 감화해	應知威信字蠻俗
남쪽 땅에 천추토록 큰 이름이 전해가리	朱雀千秋繫大名

동래부사로 나가는 정호(鄭澔)를 보내는 자리에서 이별의 아쉬움보다는 그의 호걸다움을 칭송하고 그런 자질을 발휘하여 남쪽 오랑캐를 감화시켜 이름을 날리라고 주문한다. '일범'은 송나라 때 이름을 날렸던 범중엄(范仲淹)을 가리킨다. 그가 변방을 지킬 때 영하와 횡산지역을 수복했는데 적이 그 소식을 듣고 뼈마다가 떨리고 간담이 떨어졌다 했다. 그처럼 정호도 출중한 지모를 발휘하라고 한다.

한편 고을살이 나가는 친구들만 있는 것은 아니다. 권상하의 주변에는 오히려 도학에 전념하는 문인, 학자들이 더 많았다. 그러기에 이들과의 작별에서는 백성을 어떻게 다스리라는 말 보다 학문에 정진하라는 부탁이 중요하게 거론된다. 30일 동안이나 병문안을 하고 돌아가는 제자 윤봉구에게 주는 시 〈돌아가는 윤서응 봉구를 차운하여 송별하다(次韻送別尹瑞膺鳳九還歸)〉를 보면 그런 입장이 잘 드러나 있다. "하염없는 이별의 정 서류수와 똑 같은데(離情不盡西流水)/힘써야 할 공부는 참됨과 순수함일레(努力工夫實淳)"라고 배움에의 정진을 강조하는가 하면, 이간(李柬)에게는 "그대의 높은 식견 태양이 떠오르는 듯(多君高識日方昇)"하다고 이별하는 자리에서마저 칭찬을 아끼지 않았다.

하지만 학문에의 정진이나 칭송만이 드러나는 것은 아니다. 그의 제자 한원진(韓元震)에게 준 2수의 시 〈한덕소 원진에게 주다(贈韓德昭元震)〉에는 스승으로서의 자상함이 표출되기도 한다. 첫 번째 수에서는 "경전 해설 정박하긴 그대만한 이 없어라(說經精博似君無)"라고 칭찬했지만, 두 번째 수에서는 "헤어지는 이 마당에 아쉬운 정 짙으니(尙爾臨分情黯黯)/시내의 꽃 피어날 때 다시 찾아오게나(重尋須趁澗花斑)"라고 이별의 아쉬움을 토로하기도 한다. 이별에 앞서 차마 떠나지 못하는 제자와 그를 보내면서 꽃 필 때 다시 찾아오라고 다독거리는 스승의 자상한 모습이 눈에 잡힐 듯하다.

결국 권상하의 작별시는 주로 인간에 대한 애정을 바탕으로 하여 학문에의 정진이나 목민관으로서의 사명감 등 인간적 정리와 함께 선비로서의 도리를 표현한 것이다. 동생을 여주로 보내며 지은 〈사월 초하룻날 황려로 가는 계문을 보내며[四月初吉送季文之黃驪]〉에는 그런 인간의 따뜻한 정이 계절의 변화와 아울러 기막히게 형상화 되었다.

오늘에는 그대를 떠나보내고	今日送君去
어젠 막 봄 날을 보내었다네	昨日纔送春
봄을 보낸 그것도 애석하거늘	送春尙可惜
어찌 차마 또 다시 사람보낼고	那堪後送人

동생과의 이별이 가는 봄의 아쉬움과 겹치면서 이별의 아픔이 증폭되는 경지를 체험하게 된다. 붙잡을 수 없는 계절의 전환 속에서 헤어지는 인간의 정리가 군더더기 하나 없는 절제된 감정으로 눈부시게 빛난다.

3) 죽음을 애도한 시 [輓詩]

권상하의 시 중에서 많은 부분을 차지하는 작품은 주변 사람들의 죽음을 애도한 만시(輓詩)다. 당시는 당쟁의 와중에 있었기에 노론의 정신적 지주인 송시열의 수제자인 그로서는 원하건 원하지 않건 수많은 노론 인맥들과 관계를 맺었고 이로 인하여 많은 만시를 짓게 된다. 60여수의 작품들이 있는데, 그 면면을 보면 노론 벌열가문의 인물들로부터 당쟁의 과정에서 당론을 지지한 사람, 그리고 사제관계의 인물 등 다양하다. 스승인 우암의 집안인 은진(恩津) 송씨 인물 송희문, 송도원, 송원석, 송규렴이나 노론의 대표적 벌열가문인 여흥(驪興) 민씨 집안의 민사

앙, 민정중, 인현왕후(민유중의 딸), 민승수를 비롯하여 노론 3척신의 하나인 김수항, 김수증과 그의 아들 김창협, 김창즙 등이 그렇다. 그 중 당색도 같거니와 오랜 기간 교유관계를 맺은 농암(農巖) 김창협(金昌協, 1651~1708)의 만시를 보자.

마음 사귐 본디부터 난초향기 그것인데	心交元自臭如蘭
짐을 꾸려 돌아온 뒤 태산처럼 우러렀네	治任歸來仰若山
하늘이 사문 없애려 공이 또 서거하니	天喪斯文公又逝
세상에 사표 없어라 선비 어디서 배울고	世無師表士何觀
밝은 창 비자나무 궤 예전 그대로인데	明窓棐几運依舊
가을 달 빙호는 아련히 접할 길 없네	秋月氷壺杳莫攀
고결한 붉은 마음 신에게 물을 만하니	皎皎哀丹神可質
부질없이 후세사람 눈물 나게 하고 말고	空敎千載淚汎瀾

이 만시는 1708년[68세] 5월에 김창협의 부고를 접하고 지은 것이다. 조카인 권섭을 보내어 제문을 가지고 가 제사지내게 하였다 한다.

김창협은 노론의 대표적 벌열(閥閱) 가문인 안동김씨의 인물로 김상헌의 증손이고 영의정 김수항의 아들이며, 그의 형제인 김창집, 김창흡, 김창즙 등이 함께 관직에 나아가고 문학으로도 이름을 날렸다. 김수항이 기사환국으로 죽자 은거를 택했다가 노론이 다시 집권하자 마침내 대제학에 이르러 문형(文衡)을 잡았다. 권상하와 같이 송시열을 스승으로 섬겨 사상적인 임무를 물려받았고 앞서 한문 4대가가 이룩한 고문을 재현하는 것은 과업으로 삼았다. 우암 송시열이 죽기에 앞서 김창협과 권상하를 지목하여 당론의 일은 둘이 상의해서 결정하라고 할 정도로 신임이 두터웠다. 1668년[48세] 무렵에는 김창협이 청풍부사로 있어 두 사람의 교유가 긴밀했다.

이런 김창협이기에 오랜 교유관계로부터 우러나온 진정을 시에 담았다. 단순히 어떤 인물을 칭송하는 것이 아닌 먼저 세상을 하직한 사람에 대한 슬픔이 표현되었다. 심지어는 그의 아우 김창즙의 만시에서도 "삼주를 잃은 뒤로 사도 더욱 외롭다(自失三洲道益孤)"하여 김창협의 죽음을 못내 잊지 못했다.

물론 대부분의 만시가 죽음을 대하는 슬픔을 노래한 것은 아니다. 죽은이의 입직이니 인물을 찬양하는 작품도 다수가 있다. 하지만 비교적 가까웠던 사람에 대한 만시는 특히 애절하다. 대표적인 작품이 부인 이씨의 묘소를 찾아가서 지은 〈속곡의 새묘소를 찾아가서[尋束谷新阡]〉이다.

어두컴컴한 무덤 잡초가 덮였는데	泉臺冥漠掩荒茅
꿈속에서 혼령을 불러볼 수 있을는지	夢裏精魂倘可招
백수에 혼자 왔다가 도로 혼자 떠나가니	白首獨來還獨去
온 산의 누런 잎들 빗속에 우수수 지네	滿山黃葉雨蕭蕭

1711년[71세] 5월 3일 일생을 같이 살아 온 부인 이씨가 세상을 떠났다. 7월 27일 충주 북촌 개천동 속곡(束谷)에 장사지냈다. 이 시는 바로 그 묘소를 찾아가서 지은 작품이다. 죽음을 대면하여 쓴 작품은 아니나 어느 만시보다도 각별한 정이 느껴진다. 1663년[23세] 첫 번째 부인을 잃은 후 재취하여 50년 가까이 살아 온 셈이다. 도학자로서의 명성이나 당대 산림(山林)의 지도자로서 수많은 당쟁에 휩쓸렸던 위치가 아닌 평생을 같이 살아온 부인에 대한 한 인간의 깊은 속정과 슬픔이 느껴진다. 지하에 묻혀있는 부인의 혼령을 꿈속에서라도 불러오고 싶다는 안타까운 심정이 표출되기도 했다. 사랑하는 사람의 죽음 앞에서 무슨 말을

할 수 있겠는가. 그저 비통해하며 빈손으로 돌아가는 그 모습은 그런 정황일 것이다. 마지막 행에서 온 산의 낙엽이 빗속에 우수수 떨어지는 장면은 허탈한 심정이 자연의 풍경을 통해 표현된 기막힌 절창이다. 스산한 마음처럼 그 장면은 더할 수 없는 절망의 표현이다. 오랜 기간 인간적인 정을 나누었기에 이런 표현이 가능한 것이다.

이부인의 묘소를 다녀와 집에 돌아가서 지은 〈집에 돌아와서[歸家]〉라는 시에도 그 여운이 남아있다. "홀로 누운 이 회포 알아주는 사람 없고(獨臥無仁知此抱)/깜빡깜빡 푸른 등과 차가운 밤 벗하네(靑燈耿耿伴寒宵)"라고 혼자 남은 자신의 심정을 애절하게 그려내고 있다. 여기서 우리는 도학자나 당대 막강한 정치력을 발휘했던 산림이 아닌 한 인간 내면의 고통과 외로움을 접하게 되며, 바로 그 점에서 권상하의 시는 진정 인간의 삶이 무엇인가를 제대로 그려낸 작품으로 손색이 없어 보인다.

바람 같은 삶, 그림 같은 시
─옥소(玉所) 권섭(權燮)

1. 옥소(玉所), 한 마리 고고한 학(鶴)

친한 사이였던 겸재(謙齋) 정선(鄭敾,1676~1759)이 옥소에게 준 그림이 한 장 있다. 한 마리 학이 하늘을 향해 우는 그림이다. 긴 목과 긴 다리, 탈속(脫俗)의 풍모를 풍기는 그 그림은 옥소와 그대로 닮아 있다. 요즘 식으로 말하면 옥소의 캐리커처였으리라. 옥소가 그린 자화상 역시 학처럼 고고하고 맑은 모습이다. 자신의 모습을 기록한 「자술년기(自述年紀)」를 보면

신장은 6척 남짓이고 몸은 살이 없어 말랐으며 약골이다. 귀는 길게 늘어졌고, 뺨은 툭 튀어 나올 듯 하였으며, 이마는 넓고, 눈썹은 성글성글하다. 피부는 누른 빛이 도는 붉은 빛이었으며, 목소리는 깊고 맑다. 코는 모난 듯이 뾰족하며, 입술은 두툼하고 눈은 컸으며 눈동자는 밝게 빛난다. 얼굴은 작고 턱은 좁았으며, 머리는 목욕한 듯이 윤이 나고 땅에까지 늘어졌다. 수염은 아름다웠으나 가슴에 미칠 만큼 깊지는 않았다. 다리는 학

같이 길어서 걷기에 용이하였고, 팔은 잔나비 같이 가늘어서 붙잡는 데에 능하지 못했다.

고 하였으니 완연한 신선(神仙)의 풍모다. 「몽화(夢畵)」에서 그래도 "전생에 스님이었기 때문에 현재 청한(淸寒)하게 지내고 있었으며, 또 내세에는 마땅히 도사(道士)가 될 것이다."라고 썼다. 말 그대로 지상에 유배된 신선이 아닌가. 정말 옥소는 그렇게 바람처럼 맑게 살았고 또한 향기로운 자취를 남겼다.

2. 바람처럼 맑은 삶

옥소는 1671년(현종 12) 3월 1일 안동 권씨 화천군파(華川君派) 문중에서 태어났다. 태어난 곳은 서울 삼청동 외가다. 당시 노론(老論)이 집권하고 있었는데 옥소의 집안과 외가, 처가가 모두 노론이니 집권층 벌열(閥閱)의 일원으로 태어난 셈이다.

조부 권격(權格)은 강릉부사를 거쳐 사헌부집의를 지냈으며 옥소가 태어나던 1671년 51세로 세상을 떴다. 부친은 권상명(權尙明)으로 옥소의 나이 14인 1684년 33세의 나이로 요절했다. 큰 아버지는 우암(尤庵) 송시열(宋時烈)의 수제자이며 당시 성리학의 대학자인 수암(遂菴) 권상하(權尙夏)이다. 부친을 일찍 여읜 옥소는 20년간이나 백부의 보살핌과 훈도를 받았다.

〈스스로 웃으며[自笑]〉라는 시를 보면 "시서로는 한수재가 아버지와 스승을 겸했네(詩書寒水父兼師)"라고 적고 있다. 아버지이면서 동시에 스승으로 옥소에게 지대한 영향을 끼쳤다. 작은 아버지 권상유(權尙游)

는 수원부사, 전라·평안 관찰사, 이조 참판 등을 지냈으며 옥소에게 많은 보살핌과 도움을 주었다.

옥소에겐 남동생과 누이가 있는데 남동생 권영(權塋)은 병조 좌랑을 시작으로 대사간, 승지, 평해군수, 이천부사, 경주부윤 등을 두루 거치면서 영조의 두터운 신임을 받았다. 형인 옥소와는 7년차로 우애가 돈독해 주위의 부러움을 샀다.

옥소의 부인은 모두 세 분으로 첫째는 이씨 부인이다. 이조참판 이세필(李世弼)의 딸로 현숙했으며 부부애가 남달랐으나 25세의 나이로 장남 초성(初性)을 남긴 채 요절했다. 장인은 한성부윤, 이조참판을 지냈으며, 처형 이태좌(李台佐)는 좌의정까지 오른 인물로 옥소를 친자식이나 친형제처럼 보살펴 주었다.

재취인 조씨부인은 조경창(趙景昌)의 딸로 32년간 살면서 1남 1녀를 두었다. 부실 이씨 부인은 이광윤(李光胤)의 딸로 15세에 옥소를 만나 문경 화지동(花枝洞)에 살면서 60여 년 동안 옥소의 문필활동을 가장 잘 이해해준 문우이자 친구였다.

옥소의 모친 용인 이씨(龍仁 李氏)는 좌의정을 지낸 이세백(李世佰)의 딸로 집안을 잘 꾸려나갔으며 특히 국문소설의 애독자로 알려져 있어 옥소로 하여금 국문소설 책을 나누어 준 분재기(分財記)를 기록하게 했다. 외조부 이세백은 황해도·평안도 관찰사, 한성판윤, 좌의정 등을 지냈으며 옥소를 매우 아껴 교육에 열의를 보였다. 옥소는 외조부의 부임지를 찾아다니며 많은 여행을 함으로써 문학적 감수성을 키웠다.

외삼촌 이의현(李宜顯)은 옥소와 2살 차이로 이조판서, 대제학, 우의정을 거쳐 영의정에 이른 인물로 옥소와는 동문수학한 사이며 절친한 관계를 유지했다.

이처럼 옥소는 혁혁한 가문의 배경 속에서 태어나 전도가 양양한 생애를 보내리라 여겼다. 친가는 물론 외가, 처가 모두가 당대 정치현실 속에서 막강한 영향력을 지녔던 벌열(閥閱) 가문이기에 배움의 모자람이 없고 장래 또한 보장된 셈이다. 하지만 그는 벼슬길에 나가지 않고 여행과 글쓰기로 대부분의 생애를 보내게 된다.

생애의 몇 국면을 보자. 14세에 부친상을 다하고 백부 권상하의 슬하에 머물며 학문에 전념한다. 또한 16세 때에는 이씨 부인을 맞아 혼인하며 장인인 이세필에게 경사백가(經史百家)를 공부하고 처형인 이태좌, 이형좌와 함께 경기도 평택에 있는 만기사(萬紀寺)에 들어가 독서에 매진한다. 이때까지만 해도 부친상을 당했다지만 주변의 보살핌으로 별 어려움 없이 순탄한 길을 걸어갔다.

하지만 19세 되던 1689년(숙종 15) 숙종이 세자책봉 문제로 노론 쪽을 치는 이른바 기사환국(己巳換局)이 일어나 노론의 영수인 송시열이 사약을 받고 죽자 옥소는 소두(疏頭)가 되어 상소를 올리는 한편, 궐문 밖에서 통곡하는 시위를 벌였으나 뜻을 이루지 못한다. 이때의 일로 여러 가지 충격을 받고 현실 정치에 대하여 환멸을 느끼게 된다.

이 기사환국의 영향으로 재산을 정리하여 제천 문암동(門巖洞)에 선산을 정하고 제천을 자주 드나들게 된다. 24세에 다시 과거공부를 시작하였으나 곧 체념하게 된다. 왜 벼슬길로 나가는 유일한 통로인 과거공부를 그만두게 되었을까?

우선 어린 시절 옥소에 대한 주변사람들의 예언이다. 사람들이 점쳐서 말하기를 "눈 위에 있는 푸른 소나무의 마음이오."라고 하고, 또 어떤 이는 "그 뜻이 고상하여 벼슬길에 나가려 하지 않을 것이오."라고 하고 어떤 이는 "품성이 소활하여 일이 없어도 남에게 비방을 받을 것이오." (「술회시서」)라고 했다. 어린 옥소를 두고 고고하게 살거라는 말을 하고 성격이 곧아 남과 부딪히는 일이 많을 거라고 예언했다. 그런가 하면

강보에 싸인 옥소를 보고 윤계(尹堦)가 "여덟 번 귀양 갈 것이며, 세 번이나 큰 바다를 건너야 할 것이다. 그러나 세상에 나서지 않는다면 그렇지 않을 것이다. 목숨은 팽조(彭祖)와 같이 길 것이다(「자술년기」)"고 했다. 결과론적인 얘기지만 주변 사람들의 예언이 정확히 맞아 옥소는 벼슬하지 않고 89세까지 장수하는 복을 누렸다.

그 예언 때문일까? 옥소는 과거에 집착하지 않았다. 하지만 주변의 시선과 가장으로서 식구들을 부양해야 되는 책임감 때문에 18번이나 과거에 응시했지만 급제에는 이르지 못했다. 자신의 명예를 취하는 데에는 어두워서 단순히 과문의 양식에 맞추어 냈기에 뽑히지 않았다고 시로 술회한다. 스스로도 과거에 집착하지 않았고 그의 글이 과거에 맞지 않았던 셈이다. 지나친 천재성 때문일까? 그의 글은 과거라는 시험의 양식에는 맞지 않았다. 그래서 그는 다음과 같이 술회했다.

갑술년 24세(1694년)때에 다시 과거공부를 하다가 갑자기 스스로 생각하길, '과거보는 선비가 글로써 자기를 판다면 여자들이 자신을 스스로 중매하는 것과 무엇이 다르겠는가?' 다시 또 생각하기를, '공자께서도 사냥에서는 그 많고 적음을 다투었다. 이 세상에 태어나 비록 백성들은 다스릴 뜻이 있어도 과거를 통하지 않으면 어떻게 세상에 나설 것인가? 이는 퇴계 선생과 율곡 선생도 면할 수 없었던 것이다. 과거에 응하는 것이 무슨 해가 있겠는가?' 또 생각하기를, '내 할아버지의 맑은 이름과 곧은 절개는 한 시대에 드러났는데, 내가 만약 벼슬하여 조정에 서서 볼만한 절개가 없으면 선조를 크게 더럽히게 된다. 만약 조부가 한 대로 하면 이 세상에서 용납되기 어려울 것이다.' 마침내 과거 공부를 그만두기로 뜻을 정하고 벼슬에 나갈 생각을 영원히 끊었다. (「자술년기」)

과거가 어쩔 수 없는 것임에는 틀림이 없지만 '곧은 절개〔直節〕'를 지켜나가는 것이 어렵기 때문에 과거를 폐한다는 말이다. 조부인 권격은 당시 직간을 잘 하기로 소문나 충간하는 신하〔諫臣〕의 풍모를 지녔다는 평을 들었다. 옥소로서는 그렇게 벼슬살이를 하는 것이 어렵다고 여긴 것이다. 어찌 보면 지나친 염결성(廉潔性)이다. 세상과 조금도 타협하지 않으려는 그의 꼬장꼬장한 성격이 돋보이는 대목이다. 그래서 숙부 권상유가 집안의 배경으로 벼슬을 하라고 무려 5차례나 권했지만 명분이 없다고 거절하고 끝내 벼슬에 나가지 아니했다.

> 30세 이후로 작은 아버지께서는 내가 이름을 이룬 것이 없는 것을 불쌍히 여겨 처가와 돈녕으로 벼슬길에 오를 발판으로 삼기를 바랐다. 내가 그렇게 하려다가 갑자기 깨달아 말했다. " 저절로 들어오는 벼슬은 반드시 사양할 것은 없지만 스스로 녹을 구하는 것은 부끄러운 일입니다. 구하여 얻는다면 비록 작은 아버지의 뜻에 응한 것이 아니라도 그만 두는 것이 마땅합니다. 이일로 인해 앞길이 영원히 막힌다면 이는 문을 들어가려고 하면서 문을 막는 것입니다." 마침내 이런 말을 주고받다가 그런 얘기를 그만 두었는데 이와 같이 한 것이 다섯 번이었다. (「자술년기」)

실상 옥소의 친가, 외가, 처가가 모두 당대 노론의 명문가라 벼슬자리 하나 마련하기는 그리 어렵지 않았을 것이다. 권상유의 생각도 그러했다. 음직으로라도 나가 집안의 체면을 살려야한다고 여겼다. 그러나 옥소는 끝내 사양하고 44세 되던 1714년 서울을 떠나 청풍으로 낙향했다.

그로부터는 주로 좋은 경치를 찾아다니며 글을 쓰는 것으로 일관했다. 세속의 부귀영달을 버리고 맑고 자유로운 삶을 선택한 것이다. 그 스스로도 "벼슬길 성글어 세상과 벗어났다(〈스스로 웃으며〉)"고 자위했다.

하지만 세속을 벗어나 조용히 살고자하는 옥소의 삶에 모진 고통이 닥치니 바로 장남 진성(혹은 초성)의 죽음이다. 1723년 경종3년 옥소가 53세 되던 해 정월에 장남이 임인옥사(壬寅獄事)에 관계되어 죽음을 당한다. 당시 정권을 잡았던 노론 측에 대한 견제가 시작되었던 바, 1721년(경종 원년)에 영의정 김창집, 영중추부사 이이명, 판중추부사 조태채, 좌의정 이건명 등 노론 4대신이 제거되는 신축환국(辛丑換局)이 일어나 집안이 풍비박산 지경에 이르게 된다. 백부 권상하는 관직이 추탈당하고, 계부 권상유와 외삼촌 이의현은 삭탈관직 되어 문외출송을 당한다. 이 와중에서 장남이 처형되는 엄청난 비극을 당하게 된다. 어찌해볼 도리 없는 정치적인 사건이지만 옥소로서는 실로 감당할 수 없는 충격이었다. 이때의 심정을 옥소는 "정유년(1717년) 봄부터 집안에 재난을 만나 7년 사이에 재산을 다 날려 몸을 맡길 곳이 없었다. 아이들을 이끌고 머리를 우러러 하늘에 물어보았으나 하늘은 대답이 없었다."(「자술년기」)고 술회하고 있다.

이런 충격 때문일까? 옥소는 54세 되던 1724년 자서전격인 「자술년기(自述年紀)」를 써 자신의 삶을 정리하고, 소인의 모함을 받아 주인공의 고난을 겪는 〈설저전(薛姐傳)〉을 한문으로 번역한다. 그 때의 심정을 옥소는 다음과 같이 술회한다.

세상에 태어나 54년 동안 굶주림과 배부름, 추움과 따뜻함, 슬픔과 기쁨, 궁함과 통함의 형세가 항상 무상하였으니 지금 다시 말할 만한 것이 없다. 예전에 나에게 혼탁한 세상에서 뜻을 굽히고 머리를 낮추어 다른 무리들과 어울려 살아가라고 한 사람이 있었다. 내 그 말을 듣지 않고 어찌 스스로 이렇게 고난을 취하여 괴로움이 여기에까지 이르렀는가. 조용히 계부의 말씀을 생각하니 후회한들 어찌 미치리오마는, 그러나 하늘이 분수를 정해주었으니 어찌 하겠는가!

세상의 온갖 명리를 버리고 바람처럼 자유롭고 맑게 살고자 했지만 세상사의 소용돌이는 그를 가만히 두지 않았다. 세상에서 뜻을 굽히고 머리를 낮추고 살았으면 어쩌면 어려운 지경을 피해갈 수도 있었지만 그럴 수는 없는 노릇이다. 지조와 절개를 지킨다는 것과 세상살이는 쉽게 어울릴 수 있는 것은 아니다. 그 고통 속에서도 옥소는 한 마리 고고한 학처럼 괴롭지만 지조 높은 삶을 택했다. 아무것에도 구속되지 않는 바람처럼 청한한 삶을 살고자 했다.

3. 그림 같은 시

옥소는 벼슬에 연연하지 않고 평생을 여행과 글쓰기로 보냈기에 누구보다도 많은 작품을 남겼다. 2000편이 넘는 시와 75수의 시조, 2편의 가사인〈영삼별곡〉·〈도통가〉, 국문소설〈설저전〉을 한문으로 옮긴 〈번설경전(翻薛卿傳)〉을 비롯하여 80점이 넘는 그림을 남기기도 했다. 실로 문예의 전 방면에 거쳐 엄청난 족적을 남긴 셈이다.

그의 작품세계를 보면 청한한 삶처럼 속된 기가 없이 맑고 담백하며 격식에 얽매이지 않는 특징을 지니고 있다. 무엇보다도 사물이나 경치를 읊은 시조나 경물시(景物詩)가 가장 많은 부분을 차지한다.

1) 사물에 대한 고찰, 경물시(景物詩)

첫 번째는 사물을 두고 쓴 작품이다. 대상을 진지하게 관찰하고 그 속에서 세상사의 어려움이나 이치를 발견하는 식으로 형상화되어 있다. '계곡[溪]'을 읊은 시조를 보자.

> 골골이 들리는 소리 좋기도 좋을시고
> 암계(岩磎)를 다 지나고 굽이굽이 돌아가니
> 무엇이 맺힌 일이 있건대 열열명(咽咽鳴)을 하는다

흔히 사연을 노래한 시가에서 자연은 혼탁한 정치 현실과 대비되어 인간이 지켜나가야 할 도(道)의 상징물로 위치한다. 퇴계의 〈도산십이곡(陶山十二曲)〉이 그 대표적인 예이다. 하지만 옥소는 자연물 속에 인간의 성격을 부여한다. 시원한 소리를 내며 흐르는 계곡은 늘 강호시가(江湖詩歌)의 단골메뉴였다. 하지만 옥소는 계곡을 인격화하여 바위틈을 지나듯이 세상살이의 어려움을 겪는 것으로 묘사하고, 세상살이의 한(恨)을 계곡의 물소리로 대체한다. 옥소에게 있어 맑고 시원하게 흐르는 계곡의 물소리는 지난한 삶에 겨워 목메어 우는 '열열명'으로 바뀌는 것이다. 자연물 혹은 대상의 인격화야말로 옥소 시의 문법이다. 〈노승(老僧)〉이라는 시를 보자.

> 흰 머리 눈 같은 장삼입고 쓸쓸히 앉았는데   霜頭雪衲坐寥寥
> 탁자의 맑은 향은 밤새도록 타며 사라지네   一榻淸香永夜消
> 뜰 앞 하늘 높이 우뚝 솟은 잣나무   落落庭前天丈栢
> 중과 함께 늙어가며 저녁 바람에 나부끼네   與僧同老晩風飄

여기서 노승과 오래된 잣나무는 동격이다. 외로이 늙어가는 노승의 모습에서 뜰 앞 잣나무의 형상을 보고, 잣나무에서 노승의 말년을 읽는다. 인간이 자연이 되고, 자연이 또한 인간의 모습으로 화한다. 그리하여 우리의 다정한 이웃으로 함께 사는 것이다. 자연물을 제재로 삼은 시를 보면, 소나무에서 '동량재(棟梁材)'를 발견하고, 국화에서 '만절한향(晩節寒香)'을 맡으며, 매화에서 추위를 뚫고 솟아나는 기개를 보며, 대나무에서 구슬픈 소리를 들으며, 산에서는 대륙에 서려 앉아 있는 장한 기세를 감지한다.

2) 자연경관의 회화적 묘사

두 번째는 정경(情景)을 노래한 작품이다. 옥소의 많은 시들이 여기에 해당된다. 가장 큰 특징은 자연경관을 파노라마적으로 묘사한 것이다. 옥소가 그림에도 조예가 깊어 마치 한 폭의 그림을 그리는 방식으로 경치를 묘사하고 있는 것이다. 〈황강구곡가〉를 보자.

> 이곡(二曲)은 어드메오 화암(花岩)도 좋을시고
> 천봉(千峯)이 합답(合沓)한데 한없는 연화(烟花)로다
> 어디서 견폐계명(犬吠鷄鳴)이 골골이 들리나니

화암을 그리는데 화폭 가득 수많은 봉우리들이 중첩되고 아름다운 봄 경치가 펼쳐져 있다. 게다가 개 짖는 소리, 닭 우는 소리까지 들린다고 했다. 아마도 그림으로 그리자면 한 귀퉁이에 개와 닭도 등장했으리라. 옥소에게는 화암 뿐만 아니라 그 배경이 되는 온갖 경치가 다 보이고 심지어는 개 짖는 소리, 닭 우는 소리도 들렸을 것이다. 지극히 회화적이며 파노라마적인 묘사다. 모더니즘 시작법에서 흔히 말하는 시각과 청각이 결합된 공감각적 표현인 셈이다. 게다가 원경과 근경을 그리자

니 자연 섬세하게 보이는 부분도 있고, 마치 카메라의 이동처럼 장면 장면이 빠르게 전환되며 이어지는 부분도 있다.

다음은 제목 그대로 그림을 대상을 읊은 〈그림을 읊다[咏畵]〉라는 시를 보자.

산이 맑고 눈이 그치니	山淨雪晴初
절 위 높은 구름은 가버렸네	寺高雲去後
고기삽이 늙은이는 낚시하고 돌아오는데	漁翁罷釣歸
고기든 손에 저녁 햇살이 비춘다.	日暮魚在手

이 시는 기승전결이 완연한 네 장면으로 이루어져 있다. 눈 덮인 맑은 산, 더 없이 깨끗한 절, 낚시를 마치고 돌아오는 늙은이, 손에 들린 물고기 (저녁 햇살에 비치는) 등이 그것이다. 아마도 이 그림은 눈 덮인 먼 산을 배경으로 (그 기슭에는 절이 보이는데) 고기잡이 늙은이가 고기를 잡아 집으로 돌아오는 모습을 그린 그림일 것이다. 하지만 옥소는 이 한 장의 그림을 네 장면으로 바꾸어 영화의 한 장면처럼 이어가도록 했다. 그리하여 전혀 다른 이미지들이 서로 충돌함으로써 독특한 효과를 느끼게 했다. 눈 덮인 맑은 산이나 절의 이미지와 낚시를 마치고 돌아가는 늙은이의 이미지는 완전히 이질적이다. 이 이질적인 이미지들이 충돌하면서 서로를 부각시킨다. 그리고 이 이미지들은 어옹(漁翁)의 손에 들린 물고기로 모아진다. 장면이 툭툭 이어지다가 물고기로 클로즈업 된 것이다. 실제 그림은 그렇지 않겠지만 옥소는 저녁 햇살에 비추이는 물고기를 강조한 것이다. 일종의 '낯설게 하기'인 셈이다. 대단히 현대적인 시적 발상이다. 회화적인 묘사를 강조했기에 가능한 일이다.

옥소의 시중에서 유달리 그림을 소재로 한 시가 많은 것도 한 특징이

다. 겸재 정선의 그림에 부친 시가 다수 있거니와 정선에게서 그림을
배운 손자 신응(信應)이 직접 그린 「금강산도(金剛山圖)」에 부친 14편의
시와 동생 권상유의 그림을 읊은 시도 있다. 아마도 옥소가 직접 그림을
그렸기에 이미지의 전개나 비약이 손쉬웠을 것이다. 자연의 경관도 옥소
에게는 자기만의 이미지로 바뀌고 또 그것이 시로서 형상화된 것이다.

3) 세상살이의 고달픔과 달관

세 번째는 자신의 심사(心事)를 풀어낸 시다. 앞의 옥소의 삶에서도
살폈듯이 벼슬에 대한 집착을 버리고 청한하게 살고자 했지만 당쟁의
와중에서 노론 명문가인 관계로 그것이 쉽지는 않았고, 더욱이 장남이
사사(賜死)되는 기막힌 고통을 겪기도 했다. 맑은 바람처럼 살고자 하는
바람과 차마 떨칠 수 없는 세상살이의 고단함 사이에서 때로는 달관의
자세로, 때로는 서러운 심정으로 시를 형상화하고 있다. 심사를 대변한
대표적인 시조인 〈웃음노래[笑矣乎]〉와 〈슬픔노래[悲來乎]〉를 보자.

이바 우습고야 웃음도 우스올사
우습고 우스우니 웃음계워 못 할노다
아마도 히히 호호 하다가 하하 허허 할세라

-〈웃음노래 1〉

아마도 내 인생이 불쌍코 잔잉할사
험한 일 궂은 일 실컷도 보았지고
두어라 잔잉한 인생 일러 속절 없어라

-〈슬픔노래 1〉

위 시조를 각기 4수로 되어있는 노래의 각 첫수이다. 우선 친근하고 일상적인 생활어를 잘 활용하여 인생사의 진면목을 펼쳐 보이고 있다. 〈웃음노래〉에서는 아주 우스워 죽겠다는 표정이 보이고 〈슬픔노래〉에서는 세상사를 달관한 자세를 보여준다. 온갖 궂은일을 겪은 옥소로서는 삶의 신산함을 다 맛보았고 그 달관의 경지가 위의 노래로 나타난 것이리라. 이런 달관 혹은 관조의 자세는 시에도 자주 드러난다. 〈스스로 웃으며[自笑]〉라는 시를 보자.

이 천지에 남아로 태어나	乾坤間出一男兒
벼슬길 성글어 세상과 벗어났네	科宦才疎與世離
한묵(翰墨)으로는 도산의 사위도 외삼촌이 있고	翰墨陶山甥有舅
시서(詩書)로는 한수재가 부친과 스승을 겸했네	詩書寒水父兼師
나의 생 후회되니 천 가지 닮은 것 없고	吾生悔爾千無似
이 일에 어찌하여 두 가지 다 이루질 못했나	此事胡然兩不爲
처사라는 허명, 지금 또한 부담스러워	處士虛名今亦負
끝내 무엇이라 칭할 건가, 늙음은 더딘데	竟何稱號老棲遲

벼슬과는 애초 인연이 없고, 유유자적하게 사는 삶도 쉽지는 않다. '처사'라는 이름 또한 부담스럽다 한다. 어찌할 건가? 달관한 자세로 웃을 수밖에 없다. 〈큰 병으로 산란한 중에[大病昏昏中作]〉라는 시를 보면 "온갖 산 눈에 보이고 가을바람 이는데/ 말 한 필 길게 울면 만사가 잘 되어지겠지"라고 자신의 마음을 스스로 다스리고 있다.

옥소에게 문학은 자신의 존재근거이고 삶을 지탱해주는 버팀목이었다. 수많은 시를 통해서 자신을 확인하고 고통스러운 삶을 위로했던 것이다. 13수의 연작시〈선생은 시 읊기를 좋아하지 않습니까[先生非是愛

吟詩)를 보면 온갖 세상사의 변화 속에서 자신에게 끊임없이 "선생은 시 읊기를 좋아하십니까?"라고 묻곤 한다. 다른 사람에게 묻는 것일 수도 있지만 자신에게 묻는 말일 수도 있다. 이렇게 세상은 어지러운데 당신은 어떻게 자족하며 살아가냐고 묻고 있는 것이다. 그 핵심에 바로 시가 있다.

궁핍한 '민(民)'을 위한 노래

— 학고(鶴皐) 김이만(金履萬)

1. 학고(鶴皐) 김이만(金履萬)의 삶과 제천

　학고(鶴皐) 김이만(金履萬, 1683~1758)은 1683년 제천 봉양면 연박(硯朴)에서 출생했다. 학고(鶴皐)는 그의 호이며 이 외에도 청전(靑田), 동애(東厓)등이 있다. 본관은 예안(禮安)으로 부친은 김해일(金海一 : 1640~1691)이며 모친은 여주 이씨로 진사 은진(殷鎭)의 딸이다. 이은진(李殷鎭, 1629~1662)은 현종·숙종조에 대사헌, 대사간을 역임한 이하진(李夏鎭)의 동생으로서 바로 실학자 성호(星湖) 이익(李瀷)의 작은 아버지다. 따라서 학고와 성호 간은 내외종 간이며, 이 두 사람은 평생 동안 긴밀한 교유관계를 맺게 된다.

　학고의 부친은 남인계로 이 때문에 벼슬길이 순탄하지 않았다. 경신대출척(庚申大黜陟) 이후 정권은 주로 노론이 담당했고 남인들은 많은 파직을 당해야 했다. 학고 김이만도 부친이 파직당하여 제천에 머무르던 때 태어났으며 관직에 있을 때를 제외하고는 태어나서 죽을 때까지 제천에 머무르게 된다.

김이만은 어려서부터 총명하고 기억력이 좋아 8세 때에 5언시를 지을 정도였다고 성호 이익은 「묘갈명」에서 증언하고 있다. 1691년[9세] 기사 환국으로 복직되어 이듬해 경주부윤으로 나가게 된 부친이 병사했다. 학고는 모친의 엄한 가르침과 보살핌 아래 공부를 게을리 하지 않고 꾸준히 하여 1713년[31세] 문과에 급제했다. 하지만 집안이 남인이었던 관계로 높은 관직에는 나아가지 못하고 지방외직과 한직을 맴돌았다.

1718년[36세] 6품에 올라 전적(典籍)을 맡았으며, 그 이듬해인 1719년[37세] 기성랑(騎省郎)에 제수되었다가 가을에 모친상을 당하여 제천으로 귀향했다.

1724년[42세] 평안도사에 제수되어 평안도로 갔다가, 1726년[44세] 함경도 관찰사를 보좌하는 일을 맡는다.

1727년 [45세] 임기가 만료되어 제천에 돌아왔다가 무안(務安) 현감에 제수된다. 이때 임지로 가서 쓴 〈법천사 머물다 한식날 아침 일찍 떠나다[宿法泉寺早發是日寒食]〉를 보면 변방외직을 떠도는 자신의 서글픈 처지가 잘 그려져 있다.

지난해 한식날을 철령너머 북쪽	去年寒食鐵關北
올해의 한식날은 창해 바다끝	寒食今年滄海涯
세상일 어지러워 판단키 어려우니	世事糾紛難自料
이 떠돌이 삶 한숨만 나오누나	此生流轉更堪嗟
봉우리 마다 내리는 비 객을 붙잡고	千峰雨意如留客
온갖 나무 봄바람에 꽃을 피우려하네	萬樹春心欲放花
하룻저녁 절간에서 신세지고는	暫借精藍成一宿
옷소매 여며 말타고 다시 속세로 간다네	攝衣騎馬又塵沙

1730년[48세] 무안 현감의 임기가 만료되어 한가하게 지내다가, 1737 년[55세] 다시 기성랑에 제수되고 낭중(郎中)으로 전근하여 비랑(備郎) 을 겸하게 된다.

1740년[58세] 양산(梁山) 군수에 제수된다. 양산은 낙동강을 끼고 있 어 여름이면 수해가 심한 지역이었다. 학고는 사재를 털어가며 제방을 쌓아 수재를 막아내니 군민들이 농산물을 온전히 보전할 수 있어 쌀밥 을 먹을 수 있게 되었다 한다(「행장」) 지금도 그 제방을 김이만의 호를 따 '청전제(靑田堤)'라 부른다. 하지만 양산군에 살인옥이 있어 검시관으 로 참여하게 됐는데 다음에 내려온 검시관과 내용이 달라 3년 만에 파직 되게 된다. 이 후 중앙에서 파견한 관리의 심리에 의해 학고의 검시가 공정했음이 판명되고 이 사건으로 인해 영조에게 인정받아 1744년[62세] 장령(掌令)으로 등용된다.

이 때 올린 「상소문」에는 지방 목민관으로서 직접 보고 겪은 백성들 의 실태가 잘 드러나 있다. 현재 지방 백성들의 실태는 극도로 곤궁하고 물자도 고갈되어 형편이 말이 아니라는 것이다. 그 이유에 대해 학고는 '사치한 풍속', '지방수령들의 탐학', '감사들의 징색(徵索)'등을 들었다. 백성 중심의 사고와 행적을 엿볼 수 있는 대목이다. 성호가 쓴 「묘갈명」 에도 "신하된 도리는 나라에서 명이 있게 되면 비록 하찮은 벼슬이라도 피하지 말아야 될지니, 그렇지 않을 바에는 자기 본분을 지켜 종신토록 바깥에서 구하지 말아야 할 것입니다."고 했다. 자신의 현달을 생각하지 않고 백성을 위해 작은 직책이라도 헌신할 것을 맹세한 말이다.

장령에 이어 정언에 제수되었다가 1746년[64세] 서산(瑞山) 군수의 직 을 맡고 다시 지방으로 내려간다. 가는 도중 성호에게 들려 목민관으로 서 자신의 결의를 다음과 같이 얘기했다.

(서산)군은 누적된 폐단이 많아 다스리기 어렵다고 하오. 그러나 법도에 의거하여 관리를 다스리게 되면 몇 사람이건 한 번에 닦여져서 다시는 그런 누가 없게 될 것이오. 그리고 나서 사람을 얻게 되면 혁신하지 못할게 없어지는 법이니, 내 몸소 이 약속을 꺽지 않을 것입니다. (「묘갈명」)

즉 법을 바로하여 개혁해 나간다면 관리들의 폐단을 고칠 수 있다는 말이다. 당시는 삼정의 문란으로 대변되듯 지방 관리들의 폐해가 극심했던 바, 학고의 이 발언은 목민관으로서의 확고한 정치철학을 보여준다고 하겠다.

서산군수로서 2년 동안 복무하고 1747년[65세] 다시 제천으로 돌아온다. 이 때부터 1752년[70세]에 다시 집의(執義)에 제수되고 1755년[73세] 군자정(軍資正)·사간(司諫) 등의 직을 맡았다가 74세에 통정첨추(通政僉樞)에 봉해진다. 1758년 고향 제천에서 눈을 감으니 학고의 나이 76세였다. 지금 그의 무덤은 고향마을인 봉양면 연박리에 있다.

학고 김이만은 집안이 남인이었던 관계로 문과에 급제한 31세 이후 벼슬이 한직으로 변방의 외직을 떠돌았다. 중앙에서의 벼슬도 전적, 기성랑 등 하위직에 불과했으며, 42세 이후 평안도사, 무안현감, 양산군수, 서산군수 등 60세까지 지방외직을 전전했다. 종 3품의 품계에 올라 중앙 벼슬에 진출한 것은 64세 이후 만년의 일이다. 이 10년 동안 집의, 정언, 사간 등의 벼슬을 역임했다. 그러나 비록 변방의 목민관으로 돌아다녔지만 관직에 임하는 경세제민(經世濟民)의 확고한 정치철학과 애민의식을 지니고 있었다. 이는 그의 작품세계가 대부분 '민(民)'의 삶과 현실에 근거하고 있는 것과도 무관하지 않다.

학고의 생애에서 또 하나 특이한 것은 지방관직에 주로 나갔던 관계로 우리 국토의 아름다움을 직접보고 이를 글로 형상화한 점이다. 위로는 함경도로부터 아래로는 양산에 이르기까지 평안도, 전라도, 충청도, 경상도 등 거의 모든 지역을 돌아다녔다. 따라서 틈나는 대로 자신의 부임지 근처의 산수를 찾아다니면서 그의 심회를 달래곤 했다. 『산사(山史)』라는 한 권 분량의 유기(遊記)가 있을뿐더러 「동유록(東遊錄)」, 「단양산수록(丹陽山水錄)」 등 여러 편의 유기가 산재해 있다. 즉 지역의 지방관직을 전전하면서 민의 실태에 눈뜨게 되었고, 다양한 지역의 여행체험을 통해서 우리 국토의 자연미를 새롭게 발견할 수 있었던 것이다.

그의 교유관계를 보면 내외종간으로 평생 동안 깊은 관계를 유지했던 성호 이익 외에도 주로 남인 계열의 많은 문사들과 사귀었음을 알 수 있다. 안동의 유명한 시인인 강좌(江左) 권만(權萬, 1688~?)이나 눌은(訥隱) 이광정(李光庭, 1674~1756))을 비롯하여 사천(槎川) 이병연(李秉淵, 1671~1751), 오상렴(吳尙濂) 등과 서로 시를 주고받으면서 절친하게 지냈다. 그가 남긴 문집으로는 11권 6책의 『학고선생문집(鶴皐先生文集)』이 있다. (성균관대 도서관 소장)

2. 궁핍한 '민(民)'의 삶과 피폐한 현실의 형상화

학고 김이만의 『학고선생문집』에는 모두 2631제 3000여수의 시와 『산사』・「동유록」・「단양산수록」 등 유기(遊記), 전(傳), 서(序), 행장(行狀) 등이 실려 있다. 문집의 반 이상이 시로 채워져 있다. 평생 동안 주력한 것이 시의 창작임을 알 수 있다. 시를 중심으로 그의 작품세계를 살펴보면 그의 생애가 그렇듯이 주로 민(民)의 현실에 집중됐음을 알 수 있다. 농촌의 생활을 묘사한 시와 궁민(窮民)이나 유민(流民)을 형상화 한 시가 그것이다. 그리고 민간 설화를 수용하여 이를 시로 형상화한 서사시(敍事詩)가 주목된다.

1) 농촌 현실을 형상화한 시 [農民詩]

학고 김이만은 대부분 벼슬살이를 지방의 목민관으로 보냈기에 누구보다도 농촌의 현실을 직접 보고 겪게 되었다. 그러기에 학고의 시에는 농민이나 농촌의 모습이 우선 정겹고 친근하게 그려져 있다. 그 대표적인 시가 〈호미씻기 모임[洗鋤會]〉이란 작품이다. 호미씻기는 농번기가 끝나고 잠시 숨을 고르기 위해 백중날(음력 7월 15일)마을의 정자 나무 아래에 모여 음식을 내어놓고 먹고 마시며 하루를 즐기는데, 이것은 농사를 다 지었다는 일종의 피로연과 같은 행사다. 그 호미씻기 모임의 정경을 학고는 정겹고도 자세하게 그려놓고 있다.

시의 전체 내용은 백중날 음식을 장만하고 부산하게 모여 잔치를 벌이는 장면과 서로 어울려 떠들면서 농사의 신고를 털어놓는 농부의 말, 그리고 학고 자신의 느낌을 정리한 부분으로 나누어진다. 첫 부분을 보자.

호미 씻세 호미 씻세 농사일 마쳤으니	洗鋤洗鋤鋤已畢
남쪽 마을 북쪽 마을 다 같이 모여보세	南隣北隣同時會
농가 명절 중 오늘이 최고이니	田家禮數最今日
…중략…	
넓은 공터 숫돌처럼 깨끗이 쓰니	廣庭淨掃平似砥
홰나무 푸른 그늘 지붕처럼 드리웠네	高槐垂蔭靑如蓋
연배순 자리배열 그 차례 엄하기도	東西分席儼成列
윗자리엔 노인부터 차례로 자리잡네	上頭衰然坐耆艾

마을의 정자나무 아래 나이순으로 자리를 정하고 앉아 거행하는 호미 씻기 풍속의 모습을 구체적이고 정겹게 그려내고 있다. 그리고 이런 정겨운 잔치자리를 자세하게 그려낸 다음 학고는 자신의 처지로 돌아와 이 정겨운 모습을 영원히 간직하고 싶어 한다.

청전의 늙은이 그 풍경 보니 감탄스러워	青田老子見之歎
허송세월 보낸 것 부끄럽구나	自慙歲月空玩愒
분명 이는 태평한 모습이러니	分明此是太平象
어찌 묘한 솜씨로 그림에 옮길 수 있을까	安得妙手移作繪

학고는 평소 농민들의 모습을 가까이서 지켜보며 늘 관심을 기울여 왔다. 그래서 어려운 처지에 있는 농민들의 모습이 예사로 보이지 않았으며 그런 처지를 충분히 감지했을 것이다. 때문에 모처럼 힘든 노동에서 해방되어 짧은 순간 휴식을 취하며 즐거워하는 농부들의 모습을 그림에 옮겨 영원히 간직하길 바란다. 여기에는 분명 생산의 주체로 참여하는 농부들의 건강하고 활기찬 모습이 두드러지며 그러지 못하는 작자 자신의 부끄러운 모습과 대조를 이룬다. 그만큼 농민들과 가까이 했고 애정을 가지기에 가능한 것이다.

이외에도 〈비오는 중에 모내기를 보며[觀雨中移秧]〉나 〈모내기 노래[移秧詞]〉, 〈보리베기[刈麥詞]〉 등의 시를 보면 농촌의 풍속과 생기 넘치는 농민들의 모습들이 기막히게 형상화되어 있다. 〈보리베기〉를 보자.

지아비 아낙 할 것 없이 낫을 차고서	男婦盡腰鎌
보릿단 앞뒤는 잘도 베어 놓는다	百秉前後擁
정정 대낮에 타작하는데	丁丁日中打

날래게 휘두르는 것 용맹한 전사같네   揮霍戰士勇

　어떻게 이렇게 생동감 있는 묘사가 가능할까? 그들의 생활 속에 깊이
들어갔기에 이것이 가능할 것이다. 단순히 묘사하는 차원을 넘어 치열
한 생산의 현장을 전쟁터에서 싸움하는 병사의 모습으로 환치시키는 솜
씨는 놀랍다. 그만큼 민에 있어서 먹고사는 문제는 전쟁에 비견할 만큼
절실한 것이다. 그러기에 다음의 '유민시(流民詩)'에서처럼 처절한 현실
의 형상화로 묘사가 확대될 수 있는 것이다.

2) 궁민 · 유민의 참상을 그린 시 [流民詩]

　주지하다시피 18세기는 이양법이 발달하면서 경영형 부농이 나타나
토지가 극히 소수의 부유층에 집중되었고, 대부분의 농민들은 영세한 토
지 소유자나 무전농(無田農)으로 전락하였다. 여기에 도시의 자본이 농
촌으로 유입되어 한층 농촌 분해를 가속화시켰으며, 삼정의 문란으로 대
변되는 수령, 중간층의 수탈도 극심하여 유랑민들이 족출하였다. 학고는
이 시기 지방수령으로 전전하면서 불가피하게 이들 궁민 혹은 유민들의
참상을 목도하게 된다. 대표적 작품인 〈애걸개녀(哀乞丐女)〉를 보자.

문간에서 걸식하는 저 아이 뉘집 딸인고   沿門乞食誰家女

물어도 대답 않고 다만 훌쩍이기만 하네   問之不應但長啼

얼굴은 시커멓고 머리는 어지럽게 헝클어져   面貌黑黑髮鬅鬆

백주 대낮에 나찰귀라도 어지럽게 헝클어져   白晝現出羅刹鬼

맨 손에 표주박조차 없으니   伶俜赤手瓢也無

하루 종일 얼마나 얻을 수 있으리오   終日所得能復幾

저 깊은 규방 아리땁던 시절 생각하면   想渠深閨婉戀時

이처럼 영락하여 시궁창 헤맬 줄 어찌 알았으랴   豈知零落誰腐卉

유리걸식하는 가난한 백성들의 모습을 전형적으로 형상화한 시다. 시인 말처럼 꽃같이 예쁘던 규방시절에 어찌 이처럼 시궁창이나 헤매는 거지가 될 줄 알았겠는가. 그러니 구걸에도 익숙치 못하여 표주박 하나 없이 훌쩍일 뿐이다. 학고는 이 여자 거지의 구체적 모습을 통해 백성들이 얼마나 고통스럽게 사는가를 대변한다. 이들 백성도 애처엔 땅을 경작하며 오손도손 살던 농민이었을 것이다. 어찌 이들이 이런 처지로 전락했는가? 〈밭가는 농부의 탄식[耕田歎]〉을 보자.

이 말 들은 늙은이 탄식하면서   田叟聞之歎

밭가는 따비 놓고 나를 향해 말하길   釋耒向余宣

어렸을 적부터 농사일 배워   少小學耕稼

이 나이 먹도록 어깨 한번 쉬지 못했어도   至老未息肩

옷 바구니엔 옷감 한 자락 없고   筐中無錦綵

주머니 속엔 동전 한 푼 없지요   囊裏無全錢

죽도록 일해도 손에 남는 건 하나도 없다는 말이다. 무엇이 이토록 농민과 농촌의 현실을 궁핍하게 만들었는가? 특히 조선후기 삼정의 문란으로 대변되듯 각종 세금의 압박에다 농업기술의 발달로 인한 경영형 부농의 출현 때문이다. 이와 같은 상황에서 전통적 농업방식은 타격을 입지 않을 수 없었으며 이러한 농민들의 고달픈 사연은 보편적 현상이 되었다. 그래서 밭가는 농부의 입을 통해 이런 안타까운 모습을 증언케 하는 것이다.

결국 이들은 가혹한 세금을 견디지 못하고 자기의 땅에서 버림받아 유민이 되어 사방으로 유리걸식하는 처지에 이르게 된다. 유민의 아픔을 전형적으로 그리고 있는 〈유민의 탄식[流民歎]〉을 보면 그 정황이 구체적으로 제시되고 있다.

국가 세금 정해진 양이 있어	國租有常科
감히 관장을 원망하지 못하네	不敢怨官長
쌀독은 벌써 다 비었고	瓶盎已盡傾
사방 벽은 비질한 듯 깨끗하네	四壁如掃盪
이장은 문 밖에서 독촉하길	里胥迫追呼
"동헌에 가면 곤장감이야."	公門足箠杖
그러니 포흠을 짓고 도망하여	所以作逋逃
너도나도 다투어 따라가네	遠近競相倣
누군들 고향을 떠나고 싶으랴	豈欲離鄕黨
필경 구렁텅이에 처박히게 될지니	畢竟塡溝壑
깊이 생각해봐도 뻔한 일이라	中心亦已想
험한데도 쫓기는 사슴과 진배없고	眞同鹿走險
그물빠져 도망하는 물고기 같구나	且學魚漏綱

이 시는 특히 유민이 될 수밖에 없는 구체적 정황을 핍진하게 그리고 있다. 즉 살기도 어려운데 대부분 곡식을 세금으로 바치고 그나마 부족하여 관가에서 볼기를 맞는 형편인데도 집에는 쌀 한 톨 없다. 그래서 서로 다투어 도망을 하게 된다는 것이다. 고향을 떠나고 싶은 사람은 아무도 없다. 고향을 떠나 유리걸식해봐야 구렁텅이 처박히는 신세가 될 줄 알지만 당장 살아갈 방도가 없으니 떠나는 것이다. 그래서 험한

데로 쫓기는 사슴처럼 죽을 줄 알지만 도망하게 된다. 이 기막힌 유민의 심정을 학고는 현실적으로 그렸다. 그리고 아무런 힘도 없는 자신의 처지를 〈애걸자(哀乞者)〉에서 이렇게 한탄하기에 이른다.

나는 곡식이 없으니 어찌 네 배를 채워주며	我無粟兮果爾腹
나는 비단 한 조각 없으니 어찌 네 몸을 녹여주리	我無繒兮煖爾軀
단지 가진 건 한 조각 마음 뿐	只有同胞一寸心
도와주고 싶어도 내 어이하리	雖欲救之何爲乎

마치 김해의 관노였던 어무적(魚無迹)이 처참한 유민의 처지 앞에서 아무것도 해줄 수 없는 자신을 한탄했듯이, 학고 역시 비록 변방의 수령을 지냈건만 전국적으로 일어나는 유민의 현상에 대해선 속수무책일 수밖에 없었다. 학고가 할 수 있는 건 이런 시를 써서 유민의 마음에 동참하고 그 참상을 알리는 것뿐이다. 그러기에 이들의 처지를 공감하고 그 구체적 정황들을 전형적으로 그려나간 학고의 시는 조선후기 현실주의 한시의 탁월한 성과라 하겠다.

3) 민간설화를 형상화 한 시 [敍事詩]

학고는 앞에서 본 것처럼 민간의 생활에 깊은 관심을 보였고 이들에게 이야기되는 설화를 채록하여 시로 형상화하기도 했다. 이런 작품이 〈어장사참사가(魚壯士斬蛇歌)〉, 〈연화봉가(蓮花峯歌)〉, 〈동해비가차운(東海碑歌次韻)〉 등 세 편이 있다.

우선 제천의 의림지에 얽힌 이야기를 시로 형상화한 〈어장사참사가〉를 보자. 모두 34구로 이루어져 있는데 도입부에는 마치 옛날이야기를 하듯이 "옛날에 씩씩한 다섯 장사 있었으니"라고 시작하여, 어장사가 뱀을 죽인 이야기를 자세히 전하고 있다. 그 이야기는 의림지에 관련된 설화인데 현재도 전하고 있으며, 학고는 그 당시 설화를 듣고 『산사(山史)』에 채록하여 전하고 있다.

서남쪽에는 대송정(大松亭)이라는 정자가 있는데 평평하고 넓으며 앞이 트여서 앉을 만하다. 못 가운데에는 커다란 뱀이 있어서 오랫동안 사람과 가축의 피해가 되었다. 옛날에 어득황(魚得晃) 형제 5명이 있었는데 모두 주먹으로 용맹하다고 소문이 났다. 함께 대송정가에서 놀곤 하였는데 한 번은 담배를 피고자 하였지만 창졸간이라 불을 구할 수 없었다. 멀리 건너편 제비바위를 바라보니 나뭇꾼들이 피운 연기가 뭉게뭉게 피어오르고 있었다. 이 때 어득황이 헤엄쳐 호수를 건너 노끈에다 불을 붙여 상투에다 묶고는 다시 헤엄쳐 돌아오게 되었다. 그런데 호수 중간쯤에 이르렀을 때 갑자기 큰 뱀이 솟아나와 그를 덮치려 하였다. 나머지 형제 4사람은 대송정에서 그것을 보고는 크게 소리를 질렀다. 득황이 말하길 "걱정마세요. 우선 나무를 잘라 몽둥이를 만들어 가지고 기다리세요."하였다. 이 때 뱀이 거의 따라오자 득황이 힘을 다해 한 번 후려차니 뱀이 그만 움찔하였다. 이윽고 못가에 도착하여 뭍으로 뛰어오르니 뱀은 못에서 꼬리를 휘둘러 사람을 쳤다. 그런데 꼬리에는 커다란 못이 있어서 그것이 나무에 박혀 빼낼 수가 없게 되었다. 득황이 형제들과 더불어 준비했던 몽둥이로 쳐서 죽이고 허리부분을 들어 나무가지에 매달아 놓으니 머리와 꼬리가 아래로 쳐져 땅에까지 이르렀다. 현감 이모가 그 땅을 다듬어 정자를 세우로 편액을 걸어 일컫기를 '임소정(臨沼亭)'이라 했다.

「西南有大松亭, 夷曠爽土豈 軟莎茸茸 可坐. 池中有巨蟒, 久爲人畜之害. 昔有魚得晃兄弟五人, 皆以拳勇聞. 共遊大松亭, 欲吸煙茶, 而倉卒無火燧,遙望燕巖, 樵人遺火煙, 冉冉起, 得晃, 遂游而過湖, 以紙繩炳火, 束于髻, 又游而反, 至湖心, 巨蟒猝起而襲之. 兄弟四人, 在松亭望見, 大呼之, 得晃曰, 無虞也, 第伐木爲梃而待之. 蟒幾及之, 得晃盡力一蹴, 蟒輒少却, 俄而, 到池邊躍而出, 蟒在水中, 奮其尾撲人, 尾有距釘樹, 猝未得脫. 得晃與兄弟四人, 持梃擊之斃, 疊其腰, 懸之樹杪, 首與尾, 下及于地云. 賢宰李某, 拓其地, 而亭之扁其面曰, 臨沼亭"]

이 이야기 자체도 흥미로워 유기인『산사』에 채록했거니와 학고는 여기서 한 걸음 더 나아가 이 설화를 시로 형상화 했다. 시에서는 사건의 순차적 기록보다 뱀의 형상과 뱀과 싸우는 장면 등에 작가의 상상력이 동원되어 훨씬 생동감있게 묘사되었다.

도중에서 갑자기 큰 뱀이 솟아나와	中流忽驚大蛇出
대낮에 바람과 거센 물결 양 언덕에 가득찼네	白日風濤迷兩浹
몸을 날려 후려차니 그 뱀 그만 움찔	奮身一就蛇輒退
생사를 건 싸움 하늘과 수면에 번뜩이네	天水光中鬪生死
간간이 보이나니 따라 잡힐 듯 말 듯	看看幾及不能及
호숫가 네 형들 주먹쥐고 기다릴제	湖上四者摩拳俟
드디어 막내 동생 뭍으로 뛰어 오르니	湖窮岸平躍而出
뱀 또한 화가나 긴꼬리 휘두르네	蛇亦怒掣常山尾
긴 꼬리 하 길어 가시못이 나무에 걸려	尾有脩距釘著樹
마치 울 뚫다 뿔이 걸린 양의 형세로세	勢與觸藩羝羊似
몽둥이로 달려들어 두들려 패 죽이니	遂將白梃擊之斃
부서진 비늘 땅에 가득하고 피는 물처럼 흐르네	碎鱗滿地血如水
허리를 가로걸어 높은 나무에 매어다니	橫捲其腰胃高柯

머리와 꼬리 진흙 뻘 아래 처박혔네	頭尾下垂踏泥滓
신이한 뱀도 겁을 먹고 물귀신도 자취 감추니	神虯瑟縮馮夷遁
맹렬한 기세 하늘 뚫어 하늘도 뻘개진다	猛氣射天天爲紫

　뱀이 솟아나와 날뛰니 바람과 물결이 양 언덕에 출렁인다든지 뱀의 진퇴양난 모습, 비늘과 피가 낭자함으로 싸움이 격렬했음을 암시하는 표현 등은 설화에서는 보이지 않는다. 작자의 풍부한 상상력에 의한 것이다. 이는 뱀에 저항하여 싸우는 어씨 형제들의 용맹성을 부각시키고자 하는 작자의 배려다. 곧 학고는 시가 갖는 운율과 수식을 최대한 활용하여 설화가 가지고 있는 기본적인 줄거리를 손상시키지 않으면서 더욱 역동적인 작품을 창작한 셈이다.

　다음은 고려시대 〈명주가(溟州歌)〉로 알려져 왔으며, 당대 강릉의 양어지(養魚池)에 얽힌 이야기를 시화한 〈연화봉가〉다. 전체 44구로 이루어져 있으며, 마치 이야기를 하듯이 사건을 전개시키고 끝에서는 후일담까지 곁들이고 있다. 학고도 시의 끝부분에서 밝히고 있듯이 이 설화는 『동국여지승람』에 실려 있고 학고는 이를 시로 형상화 한 것이다. 그 설화는 이렇다.

　　세상에 전해오기를, 한 서생이 유학하면서 명주[강릉]에 왔다가 예쁜 양가집 규수를 보고 접근하자 그녀는 과거를 본 후 부모님께 아뢰어 성혼하라 하고 허락치 않았다. 서생이 서울로 돌아간 후 여자 집에서는 사위를 보고자 하여 혼인을 준비하고 있었다. 이 때 그 여자는 평소 아껴 길러온 잉어에게 사연을 적어주고 서생에게 전해주기를 부탁하니, 그 잉어는 마침 부모를 공양하려고 고기를 구하던 서생에게 팔려 그 편지가 발견되게 되었다. 서생은 편지를 아버지에게 보이고 곧바로 여자집으로 가니 그 여자집에서도 감동하고는 이미 정했던 신랑을 보내고 그 서생을 사위로 맞이하게 되었다.(『동국여지승람』, 「양어지」조)

하지만 시는 설화와 달리 평민의 여자와 귀족 남자의 낭만적인 사랑을 그리고 있다.

백마 타고 금 채찍에 방자하게 노닐던 곳	白馬金鞭治遊處
언화봉 아래 누구네 농막인가	蓮花峯下誰家庄
아름다운 한 처녀 솜 빨래를 하는데	有美一人澣澼紵
구슬같은 푸른 물결 옥수에 일렁이네	珠波玉手互低昻

신분이라는 굴레에 얽매이지 않은 남녀의 사랑을 그렸다고도 하겠다. 시대적인 배경은 신라다. 백마 탄 화랑과 아리따운 시골처녀와의 사랑을 생동감 있게 그려나갔다. 절정은 고기의 뱃속에서 편지를 발견하는 대목이다.

고운 비단 반폭에 혈서를 써서	春羅半幅血爲字
고기 입에 넣어주고 창랑수에 던졌구나	納之魚口投滄浪
이때에 낭군은 횟감고기 찾던 중	是時阿郎索膾魚
금비늘 한 척 잉어 펄쩍 뛰어 오르네	金盤尺鯉倏跳踉
이윽고 입벌려 물거품 토하는데	俄然呀呷吐涎沫
그 가운데 흰 편지 열 줄이나 썼더라	中有素書書十行

결국 이 편지가 발견되어 신라왕도 알게 되고 기이한 일이라 대신과 함께 편지를 보내었는데 마침 그 날이 결혼식 날이라 결혼을 파하고 새

로 신랑을 맞았다 한다. 설화의 내용보다 사건의 전개가 긴박하며 묘사 또한 미려하다. 잃어버린 〈명주가〉를 복원하려는 듯 이야기를 아름답게 꾸며서 한 편의 시로 형상화 했다.

〈동해비가차운〉은 작자가 동해의 부래보(浮來堡)에 놀러 갔다가 만리 도(萬里島)에 있다던 미수(眉叟) 허목(許穆, 1595~1682)이 바닷물의 침 범을 막기 위해 세웠다는 '동해척주비(東海陟州碑)'를 찾는 것에서 시작 한다. 그러나 만리도엔 비석이 없고 죽도라는 섬에 옮겨져 있어 그 고을 의 늙은 노인에게 그 사연을 듣게 된다. 이 작품은 액자적 구성을 취하 는데, 내화(內話)는 미수가 비석을 세우게 된 유래다.

그러자 노인은 말하기 앞서 길게 한숨 쉬고는	故老咨嗟前置辭
이 비석이 쓰러졌다 세운 건 천도와 관계있지요	此碑仆立關天道
예전에 허미수께서 이 비문 썼으니	往者眉翁書此碑
글씨가 곧바로 복희씨·금천씨를 따를 정도였다오	龍書直欲追羲皞

그 유래는 무엇인가? 허미수가 비를 세우니 신선들이 와서 그 비를 읽고 감탄했는데 조무래기들이 은근히 질투하여 그 비를 수신 굴속에 쳐박아 버렸다. 6명의 장정(六丁)이 다시 이를 빼앗아 천궁에 바쳤더니 천상의 신선들 좋아하여 비를 다시 만들어 죽도에 세웠다 한다.

이 얘기는 무엇을 의미하는가? 잘 알려져 있듯이 허미수는 남인의 대 표적 인물이다. 당파싸움에 밀려 척주(陟州, 삼척) 부사로 좌천되었으며 이곳에서 그는 척주지를 저술하고 향악을 위시하여 부로를 깨우치는 등 지방 목민에 힘썼다. 동해비는 이때 세운 것으로 바닷물의 침범을 막기 위한 것이다. 이 비를 세우니 바다가 잠잠해지고 그 뒤로 해일 등 바닷 물의 침범이 없었다 한다. 일설에 의하면 허미수가 이 비석을 세울 당시 예비용으로 똑같은 내용의 비문을 하나 더 만들어 노론 일파들이 비석을 파손시키자 동네 노인들이 장소를 옮겨 죽도에 다시 세웠다고 한다.

이런 사실로 미루어 보면 '조무래기'로 지칭한 것은 노론일파를 가리키는 말이며 천상군선들의 행위는 아마도 그 당시 허목과 주변 사람들이 비를 재건할 때 적극 지원했던 부로(父老)들을 지칭한다고 볼 수 있다. 학고 역시 남인이어서 자신의 정치적 입장이 우의적으로 반영된 것으로 보인다.

이싱 설화를 형상화 한 세 편의 서사시에서 우리 민족과 지역에 연관된 이야기를 그대로 시의 소재와 주제로 쓰고 있다는 점이 주목된다. 일반적으로 한문학의 용사(用事)에서 자국의 고사를 쓰는 일은 드물거니와, 전설을 문학적 소재로 쓰는 경우는 찾아보기 어렵다. 그러나 학고는 우리나라의 지역과 비석에 얽힌 이야기를 소재로 하여 탁월하게 시로 형상화한 것이다. 비록 민간에 떠도는 하찮은 이야기일지라도 이를 다듬어 민족의 정서를 대변하는 시로 바꿔놓은 것이다. 당시 사대부들이 인식하지 못했던 민족의식의 일단을 엿볼 수 있다. 민의 생활 속에 깊이 파고들어가 그들의 아픔을 공감하고 구체적 현실을 시로 그렸기에 가능한 일이다.

물처럼, 불처럼, 바람처럼
─ 고 정영상을 그리며

1. 짧은 만남, 긴 이별

정영상은 자신을 한 번이라도 만난 사람에게 도저히 잊을 수 없도록 남을 끌어들이는 자력(磁力)을 지니고 있다. '사람' 냄새를 좋아한다고 할까? 힘들었던 시절, 교문창(교육문예창작회; 전교조 교사 문인 조직) 모임이 있을 때면 때와 장소를 가리지 않고 아무나 붙들고 밤새 술을 마시며 격렬한 토론을 벌이곤 했다. 정말 불같이 타올랐던 사람이었다. 그 자신도 〈주벽〉이라는 글에서 "내 술버릇은 한번 마시면 밤을 꼬박 새우기가 일쑤였다"[1]고 할 정도로 술자리는 늘 밤을 새워 진행됐고 당시 우리는 그것을 당연하다고 여겼다. 뒤에 안 사실이지만 정영상은 자신과 교감할 수 있었던 사람들을 너무 좋아해 소중한 그 자리를 그렇게 끝없이 연장하고 싶었던 것이다. 그리곤 동이 트기 전, 느닷없는 그의

---

[1] 정영상 산문집 『성냥개비에 관한 추억』, 깊은사랑, 1993, 245면. 이하 이 산문집의 인용은 괄호 속에 '산문집'이라 약칭하고 글의 제목과 면수만 적는다.

죽음처럼 서둘러 자리를 떠났다. 자괴감 이었을까?

정영상은 이렇게 말한다. "울고불고 나를 조금이라도 섭섭하게 하는 것이 있으면 씹고 또 씹고 그러면서 내가 벌여 놓은 그 실수범벅과 무모함에 대해 술이 깨면 자학과 자기비하로 다시 또 술을 부어 엉망진창의 악순환이 계속된 20대. 아니, 엄밀히 말하면 사실 그것은 지금도 계속되고 있다고 해야 맞을 것이다."(산문집, 245면) 라고. 그도 그럴 것이 전교조 결성과 관련된 '대학살' 이후 해직교사로서 그러지 않고는 어찌 모진 세월을 견디낼 수 있었겠는가!

이른바 '문민정부'가 출현했던 1993년 봄, 이미 교문창의 전설이 된 정영상을 단양에서 다시 만났다. 내가 제천에 있는 세명대학교에 직장을 잡았기 때문이다. 부임이 확정되고 가장 먼저 생각난 사람이 바로 깊은 산골, 단양에서 지회 일을 하던 정영상이었다. 그는 당시에 제천, 단양 지역에서 내가 마음을 통할 수 있었던 유일한 사람이었다. 제천으로 내려간다고 반가움에 서둘러 전화를 했고, 정영상 역시 목소리에 반가움이 잔뜩 묻어있었다. 수많은 연수와 모임에서 밤을 새워 술을 마시던 그 시절과 조금도 다름이 없었다. 우리는 그렇게 만났다.

나는 밤새워 술을 마시던 기억을 떠올려 화요일은 수업을 일찍 마치고, 수요일은 아예 수업이 없는 연구일로 시간표를 짰다. 그리곤 화요일 오후 수업을 마치기가 무섭게 버스를 타고 정영상을 보러 1시간 거리인 단양으로 향했다. 정영상은 천군만마를 얻은 듯이 기뻐했고, 나 역시 이 궁벽한 곳에서 함께 이야기를 나눌 수 있는 동지를 만나 더 없이 좋았다. 정영상과는 해직교사인 김수열(사실은 그의 부인)이 운영했던 읍내의 '독도해물탕'에서 만나 술잔을 나누곤 했다. 거기에는 김수열 뿐만 아니라 시멘트 공장에서 노조 대의원을 했던 홍창식(그와는 지금도 제천·단양 민예총을 같이 하면서 자주 만나고 있다.)도 자주 들려 같이 어울렸다. 그 셋은 단양에서 마음이 통하는 단짝으로 이미 어울리고 있었던 터였다. 답답한 시절, 우리는 단양의 골짜기에서 그렇게 서로의 마음을 나누었다.

술자리가 끝나면 다시 공간아파트 정영상의 집으로 가서 거기서 또 밤새 술을 마시며 이야기를 이어가곤 했다. 지금 생각하면 출근을 해야 했던 부인 박원경 선생님에게는 말할 수 없이 폐해를 끼쳤던 철없는 짓이었다. 시절 탓으로 모든 허물이 용서되던 시절이었으니.

그런데 어느 날은 술을 마시며 얘기를 나누다 갑자기 감정이 격해져 나보고 제천으로 가라고 하는 것이 아닌가. 그것도 새벽에! 나 때문에 불편한 점이 있는가 하여 할 수 없이 짐을 챙겨 어렵게 택시를 타고 다시 제천으로 온 일이 있었다. 돌이켜 보면 아마 그날 정영상의 심기를 불편하게 하는 얘기를 했었던 것 같다. 그리곤 다음 날 전화를 해서는 어제 미안했다고 하며 제천까지 오는 것이 아닌가! 부인이 제천에서 근무했다며 제천에도 자주 왔었노라고 하며. 제천에서 아무도 아는 사람이 없었던 나에게 그런 정영상은 진정 구원의 빛과도 같았다.

어느 날은 술을 마시던 정영상이 옆방에서 무언가 뒤적이더니 장판지로 그린 그림을 한 장 가지고 왔다. 나에게 주겠노라 하며 자신을 보듯이 여겨달라는 것이 아닌가. 그 그림은 소가 하늘을 향해 울부짖는 모습이었다. 정영상의 두 번째 시집 『슬픈 눈』(제3문학사, 1990)을 생각나게 하는 소의 형상이었다. 눈이 큰 정영상과 참으로 닮았다고 여겨 책상에서 바로 보이는 연구실 벽에 걸어 두고 늘 쳐다보곤 했다.

그 며칠 뒤 정영상에게서 편지가 왔다. 뜯어보니 단양의 정진명 선생과 같이 우선 셋이서 '죽령(竹嶺)'이라는 동인을 결성하자는 것이었고, 자신이 최근에 쓴 시 몇 편이 곁들어 있었다. 언젠가 술을 마시던 중 본격적으로 시를 써야겠다며 단양에서 같이 활동할 동인들을 찾아보겠노라고 한 적이 있었다. 해직된 곳, 안동의 '참꽃문학회'처럼. 다음 주에 단양에 모여 동인 결성과 각자 쓴 시를 가지고 품평회를 하자는 내용의 편지였다.

편지에 동봉한 시 중에 눈이 확 띄는 시는 마지막 유작이 된 〈돌 앞에 앉아〉였다. 그 시를 읽다가 "돌 앞에 앉아 울다/ 돌에 이마를 짓찧고/ 피 흘리고 싶은 날이 있다"에 이르러 소스라치게 놀랐다. 절망의 광기가 마지막 불꽃처럼 타오르는 느낌을 받았기 때문이었다. 시가 더할 나위 없이 좋았지만 왠지 불안했다. 너무 강렬했기 때문이다. 이미 죽음을 예견하고 있어서일까?

정영상이 세상을 떠난, 지상에서의 마지막 주에도 어김없이 단양으로 향했다. 정영상이 결성하고자 했던 '죽령(竹嶺)' 동인들을 만나 작품에 대한 얘기를 나누고자 했기 때문이다. 그런데 그날따라 다들 일들이 있어 모임이 이뤄지지 못하고 전교조 사업 문제로 얘기가 길어졌다. 정영상은 전교조 사업이 너무 안이하게 흐른다며 분개했고, 강력한 투쟁이 필요하다며 목소리를 높였다. 정영상과 그날 밤을 보내고 수요일 제천으로 오는 길에 현장방문(당시 해직교사들이 학교현장을 찾아가 조합원을 격려하는 일이 많았다.) 간다고 하여 잘 다녀오라고 작별인사를 나누었다. 그것이 정영상과의 마지막 인사였다.

목요일 아침 학교로 출근했는데 서울 잠실(참교육실천위원회) 본부의 최성수 선생에게서 전화가 왔다. 대뜸,

"형, 정영상 선생이 오늘 아침 돌아가셨어요!"

하는 소리가 전화기 저편에서 들려왔다.

"무슨 소리야! 어제도 같이 있었는데."

정말 믿기지 않았다. 정영상이 어디선가 불쑥 나타나 "권 선생!" 하며 부를 것만 같았다. 김수열 선생의 회고에 의하면 나와 헤어지고 정영상

은 단양중학교, 매포중학교로 현장방문을 갔고, 후원회 선생님들과 중국
집에서 반주까지 곁들여 술을 한잔 하고 기분이 좋아져 단양으로 돌아
왔다고 한다. 술을 더 마시자고 하니,

"오늘은 그만 참지 뭐. 내일 또 봅시다."

하며 집으로 향했다 한다. 그리곤 그다음 날 새벽에 심장마비로 세상을
떠났다. 전해지는 말로는 현장방문 당시 해당 학교에서 출입을 막아서
는 교장, 교감들과 싸우다 불같이 화를 냈는데, 그게 영향을 미쳤으리라
하지만, 확실치는 않다.

4월 15일 오후, 이제는 세상을 달리한 정영상을 만나러 다시 단양을
가는데 온 산이 진달래로 붉게 물들어 있었다. 붉은 진달래 산천을 보고
있자니 돌연 정영상의 부재에 왈칵 눈물이 솟았다. 산천은 이렇게 아름
다운데 너는 가고 없구나! 정영상이 술이 거나해져 흥얼거렸던 〈망향〉
의 가사처럼 "꽃 피~는 봄 사월 돌아오면", "철따라 핀~ 진달래 산을
넘~고" 있는데.

1993년 봄, 그 꽃피는 시절 3월 초부터 4월 중순까지 7주 동안 정영상
을 꿈결에서처럼 만났다. 무언가 씌운 듯 그는 섬광처럼 내 앞에 나타났
다가, 바람처럼 사라졌다. 정말, 짧은 만남에 긴 이별의 시간이었다. 어
쩌면 내게는 슬프지만, '강렬하고 아름다운 시절'이었으리라. 인간 정영
상을 뜨겁게 만나 서로의 아쉬운 인연을 만들었으니 말이다.

2. 섬세한 손길로 빚은 '농부가(農夫歌)'

그림을 그렸던 정영상이 어떻게 '시인'이 됐는가? 1983년 공주사대 미
술교육과를 졸업하고 안동중학교 미술교사로 근무하면서 시를 쓰다가,

1984년 대전, 충남지역의 문학무크지 『삶의 문학』 6집에 고향인 경북 영일군 대성면 오천읍에서 겪은 농촌의 삶을 다룬 〈귀가일기(歸家日記)〉 5편을 발표하면서 정영상은 본격적으로 시인으로 나서게 된다. 시작은 자신이 겪은 농촌에서의 삶이었다.

게다가 시를 쓰면서 안동을 중심으로 교육운동에 참여하여 전교협 안동부지회장을 지내기도 했다. 대학을 다닐 무렵 그는 '광주 민주화 운동'을 겪었고, 학내 민주화 투쟁의 하나로 단식농성에 참여하기도 한 경험이 있어 대학시절부터 이미 투쟁의 결기를 지닌 인물이었기에 교육운동에의 투신은 자연스러운 삶의 행로가 되었다. 종착지는 당연히 전교조 결성이었고, 역시 전교조 안동지회 부지회장을 맡았다. 그런 교육운동의 도정(道程)에서 1989년 8월 안동 복주여중에서 해직되기 직전, 5월에 첫 시집 『행복은 성적순이 아니다』를 펴냈다.

그의 시 〈아이들 다 돌아간 후〉에도 적시했듯 "행복은 성적순이 아니다/ 피 맺힌 유서 남겨 놓고 목숨 끊은/ 어린 열다섯 여학생"[2]이 던진 화두를 시집의 제목으로 삼았지만, 실상 이 시집에는 어린 시절 농촌체험을 노래한 '농촌시'가 '교육시'보다 많은 부분을 차지하고 있다. 당시 많은 교육시가 그렇듯이 현장에서의 자기반성이 주조를 이루고 있었다. 안도현은 「발문」에서 "교육현장 체험의 시들도 비탄조로 빠져들 때보다는 개인성을 극복하고 구조적 모순 속에서 실천자로서 학생과 함께 어울리는 교사상을 보여줄 때 더욱 감동적"이라 지적했지만 당시는 전교조 결성 이전이었기에 교육시에는 조직적 관점이 스며들 수가 없었다. 전교조 결성 이후에도 교육시에는 미처 체화되지 않은 경직된 이념의

---

2 정영상, 〈아이들이 다 돌아간 후〉, 『행복은 성적순이 아니다』, 실천문학사, 1989, 9면. 앞으로 이 시집에 실린 작품의 인용은 괄호 속에 제목만을 적는다.

조급한 형상화가 두드러져 시적 감동을 격감시키는 요인이 되기도 했다. 정영상 교육시의 빛나는 작품들은 두 번째 시집을 기다려야 했다. 다만 섣부르게 이념을 전달하지 않고 구체적인 삶에 근거한 애절한 목소리는 진정한 교육시의 출발로서 중요한 의미를 갖는다.

이 시기 그의 빛나는 성취는 교육시보다는 농촌시에서 찾을 수 있다. 하여 농촌의 현실에 발을 딛고 사는 가족들에 대한 애틋함이 주조를 이루고 있다. 특히 "허리를 펼 때/ 보리는 아버지의 눈을 찔렀다/ 눈물부터 먼저 고이는 보리밭"(〈귀가일기 3〉)이나 "저녁이면 거미줄 한 가운데로/ 삽을 멘 아버지가 돌아왔다"(〈귀가일기 4〉) 혹은 "고향부엌 아궁이 불 꺼져가는 저녁이/ 내 온몸에 퍼져 갑니다"(〈귀가일기 5〉) 등 등단작인 〈귀가일기〉 연작은 표현의 섬세함이나 이미지의 환기가 탁월하여 농촌에 살면서 풀 한 포기, 돌멩이 하나에도 애정을 갖지 않고서는 도저히 쓸 수 없는 절창이다. 그 중 〈귀가일기 3〉을 보자.

허리를 펼 때
보리는 아버지의 눈을 찔렀다.
눈물부터 먼저 고이는 보리밭
보리밭 위로 아내의 낮달이 떠가는 것을
아버지는 보지 못했으리
보리줄기 사이로 숨는
어머니의 낫질은 엉겁결에 보였겠지만
어머니의 낫끝에서
싹둑 싹둑 베어지고 베어져
반쪽만 남아 떠가는
배고픈 낮달은 보지 못했으리

허리를 펴는 아버지의 눈높이까지

夏至는 차오르고

꿩소리 속에 무당벌레들은

하지를 찌르고 또 찔렀다.

며칠만 더 있으면 낮달도 저물리라

어머니의 육십 평생이

어머니의 손에서 베어져서 자취를 감추리라.

-〈귀가일기 3〉 전문

하지 무렵 보리를 베는 부모의 모습을 통해 아버지 세대가 겪었을 지난한 삶, 특히 어머니로 대변되는 농촌 여성들의 고통이 섬세하게 그려져 있다. 녹색의 보리밭과 파란 하늘에 떠 있는 낮달의 대비. 여기에 금속성 이미지인 낫이 등장한다. 보리는 생계의 수단이고, 보리밭은 삶의 터전이다. 그 삶의 원천인 보리를 베는 행위는 삶을 희생시키는 것이다. 그래서 뾰족한 보리이삭은 아버지의 눈을 찌르고 눈물을 고이게 만든다. 채워지지 않고 빈껍데기만 남은 농촌의 삶은 아버지보다는 오히려 농촌 여성인 어머니에게 더 가혹하다. 아버지는 보리밭 위로 떠가는 아내의 낮달을 보지 못했을 거라고 한다. 어머니의 육십 평생 고달픈 생애가 보리처럼 덧없이 베어져 '배고픈 낮달'로 떠오르고 결국에는 자취를 감추어 버리는 사실을! 낮달은 존재하지만 그 빛은 태양에 가려 잘 보이지 않는다. 자신의 삶을 희생시켜 가족을 부양하지만 결국 아무것도 남는 게 없는 농촌 여성의 허망한 삶이 베어진 보리줄기를 통해 드러난다. 어머니로 상징되는, 베어져 버린 '배고픈 낮달'의 슬픈 운명이 선명하게 각인되어 있다.

농촌의 현실에 깊이 들어가 보여준 시적 성취는 〈왕겨〉, 〈두엄〉,

〈쌀〉, 〈볏단의 노래〉, 〈보리들의 遺言〉, 〈올챙이〉, 〈볍씨〉 등 '사물시'에서도 잘 드러난다. 농촌에서 흔히 볼 수 있는 사물들을 의인화 하여 그들의 목소리로 농촌의 현실을 증언하게 하며, 삶의 진실을 깨우치게 하기도 한다. "군불로 지펴져도 좋고", "밟히고 밟히다가/ 그나마 흙 속에 파묻혀도 좋"지만 "한 톨의 쌀/ 그 이름이 욕되지 않"길 바라는 '왕겨'나, "오로지 썩는 일에만 몰두하여……쓰라린 속이 기쁨으로/ 열매 맺힐 때까지 사는" '두엄'이나, "미운 놈 고운 놈 입 가리지 않고 들어갔다가/ 똑 같이 똥이 되었다 나올 수밖에 없는" '쌀', "끌려가기 위해 노예처럼 묶여 있지만/ 무럭무럭 김나는 쌀밥이 될 수 있다구" 노래 부르는 '볏단' 등 이들 모두는 하찮은 농촌의 사물들이지만, 결코 예사롭지 않은 시적 대상으로 거듭난 것이다. 그 하찮은 사물들의 입을 빌어 이들이 우리 인간들의 고귀한 생명을 지켜주고 있음을 증언한다. 멸시 당하고 썩어 없어지면서 발견되는 귀중한 존재감! 마치 고려 후기 신흥사대부의 선두주자였던 이규보(李奎報, 1168~1241)가 〈햅쌀의 노래[新穀行]〉에서 "한 알 한 알을 어찌 가벼이 여길 건가/ 생사와 빈부가 여기에 달렸는데(一粒一粒安可輕, 係人生死與富貴)"라고 했던 어법과 유사하다.

한 톨의 쌀이나 겨 속에서 빛나는 삶의 자세나 농촌의 구조적 모순을 어떻게 발견할 수 있을까? 그것은 시적 대상에 대한 무한한 애정과 본질을 꿰뚫어 볼 수 있는 섬세한 눈을 가졌기에 가능한 일이다. 시적 대상에 대해 정영상은 이렇게 말한다.

한 가지만 생각하고 순수한 현상에 대해 애정 어린 시선을 보낼 줄 모르는 사람들에겐 나뭇잎 빛깔 하나에 평생의 정열을 바치는 모네의 눈을 다시 생각할 기회가 주어졌으면 하는 생각도 합니다.

풀 한 포기, 돌멩이 하나, 나뭇잎과 햇살, 아침과 저녁, 밤과 낮에 대해

투시하는 고뇌 없이 대뜸 문학을 한다고 하여 민중시 몇 편을 읽고 시를 쓰는 후배들을 보면 걱정도 되고 저 스스로도 큰 반성을 합니다.

－〈전우익 선생님께 1〉, 산문집, 130～131면

시적 대상에 대한 무한한 애정과 섬세한 눈길이 바로 정영상 시의 토대인 것이고, 이는 인상파 화가 모네(Claude Monet, 1840～1926)의 사물 관찰력을 예로 들은 것처럼 미술교사로 평생 그림을 그렸던 관찰력에 기인한 바가 크다. 그 섬세한 손끝에서 하찮은 농촌의 사물들이 생명을 얻고 되살아나 새로운 '농부가(農夫歌)'로 재탄생한 것이다.

3. 사무치는 그리움의 '사모곡(思慕曲)'

1989년 첫 시집을 내고 몇 달 뒤 정영상은 안동 복주여중에서 이른바 '여름대학살'의 희생자가 된다. 그 쓰라린 해직의 기간 동안 가족이 있는 단양으로 와서 전교조 지회에서 상근하며 시를 써낸다. 그리고 1년 뒤 1990년 두 번째 시집인 『슬픈 눈』을 펴낸다. 이 시집에는 해직의 고통과 아픔보다는 "유배지 같은 단양"에 돌아와 두고 온 아이들에 대한 "확성기 소리처럼/ 증폭되는 그리움"[3]으로 가득하다. "소백산 너머 단양에서/ 미술시간 수업 타종소리를 듣"는가 하면 "날마다 아침마다, 학교갈 시간이면", "너희들이 보고 싶어/ 죽령 너머 안동의 하늘을 눈물 적셔 바라"(〈너희들에게 띄우는 가을 편지〉)보기도 한다. 당시 절절한 그리움의

---

3 정영상, 〈3월의 확성기 소리〉, 『슬픈 눈』, 제3문학사, 1990. 앞으로 이 시집의 인용은 괄호 속에 시 제목만 적는다.

절정을 보여주는 시는 〈환청(幻聽)〉이다.

> 체육시간이라 급한 김에 그만 누가 수도꼭지 잠그는 걸 잊어버리고 뛰어나갔을까 안동 복주여중에서 수돗물 떨어지는 소리 죽령 너머 단양의 내 방까지 들려온다.
>
> −〈幻聽〉 전문

행갈이를 하지 않아 산문 같은 이 시를 읽으면 급한 호흡이, 수돗물 떨어지는 소리를 듣고 급히 잠그러 나가는 작중화자와 행위와 일치한다. 이 시에는 두고 온 아이들이 그립다, 보고 싶다 등의 감정표현이 철저히 배제되어 있다. 게다가 '참교육'을 위해 무엇을 어떻게 해야 한다는 당위도 없다. 빠르게 휙휙 스케치한 크로키처럼 안동 복주여중의 수돗물 떨어지는 소리가 단양까지 들려온다고 매듭짓고 있다. 얼마나 아이들이 보고 싶었으면 그 소리가 죽령 너머 단양까지 들려올까? 수돗물 소리는 그리움의 발신부호다. 그것은 실제 상황이 아니라 시인 자신의 가슴 속으로부터 울려나오는 것이다. 안동에서 단양으로 오는 것이 아니라 단양에서 안동으로 가는 신호다. 여기서 이 이상 어떻게 아이들에 대한 그리움을 표현할 수 있을까? 안동과 단양 사이의 지리적 거리가 아닌 그리움의 거리는 수돗물 떨어지는 소리를 들을 정도로 가까이 있음을 말이다.

실상 초기의 교육시들은 학교교육의 구조적 모순과 그 속에서 비분강개하는 교사들의 모습을 그리곤 했다. 혹은 갑갑한 현실을 뚫고 일어서는 강인한 모습이 등장하기도 했다. 하지만 너무 도식적이고 단순했다. 사람들을 감동시킬 수 있는 시적 형상화가 미흡했다. 이런 측면에서 보자면 정영상의 시는 당시 교육시의 길을 밝혀주는 새벽별과도 같았다.

이 시에는 참교육이 어떻고, 당시 교육현실이 어떻고 하는 사족이 없다. 자기가 해직된 학교의 수돗물 소리를 환청으로 듣는 교사야 말로 부연 설명이 필요 없이 그야말로 정말로 아이들을 사랑하는 선생이지 않은 가? 아이들에게 권위적으로 군림하는 교사와 〈환청〉의 작중화자처럼 수돗물 소리를 환청으로 듣는 교사가 있다면 누구에게 아이를 맡길 것인가? 그렇다. 그 절절한 사랑의 형상화가 바로 시적 감동의 근거가 된다. 정영상은 「내 시의 독자들에게」에게서 이렇게 말한다.

> 시를 무기로 선언하는 데 대해서는 나도 동감합니다.……노동현실이니 민중현실이니 하면서 행갈이 해 놓기 바쁘게 쏟아져 나오는 목청 높은 시들. 그 시들 중에 대중의 가슴을 감동으로 콱 찌르는 비수 같은 시는 그야말로 찾아보기 힘듭니다. 투쟁의 무기가 되는 시는 먼저 독자의 가슴부터 울려야 합니다.
> 투쟁의 무기가 되는 시는 한 송이 들꽃 속에서도, 호박잎에 떨어지는 빗소리 속에서도, 설거지를 하는 아내의 손놀림 속에서도 찾아져야 한다고 생각합니다.
> 나는 오늘 감히 말합니다. 가장 아름다운 시가 가장 확실한 투쟁의 무기로 될 수 있다고 말입니다.
> ─산문집, 163~164면

이 글을 썼던 때가 『삶의 문학』 6집을 통해 시인으로 등단해 활동하기 시작한 1984년이니, 당시는 민주화 운동이 이념적 지향을 따라 분화되던 시기였다. 그럼에도 정영상은 시가 진정으로 무기가 되는 것은 그 사상의 견고함이 아니라, 대상에 대한 애정과 미적 형상화에 있음을 이미 깨닫고 있었던 것이다.

4. 절망과 분노의 '광시곡(狂詩曲)'

　두 번째 시집을 내고 1993년 정영상은 어이 없이 세상을 떠났다. 그가 죽고 유고를 정리해 유고시집『물인 듯, 불인 듯, 바람인 듯』(실천문학사, 1994)을 펴낸 것이 1994년이다. 이 시집은 단양에서 3년 동안 쓴 시들로 묶었는데, 거기에는 안동에 두고 온 아이들에 대한 그리움으로 시작해서 해가 갈수록 깊어가는 고통과 자신에 대한 절망이 대부분을 차지하고 있다. 그 절망의 끝자락에서 자신의 죽음을 예비한 것일까? 시집에는 "언제라도 던져질 각오가 되어 있"다거나 "장렬하게 죽을 준비가 되어 있"(〈절규 3〉)다는 비장한 목소리가 자주 등장한다. 그가 궁벽한 단양에서 3년 동안 절망 속에 불렀던 노래는 무엇이었을까?

　이 시집에 실린 시들의 소재를 추려 보면 유난히 물과 불이 많다. 물은 슬픔이며, 불은 분노로 환치된다. 정영상 시의 내면을 강물처럼 흐르는 감성은 '슬픔'이다. 이 무렵 시에는 유난히 슬픔이 많이 등장한다. 「방진희에게 1」에서 예술에서 '슬픔'을 떼어 버리면 나는 남는 것이 근본적으로 없을 줄 안다."고 단언하며 "최근 들어 나는 '슬픔'이란 것까지 시에서 배제하려는 객관주의는 더 이상 추종하지 말아야겠다는 생각을 가지게 되었다."(산문집, 178면)고 한다. 그래서인지 정영상은 '슬픔'을 시어로 빈번하게 사용하고 있다. 그 슬픔은 어디서 연유하는 것일까?

　나이 들수록

　슬픔도 자라는가

　올 해 내 슬픔은 서른여덟 살 먹었다.

　내 싸움과 술버릇과 동갑이다.

　앞으로 중독이 되어

불치의 病이 될

내 슬픔이여

– 〈불치의 病〉 전문

슬픔이여

살쪄서 더러워지는

내 슬픔이여

– 〈술〉 중에서

슬픔은 눈에 보이지 말아야 한다.

슬픔은 손에 만져지지 말아야 한다.

그러나 발가벗은 몸처럼 부끄럽게

보이는 슬픔이여

수음할 때 물건처럼 치욕스럽게

만져지는 슬픔이여

– 〈그릇에 대하여〉 중에서

그의 시에 나타난 슬픔은 모호한 슬픔이 아니라, 불치의 병이 되고, 살찌기도 하고, 만져지기도 한다. 마치 유기체처럼 살아있는 것이다. 왜 그럴까? 세상은 급박하게 돌아가는데 정작 자신은 손발이 묶인 채 아무 것도 할 수 없다는 절망감에서 비롯되기 때문이다. 그러기에 그 슬픔은 잔잔한 강물이 아니라 존재의 밑바닥부터 소용돌이치는 격랑으로, 자기 존재의 한 부분으로 각인되기에 감각으로 느껴지는 것이다.

눈을 부릅뜨고 현실과 치열하게 싸우고 싶은 데, 딱히 그런 일도 없는 궁벽한 소백산 골짜기, 끝도 없는 유배생활 속에 죽령 너머 들려오는 아이들의 환청에 시달리면서 시인이 할 수 있는 일이 무엇이었겠는가?

> 눈 들면 눈앞에
> 남한강 흐르고
> 남한강 높이 소백산 보이는데
> 내가 두고 온 교실과 아이들
> 죽령 너머 안동에서
> 그 떠들고 재잘거리는 소리
> 지척인 듯 베란다 문 밖에서 들려오지만
> 나는 어린 딸을 데리고 놀며
> 아파트 이웃집 아주머니들과
> 복도 계단 청소한다.
>
> ─〈단양에서 1〉 전문

　시인은 이 부당한 현실에 맞서 싸우거나 두고 온 안동의 아이들에게
달려가야 할 텐데, 현실에서는 아파트 계단을 청소하는 것이 고작이다.
그런가 하면 "투쟁의 달 5월에/ 나는 콩나물국이나 끓이고/ 끓는 국물
뜨거운 거품 속에서/ 동지들의 싸우는 소리/ 가득히 들려오는데/ 싸움터
를 떠나와/ 세탁기나 돌리고/ 방청소나 하"고 있으니, 자신이 비참해져
"울화통이 터"(〈단양에서 2〉)진다고 술회한다. 가르치거나 싸워야 할 상
대는 저기 있는데, 자신은 여기에 갇혀있으니 화가 나고 슬픔이 북받친
다. 그의 슬픔은 싸움터에 나가 적들과 대적해야 하는 장수가 궁벽한
곳에 갇혀 있어 절망하는 일종의 '비육지탄(髀肉之嘆)'인 셈이다.
　이제 그 절망은 자신의 존재를 부정하기에 이른다. "전교조 단양지회
사무실 작은 읍에는/ 하루 종일 전화 한 통화 오지 않을 때가 있는데/

그럴 때 나는 그 걸레를 붙들고/ 찔끔찔끔 나오는 눈물을 닦"는가 하면 자신을 "화장실 문 앞에 뒹구는 걸레와 똑같다"(〈솔직하게 말해서〉)고 자기모멸감에 빠지기도 한다. 화장실 앞에 뒹구는 걸레가 바로 자신의 실상이라는 것이다. 그래서 10년 동안 교직과 해직의 시간을 거치면서 이제는 자신이 "접시에 담긴 물처럼/ 말라버렸다"(〈십년〉)고 한탄한다. 그 끝없는 절망의 늪!

어떻게 할 것인가? 출구는 막혔고, 손발은 묶여 있다. 할 수 있는 일이란 광기에 가까운 몸부림뿐이다. 이 분노의 몸부림이 정영상 시의 한 축을 이룬다. 일찍이 아내인 박원경이 정영상을 가리켜 "물같은 사람이고 동시에 불같은 사람이었다. 가슴 속에는 늘 출렁출렁 감정의 물결을 담고 있다가 누가 장난으로 돌팔매질 하나라도 하면 불같이 일어나 사랑하고 미워할 줄 아는 사람이었다."⁴라고 표현한 바 있거니와 슬픔과 절망이 물이라면 불은 이를 이겨내려는 몸부림 혹은 분노다. 물이 아래로 흐르듯이 슬픔과 절망은 한없이 가라앉지만, 불은 몸부림과 분노로 치솟는다.

일찍이 "나는 계란이다"고 외쳤거니와 〈불〉, 〈화염병〉, 〈신농부가〉, 〈신문을 찢는다〉, 〈식칼 1〉, 〈식칼 2〉, 〈나는 집게손가락을 움직이고 싶다〉, 〈돌 앞에 앉아〉 등의 시가 그런 '불'의 경향을 극명하게 보여준다. 앞에서도 언급한 마지막 유작 〈돌 앞에 앉아〉⁵를 보자.

살아온 날 돌아보다가

---

4 박원경, 「봄은 저기 오고 있는데」, 『월간 옵서버』 5월호, 한국언론문화사, 1993. 이 구절은 공주대 교정에 세운 정영상 시비의 뒷면에도 새겨져 있다.
5 이 시는 사후 10주기가 되던 2003년 4월 12일, '정영상추모사업회'에서 공주사대 교정에 세운 정영상 시비에 대표작으로 새겼다.

살아갈 날 고개 저으며

하루는 산다는 것이 얼마나 무서운가

인간으로 산다는 것이 얼마나 부끄러운가

침묵의 돌이 꽃으로 피는 봄

돌 앞에 앉아 울다

돌에 이마를 짓찧고

피 흘리고 싶은 날이 있다.

-〈돌 앞에 앉아〉 전문

더 이상 내려갈 수 없는 절망의 바닥에서 절규하는 목소리가 들린다. 여기서 어떻게 '전망'을 바랄 수 있겠는가? 하지만 그것이 결코 흠이 되지 않는다. 절망의 맨 밑바닥에서 섬광처럼 번뜩이는 광기의 몸부림은 이미 완결성을 지니기 때문이다. 여기에 무엇을 더 보탤 수 있단 말인가. 단양의 산골짜기에서 손발이 묶인 채 견뎌야 했던 해직 4년은 그의 삶을 온통 찢어발기고 내동댕이쳤다. 이 시는 여기에 맞선 몸부림이고 절규다. 그것이 절실하고 진정성을 지니기에 시는 빛난다. 정영상 시의 미덕은 바로 여기에 있다.

분노는 절망에 침잠하기보다는 이를 돌파하려는 강한 몸부림에서 비롯되기에 엄청난 결단력을 수반하기도 한다. 이를테면 분노의 긍정적인 힘인 셈이다. 〈자전거 페달을 전속력으로 밟는다〉를 보면 그 분노의 힘과 속도를 느낄 수 있다.

학교가 보일까 봐

학교가 보이지 않는 길로 돌아간다

그래도 보이면

고개 숙이고 간다
'난 학교 같은 거 안 본다'
속으로 빽 소리치며
자전거 페달을 전속력으로 밟는다

-전문

　여기에는 해직의 고통, 아이들에 대한 그리움, 돌아가고픈 학교, 고통을 벗어나려는 몸부림……그 모든 것이 압축되어 있다. 그럼에도 고통이 어떻고, 아이들에 대한 그리움이 어떻고 하는 식의 군더더기가 없다. 절망의 바닥에 가본 자만이 진정한 서정을 획득한 것일까? 압축된 운율 속에 절제된 시어와 빠른 시상의 전개로 빼어난 형상을 만들어 내고 있다. 해직교사들은 저마다 그 지난한 고통을 벗어나려는 시도를 했었고, 정영상이 택한 것은 절망의 바닥에서 비롯되는 절규와 몸부림이었다. 누가 이렇게 지독한 절망의 노래를 불렀던가!

　신현수는 〈정영상〉이란 시에서 "지독한 퇴폐적 낭만주의자였던 한 친구는/ 철저한 현실주의자가 된 후/ 그의 현실주의를 위하여 끝내 목숨을 바쳤다./ 그가 죽고 나서야 현실주의는 하나밖에 없는 자기 목숨을/ 바치는 것임을/ 우리는/ 깨달았다."[6]고 한다. 그렇다! 정영상의 몸부림과 절규는 과도한 낭만이나 자기모멸이 아니라 어찌 해 볼 수 없는 현실의 벽을 향해 돌진하는 필연적 선택, 어쩌면 지극한 현실주의자의 삶인 것이다. 그러기에 절망의 밑바닥에서 값진 서정을 건져 올린 것이리라.

　정영상은 물처럼 슬퍼하고, 불처럼 분노하다, 바람처럼 가버렸다. 해마다 꽃피는 봄 사월이 돌아오면, 그가 즐겨 부르던 노래가사처럼 진달

---

6 신현수, 〈정영상〉, 『처음처럼』, 내일을 여는 책, 1994, 108면.

래 흐드러지게 피어 능선을 넘고 있음을 본다. 그가 간 지 벌써 28년이
나 지났다. 삼생(三生)의 인연이 허락한다면 다시 만나 보려나? 진달래
핀 동산에서 술 한 잔 나누고 싶은 마음 간절하다. 아, 부디 편안하시길!

[정영상 작품 목록]

① 시집 『행복은 성적순이 아니다』, 실천문학사, 1989.5.

② 시집 『슬픈 눈』, 제3문학사, 1990.11.

③ 유고 산문집 『성냥개비에 관한 추억』, 깊은사랑, 1993.12.

④ 유고 시집, 『물인 듯, 불인 듯, 바람인 듯』, 실천문학사, 1994.1.

물의 노래, 별의 노래, 바람의 노래
─ 고 김시천의 삶과 시

1. 가객(歌客), 김시천

　김시천(金柿天, 본명 김영호)은 분명 '바람'이었다. 어디서 오는지는 모르지만, 어디선가 불쑥 나타나 사람들을 놀라게 하고는 같이 어깨 걸고 나가다가 가타부타 말도 없이 어디론가 휙 사라진다. 정말 그랬다. 1994년 이른 봄, 김시천은 5년의 긴 해직 기간을 견디고 필자가 있던 제천으로 복직했는데, 밤에 연구실로 전화를 걸어서는 "나, 제천에 왔는데, 술이나 한 잔 하지."하고는, 만나니 한 보따리의 시 원고를 내미는 것이 아닌가. 제천 귀향 기념으로 시화전을 하자는 것이었다. 김시천은 애초 해직되기 전 첫 부임지인 청풍에서 돌집을 짓고 8년간이나 살았던 터였다.

　우리는 「돌담을 쌓으며」라는 제목으로 시화전을 개최하여 제천에서 수많은 사람들을 만났다. 내친 김에 시집 『떠나는 것이 어찌 아름답기만 하랴』도 출간하고 기세를 몰아 중소도시에서는 목포, 여수에 이어 세 번째로 민예총 제천·단양지부도 만들기에 이르렀다. 그리곤 사람들을 조직해 〈제천의병제〉를 비롯하여 〈시민 문화역사 기행〉이나 〈시민과 함께 하는 영화읽기〉 등의 지역문화운동을 벌여 나갔다. 어쩌면 칩거하는 기간 동안 사람이 그리웠으리라. 김시천과 모든 일을 함께 했고, 그는 바람처럼 거침이 없었다.

그러다가 1998년 겨울, 불현듯 영동 황간(黃澗)으로 날아갔다. 그리곤 아무런 소식도 없더니 2018년 4월 7일, 슬픈 부고가 바람결에 들려왔다. 그간 황간에서 주변 사람들과 소식을 끊고 지냈다고 한다. 거기서 무엇을 하며 어떻게 지냈는지? 아무도 그의 거취를 아는 사람이 없었다. 그리곤 마침내 "바람처럼 가벼워져/ 거기 순결하게 빛나는 별"(〈풍등〉)[1]이 되었다. 삶의 내밀한 모습은 바람만이 알고 있을까?

김시천은 모두 7권의 시집을 냈다. 정리해 보니 삶의 변곡점마다 시집을 내서 자신의 지나온 삶을 정리하고 새로운 전망을 새웠던 것 같다. 시집을 정리하면 이렇다.

1. 『청풍에 살던 나무』, 제3문학사, 1990.
2. 『지금 우리들의 사랑이라는 것이』, 온누리, 1993.
3. 『떠나는 것이 어찌 아름답기만 하랴』, 내일을 여는 책, 1995.
4. 『마침내 그리운 하늘의 별이 될 때까지』, 문학동네, 1998.
5. 『시에게 길을 물었네』(시선집), 문학마을, 2003.
6. 『늙은 어머니를 위하여』, 내일을 여는 책, 2003.
7. 『풍등』, 고두미, 2018.

---

1 김시천이 쓴 7권의 시집에 실린 시들의 소재와 면수를 밝히는 것은 별의미가 없어 시를 인용할 때 괄호 속에 시의 제목만 적는다.

시선집 『시에게 길을 물었네』를 제외하면, 신작들로 엮은 것은 모두 6권인 셈이다. 실린 시들을 헤아려 보니 모두 401편이다. 80년대 습작기에 쓴 시들을 엮은 『튼튼한 식물』²과 시집으로 묶지 못한 시들까지 포함한다면 살아오면서 5백 편이 넘는 시를 쓰지 않았나 싶다.

피리를 잘 불었던 김시천은 정말 가객(歌客)이었다. 술 한 잔 걸치고 흥이 나면 대금을 꺼내 불곤 했다. 첫 시집의 발문에서 도종환이 "강이 우는 소리"³라고 불렀으며, 자신도 "저 무욕의 샘에서 솟는"(〈피리소리를 들으며〉) 그 피리소리다. 난계(蘭溪) 박연(朴堧, 1378~1458)의 고향인 영동에 와서는 가야금도 배우고 젓대도 배웠던 것 같다. 정말 가객으로서 우리의 가락을 두루 통달하여 체화하려 했던 것이다. 대체 가객 김시천은 무슨 노래를 부르고자 했을까?

4백 편이 넘는 김시천의 시들은 바람처럼 자유로워 어느 한 두 개의 범주로 묶을 수는 없다. 그럼에도 논의의 편의를 위해서 이 땅의 교육과 현실을 노래한 시편(물의 노래), 사람에 대한 그리움과 외로움을 노래한 시편(별의 노래), 바람처럼 자유로운 마음의 행로나 깨달음을 노래한 시편(바람의 노래) 등 세 범주로 나누어 살펴보도록 한다. 이 김시천 시의 세 범주는 전교조 활동으로 인한 해직기간(1989~1993)과 제천으로의 복직(1994~1998) 그리고 황간으로의 칩거(1999~2018)에 따른 세 시기 시인의 처지와 이에 따른 시적 경향을 대변하고 있기도 하다.

---

2 김시천, 「책 뒤에」, 『청풍에 살던 나무』, 제3문학사, 1990, 213면에서 습작기에 쓴 시들을 모아 『튼튼한 식물』이란 시집을 엮었음을 밝혔다. 하지만 부질없다고 여겨 출판은 하지 않았다고 한다.

3 도종환, 「저 깊은 곳의 물소리처럼 저 언덕의 등불처럼」, 『청풍에 살던 나무』, 200면.

2. 흐르는 강물 대신 우리가 흘러-'물의 노래'

대학(충북대 국어교육과)을 졸업하고 1982년부터 제천의 청풍중학교
에서 아이들을 가르치며 시를 쓰던 김시천은 저 뜨거웠던 87년 '6월 항
쟁'의 한복판에서 동인지 『분단시대』 3집을 통해 '시인'으로 등장한다.
그 등단작이 바로 〈우리는 이렇게 울고 있구나〉, 〈월동기 1〉, 〈아이들
을 위한 기도〉 등 세 편이다.

주지하다시피 『분단시대』 동인은 1984년 대구의 시인들 배창환, 김용
락, 김종인, 김윤현, 김형근과 청주의 시인들 도종환, 김창규, 김희식 등
이 차령산맥과 추풍령을 넘나들면서 만나 결성된 동인으로, 이들 대부분
이 당시 교육운동에 뛰어 들었던 지역의 교사들이었다. 여기에 청풍중
학교에 교사로 있던 김시천이 결합한 것은 자연스러운 일이다.

『분단시대』 동인들은 애초 "국토의 분단에서 시작한, 나뉘어진 모든
것을 향하여 근원적인 물음을 던지"고 "〈하나됨의 문학〉 〈화해의 문학〉
〈만남의 문학〉일 수 있는 모든 분야"를 지향하고자 했다.[4] 그리고 3집에
와서 이를 구체화 시켜 '지역문학에의 천착'을 과제로 "지역의 현장에서
일하는 몇몇 젊은 시인들의 시를 한데 모으고, 새로운 시인들을 선보"[5]
이게 됨으로써 청풍에 있던 김시천이 동인으로 합류하게 된 것이다.

세 편 중에서 널리 알려진 절창은 〈아이들을 위한 기도〉다. 전교조
결성을 향해 가는 교육운동의 절정기에 이 시는 당시 아이들에 대한 사
랑을 노래한 '교육시'의 전형이 되어 교사들의 책꽂이나 책상 유리판 속
에 자리 잡게 된다.(필자도 당시 서울의 한 고등학교에서 국어교사로 있

---

4 「머리말」, 『분단시대』 1집, 온누리, 1984, 4~5면 참조.
5 「분단시대 3집을 내면서」, 『분단시대』 3집, 학민사, 1987, 4면.

었는데, 김시천이 누군지는 몰랐지만 이 시가 당시 교육운동의 방향을
제시하고 있어 여러 장 복사해 동료 교사들에게 나눠 주기도 했다.)

당신이 이 세상을 있게 한 것처럼
아이들이 나를 그처럼 있게 해 주소서
불러 있게 하지 마시고
내가 먼저 찾아가 아이들 앞에
겸허히 서게 해 주소서
열을 가르치려는 욕심보다
하나를 바르게 가르치는 소박함을
알게 하소서
위선으로 아름답기보다는
진실로써 추하기를 차라리 바라오며
아이들의 앞에 서는 자 되기보다
아이들의 뒤에 서는 자 되기를
바라나이다
당신에게 바치는 기도보다는
아이들에게 바치는 사랑이 더 크게 해 주시고
소리로 요란하지 않고
마음으로 말하는 법을 깨우쳐 주소서
당신이 비를 내리는 일처럼
꽃밭에 물을 주는 마음을 일러주시고
아이들의 이름을 꽃처럼 가꾸는 기쁨을
남몰래 키워가는 비밀 하나를
끝내 지키도록 해 주소서

흙먼지로 돌아가는 날까지

그들을 결코 배반하지 않게 해 주시고

그리고 마침내 다시 돌아와

그들 곁에 순한 바람으로

머물게 하소서

저 들판의 나무가 자라는 것처럼

우리 또한 착하고 바르게 살고자 할 뿐입니다

저 들판에 바람이 그치지 않는 것처럼

우리 또한 우리들의 믿음을 지키고자 할 뿐입니다

　　　　　　　　　　　　　　　　　　　　　　　　　　　－전문

　　교권과 학교현장에서의 부조리를 주장하거나 비판하며 목청을 높이는 투쟁의 노래가 아니라 잔잔한 어조로 아이들에 대한 사랑을 기원하는 방식은 이 땅에서 어떤 교육이 중요한가를 분명하게 알려준다. 군림/겸허함, 위선/진실, 앞/뒤, 신을 향한 기도/아이들을 향한 사랑, 소리/마음 등의 이항대립을 통해 진정 무엇이 아이들에게 필요한 것인가를 보여준다. 그리하여 결국은 꽃밭에 물을 주어 꽃을 키우는 마음으로 아이들을 '가꾸는 기쁨'을 누리고, "그들 곁에 순한 바람으로 머물게" 되는 것이 교사들의 본분이자 바람임을 제시한다. 더욱이 이 시는 미움/사랑, 다툼/용서, 분열/일치, 의혹/믿음, 그릇됨/진리, 절망/희망, 슬픔/기쁨 등의 극명한 이항대립을 통해 우리가 무엇을 신에게 기도해야 하는지를 명료하게 보여준 아시시의 성 프란치스코의 〈평화의 기도〉의 공식을 따르고 있어 대중적으로 더 호소력 있게 다가온다.

　　길은 분명하다. 시가 아니라 교사로서 자신의 삶, 존재적 각성을 통해서만이 아이들에 대한 사랑을 온전히 지킬 수 있는 것이다. 김시천은 뒤에 작가가 되려는 청소년에게 주는 글 「친구와 같이」에서 이 시를 "마음속에 고인 대로 진솔하게 그대로 담아만 내면 되었"다 하여 "굳이 그럴싸하게 보이려고 꾸미지 않았고 없는 이야기를 만들어 붙이지 않았고 그냥 간절하게 내가 살고자 하는 내 삶의 결을 따라 물 흐르듯이 써 내려갔"다고 한다.[6] 삶의 진정성이 바로 시가 되어야 한다는 말이다. 교육 운동에 적극 투신했던 김시천의 삶이 실제로 그러 했다. 결국 존재의 결단을 통한 실천적 행위는 당연히 '전교조' 결성으로 이어졌던 것이다.

김시천은 이 시처럼 자신이 가르치던 아이들 곁에서 "꽃밭에 물을 주는 마음"으로 '순한 바람'처럼 머물고자 했지만 두 번째 학교인 수산중학교에서 전교조 결성과 관련하여 1989년 '여름 대학살'의 희생자가 된다. 존재적 결단, 곧 아이들에 대한 사랑의 실천이 결국은 '해직교사'의 길로 들어서게 했다. 이 정황을 뒤에 김시천은 아이들에게 이렇게 고백한다.

그런데, 그러던 나에게도 어떤 변화가 일기 시작했어. 1980년대 후반이니까 교단생활 한 5년 정도가 되었을 무렵인데 시골구석에 처박혀 있던 나의 귀에도 양심과 자유와 사회정의를 외치는 민주주의를 향한 도도한 함성이 들려왔거든. 5·18 광주민주항쟁의 진실을 알게 되고 군부독재의 음모를 알게 되고 그 투쟁의 선봉에 섰던 피 끓는 청춘들이 불꽃으로 산화해 가는 모습을 보게 되고 감옥에 갇혀 있는 이 땅의 양심과 폭정에 신음했던 이 땅의 민중들에 대한 역사와 만나게 되면서 그때서야 비로소 나는 처음으로 나의 실존적 삶과 맞닥뜨리게 되었던 거야. 난 해직교사의 길을 선택했어. 나의 시도 원고지의 밀림에서 벗어나 내 삶의 토양에 조금씩 뿌리를 내리기 시작했지.[7]

---

6 김시천, 「친구와 같이」, 『풍등』, 고두미, 2018, 137면.

전교조 결성에 따른 존재적 결단이 결국 해직교사의 길로 나가게 했고, 시 창작도 '원고지의 밀림'에서 벗어나 새로운 '삶의 토양'에 뿌리를 내리기 시작했다고 한다. 실천적 삶이 곧 시가 된 것이다. 그래서인지 '해직교사' 김시천의 분신과 같은 이 시는 1,500명을 대량해고 시킨 1989년에 출간된 '해직교사 신작시집'『몸은 비록 떠나지만』[8]에 다시 실리고, 첫 번째 시집『청풍에 살던 나무』에도 첫 작품으로 실리게 된다.

해고된 김시천은 제천을 떠나 청주 전교조 충북지부 사무실의 '상근자'가 됨으로써 본격적으로 교육운동에 투신하게 된다. 더욱이 1989년부터 1993년까지 5년 동안 교육운동의 주변에 머무는 것이 아니라 제5대 전교조 충북지부장을 맡는 등 교육운동의 중심에서 활약을 했다. 이 5년의 기간 동안 김시천은 두 권의 시집을 냈다. 첫 시집『청풍에 살던 나무』는 해직교사의 길로 들어선 1990년에, 두 번째 시집『지금 우리들의 사랑이라는 것이』는 해직이 끝나갈 무렵인 1993년에 출간하게 된다. 그러기에 해직 이후 출간된 두 권 시집의 주조는 당연히 교육현장을 비롯한 폭압적 현실에 대한 비판과 대응이다.

그 현실은 전교조 결성에 따른 해직과 청풍 지역 수몰민(水沒民)으로서 자신과 이웃의 처지다. 〈교단일기〉 연작과 〈해직교사의 편지〉 연작, 〈굴비〉 연작이 교육현실에 대한 비판과 대응을 노래했다면, 〈청풍에 살던 나무〉 연작은 수몰민의 처지를 다루고 있다. 전교조의 참여와 해직은 존재적 결단, 곧 "자기 삶을 올바로 살아내는 것"[9]에 기인하고 수몰민의

---

7 같은 글, 136~137면.
8 전교조 결성으로 해직된 교사시인들이 교육현실과 해직의 아픔을 시로 써서 1989년 10월 15일에 실천문학사에서 발간했다. 도종환, 이광웅, 배창환, 김종인, 조재도, 정영상, 전인순, 김시천, 김영춘, 안도현 등 10명의 시가 실려 있다. 이들은 각기 청주, 대구, 경북을 연고로 하는『분단시대』동인과 충남을 연고로 한『삶의 문학』동인, 그리고 전북에서 활동했던 교사 시인들이었다.

처지는 자신의 의지와는 관계없이 밀어 닥친 거대한 세계의 횡포를 고발한 것이다.

우선 교육현실에 대한 시들을 보자. 대표작인 〈교단일기〉 연작은 자신이 해직에 이르는 과정을 주변 사람들에게 알리고 소통하는 방식을 취하고 있다. 〈교단일기 4〉까지는 아이들에게 이 땅의 교육현실의 모순을 나직이 이야기하는 방식이지만, 〈교단일기 5〉에 오면 어머니에게 "어머니 저는 월급쟁이가 아닌", "양심으로 떳떳이 아이들과 세상 앞에 서는/ 교사여야 합니다."라고 선언하고, '떠나며'라는 부제가 달린 〈교단일기 6〉에 오면 비로소 '해직'의 길로 들어서는 자신의 처지와 비장한 각오를 형상화 하고 있다.

> 남을 가르친다는 것은
> 어려운 일입니다.
> 가르치는 일보다 먼저
> 사랑하는 일이 더욱 소중하기 때문입니다.
> 진실로 사랑한다는 것은
> 때로는 싸움이기도 합니다.
> 투쟁이기도 합니다.
>
> ─〈교단이기 6〉 부분

아이들을 사랑하기 때문에 가르치기에 앞서 잘못된 교육현실과 맞서 싸워야 하고 결국은 학교에서 쫓겨날 수밖에 없는 이 기막힌 현실을 이 시는 그대로 보여준다. "진실로 사랑한다는 것은 싸움이고 투쟁"이라는

---

9 김시천, 「책 뒤에」, 『청풍에 살던 나무』, 213면.

말은 김시천 시의 중요한 명제 중 하나다. 교육운동은 노동조건 개선 등 주로 자신에게 수렴되는 권리를 위한 투쟁과는 달리 학생들에게 어떻게 하면 제대로 가르칠 수 있나를 고민하는 가운데 이뤄지는 것이기에 아이들에 대한 사랑이 없다면 교육운동으로서 싸움의 의미도 존재할 수 없다.

아이들에 대한 사랑과 투쟁, 그리고 해직으로 이어지는 끔찍한 순환고리는 당시 교사들에게 숙명처럼 주어진 멍에였다. 이 반복되는 악순환 고리를 끊을 수 있는 것은 사랑하는 아이들 곁으로 다시 돌아가야 한다는 믿음이다. 그래서 "언젠가 다시금 돌아오리라는 믿음을/ 잃지 않기 때문"이라고 한다.

김시천의 '교육시'가 아이들에 대한 사랑과 제대로 가르칠 수 없었던 미안함을 주조로 하고 있다면 반대로 아이들이 보낸 편지는 선생님이 왜 그럴 수밖에 없는가의 근거를 제시하고 있다. '어느 시골 중학생의 편지 중에서'라는 부제가 달린 〈선생님께〉 연작은 그런 아이들이 선생님께 보낸 믿음의 메시지인 것이다.

선생님
저는 싫어요
가난한 것보다, 가난하다는 낙인은
더욱 싫어요
…중략…
저를 더 이상 불우학생이라는 낙인을 찍어
괴롭히진 말아주세요

－〈선생님께 1〉 부분

선생님

저도 이젠 알 수 있어요

저 아까운 고추를 왜 길에서 태워야 하는지

…중략…

이제는 제가 무엇을 해야 하는지

저도 이젠 알 수 있어요

-〈선생님께 2〉 부분

아이들이 선생님께 보낸 편지는 이들의 처지가 어떤가를 여실히 보여 준다. 결국 이 아이들을 보듬어 주기 위해서는 교실에서 공부를 가르치며 바르게 살라고 강조하는 것만 아니라 이런 현실의 모순들과 맞서 싸워나가야 한다는 것을 깨닫는다. 해서 〈우리들의 눈물이 익는 동안 들녘엔 벼들이 익고〉에 오면 시인의 시각은 아이들에서 현실의 모순들로 확대되어 자신의 현실대응 방식을 반성하고 새로운 각오를 다지는 데까지 이른다.

이제는 우리가 반성문을 쓸 차례입니다.

교육에 대하여, 노동에 대하여, 죽어간 아이들에 대하여

이 땅의 역사와 진실에 대하여, 분단과 통일에 대하여

민족과 민주와 인간에 대하여 우리가 한 일은 무엇입니까

그렇다. 진정한 운동은 주어진 조건 속에서 최선을 다 하는 것이 아니라 그 조건들을 바꾸고 고치는 일이 아닌가? 당시 교육운동이 그러 했다.

교육현장이 아닌 청풍의 수몰민의 처지를 그린 〈청풍에 살던 나무〉 연작 역시 자신의 처지로부터 대상이 이웃으로 확대된다. "수몰선 105미

터"까지 물이 찬다고 하여 모두들 바람처럼 떠나는 마당에 시인은 "칠번구역씨다시구"(〈청풍에 살던 나무 2〉)를 뽑아 거기서 살 결심을 한다. 실제로 김시천은 거기서 돌집을 짓고 살았다. 도종환이 〈수몰민 김시천〉에서 "물 한 모금 솟지 않는 산마루엘 망정/ 아내와 함께 울 없는 집 짓"고 "끝끝내 떠나지 않는 사람들과 다시 남으리"[10]라 다짐하며 거기서 터를 잡고 살았다.(해직되어 청주 전교조 상근자로 간 뒤에도 그 집은 그대로 남겨 1994년 복직 뒤에 다시 돌아와 강 속의 돌을 건져 돌담을 쌓았다.)

처음엔 물에 잠겨 사라지고 떠나는 사람들에 대한 그리움으로 "저문 강에 발을 씻고, 먼 곳에 가면/ 버리고 떠난 것도 그리웁겠지/ 바라보면 저 별처럼 아득하고/ 그리웁겠지."(〈청풍에 살던 나무 4〉)라고 노래했지만, 찔레, 명호, 순찬이, 정순이 남매, 승호 등 자신이 가르치던(당시 시인은 청풍중학교에 있었다.) 아이들이 청풍을 떠나 "흐르는 강물 대신 우리가 흘러 흘러/ 더러는 서울로, 경기도 여주 땅으로/ 서해안 간척지로 경상도 땅 울산으로"(〈청풍에 살던 나무 14〉) 흘러가거나, 누나가 죽고 아버지가 죽어 고아가 되는 등 기막힌 상황에 직면하여 그들을 품어 줄 수밖에 없는 처지가 된다.

그래서 '수몰민' 김시천은 자신의 처지만이 아닌 아이들을 통해 "서러운 가슴만 한 보따리"(〈청풍에 살던 나무 14〉)안고, 떠나거나 남아있는 수몰민 모두와 하나가 되어 '우리'의 노래를 부른다. '마지막 편지'라는 부제가 붙은 〈청풍에 살던 나무 21〉을 보자.

고향은 이제 물속에 잠긴 지 오래지만

---

10 도종환, 『접시꽃 당신』, 실천문학사, 2011, 106~107면.

댐 막아 생긴 내륙호랑 다름 아닌

그 싱그럽던 남한강의 주검이지만

그러나 강물소리 우리 가슴에 고동치고 있어요.

우리 기죽지 않고 살고 있어요.

끝내 선함이 이기리라는 믿음을 우린 버릴 수

없어요.

개망초 명아주풀 찔레꽃 진달래꽃

그래요, 그것들이 우리의 참이름이지요.

죽지 않고 살아 어디든 피겠어요.

그래서 보여주겠어요.

우리 서로 사랑하는 끈질김을

우리는 더 이상 빼앗기고 짓눌려 살지 않음을.

—부분

떠난 아이들이 보낸 편지지만, 남아 있는 사람도 마찬가지리라. 떠난 아이들은 이제 개망초, 명아주꽃, 찔레꽃, 진달래꽃으로 척박한 땅 어디에서도 다시 피어나 "더 이상 빼앗기고 짓눌려 살지 않"겠노라고 다짐한다. 아이들의 목소리는 곧 시인 자신의 목소리고 수몰민 모두의 목소리로 울려 퍼지길 바라는 것이다. 그래서 시인은 "싸움을 이기는 길은 오로지/ 싸워야 하는 사람들보다도 더 우리가 그들을/ 사랑하는 것이기 때문"(〈그래도 차마 이 세상을 가는 동안은〉)이라고 한다.

교육현장에서의 아이들, 수몰되어 각지로 뿔뿔이 흩어진 아이들을 사랑하기 때문에 그들을 위하여, 그들이 살아갈 이 땅을 위하여 싸우는 것이다. 김시천은 분명히 말한다. "지금 우리에게 필요한 것은/ 더불어 함께 사는 내 이웃을 향한/ 구체적 사랑이다"(〈지금 우리에게 필요한 것은))라고!

이렇게 아이들에 대한 사랑을 위해 싸우다 해직된 김시천은 뒤에 청주에서 전교조 상근자로 근무하면서 그 사랑을 지키기 위한 싸움을 교육현장에서 민족, 민주운동의 현장으로 확대시켜 나간다. 자연히 자신의 어머니와 강경대, 민가협 어머니들에게 바치는 〈어머니〉 연작이나 아내를 비롯하여 노동자, 농민, 친구들에게 보내는 형식의 〈해직교사의 편지〉 연작과 〈농사꾼 장문식〉 연작은 90년대 초 민족, 민주운동 현장에서의 목소리를 전하고 있다. 그 목소리는 강하고 우렁차기보다 나직하며 따뜻하다. '민가협 어머님들께' 바치는 〈어머니·5〉를 보면 "저렇게 강한 군단을/ 본 적이 있는가"라고 운을 뗀 다음 그 투쟁을 이렇게 노래한다.

거칠고 험한 세월
제 몸 바쳐 남 위하는
저 더운 가슴에 맺힌
남모르는 통곡을
그러나 누가 또 알고 있는가

멈추지 않는구나
포기하지 않는구나
우리가 사는 이 땅
하나뿐인 조국을 향한
자식 향하던
그 뜨거운
사랑.

당시 여러 민주운동단체 중에서 '민가협'은 가장 투쟁적인 조직이었다. 그 근저에는 죽은 혹은 끌려간 자식들에 대한 깊은 신뢰와 사랑이 있기 때문이다. 가슴에 응어리진 민가협 어머니들의 그 절절한 사연을 김시천은 조국과 자식을 일치시켜 "그 뜨거운/ 사랑"이라고 간결하게 압축하고 있다. 시각적으로도 행이 점점 짧아져 예리해지면서 '사랑'이라는 한 단어로 모든 것을 응축시켜 적들을 찌르듯이 강렬한 충격을 준다.

전교조를 비롯한 모든 운동의 현장에서 김시천이 노래한 것은 그 속에 내재한 '사랑'이다. 시인은 그 사랑은 한 없이 부드럽지만 또한 어느 것보다도 강한 힘을 발휘한다고 말한다. 그런 사회운동의 본질을 말하기에 김시천의 시는 강한 투쟁의 절규가 아닌 나직하며 따뜻한, 하지만 더 없이 강한 노래를 들려준다. 해서 지금, 우리의 사랑이라는 것이 "평범한 이들의 식탁 위에 놓이는/ 작은 목마름 적셔주는/ 그런 물 한 그릇이면 좋겠"(〈지금, 우리들의 사랑이라는 것이〉)다고까지 말하며, '해직이 못 된 걸 후회하는 한 친구에게'보내는 편지 형식의 〈해직교사의 편지 · 5〉에서도 친구에게 이렇게 말한다.

> 자네가 두려운 일이면 나 역시 두렵네
> 목숨 걸고 싸운다지만 그런 날은
> 정말이지 겁이 나서 도망치고 싶었네
> …중략…
> 난 사람이었고 한 사람의 교사였고
> 내가 느낀 대로 생각한 대로 살고 싶었을 뿐이네
> 지금 그렇게 살고 있을 뿐이네
> 지금도 여전히 꽃밭에 물주는 일을 좋아하면서
> 시 한 줄 바람 한 점 별 하나에 마음 아파하면서

지극히 평범한 곳에서 나오는 사랑의 힘, 그것이 두려움을 이기고 역사를 바꾸지 않았던가. 사회현실을 노래한 김시천 시의 핵심은 바로 이런 '사랑의 평범성'이다. 일을 추진하다가 어떤 문제가 불거져 고민을 하고 있으면 김시친은 늘 이렇게 말하곤 한다. "뭐 별 거 있어. 그냥 하면 되지." 그렇다. 사랑이 있다면 못할 게 무엇인가.

김시천은 노자의 『도덕경(道德經)』을 좋아한다.[11] 김시천 시의 핵심인 사랑은 바로 『도덕경』에 등장하는 '상선약수(上善若水)'가 아닌가! 많은 사람을 이롭게 하지만 결코 자신을 드러내지 않고, 가장 낮은 곳, 가장 비천한 곳에 머물기 때문이다.[12] 김시천이 교육현실이나 사회현실을 노래한 시에서 말하는 것은 그런 가장 낮은 곳에 있으면서 사람들을 어루만져 주는 '사랑'이다. 무색, 무형의 물과 같은, 하지만 가장 큰 힘을 발휘할 수 있는 그런 사랑!

3. 아, 그리운 사람이여-'별의 노래'

5년의 세월을 청주에서 전교조 '상근자'로 보낸 김시천은 1994년 3월 드디어 복직되어 다시 청풍으로 돌아온다. 1989년에 떠났으니 5년 만에 귀향인 셈이다. 그리고 1998년 청풍을 떠날 때까지 5년 동안 박달재 너머 백운중학교에서 아이들을 가르치며 시를 쓰는 한편 지역의 교육운동, 문화운동도 적극 참여한다. 청풍에 다시 와서 처음 한 일은 집에 돌담을 쌓는 일이었다.

---

11 김시천, 「마음 가는 대로」, 『풍등』, 고두미, 2018, 121면.
12 老子, 「易性」, 『道德經』, 원문은 "上善若水. 水善利萬物而不爭, 處衆人之所惡, 故幾於道."

사람과 사람 사이를 흐르던 강물은 멎고

겨울바람의 냉기만 흐르던 강물은 멎고

결빙의 계절

바람에 섞여 오는 아득한 날의 물소리를 들으며

돌담을 쌓는다

큰 놈은 아래 놓고

작은 놈은 위에 놓으며

무너지면 다시 쌓는다

사립문에 싸릿가지 울타리 같았던

사람들 생각하며

돌담을 쌓는다

오랫동안 집을 비우고 다시 돌아와

무너진 돌담을 다시 쌓는다

-〈돌담을 쌓으며〉 부분

김시천에게 청풍 강변의 돌들은 추억 이상의 의미를 지니고 있다. 그 돌들은 바로 한동안 이웃해서 살았으며 어디론가 뿔뿔이 흩어진 "강물을 닮았던 사람들"인 것이다. 그래서 "품에 꼬옥 안아서 건져 올린 돌들로" 돌담을 쌓는다. 돌담을 쌓는 행위는 무슨 의미일까? 이제는 사라져 버린 이웃 사람들과의 소통을 바라기 때문이다. "사립문에 싸릿가지 울타리 같았던 사람들"을 떠올려 그들과의 소통을 바라며 돌담을 다시 쌓는 것이다.

해서 김시천이 제천에 와서 제일 먼저 한 일이 바로 〈돌담을 쌓으며〉라는 제목의 시화전을 하는 일이었다. 거기서 김시천의 많은 사람들을 만났고, 내친 김에 김연호, 이철수, 필자, 고 권운상 작가와 같이 의기투

합하여 제천 지역에서 '민예총'도 만들고 매주 하는 '영화 읽기' 모임이
며, 매달 실행했던 '시민 문화역사 기행'까지 거침없이 내달렸다. 객관적
으로 보자면 교육운동이나 문화운동을 잘 한다고 하겠지만 실상은 사람
들이, 사람들과의 소통이 그리워서 벌인 일이었다. 그래서 청풍에 머무
는 5년 동안 1995년에는 세 번째 시집 『떠나는 것이 어찌 아름답기만
하랴』를, 1998년에는 네 번째 시집 『마침내 그리운 하늘의 별이 될 때까
지』를 냈다.

　이 시집들의 주조는 사람들에 대한 '외로움'과 '그리움'이다. 외로움이나
그리움은 대중적이고 보편적인 정서이기에 잘못하면 통속적인 데로 흐를
가능성이 높다. 수많은 대중가요가 그런 센티멘털리즘(sentimentalism)
을 기반으로 하고 있지만 어찌 그것과 같겠는가. 대중가요가 상투화된
정서라면 김시천의 시는 거대한 세계에 던져진 존재의 바닥에서 나오는
울림인 것이다. 평이하고 대중적이지만 결코 상투적이지 않은 〈안부〉를
보자.

　　때로는 안부를 묻고 산다는 게
　　얼마나 다행스런 일인지
　　안부를 물어오는 사람이 어디 있다는 게
　　얼마다 다행스런 일인지
　　그럴 사람이 있다는 게
　　얼마나 다행스런 일인지
　　사람 속에 묻혀 살면서
　　사람이 목마른 이 팍팍한 세상에
　　누군가 나의 안부를 물어 준다는 게
　　얼마나 다행스럽고 가슴 떨리는 일인지

사람에게는 사람만이 유일한 희망이라는 걸

깨우치며 산다는 건 또

얼마나 어려운 일인지

나는 오늘 내가 아는 사람들의 안부를

일일이 묻고 싶다

-전문

평이한 시어들을 사용하면서 계속 안부를 묻는 행위를 통해 안부를 묻는다는 것이 과연 무엇인가를 질문한다. 안부를 묻고, 안부를 듣고 싶다는 건 존재에 대한 확인이며 이는 근원적인 외로움에 기인한다. 거대한 세계의 막막함에 내던져져 '참을 수 없는 존재의 외로움'에 내지르는 절규다. 인간은 근원적으로 외로운 존재지만 늘 서로가 소통하며 어울려 살기에 외로움을 느낄 수 없는 것이다. "사람에게는 사람만이 유일한 희망이"기 때문이다. 그것을 확인하는 행위가 바로 안부를 묻는 것이리라.

〈편지〉 연작이나 〈그대에게 가는 길〉, 〈봄꽃 2〉 등의 시도 그러한 외로움과 그리움으로 가득하다. 지금은 존재조차 사라진 '편지'야말로 언제 어디서나 소통이 가능한 디지털 시대에는 어울리지 않는, 적어도 그리움이 충분히 농축될 시간이 내장된 아날로그가 아닌가. 해서 편지는 아득한 향수와 더불어 아날로그적 감성을 그대로 전해준다.

썼다 지우고 지우고 다시 쓰고

겉봉에 주소와 이름까지 다 쓰고 나서

한참을 보고 다시 또 본다

우체국에 들러 우표를 붙이면서 다시 보고
우체통에 넣기 전에 또 한참을 바라보다가

오늘 알았다 나는 비로소
산다는 건 이렇게 제 마음을 꺼내어 들고
보고 또 다시 보면서
저무는 일이라는 걸

— 〈편지 3〉 전문

　그리운 사람에게 편지를 보내려는데 뭔가 빠진 것 같아 차마 우체통에 넣지 못하고 보고 또 본다. 사랑하는 사람에게 보내는 편지 한 장이 자신의 마음이기 때문이다. 그리움을 담은 편지가 상대방에게 가기까지는 며칠의 시간이 걸린다. 그 기간이 바로 그리움이 쌓이는 시간이리라. 마치 저 당나라 시인 장적(張籍)의 〈가을 생각[秋思]〉에 "너무 서둘러 할 말을 다하지 못 한 것이 불안하여/ 행인이 길 떠나려 함에 다시 (편지를) 뜯어본다."[復恐恩恩說不盡/行人臨發又開封]는 절창과 닮았다. 그렇다. 지금은 언제 어디서나 핸드폰 키만 누르면 상대방과 소통할 수 있는 시대에는 도저히 느낄 수 없는 그리움의 무게다. 해서 "그대가 보낸 편지 한 통을 손에 들고/ 그날 나는 밤새 울었"(〈편지 4〉)으며, "그대가 내 마음 속에 들어와/ 살기 시작한 이후로, 세상은// 한 장의 아름다운/ 편지가 되었다"(〈편지 5〉)고 고백하게 된다.

　외로움과 그리움을 주조로 쓴 김시천의 시에는 유난히 '가을'이나 '겨울'의 이미지가 자주 등장한다. 스산한 바람이 나뭇잎을 떨구고 앙상한 가지로 풍경을 만드는 가을의 이미지는 바로 상실의 표현이다.

먼저 떠난 그대를 거두고

나도 내 마음 속 잎 지우면서

그대를 보내고 돌아오는 산길 내내

쌓인 잎들을 무심코 밟고 걷다가

그것이 그토록 눈물 나는 일인줄

처음 알았습니다

-〈가을산〉 부분

나무 이파리 떨어진 자리에

오래도록

서 있었습니다

…중략…

바람과 함께 울먹이며

오래도록, 아주 오래도록

서 있었습니다

-〈늦가을 어느 날〉 부분

　그가 가을을 노래한 시들을 보면 외로움과 그리움이 있을지언정 스산함이나 황량함은 보이지 않는다. 왜 그럴까? 낙엽들이 바람에 날려 흩어지는 것이 아니라 쌓이기 때문이다. 외로움이 쌓이고, 그리움이 쌓이는 것이다. 그러기에 그것을 밟다가 눈물을 흘리고 울먹이며 오래도록 서 있는 것이다. 사라져 없어지는 상실감이 아니라 외로움의 무게, 그리움의 무게를 느끼게 한다. 그래서 시인은 "새 잎이 돋는 나무도 아름답지만/ 미련 없이 그 잎을 지우는 가을 나무 또한/ 아름다운 까닭"(〈가을산〉)이라고 한다.

이런 외로움이나 그리움은 당연히 '사람'으로 모아진다.

> 겨울 나무 옆에 서 있으면
> 깊은 숨소리가 들립니다.
> 천지 사방 고요히 내리는 눈발과 함께
> 세월이 남기고 간 그림자는 마냥 길고 적막한데
> 겨울 나무 옆에 서 있으면
> 사람 하나
> 간절히 그리워집니다
>
> ─〈겨울 나무 옆에 서 있으면〉 부분

시의 배경은 앙상하고 긴 그림자를 드리운 겨울 나무가 서 있는 황량한 풍경이다. 하지만 시인은 죽은 것 같은 겨울 나무에 귀를 대고 숨소리를 듣는다. 그 숨소리는 깊게 우러나오며 '사람 하나'에 멈춘다. 사람 하나가 생명을 멈춘 겨울 나무 속에서 간절한 그리움으로 되살아난 것이다. 그 그리움은 이내 기다림으로 발전한다. 사람 하나에 대한 그리움에 희망이 보태지는 것이다. 그래서 "나마저 보이지 않는 외딴 산마을/ 촛불 하나 켜지는가/ 보고 싶어집니다"라고 마무리 한다.

그 촛불 하나가 때로는 "깊은 산속/ 옹달샘 하나/ 그렇게 사무친 그리움으로/ 내 가슴 한 곳에/ 조용히 숨어 있"(〈깊은 산 속 옹달샘 하나〉)기도 하고, "산 밑 주막에 피어오르던/ 구수한 저녁연기 같은"(〈가끔 쉬어가는 자리에〉) 사람으로 구체화되기도 한다. 살아 숨 쉬는 따스함을 지닌 사람, 그런 사람의 체취를 그는 그리워하는 것이다. 〈산사에서〉 연작은 그런 사람에게 바치는 헌사다.

달을 가리키면 달이나 볼 것이지

손가락은 왜 자꾸 보느냐고 나무라시지만

그거야 손가락이 어여쁘기 때문이지요.

달을 가리킬 줄 아는 그 손가락이

이미 달을 보았기에 달보다 어여뻐서

그 사람 한 번 품어 주고 싶어서지요.

- 〈산사에서 4〉

　김시천을 보면 정말 환속한 스님 같다. 일을 같이 하다보면 크게 흥분하지도 않고 무슨 어려운 일을 만나더라도 허허거리고 넘기고 마는 그의 넉넉함이 정말 득도를 하여 사바세계로 하산한 스님 같다. 그러기에 그는 어디에도 얽매이지도 않고 바람처럼 살았다. 이 시를 보면 그가 왜 환속했는지 알 것 같다.

　'견지망월(見指忘月)'이라는 불교의 심오한 화두(話頭)가 세속적 정(情)으로 환치되어 기막힌 풍자와 깨달음의 경지를 보여준다. 달을 왜 보는가? 이미 수없이 보아 왔고 저렇게 높이 떠서 손에 잡히지도 않는데. 차라리 달을 가리키는 예쁜 손, 그런 손을 가진 사람이 더 눈에 들어온다. 『파우스트』에서 메피스토텔레스가 "이보게 모든 이론은 회색이고 영원한 것은 저 푸른 황금 소나무일세."라고 속삭이는 세속적 아름다움에 대한 찬양을 말이다. 우리 삶이 그렇지 않은가? 그래서 스님은 "사람에게는 사람이 제일/ 소중한 것이라서/ 사람으로 사는 동안은/ 사람 그리운 정으로 살까"(〈산사에서 5〉) 하며 산에서 내려온다. 정이 있는, 따뜻한 사람이 그리웠기 때문이리라.

　그 사람은 하나의 구심점으로 집중되기도 하지만 모두를 향한 원심력으로 확산되기도 한다. 앞서 '물의 노래'에서 아이들을 통해 수몰민들 모

두로 확산됐듯이. 그러기에 모두를 향해 이렇게 자신의 속마음을 고백
한다.

> 그들이 내게 와서
> 봄꽃이 되는 것처럼
> 나도 그들에게 작은 그리움으로 흘러 가
> 봄꽃이 되었으면 좋겠습니다
> 사람들끼리 함께 어울려
> 그만그만한 그리움으로
> 꽃동산 이루면 참 좋겠습니다
>
> －〈봄꽃 2〉

시인이 꿈꾸는 미래는 한 사람에 대한 그리움으로 끝나는 것이 아니
라 '그만그만한 그리움'들이 모여 꽃동산을 이루는 것이다. 그리움이 단
수에서 복수로, '나'와 '너'에서 '우리들'로 확산되는 것이다. 심지어는 "볼
품없는 것들끼리도／ 함께 모여 살면 아름답"(〈숲〉 부분)다 한다.

그리운 사람들이 누군가? 같이 해직되어 먼저 세상을 떠났지만 "가슴
속에서 매일매일 그렇게／ 부활하고"(〈먼저 가신 신용길 선생님께〉) 있
는 신용길, "빈 잔 남겨 두고 훌쩍 떠난 사람"(〈정영상에게〉) 정영상,
"함께 가자더니／⋯찬서리 나무 끝에／ 홍시 하나 남겨 두고"(〈김남주 1〉)
가버린 김남주, 그리고 "지금 감옥에 있는 벗들"(〈바람찬 날에 벗이여〉)
인 해직교사들. 그리고 〈박달재 아이들〉 연작에 등장하는 가여운 제자
들, "걸핏하면 눈에 눈물이 고"(〈박달재 아이들 1〉)이는 소년 가장 동호,
"다섯 살 때 사료 분쇄기에 치여"(〈박달재 아이들 2〉) 오른 팔이 없는
달영이, "평균 점수는 대개 20점 미만"(〈박달재 아이들 3〉)이지만 정직

하게 사는 지진아 성배, 소녀 가장 복순이, 다쳐 누운 아버지에게로 "점심 시간만 되면 부리나케 달려"(〈박달재 아이들 5〉)가는 창희 등과 "트럭 운전사가 꿈인/ 송학 사는 창섭이"(〈송학 사는 창섭이〉), 영월 촌놈 상기, 풍물 치는 영삼이, 귀가 잘 들리지 않아 수화(手話)하는 재현이, 환경미화원 양광석씨 등이다. 같은 길을 걸었던 시인이나 주변 동료들과 불쌍한 제자들이다. 이들을 대하는 그의 시선은 참으로 따뜻하다. 김승환이 여리고 약한 것에 쏠려 있는 유난히 '인간적인 시선'이라고 규정했던[13] 그런 시선으로 이들에 대한 그리움을 노래했던 것이다.

실제로 사람들을 그리워했던 김시천은 이들과 함께 하길 원해 아이들과 풍물패를 만들기도 했고 백운중학에서 '영상제'를 한다고 상당수의 비디오를 빌려가기도 했다. 그런가 하면 동네에서 축제를 한다고 청주와 충주, 제천의 문화패들을 소집한 적도 있다. 제천 같은 중소도시에서 문화운동을 하다 보면 정말 한 사람의 역량이 얼마나 많은 일을 하는지 실감하게 된다. 하나의 불씨가 광야를 사르듯이 김시천은 그렇게 자신을 던져 지역의 문화를 일구고 가꿨다.

이는 또한 지역에서 역사에 대한 책무와 연결되기도 했다. 제천은 구한말 1895년 을미의병(乙未義兵)이 일어난 곳이다. 해서 1995년 제천의병 창의 100주년을 맞아 〈팔도에 고하노라!〉는 주제로 '제천의병제'를 주도하기도 했다. 김시천은 주로 문학부문을 맡아 〈시와 노래의 밤〉을 진행했는데, 거기서 그는 〈의병〉 연작을 통해 100년 전 의병들을 이 시대에 소환했다.

---

13 김승환, 「바람처럼 구름처럼」, 『마침내 그리운 하늘의 별이 될 때까지』, 문학동네, 1998, 100면.

그래, 애비는 일자무식하여

이름 석 자 쓸 줄을 모르지만

밥 한 그릇 하늘인 줄 알고

사람 목숨 귀한 줄 알아

유식한 놈들 문자 타령 하고 있을 적에

왜놈들이 쳐들어와 나라가 위급하기로

나도 나섰다

                                                        - 〈의병 2〉

아들아

나는 주리다 얼어 죽었으나

한 순간 후회한 적 없다

평생을 짐승으로 살다가

사람으로 죽으니

그지없이 기쁘다

                                                        - 〈의병 6〉

　　1895년 일제에 저항하여 의병을 일으킨 세 계층은 유생, 농민, 포수들
이고 그 근거지였던 제천은 불바다가 되어 지도 위에서 사라졌다. 대의
명분을 내세웠던 유생들보다도 이름 없이 싸우다 죽었던 민중들의 희생
이 더 컸던 것은 당연하다. 그들이 왜 죽음을 각오하고 일제에 맞섰을
까? 삶의 근거지를 침탈당하고 생존을 위협받기에 분연히 일어선 것이
다. 김시천의 시는 그들 이름 없이 죽어간 의병들에 대한 '진혼가(鎭魂
歌)'인 셈이다. 그것은 당대의 의병이 아닌 오늘을 살아가는 사람들에게
던지는 깨우침의 노래이기도 했다. 우리는 지금 여기서 무엇을 하고 있

는가?

이 시기 김시천 시의 주조는 사무치는 그리움이다. 그 섬세한 정서가 어떻게 역사를 관통해 우렁찬 목소리를 낼 수 있을까? 거기에는 사람이, 살아 숨 쉬는 따뜻한 사람들에 대한 사랑이 있기 때문이다. "저 아닌 다른 남을 위하여/ 몸 바친 사람들의 사랑에 대하여도/ 생각해 봅니다/ 그 큰 사랑 또한 언제나/ 작은 사랑으로부터 시작되었음을/생각해" 본다고 한다. 정말 지금 여기서, 우리에게 필요한 것은 일이 아니라 '사람'이라는 것을 그는 일깨워 준다. "사람에게는 사람만이 유일한 희망이라는 걸"(〈안부〉) 분명히 알려준다.

그리움이란 그런 사람에 대한 바람이며 전망인 것이다. 그의 시처럼 밤하늘의 별인 것이다. 김시천은 "하늘의 별을 바라보면서 그 아득히 먼 곳에서 반짝이는 자신의 또 다른 영혼이 존재함을 느끼게 된다. 그것은 원초적 그리움이며 바로 거기서부터 인간의 인간에 대한 사랑은 시작된다."고 한다.[14] 해서 "그리운 사람아/ 어쩌다 오늘처럼 그리워 못 견딜 때에는/ 밤하늘에 별이 되자"(〈별똥별〉)고 한다.

4. 자유로운 바람처럼–'바람의 노래'

제천에서 5년을 지내고 1998년 말 김시천은 영동의 황간(黃澗)으로 훌쩍 날아간다. 그리고 1999년부터 황간중학교에서 둥지를 틀고 아이들과 만난다. 왜 수몰된 청풍강의 돌을 건져 애써 지은 집이 있는 청풍이나 친구들이 많은 청주가 아닌 깊은 산골 황간으로 갔을까?

---

14 김시천, 「마음 가는 대로」, 『풍등』, 128면.

바람 같은 그이 삶이나 시에서 단서를 찾아보면 감나무 때문이 아닐까? 그의 필명인 시천(柿天)은 바로 하늘을 배경으로 서 있는 감 혹은 감나무다. 해서 그의 시에는 유난히 감이나 감나무가 많이 등장한다. 자신을 "뜰 아래 감나무 한 그루"(〈심재〉)라고 했거니와 "나도 이제쯤에는 홍시가 되면 좋겠어 홍시처럼/ 내가 내 안에서 무르도록 익을 수 있으면 좋겠"(〈홍시〉)다고 바라고, "홍시를 닮아가는 벗들의 안부를 가끔/ 맛볼 수 있다"(〈안부 3〉)고 하며, 〈풍등〉에서는 느닷없이 "감나무 한 그루 심자"고 한다. 그러기에 감나무가 지천인 영동은 김시천에게 이상향이 아니었을까? 하지만 황간으로 들어갔던 진실은 바람만이 알리라.

황간에서도 김시천은 집을 짓고 감나무도 몇 그루 가꾸며 이것저것 농사도 지었다 한다. 거기서 2000년에 다시 결혼도 하고 다인(茶人)이라는 예쁜 딸까지 얻었다. 하지만 사람들과도 거의 만나지 않고 11년 동안 황간중학교와 학산정보고에서 아이들을 가르치다 2008년 명예퇴직을 하고는 시와 농사를 지으며 소요(逍遙)하며 살았다. 그리곤 2018년 4월 7일 아무에게도 알리지 않고 바람을 타고 '풍등'으로 날아가 "순결하게 빛나는 별"(〈풍등〉)이 되었다.

그의 마지막 정착지인 황간에 와서는 세 권의 시집을 냈다. 2003년에는 시선집 『시에게 길을 물었네』와 시집 『늙은 어머니를 위하여』를, 2018년에는 마지막 시집 『풍등』을 냈다. 그가 세 권의 시집에서 말하고자 했던 것은 무엇일까?

그가 낸 6권의 시집은 각각 주변의 지인들에게 발문을 받았는데[15] 마

---

15 시집 발간 순서에 따라 발문은 쓴 사람은 『청풍에 살던 나무』(1990) 도종환, 『지금 우리들의 사랑이라는 것이』(1993) 배창환, 『떠나는 것이 어찌 아름답기만 하랴』(1995) 권순긍, 『마침내 그리운 하늘의 별이 될 때까지』(1998) 김승환, 『시에게 길을 물었네』(2003) 김성장, 『늙은 어머니를 위하여』(2003) 양문규 등이다.

지막 시집 『풍등』에는 시인 자신이 「마음 가는 대로」, 「친구와 같이」 등의 '시인의 말'을 붙였다. 시인 자신이 쓴 작품론이라 하겠는데 자신의 시에 대하여 무슨 말을 했을까? 우선 자신의 시에 대해 첫 번째로 '마음공부'를 들었다.

> 나는 시도 마음공부의 하나라고 생각한다. 원효는 '일체유심(一切唯心)'(모든 것은 마음에서 비롯됨)을 말했고 장자는 '심재(心齋)'(마음 씻기, 마음 비우기)와 '좌망(坐忘)'(나를 잊기)을 말하였다. 마음이란 것은 참으로 오묘해서 갈피를 잡기가 어렵다.…중략…나는 시가 '마음공부'의 아주 훌륭한 재료가 된다고 믿는다. 마음은 오히려 말랑말랑한 것이어서 논리나 철학으로 접근할 때보다 정서적으로 접근했을 때 쉽게 그 출구를 찾을 수 있는데 시는 그 좋은 예가 될 것이다.[16]

시를 통해 자신 속에 들어있는 마음의 실체를 보고 이를 다스린다는 말이다. 그 예로 시인 자신이 〈어느 옛 절 은행나무 아래서〉, 〈신륵사에서〉, 〈그 절의 풍경소리〉, 〈봉숭아〉, 〈달마〉 등의 작품을 들었다. 그 중에서 〈신륵사에서〉를 보자.

신발을 도로 신으라 한다
아주 벗어버리고 떠나고 싶은 나에게
돌아가라 한다
돌아가 세속의 바다에 무거운 돌처럼 가라앉아 버려라
한다

---

16 김시천, 「마음 가는 대로」, 『풍등』, 122~123면.

썩어 가랑잎처럼 되거들랑

그때나 한 번

다시 오라 한다

―부분

세속의 인연을 피해 무슨 깨달음을 얻으려고 산 속의 절로 들어가지만 오히려 세속에 묻혀 자신을 버리는 것이 깨달음을 얻는 것이라 한다. 도(道)가 다른 데 있는 것이 아니라 바로 세속의 한가운데 있다는 것이다. 시인은 교육운동의 과정에서 전교조로 인해 해직과 구속 등의 고통을 겪었을 것이고 차라리 이런 고통을 피해 깊은 산 속 절에나 들어가고자 생각도 했을 것이다. 그런 자신의 마음을 들여다보고 오히려 세속의 한가운데로 나가 자신을 던지라 한다. 고통스러운 세속에서 도피하고자 하는 마음속을 들여다보고 이를 바로 잡으려는 일종의 '마음공부'인 셈이다.

마침 속리산에 은거한 대곡(大谷) 성운(成運, 1497~1579)을 찾아가 5~6년 동안 가르침을 받고 『중용(中庸)』을 8백독 한 '풍류남아(風流男兒)' 백호(白湖) 임제(林悌, 1549~1587)가 속리산을 떠나면서 깨달음을 얻었다는 구절이 있다. 『중용(中庸)』 13장을 가져다 "도는 사람을 멀리하지 않았는데 사람이 도를 멀리 했고, 산은 세속을 떠나지 않았는데 세속이 산을 떠났다."[道不遠人人遠道, 山非離俗俗離山]는 경구가 그것이다. 도(道)가 삶을 초월한 곳에 있는 것이 아니라 바로 세속적 삶 속에 있다는 말이다. 해서 '속리산'이란 글자를 활용해 산이 세속을 떠난 것이 아니라 오히려 세속이 산을 떠났다는 것을 일깨워 준다. 김시천의 시와 일치하는 깨달음이다.

다음으로는 시에서 '마음 내려놓기'를 들었다.

또 하나 나의 지향은 '마음 내려놓기[放下着]'이다. 일상에서는 그러나 그게 마음대로 되지는 않는다. 그럴 때 시를 통해 '마음 내려놓기' 연습을 하면 그래도 조금은 도움이 된다. … 시는 닫혀 있는 마음에 문을 낼 수 있는 아주 훌륭한 도구이기 때문이다. 앞에서도 언급한 장자의 '마음 씻기', '마음 비우기' 즉 '심재(心齋)'와 '좌망(坐忘 : 나를 잊기)'는 내 시의 중요한 모티브이기도 하다.[17]

김시천은 평소 『노자(老子)』와 『장자(莊子)』를 즐겨 읽었다. 그의 시 〈봄 경전〉에도 "절 뒤에 나이 많으신/ 산벚나무 한 그루/ 꽃 등불 환하게 밝히시더니/ 봄 경전을 읽습니다/ 오늘은 금강경 대신 노자 도덕경입니다"라고 했거니와 황간에서 쓴 시의 많은 부분이 노장(老莊)의 '무위자연(無爲自然)'을 주제로 드러내고 있다. 시인도 "내 마음 속에서 깊게 소용돌이치던 어떤 생각들이 '어떤 것을 행함(인위)' 차원에서 '아무 것도 하지 않음(무위)'의 차원으로 곰삭아 생긴 필연의 결과일 것"[18]이라 했거니와 시의 소재를 노장(老莊)에서 직접 가져오기도 했다. 제목 자체가 『장자』에서 따온 〈심재(心齋)〉와 〈소요유(逍遙遊)〉를 보자.

뜰 아래 감나무 한 그루

밤새 흰 눈 펑펑 내리고
신새벽

---

17 같은 글, 127면.
18 같은 글, 121면.

그대 이미 빈 마음
고요하구나

—〈심재〉 전문

바람이 분다
흔들리는 나무
아래
꽃잎 하나 진다

—〈소요유〉 전문

'심재(心齋)'는 『장자』 「인간세(人間世)」에 나오는 말이다. 마음을 비워 지각에서 벗어난다는 말로 자신의 존재조차 잊어버리는 것을 의미한다. 원래는 공자가 안회(顔回)에게 포악한 위(魏)나라 임금을 설득하기 위해 갖추어야 할 마음의 자세로 알려준 것이지만, 여기서는 시인 자신의 마음가짐을 말하고 있다. 감나무는 시인 자신 혹은 마음일 것이다. 세상은 밤새 흰 눈이 펑펑 내렸지만 마음을 비웠으니 고요하다고 한다. 세상의 온갖 조건이나 구속들로부터 자유로워진 것이다. 그래서 〈소요유〉에 오면 세상의 조건과 구속을 초월하여 아무 것도 하지 않는 '절대자유'를 맛보는 것이리라. 나무가 바람에 흔들린다고 어떻게 되지는 않는다. 나무의 존재 자체가 부정되지는 않는다. 그냥 바람에 자연스럽게 꽃잎 하나가 떨어질 뿐이다.

그래서 "그냥 물들면 되는 것을/ 그냥 살포시 안기면 되는 것을/ 저절로 물이 들 때까지 기다리면 되는 것"(〈바보, 꽃잎에 물들다〉)이라는 깨달음에 이르게 된다. 그 깨달음의 실체는 '무위자연'이다. 아무 것도 하지 않는[無爲] 깨달음을 시로 노래한 것이다. 황간에 온 이후 김시천의 시는 이런 '선시(禪詩)' 혹은 도가(道家) 경향의 시가 많은 부분을 차지한다.

> 그리 모질게 살지 않아도 되는 것을
> 바람의 말에 귀 기울이며 물처럼 몸을 낮추어
> 조용히 흐르며 살아도 되는 것을
> 악다구니 쓰고 소리 지르지 않아도 되는 것을
> …중략…
> 사랑도 익어야 한다는 것을,
> 덜 익은 사랑은 쓰고 아프다는 것을
> 사랑도 기다려야 한다는 것을 젊은 날에는 왜 몰랐나 몰라
> 나도 이제쯤에는 홍시가 되면 좋겠어 홍시처럼
> 내가 내 안에서 무르도록 익을 수 있으면 좋겠어
> 아프더라도 겨울 감나무 가지 끝에 남아 있다가
> 마지막 지나는 바람이 전하는 말을 들었으면 좋겠어
>
> -〈홍시〉 부분

감은 바로 시인 자신이다. 그 감이 모진 세월을 지나 이제는 홍시가 됐다. "그리 모질게 살지 않아도 되"었지만 세상에 맞서 "악다구니 쓰고 소리 지르"고 살았던 것이다. 지나온 시절이 그렇게 강요한 것이리라. 기다리면 저절로 홍시가 되는 것처럼 사랑도 기다려야 한다는 줄 왜 몰랐는지 아쉬워한다. 그 사랑으로 인해 얼마나 많은 상처를 입히고 입었던가! 해서 이제는 "내 안에서 무르도록 익"은 홍시가 됐으면 좋겠다고 한다. 그래야만 "마지막 지나는 바람이 전하는 말"을 들을 수 있기 때문이다. 마지막 지나는 바람이란 자신의 삶에서 어쩌면 마지막 들을 수

있는 깨달음의 소리일 것이다. 홍시처럼 무르도록 익어야 그 깨달음의 소리를 들을 수 있다는 말이다.

그런데 깨달음을 노래한 시들의 형식적 특징은 처음엔 평범하게 시상을 전개하다가 마지막 부분에 가서야 갑자기 깨달음의 실체가 드러낸다는 것이다. 한시에서 이미지가 바뀌는 전구(轉句)와 같이 이미지가 순간 비약하여 이제까지 전개되던 이미지들이 다시 조정된다. 앞의 〈홍시〉에서도 "마지막 바람이 전하는 말"이 등장하거니와 〈묵언〉을 보면 "묵언으로만 속삭이는 들풀처럼/ 가끔 바람이 불 때만 속삭이며/ 우리도 그렇게 살 걸 그랬나 봅니다"라고 '묵언'에 대해 이야기를 하다 마지막 연에 가서 느닷없이 "작년 여름에 피었던 산나리꽃이/ 올해도 또 피었습니다"라고 엉뚱한 구절이 등장한다. 아무런 말도 하지 않지만 산나리꽃은 올해도 또 저렇게 아름답게 피지 않았느냐는 반문일 것이다. 이런 방식은 깨달음이 서서히 오는 것이 아니라 어느 순간 갑자기 이루어지는 '돈오돈수(頓悟頓修)'인 셈이다.

마지막 시집의 제목이기도 한 〈풍등〉의 마지막 연을 보자.

아무 것도 적지 말자꾸나

그래야 진짜 풍등이니까

그래야 마음만으로 눈빛만으로

무거운 몸 높이 높이 바람에 날려

네 눈빛 닮은 반짝이는 별이 될테니까

그래야 네가 다시 부르면

돌아와 순백으로 반짝이는 별똥별

진짜 풍등이 될 테니까

감나무 한그루 심자

풍등에 대한 이야기를 하다가 느닷없이 마지막에 가서 "감나무를 한 그루 심자"고 한다. 감나무는 어쩌면 하늘로 올라가지 못하는 시인 자신의 은유로 읽히지만 또한 지상에 대한 미련으로도 보인다. 그 감나무가 무엇을 의미하는지는 보는 사람마다 다를 것이다. 하늘로 상승하는 풍등은 저 높은 곳, 그리움의 대상인 별을 향하고 있다. 그 별과 감나무의 거리만큼 빈 공간이 생긴다. 시인은 그 빈 공간에 아무 것도 넣어 두지 않는다. 독자들이 스스로 빈 공간을 채우도록 여백으로 남겨두고 있다. 저마다 깨달음에 나아갈 수 있도록 여지를 남기는 것이다.

김시천은 황간에서 사람들도 별로 만나지 않았다. 마치 조선 중기 자연을 노래한 '강호가도(江湖歌道)'의 시인들처럼 자연 속에 침잠하여 거기서 시적 대상을 찾아 정신적 수양 혹은 깨달음을 시로 썼지만[19] 인간에 대한 사랑과 그리움을 떨쳐낸 것은 아니다. 윤선도처럼 "人間을 도라 보니 머도록 더욱 됴다"(〈어부사시사〉)고 하지 않았고 오히려 사람들에 대한 그리움을 절절이 풀어냈다. 그런 대표작이 〈안부〉 연작일 것이다. 널리 알려진 〈안부 1〉은 처음 『떠나는 것이 어찌 아름답기만 하랴』에 〈안부〉라는 제목으로 실렸었는데 『풍등』을 내면서 〈안부 2 - 낡은 수첩 하나〉와 〈안부 3 - 감나무 아래를 지나며〉을 추가해 연작으로 만들었다.

이삿짐을 싸는데
책꽂이 사이에서 낡은 수첩 하나가
조용히 안부를 묻는다
…중략…

---

19 이런 지향으로 인해 양문규는 이 시기 김시천 시의 경향을 자연과 자아가 합일되는 '자연친화적인' 세계라고 평가했다. 양문규, 「길 위에서 길 찾기」, 『늙은 어머니를 위하여』, 120면 참조.

그날 나는 오랫동안 이삿짐 싸는 걸 멈추고
낡은 수첩 속의 주소들에게 안부를 물었다

정말 잘 지내느냐고
정말 별일은 없는 거냐고

묻고 또 물었다
나에게 물었다

-〈안부 2〉 부분

이렇게 쉽게 너와 내가 안부를 주고받을 수 있는
이 편리함이란 것도 참 좋은, 참 스마트한 것이긴 하나
하루에도 수 십 통씩 딩동거리는, 낯선 이들이 묻는
휴대폰에 갇힌 나의 안부는 무어라 하랴
벌거벗은 타인의 은밀한 이야기를 기어코 퍼 나르는
어둔 밤의 안부가 넘쳐나는 시대가
너무 간지럽구나

그래도 가끔은 아주 가끔씩은
결코 잊을 수 없는 간절한 안부가 아직 남아 있다는 것은
얼마나 다행스런 일인가

-〈안부 3〉 부분

안부를 묻는다는 것은 인간 사이의 따뜻한 소통을 의미한다. 그런데 그것은 역으로 자신에 대한 확인이기도 했다. 오래 된 수첩 속 사람들에

게 안부를 물으면서 그것이 자신에게로 향하는 것을 느낀다. 자신의 안부를 묻는 것이기도 하다. 해서 소식이 가물가물한 사람들의 안부를 묻는다는 것은 아무도 찾지 않는 궁벽한 산골에서 사람들에게 그리움의 발신부호를 보내는 것이리라. 황간에서 김시천은 그렇게 사람들을 그리워하며 살았다. 그런 원초적 외로움을 존재적 필연이라 여겼는지도 모른다.

하지만 언제 어디서나 소재가 확인되고 아무하고나 소통이 가능한 스마트 폰은 진정한 안부를 묻는 것이 아니다. 하루에도 수 십 통씩 울려대는 휴대폰 속에 '시인의 안부'는 갇혔다고 한다. 사람에 대한 그리움이 없기 때문일 것이다. 그래도 결코 잊을 수 없는 간절한 안부가 아직 남아 있음을 다행으로 여긴다. 그것은 "바람이 전하는 그리운 사람들의 안부"와 "홍시를 닮아가는 벗들의 안부"다. 김시천은 자신의 시론에서 이렇게 말한다.

> 또 하나 나의 지향은 인간에 대한 사랑이다. 사랑은 그리움이다. 어느 날 인간은 하늘의 별을 바라보면서 그 아득히 먼 곳에서 반짝이는 자신의 또 다른 영혼이 존재함을 느끼게 된다. 그것은 원초적 그리움이며 바로 거기서부터 인간의 인간에 대한 사랑은 시작된다. …중략… 그래서 사랑은 본래적으로 외로운 것이며 그 외로움이 커질수록 뜨거워지는 것이다. 그 뜨거움이 녹아 때로 눈물이 되는 것이며 마침내 노래가 되는 것이다.[20]

김시천 시에 나타난 그리움은 곧 사랑의 내밀한 실체다. 해서 아주 더디지만 바람을 통해 안부를 듣고, 홍시처럼 익어가는 친구들에 대한

---

20 김시천, 「마음 가는 대로」, 『풍등』, 128면.

그리움을 맛보는 것이다. 이처럼 황간에서 쓴 김시천의 시는 대부분 마음
의 깨달음을 주제로 하고 있지만 그 속에는 분명 인간에 대한 사랑과
그리움이 자리하고 있다. 그런 경향을 잘 보여주는 시가 〈농부의 기도〉다.

밭으로 향하는 그 발걸음을
당당하게 하소서
땅을 내몸같이 섬기며
이름 없는 풀 한 포기 나무 한 그루까지
땅에서 땅으로 돌아가는
모든 생명들과 더불어
하나로 살아가는 지혜를
깨닫게 하소서
노동으로 얻은 과일을
가장 큰 기쁨으로 알게 하시고
그 과일에 묻은 땀방울을
가장 값진 보석으로 여기도록 하소서
그리하여 그 삶이 메마르지 않도록
이웃에게 겸손하고
모든 일에 너그럽게 하소서
소유하지 않아서 오히려 풍요롭고
그저
한 줌 흙으로 돌아가는 날까지
이 땅에 바치는 노동의 순결함으로
그 소박함으로
살게하소서

내 작은 삶이 그리하여 마침내

시가 되게 하소서

-부분

마음의 깨달음이란 무엇인가? 그건 현실을 초월한 그 무엇이 아니라 결국 우리의 삶을 빛나게 하고자 함이 아닌가. 곧 깨달음이 다시 삶으로 환원돼야 그 깨달음이 비로소 빛나게 되는 것이다. 이 시에 대해서 김시천이 이렇게 말한다.

내 삶의 궁극적 지향은 농부이다. 들판에서 땀을 흘리며 바람과 속삭이고 흙을 어루만지며 고단한 육신을 쉬게 하는 것이다. 나는 아직 농사야말로 하늘이 내린 직업이며 이 세상에서 가장 정직한 오직 한 가지 일임을 믿는다. 흙은 우리의 궁극이며 어머니이며 노자가 말하는 '아무 것도 하지 않음'의 '함'(無爲의 爲)이 가능한 삶의 본질이다. 우리가 흙에 머무는 동안 우리가 별을 바라보고 그리워할 때마다 그 아득한 그리움의 별은 다정한 얼굴로 다시 우리 곁으로 내려와 우리 가슴 속에서 아름답게 조용히 반짝이며 빛날 것이다.[21]

흙은 그 자체로 생산성을 갖추고 있다. 그러기에 '무위자연'이 가능한 것이 바로 흙이며, 농사를 짓는 일일 것이다. 해서 시인은 땅과 일체가 되어 "이름 없는 풀 한 포기 나무 한 그루까지…모든 생명들과 더불어/ 하나로 살아가는 지혜를/ 깨닫게" 되는 것이다. 자연과 자아 혹은 우주의 생명과 자아가 하나로 합일되는 상태가 바로 흙을 통한 깨달음의

---

21 같은 글, 130면.

경지고 농부로서의 삶이다. 그러면 그리움의 대상인, 하늘에 반짝이는 별도 우리 가슴 속으로 내려오게 되는 것이다.

5. 마침내 그리운 하늘의 별

김시천의 시는 곧 삶이었다. 아니, 김시천의 삶이 곧 시가 되었다. 〈농부의 기도〉에서도 "나의 작은 삶이 그리하여 마침내/ 시가 되게 하소서"라고 기원하며 작가가 되려는 청소년에게 주는 글 「친구와 같이」에서도 문학을 "삶의 토양에 뿌리를 내리고 생명을 얻어 자라나는 삶의 유기체"[22]라고 강조했거니와 해직되는 것을 계기로 '원고지의 밀림'보다는 '삶의 토양'에 뿌리를 내리면서 시가 술술 써졌다고 고백했다.

사실 그랬다. 김시천은 교육운동에 투신하고 전교조 해직교사가 되면서 많은 시를 썼다. 처음 두 권의 시집은 바로 그런 해직교사의 삶을 담고 있다. 하지만 그 시들은 목소리를 높이는 투쟁의 함성이 아니라 아이들에 대한 따뜻한 사랑의 언어들이었다. 게다가 제천과 청주의 수많은 지역운동과 문화운동에 관여하면서 사람들의 이야기를 시로 썼다. 세 번째와 네 번째 시집이 그런 내용을 담고 있다. 거기에는 사람들에 대한 그리움이 가득하다. 심지어는 마음의 깨달음을 노래한 작품도 중심에도 사람에 대한 그리움이 있었다. 이처럼 김시천의 모든 시는 사람에 대한 사랑 혹은 그리움이 중심에 자리하고 있다.

김시천은 "어딘가에 자신의 영혼을 공감해 주고 이야기를 나눌 사랑의 대상을 애타게 그리워하고 찾게 되"기에 "사랑은 본래적으로 외로운 것

---

22 김시천, 「친구와 같이」, 『풍등』, 135면.

이며 그 외로움이 커질수록 뜨거워지"고 "그 뜨거움이 녹아 때로 눈물이 되는 것이며 마침내 노래가 되는 것"이라고 한다.[23] 그의 시, 그의 노래는 이처럼 한마디로 정의한다면 바로 '사랑과 그리움의 애가(哀歌)'다.

그는 〈진정으로 내가 부르고 싶었던 노래는〉에서 "진정으로 내가 부르고 싶었던 노래는/ 데모대의 노래가 아"니었다. "그러나 나는 여전히 별을 바라보고 싶고/ 바람과 하늘과 꽃들의 노래 즐겨/ 부르고만 싶었"다고 한다. 그럼에도 그는 "진정으로 부르고 싶은 나의 노래들을/ 다시 또 찾기 위해서" "새벽 공기를 가르며/거리로, 거리로/ 다시 또 길을 나서야" 했다. 그렇게 소중한 노래를 찾기 위해 김시천은 세상의 모순과 싸우고 또 싸웠다. 그렇게 해서 그의 삶은 드디어 시가 되었다.

이제 김시천은 지상에서 가지에 붉은 홍시 몇 개 남겨두고, 대금 산조 한 자락 불면서 바람처럼 가벼워져 풍등으로 높이 올라, 순결하게 빛나는 밤하늘의 '그리운 별'이 되었다. 언젠가 사람들이 그리워 "오늘처럼 못 견딜 때에는 별똥별이 되어"(〈별똥별〉) 다시 내려오리라. 밤하늘에서 별똥별이 쏟아지면 사람들이 그리워 김시천이 내려온 줄 알리라.

> 나 돌아가네
> 청천 하늘엔 잔별도 많아
> 그 어느 별 중에 내 별도 있으려니
> 그 어느 별 중에 그리운 이도 있으려니
> 돌아가 눈물 반짝이는
> 별이나 되려 하네
>
> — 〈귀거래사〉 부분

---

23 김시천, 「마음 가는 대로」, 『풍등』, 128면.

잃어버린 세월에 대한 복원
—『남한강』의 작가 강승원을 찾아

대담 : 권순긍(세명대학교 한국어문학과 교수)

일시 : 1999년 8월 12일

장소 : 영등포구 구로동 강승원 자택

한반도의 허리를 강타했던 폭우가 멈추고, 수은주가 34~5도를 오르내리던 여름. '광복절'을 사흘 앞두고 필자는 구로동으로『남한강』의 작가 강승원을 만나러 갔다. 되는 일도 없고, 안 되는 일도 없다는 한 여름의 폭염은 바로 우리의 현실 그대로였다. 이 끔찍한 더위! 우리는 지금 어디로 가고 있는가? 정치는 개혁의지를 상실한 채 표류하고, 국민들은 IMF의 늪 속에서 허우적거리고 있다. 이 한여름의 더위처럼 그렇게 20세기가 지나가고 있다. 시원한 바람은 언제쯤 불어올 것인가?

강승원 작가를 만나보려는 건 좀 특별한 이유에서였다. 제천 출신의 작가로 그 집안이 의병과 관련되어 있을 뿐만 아니라, 전 3권의 장편소설『남한강』(소담출판사, 1997)을 써서 '제천의병'을 소설화했기 때문이다. 이보다 앞서 이원규가『거룩한 전쟁』(신구미디어, 1993)을, 작고한 권운상이『월악산』(백산서당, 1994)을 써서 의병을 소설화했지만, 본격적으로 '제천의병'을 다룬 것은 아니다.『거룩한 인생』은 8도 의병 전체를 다루어 서울 탈환 작전에 초점을 맞췄으며,『월악산』은 의병뿐 아니라 독립협회, 만민공동회, 활빈당 등 구한말의 정세를 주로 다루었다.

이에 비해 『남한강』은 의병활동 보다도 일제 강점기를 제천 의병의 후손들이 어떻게 살았던가를 주로 다루고 있어 그 작품의 현재적 의미를 확인할 수 있게 한다.

참고로 줄거리를 소개하면 다음과 같다.

『남한강』은 기미년 삼일만세운동이 일어난 몇 해 뒤 남한강가의 한 마을의 같은 지붕밑에서 출생하는 두 소년의 이야기로 시작된다. 집주인인 지주의 아들로 태어난 아이는 이준기이고 이 집 행랑채에서 소작인의 자식으로 태어난 아이는 조남북이다. 두 아이는 일제 식민시대를 거쳐 해방과 한반도의 남북전쟁, 그리고 유신시대를 살지만 지주의 아들은 지배층으로, 소작인의 아들은 피지배층으로 역사의 격동기를 어떻게 살아가는지 극명하게 보여준다.

친일지주를 아버지로 뒀던 이준기는 해방이 되면서 정부의 고관으로 변모했고, 독립운동에 나섰던 조부를 찾아갔다가 김구의 경호원이 되었던 조남북은 안두희의 저격으로 김구가 서거한 뒤 철도원이 되었다가 파업주동자로 몰려 감옥에 들어간다.

'남북전쟁'이 일어나고 북군이 남침하면서 조남북은 감옥에서 나오지만 삼개월 간의 인공치하에서 잠시 민청 위원장을 지낸 죄로 남군에 의해 다시 감옥에 들어가고 군법회의에서 무기징역을 언도받는다. 억울하게 중형이 선고되자 그의 아내와 당숙 등 가족들은 감형운동을 벌이지만 받아들여지지 않는다. 한편 일본 유학에서 돌아와 서울 법대에 들어간 이준기는 조선 변호사시험에 합격하여 검사가 되었고 5.16 군사반란이후에는 공안기관의 요원이 되어 민주 인사와 학생운동권 세력을 탄압하고 타도하는데 선봉장이 된다. 이준기는 이런 공로를 인정받아 검찰총장과 법무장관으로 승승장구 출세를 하게 된다.

세월이 흘러 조남북은 미전향 장기수로 사십년 가까이를 복역하고 출감하게 되는데 그때서야 교도소측은 검찰관이자 공안 책임자인 이준기의 지시로 감형이나 특사 혜택이 이루어지지 않았다고 실토한다. 그러나 때는 이미 지나간 뒤였다. 가족과의 왕래가 끊어진 지 오래된 조남북은 무연고 출소자들이 모여 사는 형제원으로 들어가 살아가는데 어느 날 잊고 있던 딸이 찾아와 극적인 상봉을 하고 딸네 집으로 들어가 노년을 보내게 된다.

그러나 고관대작을 지내고 여생을 즐기던 이준기는 어느 날 안방에서 잠을 자다가 괴한에 의해 살해당한다. 범인은 바로 삼십여 년 전 자기 집 하녀에게서 출생했던 자신의 사생아였다.

어찌 보면 역사 스릴러물 같기도 하고, 우리 근대사의 파행적 전개에 대한 분노의 목소리 같기도 하다. 어쨌거나 장편소설 『남한강』은 제천의병과 그 후손들에 대한 복권이라는 의미에서 우리 소설사에서 '제천의병'이 이제 시민권을 획득했음을 실감케 한다.

그 자신이 1895년 을미의병, 1907년 정미의병의 종사관으로 활약한 강학수(姜學秀)의 손자인 강승원 작가와 작품에 대한 많은 얘기를 나누었다. 다음은 작가와의 대담 내용이다.

❶ "작품이 제천의병을 다루고 있고, 선생님에 제천 출신으로 소개돼 있는데 제천에 사신 것은 언제까지입니까?"

—두학 거문돌(중말)에서 태어나고 자랐지요. 일제 강점기에는 소백산 기슭을 떠돌며 살다가 해방과 함께 거문돌로 돌아와 1966년까지 살았습니다. 두학초등학교를 졸업한 뒤 10여년간 당숙에게 한학을 수학했습니다. 1966년에 『한국일보』에 들어가 청주 주재기자로 있다가 80년 편집국으로 전보되어 30년간 근무하다 1995년 퇴직했습니다. 스물아홉

까지 제천에서 산 셈입니다.

❷ "요즘도 신문기자 시험이 '언론고시'라고 할 정도로 힘든데 독학으로 『한국일보』 기자 시험에 합격했다는 것은 쉬운 일이 아닐 텐데요?"

―우리 문중뿐 아니라 의병의 후손들이 일제의 감시를 많이 받아 정상적으로 살아가기가 어려웠지요. 대부분 강원도 오지에 숨어 살았습니다. 저도 그 덕분에 초등학교밖에 못 다녔습니다. 독학으로 공부해 기자 시험에 합격하니 당시 사장이던 장기영 씨가 나를 부르더니 참 대단하다고 하면서 당신 같은 사람이 필요한 세상이 되었다고 하더군요.

❸ "그래서 그런지 선생님의 작품을 보면 신문기자로서의 경험이 많이 반영된 것 같습니다. 소설과는 어떻게 인연을 맺었습니까?"

―가슴에 품은 한이 많아 소설을 꼭 써야한다고 생각했지요. 1959년 『평화신문』 문예작품 공모에 단편소설 「빈농시대」가 입선돼 문단에 나왔습니다. 그 뒤로는 신문기자 생활에 바빠 제대로 작품을 쓰지 못했습니다. 1970년대 중반에 이문구, 한승원, 오학영 씨 등과 교유가 많았는데 그 분들이 다시 소설을 쓰라고 졸라 「담수지역」을 쓰게 됐습니다. 그 작품이 1981년 『월간문학』 신인상에 당선된 것이지요. 그러니까 문우들의 권고로 다시 소설을 쓰게 된 셈입니다.

❹ "묻어둔 얘기가 많으실 줄 압니다만 『남한강』을 어떻게 쓰게 됐습니까?"

―우리 문중이 의병과 관련돼 있었고 내가 어려서 어른들에게서 들은 것이 많아 오랜 기간 동안 자료를 준비해 왔습니다. 내 할아버지인 강자 학자 수자 어른[姜學秀; 을미의병시 제천의진에서 활약. 정미의병시 이

강년진에서 종사관으로 활약과 작은 할아버지인 강자 난자 수자 어른 [姜蘭秀 을미의병시 제천의진에서 장서기(掌書記)로 활약, 1905년 두 학동 박약재에서 이강년의 의병투쟁사인『창의록(倡義錄)』을 편찬하다가 체포되어 청주 형무소에서 46일간 복역하였다.]이 모두 의병에 가담했고, 당숙 강명희 또는 의진에 참여했습니다. 이 때문에 일제 식민지 기간 내내 감시가 심해 고향에서 살지 못하고 소백산 자락이나 정선, 영월, 평창 등 산간 벽지로 숨어 다녔습니다. 40년 가량 집안의 대가족들이 모두 그렇게 살았습니다. 1945년 해방이 되고나서 9월에야 고향에 돌아올 수 있었습니다.

❺ "그래서 작품 속에 산골 오지에 숨어사는 의병 후손들의 얘기가 주로 등장하는군요. 어쨌거나 그들의 삶이야말로 당시의 의병투쟁을 직접 다루는 것보다 더 중요한 의미가 있을 줄 압니다."

―사실『남한강』을 쓰게 된 까닭도 거기에 있습니다. 의병들의 후손들이 일제 강점기에 얼마나 힘겹게 살았는가를 세상에 널리 알리고 싶었습니다. 게다가 부끄러운 얘기입니다만 의병뿐 아니라 항일투쟁에 참여했던 사람 중 많은 수가 일제 말기에는 일제에 협력하게 됐다는 사실입니다. 제천도 예외는 아닙니다. 소설 제목을 '남한강'으로 한 이유도 그 지역이 강원, 충북 오지로 대개 의병 후손들이 많이 숨어 살았기 때문입니다. 우리 가족이기도 해서 오랜 기간 자료를 수집해오다가 1996년부터 본격적으로 집필하게 됐습니다.

❻ "실재의 역사적 사실로 의병에 참여했던 분들이 한·일 강제병합 후 친일로 돌아서게 됐다는 것은 상당히 충격적인 얘기입니다. 거기에 대한 구체적 자료나 증거가 있습니까?"

―내가 직접 겪고 들은 것들입니다. 의병에 관한 한 알려진 사실이 뒤틀린 것이 많습니다. (선생님은 한사코 밝히기를 거부했다. 잠시 침묵) 세월도 많이 지났고, 지금에 와서 어떡하겠습니까. 독립유공자 포상도 그런 잘못이 많은데…. 해방 이후 친일파의 후손이 권력을 잡자 자기 선조를 독립유공자로 둔갑시키는 경우도 많지 않습니까. (우리 근대사의 파행적 전개로 인한 일제 잔재의 미청산은 오늘날까지 우리 역사의 오점으로 기록될 터, 바로 강승원의 가족사는 그런 세월에 대한 희생의 증거였다.)

❼ "제천에서 거문돌 강씨(진주 강씨)는 유력한 명문 집안이고 제천 의병에도 적극적으로 가담했는데, 그런 연유로 보자면 제천에 대해 남다른 애정이 있으리라 여겨집니다. 제가 볼 때는 애증(愛憎)의 양면이 공존하는 것 같습니다. 고향인 제천으로 내려오시지 않는 것도 그런 이유 아닌가 합니다. 왜 고향에 내려오시지 않는지요?"

―우리 집안은 중시조가 낙향해서 30대를 제천에서 살았습니다. 제천 토박이인 셈이죠. 어쨌거나 거문돌 강씨들이 제천 의병에 적극 가담하게 됐고 그 결과 집안이 영락했습니다. 이건 좀 다른 얘기지만 벼도 못자리판을 떠나야 잘 성숙한다지 않습니까? 오래 살아왔으니 이제는 타향에서 살아봐야지요.

❽ "매년 제천에서는 제천의병 창의를 기념하여 '제천의병제'가 열리고 있습니다. 혹시 그 행사를 알고 계십니까? 그 중에 '의병 후손 초청행사'가 있는데 초대받으신 적이 있으신지요?"

―행사를 보지는 못하고 연다는 얘긴 들었습니다. 제천에 그런 행사를 하게 되어 무엇보다도 기쁩니다. 이제야 제천 의병항쟁이 항일투쟁

의 중심에 서는 것 같습니다. 무엇보다도 제천 의병은 지역의 자존심인데 그동안 너무 소홀하게 대해 왔습니다. 특히 제천의 젊은 문화인들이 중심이 되어 행사를 주도한다는 얘길 들으니 이제야 제천이 살아나는 것 같습니다. 의병 후손의 한 사람으로 공식적인 초대는 못 받았습니다. 아마도 연락이 두절되어 그러리라 봅니다. 서운하지는 않습니다. 때문에 참석도 못했습니다.

❾ "의병 얘기가 좀 길었습니다. 다시 작품에 대한 얘길 나누었으면 합니다. 선생님의 작품을 보면, 외람된 얘깁니다만 너무 도식적이 아닌가 생각이 듭니다. 친일 지주의 아들은 검찰총장을 거쳐 법무부 장관이 되고 항일투사의 후손은 노동운동에 관계하다 감옥에 가게 되는, 우리 근대사의 명암을 너무 극명하게 그리려다 보니 개개인의 구체적이고도 진솔한 삶은 빠져 있습니다. 뭐라고 할까요? 우리 근대사의 복원에 대한 강박감과 책무감이 너무 강하신 것이 아닌가 생각도 듭니다."

─공감합니다. 내 둘째 아들이 영문학을 공부하고 있습니다. 내 소설을 읽고는 꼼꼼히 비판했습니다. 대충 그런 내용입니다. 내가 신문기자로 활동하는 동안에 공안기관의 탄압을 수없이 목격했기 때문에 그때 가슴속에 맺힌 응어리가 『남한강』을 이렇게 만든 것이 아닌가 생각합니다. 이 잘못된 역사 전개를 바로 잡아야 한다는 강박감이 살아 숨 쉬는 사람들의 풍부한 삶을 그리지 못한 이유이지요.

❿ "선생님의 세대는 어쩔 수 없는 숙명이라는 생각도 듭니다. 말하자면 거대 역사 담론에 너무 치우쳤다고 하겠습니다만 잘못된 역사에 대한 소명의식이 강했던 것 아닙니까?"

─허허, 그런가요.(웃음)

❶ "이제는 좀 편한 마음으로 인간의 진솔한 삶을 통해 역사를 얘기해야 할 것 같습니다. 송기숙 선생님의『녹두장군』을 보더라도 역사를 복원시켜야 한다는 의지가 강해 영 재미없는 작품이 되고 말았습니다."

—재미도 있고 메시지도 전할 수 있는 소설을 써야 하는데 그게 쉽지가 않네요.

❷ "앞으로 쓰시고자 하는 작품이 많을 줄 압니다. 구상중인 작품을 좀 소개해 주시죠."

—지금 얘기한 것처럼 인간의 진솔한 삶을 다룬 작품을 쓰려고 합니다. 60년대부터 90년대 초반까지 의병 후손들을 주인공으로 해서 한국사의 명암을 제천 지역에 투영시켜 써볼 생각입니다. 그 시기가 우리 한국사에서 가장 격동의 시기입니다. 제천이라고 예외일 수는 없습니다.

❸ "『남한강』도 그렇고 앞으로 쓰실 작품도 제천 얘기가 중심을 이룰텐데요. 그렇게 본다면 선생님이야말로 소설을 통해서 제천의 역사를 복원하는 엄청난 작업을 하는 셈입니다. 선생님이 계신 것이 제천으로서는 다행입니다. (웃음)

저희 제천·단양 민예총 책자 이름이『남한강』입니다. 제천을 중심으로 남한강 주변에 모여 사는 사람들의 삶을 다루자는 것이지요. 같은 제목의 선생님 작품을 언급하게 되어 무엇보다도 기쁩니다. 언제 제천에 한번 오시면 편하게 소주라도 한잔 나누면서 미진한 얘기를 들었으면 합니다. 건강하십시오. 오랜 시간 감사했습니다."

3부

지역과 문학, 장소에 각인된 문학적 심상

한국 고소설과 중국 후난[湖南]지역

1. 문제의 제기

한국의 고전소설은 중국을 시대적·지리적 배경으로 삼은 것이 많다. 〈구운몽〉·〈당태종전〉 등은 당(唐)나라 때로, 〈조웅전〉·〈숙향전〉 등은 송(宋)나라 때로, 〈사씨남정기〉·〈유충렬전〉·〈심청전〉 등은 명(明)나라 때로 각각 시대적 배경을 설정하고, 이에 따라 지리적 배경 역시 창안[長安]이나 베이징[北京], 난징[南京] 등 중국의 주요 지역을 배정하고 있다. 이렇게 중국을 무대로 한 것은 그래야만 작품의 격이 높아지고, 사건을 자유롭게 설정할 수 있는 이점이 있기 때문이다.[1] 구체적으로 말하자면 중세 보편주의에 근거한 화이론적(華夷論的) 세계관에 의해 중세문화의 중심부인 중화(中華)를 무대로 해야 작품의 품격을 높일 수 있다고 여겼으며, 더 중요하게는 그렇게 함으로써 국내의 민감한 정치적 사안을 피해 사건을 자유롭게 전개시킬 수 있는 편리함이 있었기

---

1 조동일, 『한국문학 통사』 3, 지식산업사, 1984, 99면 참조.

때문이다. 곧 당대 공식적인 이념과 허구적 편의를 위해서 그렇게 한 것이지 특별한 이유가 있는 것은 아니었다.

그런데 유독 지리적 배경으로 중국의 후난[湖南]지역, 즉 형초(荊楚)지역은 고전소설에 아주 빈번하게 등장하며 사건의 진행과도 긴밀하게 연결된다. 〈구운몽〉은 남악형산(南岳衡山)을 현실의 무대로 삼고 있으며, 〈사씨남정기〉는 제목이 뜻하는 바처럼 순천부(順天府,현재 北京)에서 호남지역의 중심지인 창사[長沙]로 가는 '남정(南征)'의 행로를 사건이 따라가고 있고 주요 사건은 바로 동정호(洞庭湖)와 군산(君山)에서 집중적으로 일어난다.

더욱이 〈춘향전〉에서 옥중에 갇힌 춘향의 혼이 강남 수천 리 날아서 군산의 이비(二妃)를 만나고 오며, 〈심청전〉에서도 인당수로 죽으러 가는 심청이 역시 이비를 만나 하소연을 듣는다. 〈토끼전〉에서는 용궁에서 나온 토끼와 자라가 소상강(瀟湘江)을 지나면서 굴원(屈原, BC 343 ~BC 278)과 이비를 만나며, 가람본 〈별토가〉에서는 토끼를 놓친 자라가 아예 소상강으로 망명하기까지 한다.

이처럼 한국 고전소설의 주요 작품들은 중국의 후난지역과 깊은 관련을 맺고 있다. 왜 그곳이 수많은 고전소설의 주요 배경으로 거론되는 것일까? 그 이유를 따져 보고 그 문학지리적 의미를 찾아본다.

2. 〈구운몽〉과 남악 형산(南岳 衡山)

주지하다시피 〈구운몽〉의 무대는 남악 형산이다. 물론 꿈속에서는 양소유가 중국 천하를 두루 다니지만 애초 성진이 있었던 곳과 다시 돌아온 곳은 형산의 연화봉(蓮花峰)이다. 그러니 형산의 연화봉이 현실에서의 주무대인 셈이다. 작품에서 그 곳을 묘사한 부분을 보자.

오악 중에서 오직 형산이 중토(中土)에서 가장 멀어 구의산이 그 남쪽
에 있고, 동정호가 그 북쪽을 지나며, 소상강의 물이 그 삼면을 두르고 있
어 마치 조상이 의젓하게 가운데 있고 자손들이 그 주위에 벌려 서서 손을
모아 읍(揖)하고 있는 것과 같았다. 칠십 이 봉우리가 혹은 우뚝 솟아 하
늘을 향해 곤두서 있고, 혹은 가파르고 험준해 구름을 자를 듯하며, 기이
하고 준수한 풍채의 대장부와 같아, 구석구석이 수려하고 맑고 시원하여
원기(元氣)가 스미지 않는 곳이 없었다.

그중 제일 높은 봉우리를 가리켜서 축융(祝融), 자개(紫盖), 천주(天柱),
석름(石廩), 연화(蓮花)의 다섯 봉우리라고 한다. 그 모습이 유별나게 우
뚝 솟아 있으며, 산세가 매우 높아서 구름이 그 모습을 가려 있고 안개가
그 허리를 감싸고 있어 날씨가 깨끗하고 햇빛이 맑지 않으면, 사람들이 그
비슷한 모습조차도 볼 수가 없었다.[2]

우선 남악 형산의 산세가 준수해 마치 '잘생긴 대장부[美丈夫]'와 같다
고 하여, 남성적 이미지를 강조함으로써 이를 주인공인 성진(혹은 양소
유)과 연결시키고 있다. 말하자면 남악 형산을 통하여 잘 생긴 남성의

---

2 자료는 〈구운몽〉의 내용이 비교적 자세한 '노존본'으로 한다.
　정규복·진경환 역주, 『구운몽』, 고려대 민족문화연구소, 1996, 12~13면.
　"五岳之中, 惟衡山距中土最遠, 九疑之山在其南, 洞廷之湖經其北, 湘江之水環其三面, 若祖宗
　儼然中號, 而子孫羅立, 而拱揖焉. 七十二峯, 或勝踔而矗天, 或嶄聹而截雲, 如奇表俊彩之美
　丈夫, 七竅百骸, 皆秀麗淸爽, 無非元氣之所種也., 其中最高之峯, 曰祝融, 曰紫盖, 曰天柱,
　曰石廩, 曰蓮花, 五峯也. 其形擢疎, 其勢陵高, 霧翳掩其眞面, 霞氣藏其半腹, 非天氣廓掃,
　日色晴郞, 則人不能得其彷彿矣."
　앞으로 이 작품의 인용은 일일이 주를 달지 않고 괄호 속에 면수만 표시하고 원문쪽을
　밝힌다.

이미지를 부각시킨 셈인데, 이는 또한 북쪽에 동정호가 있고, 소상강이 삼면을 두르고 있다고 하여 여성적 이미지인 동정호, 소상강과도 조화를 이룬다.

이 지역이 도대체 김만중에게 무슨 의미가 있는 것일까? 김만중의 작품 중에서 그 단서를 찾아본다. 김만중이 38세 때인 1674년, 강원도 금성(金城,현재 고성)에 귀양 가서 지은[3] 〈記夢〉이라는 시를 보면

이전의 벼슬길 올랐던 때 생각하니	念昔登仕途
선현들의 발자취 따라서 밟았었네	擬躡前修躅
평생에 백 번이나 단련한 쇠를	平生百練鐵
갈고 문지르고 또 익혔었네	磨礪亦云熟
의욕은 형산과 소상강을 엿봤으나	意欲窺衡湘
일발에 기가 눌려 막혀 버렸네[4]	一發氣抑塞

라 하여 처음 벼슬길로 나서는 자신의 포부를 남악 형산과 소상강에 비유했다.

남악 형산이 장부의 기상을 상징한다면 소상강은 그곳에 빠져죽은 굴원의 넋, 곧 충혼(忠魂)의 표상이다. 벼슬길에 나서면서 자신이 닮고 싶은 대상으로 남악 형산과 소상강을 제시했던 것이다. 남악 형산과 소상강은 곧 준엄한 기상과 우국충정(憂國衷情)의 심정으로 당당하게 불의에 맞서겠다는 결의나 마찬가지일 것이다.

강원도 금성으로 유배가기 직전에 지은 시 〈계축년 구월 십삼일 대궐

---

3 작품에 대한 고증은 김병국, 『서포 김만중의 생애와 문학』, 서울대학교 출판부, 2001, 79면 참조.
4 『西浦集』 권1(문집총간 148), 경인문화사, 1995, 13면. 강조인용자.

숙직으로서 마주 뵐 것을 청하여 입시하였다가 조복을 입은 채 심리를 받고 다음 날 정배의 명이 내리니 옥중에서 지은 절구)를 보면 굴원을 집중적으로 부각시켜 자신의 의도를 더욱 분명히 드러내고 있다.

꿈에 붉은 구름 밟고서 자황님 뵙고는	夢躡紅雲拜紫皇
몸은 밝은 달 좇아 소상강을 건넜네	身隨明月度瀟湘
일없는 초나라 나그네 난초 노리개를 차고	無勞楚客蘭爲佩
지니고 있는 금향로는 소매 가득 향기롭구나[5]	携得金爐滿袖香

김만중이 살았던 17세기 후반기는 숱한 예송(禮訟)으로 인하여 당쟁이 격화되었던 시기였던바, 서인 벌열(閥閱) 가문의 일원인 김만중으로서는 당화(黨禍)가 피할 수 없는 운명이었다. 곧 1659년(23세) 기해예송(己亥禮訟), 금성 유배길에 오르던 1674년(38세) 갑인예송(甲寅禮訟), 1680년(44세) 경신대출척(庚申大黜陟), 1689년(53세) 을사환국(己巳換局) 등 수많은 당화를 겪어야 했다. 이 때문에 자연 굳은 각오가 필요했고 김만중은 이에 맞서는 자세를 남악 형산과 소상강으로 대신한 것이다. 자연의 이미지를 통해 자신의 심사를 드러낸 셈이다.

그런데 이재(李縡, 1680~1746)의 〈삼관기(三官記)〉를 보면 김만중이 〈구운몽〉을 저작한 사실을 비교적 자세히 전해주는데, 그 말미에 다음과 같은 기록이 있어 주목된다.

패설(稗說)에 〈구운몽〉이라는 것이 있으니 서포가 지은 것이다. 큰 뜻은 공명부귀를 일장춘몽에 돌린 것인데 대부인의 근심걱정을 풀어드리고

---

5 같은 책, 45면.

자 한 것이다. 그 책이 부녀자들 간에 성행하여서 내가 어렸을 때에 흔히 그 이야기를 들었는데 대체로 석가모니의 우언(寓言)이었으나, 그 속에는 **초사(楚辭)의 〈이소(離騷)〉가 남긴 뜻이 많았다.**[6]

〈구운몽〉이 대부인을 위로하기 위해 지었다는 것과 불교적 우의가 있다는 사실은 많이 거론되지만, 굴원의 〈이소〉가 남긴 뜻이 많다는 것은 쉽게 이해되지 않는다. 주지하다시피 〈구운몽〉은 세속적 욕망의 추구와 도(道)의 회복이 서로 다르지 않음을 보여주는 바, 들끓는 격정으로 우국충정을 노래한 비장한 굴원의 〈이소〉와 세속적 욕망의 이상을 실현하는 낭만적인 〈구운몽〉이 어떻게 연결될 수 있을까?

김만중은 『서포만필(西浦漫筆)』에서 시문을 계절에 따라 분류하여 〈초사〉를 "가을, 겨울의 서리와 눈"[7]이라고 비유했다. 그만큼 쓸쓸하고 슬픈 노래일 터인데, 바로 선천 유배지에서 김만중의 처지가 그러했을 것이다. 굴원처럼 정권에서 추방되어 우국충정의 심정으로 울분을 토하며 방황했던 것이다.

하지만 김만중은 〈구운몽〉을 통해 자신의 처지와는 정반대의 이상적인 모습을 제시했으니, 곧 "양승상이 한 서생으로 자신을 알아주는 임금을 만나 무공으로 국가의 화란을 평정하고 문으로써 태평세상을 이루었다. …… 임금과 신하가 함께 태평을 누리니 복록의 완전함은 진실로 천고에 없던 바"(314~315면)[8]라고 하였다. 임금과 신하가 서로 마음을

---

6 李緈, 「三宮記」 耳部, 『稗林』 제9집, 탐구당, 1969, 338면. "稗說有九雲夢者, 卽西浦所作. 大旨以功名富貴, 歸之於一場春夢, 要以慰釋大夫人憂思. 其書盛行閨閨間, 余兒時慣其說, 蓋以釋迦寓言, **而中多楚騷遺意云**." 강조 인용자.
7 홍인표 역주, 『西浦漫筆』, 일지사, 1987, 370면. "楚辭之九章天問, 子美之夔後, 皆秋冬之霜雪."
8 원문은 "楊丞相以一介書生, 逢知己之主, 武定禍亂, 文致太平. ……君臣共享太平, 福錄之完全, 實千古所無也."

알아주는 이상적인 군신관계를 꿈꿨을 것이고 〈구운몽〉에서 바로 이 군신간의 조화로운 모습을 형상화시킨 것이다.

〈구운몽〉은 분명 서인 벌열의 일원이었지만 지금은 유배지를 떠도는 김만중의 꿈이 내장돼 있으며, 그것이 바로 가문창달과 더불어 출장입상(出將入相)으로 대표되는 출세의 모습이다. 조정으로 다시 돌아가 화려하게 복귀하여 충정을 바치고자 하는 염원이 〈구운몽〉에 투사되어 있고, 유배지에서 느꼈던 우국충정이 결국 '〈이소〉가 남긴 뜻'일 것이다.

하지만 유배지를 떠도는 처지에서 자신의 이상을 실현시키기는 불가능했고 그래서 '꿈'이 필요했던 것이다. 이 꿈을 실현시키기 위해 〈구운몽〉에서 낭만적이고 환상적인 요소가 필요했다. 그런데 이는 초사의 분위기와 무척 유사함을 보인다. 초사 또한 이러한 형초문화의 배경 속에서 나왔다고 한다.

> 형초문화의 핵심은 巫에 있다. 민간에서는 무속이 성행했고 귀신을 모셨으며, 제사를 지낼 때에는 반드시 巫歌를 불렀다고 한다. 이러한 문화적 기초를 바탕으로 초나라 방언과 楚辭가 나왔다. 屈原과 같은 위대한 시인도 이 같은 문화 속에서 탄생했다. 굴원의 대표작인 〈이소〉·〈천문〉·〈구가〉 등에 천지산천, 신령, 괴물 등 환상적이고 신화적인 요소가 짙게 나타나 있는 것 역시 무속과 깊은 연관성이 있다.[9]

〈구운몽〉에서도 남악 형산을 가리켜 "대개 예로부터 신령스럽고 이상한 자취와 신기한 일을 이루 다 적을 수가 없다."(13면)[10]고 하는 바, 이

---

9 권석환 외, 『중국문화 답사기 2』, 다락원, 2004, 10면.
10 원문은 "蓋自古昔以來, 靈異之蹟, 瑰奇之事, 不可殫記."

는 바로 형초문화의 특징인 신비하고 환상적인 요소와 깊은 관련이 있는 것이다. 신령스럽고 이적이 많은 현묘한 산이라는 실제적 인식에 김만중의 세심한 배려가 결합해 남악 형산이라는 신성공간을 만들 수 있었다. 이 때문에 꿈속에서 양소유가 온갖 사건을 펼칠 수 있는 여지가 마련되는 것이다.[11]

김만중이 남긴 글이나 「서포연보」를 보면 분명 남악 형산이나 소상강에 가보지 못했다. 실제 답사를 해보니 〈구운몽〉의 무대인 연화봉은 없었다. 아마도 같은 의미의 '부용봉(芙蓉峰)'이 아닌가 싶다. 하지만 김만중은 많은 시문을 통해 남악 형산을 접했을 것이고 거기서 남악 형산과 소상강으로 대표되는 준수한 남아의 기상과 신령스러움, 우국충정을 작품의 지리적 이미지로 가져왔을 것이다. 그럼으로써 선천 유배지에서 군신이 조화를 이루어 이상적인 정치세계를 펼쳐보이고자 하는 자신의 소망을 그 속에 투사할 수 있었다. 〈구운몽〉이 남악 형산과 소상강을 배경으로 선택한 이유가 여기에 있을 것이다.

3. 〈사씨남정기〉 · 〈춘향전〉 · 〈심청전〉과 동정호(洞庭湖) · 군산(群山)

〈사씨남정기(謝氏南征記)〉는 제목이 뜻하는 것처럼 유씨 집안의 며느리인 사씨가 '남쪽으로 내려가는 이야기'다. 사씨를 중심으로 여정을 간추려보면 순천부 → 시부모 묘막 → 동정호 악양루 → 황릉묘 → 군산사

---

11 전성운, 「〈구운몽〉의 서사전략과 텍스트 읽기」, 『문학교육학』 17호, 한국문학교육학회, 2005, 106면 참조.

→ 수월암 → 강서부 → 순천부로 요약할 수 있다. 사악한 첩 교씨에 의해 내침을 당해 시고모 두씨가 있는 창새長沙를 향해 남행하다가 동정호 군산의 수월암에서 몸을 피하고, 뒤에 남편을 구해내 강서부에서 머물다, 다시 순천부로 올라가는 내용이 작품의 기본 줄기다. 하지만 주요한 지리적 배경은 동정호와 군산에 집중돼 있다. 그 장소는 몸도 피하고 남편도 구해내 가문을 원래의 상태로 회복시키는 전기가 되는 곳이다. 말하자면 '사씨남정(謝氏南征)'의 근거지가 되는 지리적 요지다.

동정호의 군산이 어디인가? 바로 순임금을 따라 죽은 두 왕비인 아황(娥皇)과 여영(女英)이 죽어 묻힌 곳이다. 그곳 동정의 군산에는 만고의 열녀로 칭송받는 이비의 묘가 있고, 또한 이비의 사당인 상비사(湘妃祠)가 있다. 바로 그곳 암자에 사씨가 피신하여 있었던 것이다. 더구나 꿈속에서 이비가 나타나 사씨를 위로하기까지 한다.

"우리 냥인은 졔요의 두 딸이오 졔슌의 두 안히라"

ᄒᆞ신ᄃᆡ 샤시 이러 머리 두어려 복지쥬왈

"인간 쳔흔 녀ᄌᆞᆯ 미양 셔칙 즁 셩력을 우러러 ᄉᆞ모 경복ᄒᆞ옵더니 이 ᄯᆞᄒᆞ와 셩후를 앙비ᄒᆞ오니 엇지 ᄯᆞᆮᄒᆞ여ᄉᆞᄋᆞ리잇가."

양낭 왈

"쳥ᄒᆞ기ᄂᆞᆫ 다른 ᄯᆞᆮ이 아니라 부인을 위ᄒᆞ미니 쳔금지신을 가벼이 굴원의 ᄌᆞ최를 ᄯᆞ로고져 ᄒᆞ니 니ᄂᆞᆫ 쳔의 아니오 부인이 ᄒᆞᄂᆞᆯ을 부르지져 쳔긔 무심ᄒᆞ심을 한ᄒᆞ니 ᄯᅩᄒᆞᆫ 부인의 총혜ᄒᆞᆫ 곳을 가리오미라 특별이 쳥하여 울젹ᄒᆞᆫ 회포를 폐코져 ᄒᆞ노라."[12]

---

12 김동욱편, 『영인 고소설 판각본 전집』, 연세대 출판부, 1973, 292면.

이비의 위로와 격려는 사씨가 이비로 표상되는 열이라는 공식적 이념에 의해 인정받고 있음을 뜻한다. 비록 지금은 수난을 당하더라도 하늘의 뜻에 따라 회복될 것이며, 그 행위는 당시의 사회 통념상 추앙받게 된다는 것이다.

이런 이비와의 조우는 〈춘향전〉·〈심청전〉 등 유난히 여성수난이 두드러진 작품에 빈번히 등장한다. 〈춘향전〉을 보면 옥중에서 다 죽게 된 춘향의 혼이 동정호 군산의 황릉묘(黃陵廟)로 날아가 이비를 만난 하소연을 듣는데,

> 우리 순군 디순씨가 남순수하시다가 창오산의 붕하시니, 속졀업는 이 두 몸이 소상 죽임의 피눈물을 쑤리노니, 가지마닥 알롱알롱 입입피 원한이라. 창오산붕산수졀리라야 죽상지누늬가멸을, 천추의 집푼 한을 하소할 곳 업셔 써니, 네 졀힝 기특기로 너다러 말하노라.[13]

특이한 것이 이백(李白, 701~762)의 〈원별리(遠別離)〉의 구절이 하소연의 내용으로 등장한다는 점이다. 〈춘향전〉 역시 열이라는 당대 공식적 이념에 대한 표상으로서 이비가 등장한 것이다. 모진 수난에도 불구하고 "네 졀힝 기특"하다고 할 정도로 춘향의 행위가 당대에 공식적으로 인정된 것이다.

그런데 열과는 전혀 무관한 〈심청전〉에서도 이 대목이 그대로 반복된다. 인당수에 죽으러 가는 대목에서 소상팔경을 지나면서 이비를 만나 하소연을 듣는 식이다.

---

13 자료는 〈열녀춘향수절가〉, 설성경 역주, 『춘향전』, 고려대 민족문화연구소, 1995, 156~158면.

져기 가난 심소제야, 네 나를 모로리라. 창오산 붕상수절이라야 죽상지
류닉가멸을 천추의 집푼 ᄒ소 홀 곳 업서더니, 지극ᄒ 네의 효성을 ᄒ례
코져 나 왓노라. 요순 후 기쳔 년의 지금은 언의 씨며, 오현금 남풍시를
이졧가지 견ᄒ던야? 수로 먼먼 길의 조심ᄒ여 단여오라.[14]

여기서는 열이 아니라 '지극한 효성'을 추앙하기 위해 이비가 등장했
다. 〈심청전〉에 이르면 이비는 이제 열의 표상으로서 뿐만 아니라 봉건
적 덕목을 수호하는 다양한 모습으로 확대된다.

심지어는 물이 등장하는 가람본 〈별토가〉에도 이비가 등장하여 "져게
가난 져 兎公아, 닉의 哀冤 드러다가 世上 傳ᄒ옵소."[15]라고 한다. 무슨
하소연인지 그 구체적 내용이 없이 그냥 세상에 자신의 애원을 전해달
라는 식이다.

이렇게 여러 작품에 중요하게 등장하는 이비의 형상은 남편인 순임금
을 따라 소상강에 몸을 던진 열녀의 표상으로 자리한다. 당연히 이비의
묘가 있는 동정호 군산과 소상강 일대는 이런 상징들로 가득 차 있다.
많은 고전소설에서 동정호와 군산이 배경으로 나오고 이비가 등장하는
것도 이 때문이다.

가장 효과적으로 이 이미지를 활용하고 있는 작품은 〈사씨남정기〉다.
〈사씨남정기〉는 주지하다시피 인현왕후와 장희빈의 일을 빗대어 풍간
(諷諫)의 의도로 창작된 작품이다. 자연 인현왕후를 대변하고 있는 사씨
가 얼마나 훌륭한 인물이며, 장희빈의 분신인 교씨가 얼마나 사악한 인
물인가를 보여주어야 했다. 그러기에 열녀의 표상인 이비가 필요했고,

---

14 자료는 완판본 〈심청전〉, 정하병 역주, 『심청전』, 고려대 민족문화연구소, 1995, 140면.
15 자료는 〈별토가〉, 인권환 역주, 『토끼전』, 고려대 민족문화연구소, 1993, 394면. 앞으로
   이 자료는 일일이 주를 달지 않고 괄호 속에 면수만 표시한다.

이비를 둘러싸고 있는 지리적 배경이 요구되었다. 현실적으로 보아 사씨가 다른 장소로 몸을 피할 수도 있었지만 동정호 군산으로 들어감으로써 이비의 이미지를 효과적으로 빌려올 수 있었던 것이다.

〈춘향전〉역시 춘향이 이비의 사당에 감으로써 열이라는 이미지를 효과적으로 차용할 수 있었다. 그런데 〈심청전〉에 이르면 그곳의 이미지를 가져온다기보다 일종의 관행처럼 문학적 관습화 됐다는 느낌이 든다. 곧 〈심청전〉은 판소리 사설의 확장 원리에 따라 바다가 무대이기에 그 길목인 강이 등장하고, 강이 등장하기에 유명한 소상강이 나오고, 소상강이 나오기에 이비와 굴원이 등장한 것이다.

4. 〈토끼전〉과 소상강(瀟湘江) · 멱라수(汨羅水)

소수(瀟水)와 상수(湘水)가 합하여 소상강이 되고 멱라수(汨羅水)는 그 지류에 해당된다. 또한 그 물은 모두 동정호(洞庭湖)로 흘러들어 간다. 결국 같은 물줄기인 셈이다. 초나라 충신 굴원이 멱라수에서 자결했고, 이비 역시 소상강에서 자결해 군산에 묻혔다. 그러기에 이 강들은 충과 열의 이미지를 다수 보유하고 있는 셈이다. 이본에 따라 자라의 충성이 부각되는 〈토끼전〉은 바로 이런 이미지가 필요했고 자라와 토끼가 육지로 나오면서 바로 그것을 활용했다.

〈별토가〉에서 육지로 나오는 과정 중 3명의 인물을 만나는데 그 첫번째가 바로 멱라수에서 죽은 굴원이고, 두 번째가 소상강의 이비며, 세번째가 오강(烏江)에서 죽은 오자서다. 실상 오강은 이곳과 지리적 위치가 다르지만 강이라는 범주 속에 같이 등장한 것이다. 이비는 앞서 얘기했듯이 관습화된 것이고 굴원과 오자서는 모두 충과 연관되니 〈토끼전〉

의 주제와 무관하지는 않다.

> 君不見 三閭大夫 魚腹葬ᄒ다. 내 일즉 世上事忠一君터니 時運이 不幸
> ᄒ야 長沙의 困한 몸이 이 물의 풍덩 밧자 人間의 셜운 쯧과 千古의 冤痛
> 한게 늬 글이나 외와가 楚天明 말근 세상 우리 生前 同類들과 吟風詠月
> 文章덜게 자세히 傳ᄒ옵소(392면)

멱라수를 지나는데 굴원이 등장하여 자신의 글, 곧 〈이소〉를 세상에
전해달라고 부탁한다. 여기서는 이 정도로 언급하여 그 주제의 지향성
이 강하게 드러나지 않는데, 자라의 충성이 미화된 신구서림본 〈별주부
전〉에서는 처음 토끼를 잡으러 가는데 무려 12명이나 되는 충신열사와
효자를 만나며 지나간다. 그 대상인물이 아황과 여영, 굴원, 강태공, 제
갈량, 조자룡, 소동파, 악비, 엄자릉, 이태백, 왕상, 조아, 륙수부 등인데
이를 통하여 '수궁출신 별주부'나 '남해 용궁충신'이라 부를 정도로 자라
의 충성이 극대화 되었다.[16]

본격적으로 소상강이 배경으로 등장하는 것은 가람본 〈별토가〉의 소
상강 망명대목이다. 토끼를 놓친 자라가 "淸江斜日 빗긴 길로 瀟湘江
도라가셔 듼습풀의 으지ᄒ여 亡命ᄒ야 사난 골오 그 자숀世上의 편만
ᄒ"(408면)게 되었다 한다. 왜 하필 소상강인가?

소상강은 이비와 굴원에 의해서 열과 충으로 표상화된 공간이다. 자
라가 이곳으로 망명했다는 것은 바로 용왕에게 충성을 바쳤지만 토끼가
도망가는 바람에 결과가 어쩔 수 없음을 암시하는 것이다. 여기서도 이

---

16 졸고, 「〈토끼전〉의 매체변환과 존재방식」, 『고전문학연구』30집, 한국고전문학회, 2006,
    78~80면 참조.

비가 등장하여 별주부의 원통함을 용왕에게 알리는 역할을 한다. 이 때문에 나중에는 그 충성을 인정받게 된다.

그 後의 赤動公 鯉魚가 罪를 입어 洞庭湖로 定配 갓다가 마참 主傅을
만나 그 消息을 傳ᄒ니 主傅 痛哭ᄒ고 그 길로 도라와셔 娥皇女英게 冤情
을 올여 授明ᄒ고 卽時 自結ᄒ니 그 冤痛ᄒ멀 알고 鱉主傅 無罪ᄒ멀 玉皇
上達ᄒ니 玉皇이 긍칙이 여게 使者을 龍國의 보ᄂ녀 主傅얼 알게 한지라.
그 지음의 龍王이 別世ᄒ고 世子 卽位ᄒ여 **主傅의 忠節을 알고 萬古忠臣**
으로 誦德을 標ᄒ더라.(408면, 강조 인용자)

일종의 정치적 복권인 셈이다. 망명했던 자라가 자신의 억울한 사정을 소상강의 신 이비에게 올린 다음 자결하고 이 사실이 옥황상제를 통해 용궁에 전해져서 만고충신으로 복권이 이루어진 것이다. 이 모든 일들이 가능한 곳이 바로 충의 상징적 공간인 소상강이기 때문에 가람본 〈별토가〉의 지리적 배경으로 선택된 것이다.

5. 마무리

한국 고전소설의 주요 작품인 〈구운몽〉, 〈사씨남정기〉, 〈춘향전〉, 〈심청전〉, 〈토끼전〉과 그 주요한 지리적 배경이 되는 중국 후난지역의 문학지리적 의미를 살펴보았다. 이 후난지역은 이미 이비와 굴원, 그리고 수많은 시인들에 의해 충과 열 그리고 신령스러움으로 그 이미지가 풍부하게 생성된 공간이다.

자연이 아무런 상징도 획득하지 않으면 그냥 평범한 산과 강이지만

거기에 시인이나 작가가 의미를 부여함으로써 비로소 문학적 생명을 얻게 된다. 자연은 문학을 만나 영혼을 얻고, 문학은 자연을 통해 육신을 얻은 셈이다. 소상강도 평범한 강이지만 거기에 이비와 굴원이 빠져 죽고 수많은 시인들에 의해 이것이 노래되면서 열과 충의 표상을 자리 잡게 된 것이다.

왜 〈구운몽〉에서는 남악 형산이 나오고, 〈사씨남정기〉에는 동정호와 군산이 나오며, 〈춘향전〉에도 군산의 이비사당이 등장하는가? 〈심청전〉과 〈토끼전〉에도 왜 소상강이 나오며 이비와 굴원이 등장하는가? 〈별토가〉의 결말부분에서 자라는 왜 하필 다른 곳이 아닌 소상강으로 망명하는가?

작품의 주제 혹은 인물의 행위가 그 지역의 표상과 맞아 떨어지기 때문일 것이다. 그곳을 지리적 배경으로 선택함으로써 작품의 주제와 인물의 행위가 그곳의 이미지를 가져올 수 있는 것이다. 이비나 굴원이 투신한 그 장소에서 몸을 던지는 주인공을 생각해보면 그 의도는 명료해 진다. 그래서 특히 중국의 후난지역은 한국의 고전소설에서 소성팔경(瀟湘八景)처럼 일종의 관용화된 지리적 배경으로 등장하고 있는 것이다.

〈배비장전(裵裨將傳)〉의 풍자와 제주도

1. 문제의 제기

〈배비장전(裵裨將傳)〉은 '창(唱)을 잃은'[1] 판소리 7마당 중의 하나로 19세기 시정세태의 반영과 풍자적 성격이 두드러진 작품이다. 이 때문에 〈정향전(丁香傳)〉·〈지봉전(芝峯傳)〉·〈종옥전(鍾玉傳)〉·〈오유란전(烏有蘭傳)〉·〈이춘풍전(李春風傳)〉·〈삼선기(三仙記)〉와 더불어 '세태소설'[2]로 분류된다. 하지만 〈이춘풍전〉은 감사(혹은 목사)와 기생의 공모에 의해 위선이 밝혀지는 이른바 '남성훼절담'과는 다른 구조를 지니고 있으며[3], 〈삼선기〉 역시 호색적 성격이 폭로되는 것이 아닐 뿐더러 근대에 새로 창작된 신작 고소설이어서 같은 성향을 지녔다고 보기는 어렵다. 이렇게 본다면 〈이춘풍전〉과 〈삼선기〉를 제외한 〈정향

---

1 종래에는 '失傳'판소리로 명명했으나 작품이 소실된 것이 아니기에 '실전'이란 용어는 적절치 못하다. 김종철, 『판소리의 정서와 미학』,역사비평사, 1996의 명명법을 따른다.

2 조동일, 『한국문학통사』 3, 지식산업사, 1984, 508~510면.

3 졸고, 「〈李春風傳〉의 풍자성과 근대적 지향」,『반교어문연구』 제5집, 반교어문학회, 1994.

전〉·〈지봉전〉·〈종옥전〉·〈오유란전〉과 〈배비장전〉은 주변 인물들의 공모에 의해 호색적 성격이 폭로된다는 점에서 일단 동일한 계열의 작품으로 볼 수 있겠다.

그런데 앞의 네 작품은 양반층에 의해서 창작·수용된 것으로 내기와 공모의 방식을 충실히 따르기에 그 웃음이 풍자에 미달되거나 세태반영도 시정이 아닌 관아에 한정될 수밖에 없지만, 〈배비장전〉은 관아가 아닌 시정으로 개방되어 있어 신랄한 풍자를 가능케 한다.[4] 이른바 목사의 주도로 애랑과 방자가 공모하여 '구대정남(九代貞男)'을 자처하는 배비장의 호색적 성격을 폭로하고 그를 웃음거리로 만드는 것이라 하지만 풍자의 수위가 단순하게 경직성을 교정하는 '관아의 길들이기'를 넘어서고 있어 주목된다.

사건의 발단은 목사의 주도로 이루어지나 그 뒤에 일어나는 일련의 과정은 애랑과 방자가 주도하게 된다. 결국 이 작품은 목사의 주도로 이루어지는 내기-공모의 방식뿐만 아니라 다양한 층위의 풍자가 드러나는 바, 그 다양한 층위의 풍자는 '관아를 중심으로 한 길들이기의 웃음', '양반의 위선에 대한 신랄한 풍자', '양반의 권위에 대한 냉소'로 구분된다.[5]

〈배비장전〉은 어느 작품보다도 신랄한 풍자와 비판이 이루어지고 있다. 그것은 이미 언급한 것처럼 시정공간을 향해 열려 있기 때문이라지만 시정공간이라고 신랄한 풍자가 이루어지는 것은 아니다. 작품의 결말에는 오히려 배비장을 새로운 질서에 편입시켜 애랑과 결합시키기까지 한다. 김종철은 전환기에 직면해서 새로운 사회를 지향하는 민중들의 세계관적 우위가 양반 계층까지 끌어안을 자신감으로 발전됐다고 하지

---

4 김종철, 「중세 해체기의 두 웃음」, 앞의 책 참조.
5 졸고, 「〈裵裨將傳〉의 풍자층위와 역사적 성격」, 『반교어문연구』 제7집, 반교어문학회, 1996 참조.

만[6] 과연 그럴 정도의 새로운 사회의 물적 토대가 확보됐는지는 의문이 아닐 수 없다. 실상 판소리의 결말이 낭만적 수법으로 처리되거나 희극적 축제로 끝나는 것은 자신감이나 넉넉함의 표현이 아니라 전망을 구체적으로 확보하지 못한 물적 토대의 허약함에 기인하는 것은 아닐까?[7]

이런 점을 고려할 때 〈배비장전〉은 분명 표면적인 화해와는 달리 작품 내면에는 방자와 해녀, 사공 등 제주도민들의 분노가 깔려있으며, 제주도라는 지리적 배경도 그 이상의 의미가 있다. 곧 〈배비장전〉은 일반적인 세태소설의 문법과 달리 제주도 혹은 제주도민의 구체적 삶과 밀접한 관련이 있으며 풍자 역시 이와 무관하지 않을 것이다. 곧 제주도라는 지역이 작품의 풍자와 어떻게 관련되는지 그 근거와 실체를 밝혀보고자 한다.

2. 방자 · 애랑의 위치

〈배비장전〉에서 주목되는 것은 목사의 지시가 있기 이전에 방자와 애랑의 공모에 의해서 주도적으로 풍자가 이루어진다는 점이다. 제주목사에 의해 이루어지는 층위에서 애랑은 단지 경직함을 교정하기 위한 조연에 불과했다. 하지만 작품이 진행되면서 목사의 의도와는 무관하게 애랑은 풍자의 주체로 적극 개입하기 시작한다.

사람의 성질이란 것은 거생(居生)하는 지방의 산천풍기(風氣)를 많이

---

6 김종철, 앞의 책, 148면 참조.
7 최원식, 「한국문학의 근대성을 다시 생각한다」, 『민족문학과 근대성』, 문학과 지성사, 1995, 50면.

응하여 …… 험준하고 수려한 정기가 어리어서 기생 애랑(愛娘)이가 생겨 났나 보더라.[8]

작품의 서두에 배비장이 아닌 애랑의 인물에 대하여 장황하게 묘사한 것은 사건을 이끌어갈 인물이 누구인가를 보여준 셈이다. 게다가 이미 작품 앞부분에서 "정비장을 물 오른 송깃대 벗기듯 하려는데, 가지고 싶은 대로 달래라 하니 불한당같은 마음에 피나무 껍질 벗기듯 아주 홀짝 벗"(25면)겨 심지어는 '상투'나 '양각산중 주장군(兩脚山中朱將軍)'(37면)까지 요구하게 이르고 이빨을 뽑을 정도로 풍자의 주체로서 철저함을 보인다.

애랑과 방자가 배비장을 여색에 탐혹하게 하려했던 것은 사실 제주 목사의 지시가 있기 전부터다. 배비장과 방자가 내기 형태로 진행된 것이지만 제주 목사에 의해 이루어지는 것처럼 한번 속은 것으로 여기고 단순히 웃어버릴 정도의 사건과는 차원을 달리 한다. 내기를 시작하는 대목을 보자.

"우리야 만고절색 아니라 양귀비·서시라도 눈이나 떠 보게 되면 바색의 아들일다"

방자놈 코웃음하며 여쭈오되

"나으리도 남의 말씀 수이 마옵소서. 애랑의 은은한 태도와 연연한 안색을 보시면, 오목 요(凹)자에 움을 무어 게다가 세간을 하오리다"

배비장 율기(律己)를 잔뜩 빼며 방자를 꾸짖는 말이,

---

8 정병욱 교주, 『배비장전·옹고집전』, 신구문화사, 1974, 8면. 이 자료는 김삼불 교주본을 그대로 옮긴 것이어서 작품분석의 주대상으로 삼는다. 앞으로 자료의 인용은 일일이 각주를 달지 않고 괄호 속에 면수만 표시한다.

"이놈, **양반의 정치(情致)**를 어찌 알고 경솔히 말을 하느냐"(39면, 강조
는 인용자)

방자는 미색을 대하면 혹할 수밖에 없는 인간 본성을 말하는데 배비
장은 '양반의 정치'를 들먹거리며 훈계를 하려 한다. 여기서 풍자가 발생
할 수 있는 요건이 성립된다. 그것은 바로 '위선'이다. 숨길 것이 없는
악인은 풍자의 대상이 될 수 없지만 위선자는 모든 걸 숨겨야 하기에
풍자의 대상으로 적합하다. 배비장은 속으로는 무시하거나 멸시하는 도
덕적 덕목을 겉으로는 양반의 처지를 내세워 떠받드는 척하는 것이다.
이러한 인간은 마땅히 그 정체가 폭로되어야 한다고 느끼기에 풍자가
이루어질 수 있다.[9]

그런데 여기서 주목할 것은 단순한 도덕적 가치관의 대립만이 아니라
'양반'이라고 하는 말에서 유발되는 신분적 대립이 보인다는 점이다. 그
래서 배비장이 목욕하는 애랑의 모습을 훔쳐 볼 때도 "방자 그대로 대답
하나 말공대는 점점 없어졌다"(56면)거나 애랑을 보고 싶어 상사병이 들
었을 때도 "젊은 양반 망령에는 홍두깨를 삶아 먹는 것이 당약이라 하옵
디다"(65면)고 마음껏 조롱한다. 배비장과 방자의 신분적 대립이 극명하
게 드러나는 것은 다음의 부분에서다.

"옳다, 보았단 말이냐? 쌍놈의 눈이라 양반의 눈보단 대단히 무디구나."
"예, **눈은 반상(班常)이 다르니까 소인의 눈이 나리 눈보담 무디어** 저런
비례(非禮)의 것이 아니 뵈옵니다마는, 마음도 반상이 달라 나리 마음은
소인보담 컴컴하고 음탕하여 남녀유별 체면도 모르고 규중처녀 은근히 목

9 Arthur Pollard, 송낙헌 역, 『Satire』, 서울대출판부, 1979, 8면 참조.

욕하는 것을 욕심내어 눈을 쏘아 구경한단 말씀이오니까? 근래 서울 양반

들, 양반 자세(藉勢)하고 계집이라면 체면 없이 욕심낼 데 아니 낼 데 분간

없이 함부로 덤벙이다 봉변도 많이 당합디다. (58면, 강조 인용자)

　이 대화는 완판 84장본 〈열녀춘향수절가〉에서 춘향이 그네 뛰는 장면

을 보고 이몽룡과 방자가 주고받는 대화와 유사하지만 대신 통렬한 풍

자가 들어있다. 배비장의 말을 되받아서 눈이 다르니 마음까지 달라 당

신은 컴컴하고 음탐하냐는 반문은 일거에 상하의 신분질서를 전도시키

는 역전의 묘미를 준다. 풍자가 무엇인가. 적어도 도덕적이거나 세계관

적 우위를 차지했을 때 가능하다. '양반의 정치'를 내세우다가 여색에 혹

하여 정신 못 차리는 상전에 비해 방자의 태도는 훨씬 당당하다. 마치

〈양반전(兩班傳)〉에서 "나를 장차 도둑으로 만들 셈이요[將使我爲盜耶]"

라고 머리를 흔들고 돌아가는 천부(賤富)의 당당함과 비견된다.

　그 뒤 배비장을 애랑에게 혹하게 한 다음 모든 것을 발가벗겨 조롱당

하게 되는 일련의 사건을 포함하여 방자는 〈춘향전〉의 방자보다 훨씬

강화된 모습을 보인다. 거의 연출자(director) 내지는 작가(writer)에 가

깝다고도 할 수 있다.[10] 여기서 방자는 〈춘향전〉에 비해 훨씬 근대적인

면모를 보인다 하겠는데, 그것은 애랑과 더불어 풍자를 주도해 나간다는

점에서 그렇다. 제주 목사의 주도로 일의 수행자로서 집행하는 차원이

거나 〈춘향전〉에서처럼 이몽룡의 보조자 역할이 아니라 사건의 주모자

로 방자가 위치한다. 하인이 양반인 상전을 풍자·조롱하는 주체가 된

다는 점에서 제주 목사가 주도하는 층위와는 달리 민중 참여의 길이 열

---

10 권두환·서종문, 「방자형 인물의 등장과 그 기능」, 『한국소설의 탐구』, 일조각, 1978,
　16면.

린다고도 할 수 있다.[11] 보마르셰(P.A. Caron de Beaumarchais, 1732~ 1799)의 〈피가로의 결혼〉에서 자신의 주인인 알마비바(Almaviva) 백작과 당당히 대결하여 자신의 약혼녀를 빼앗아 오는 피가로(Figaro)처럼 정면대응은 아니더라도 그 풍자에 있어서는 결코 뒤떨어지지 않는다.

애랑 역시 방자와 마찬가지로 배비장을 풍자하는 데 주도적으로 참여한다. 방자가 연출가라면 애랑은 주연인 셈이다. 그리하여 '구대정남'이라는 배비장을 '배걸덕쇠'(78면)로 전락시키고, 거문고로 만들어 조롱하고, 드디어는 업궤신(業櫃神)으로 만들어 벌거벗고 동헌 마당을 뒹굴게한다. 흥미로운 것은 궤를 동헌 마당에 놓고 살려달라고 애걸하는 그 진상을 관아의 모든 사람으로 하여금 지켜보게 했다는 점이다. 규중에서 은밀하게 이루어지는 풍자와 조롱의 형태가 아니라 궤 속에 갇힌 배비장으로 하여금 스스로 "탐색망신 죽게 되"(89면)었다고 고백하게 하고 "제주의 배걸덕쇠"(91면)라고까지 자신을 비하하게 했다.

'구대정남'을 자처하다 이 정도가 됐으니 스스로를 풍자·조롱한 셈이 된다. 그런데도 벌거벗은 몸으로 궤에서 나와 웃음거리가 된 배비장이 제주 목사의 말에 "소인의 친산(親山)이 동소문 밖이옵더니, 근래 곤손풍(坤巽風; 서남풍, 곧 조상의 무덤에 대하여 반대 방향에서 부는 바람)이 들어 이 지경이 되었나이다"(92면)고 하여 양반의 문자를 쓰니 이야말로 양반의 허위의식이나 위선을 이중적으로 드러내는 기막힌 풍자가 아닐 수 없다.

하지만 김삼불이 삭제한 뒷부분을 활자본을 통해 보완한다면[12] 애랑은

---

11 김종철, 앞의 책, 135면.
12 김삼불은 75장의 전사본을 교주하면서 절정 부분인 59장까지만 수록하였다. 60장 이후는 "문장과 어법으로 보아 후인이 덧붙임이 분명하기로 제외한다."(〈일러두기〉)고 하였다. 이는 명백히 교주자의 오류다. 교주자의 사상적 경향 때문에 화해를 인정하지 않고 신랄한 풍자에서 매듭지으려 했던 것 같다. 하지만 신구서림에서 1916년에 출간한 활자본은 현대적

사건을 주도하던 풍자의 주체에서 돌연 입장을 바꾼다. 제주 목사의 배려로 해남 가는 부인으로 위장하여 "기싱오입 잘못ᄒ다가 예방소임 즈퇴ᄒ고 한양으로"(신구서림, 100면) 도망가는 배비장을 구출하여 정의 현감에까지 이르게 하고 자신은 배비장의 소실이 된다. 여기에 이르면 풍자는 자취를 감춘다. 이 대목에서는 기생인 애랑의 이중성이 두드러지는 바, 이는 "소첩이 기시에는 목ᄉ도장하(牧使道帳下)에 믹인 몸이 되엿ᄉ오니 시기시는 일을 엇지 거힝치 안ᄉ오릿가"(신구서림. 107면)라는 진술에서 드러나듯이 그 신분적 예속성에 기인한다. 말하자면 애랑은 신분적 예속성으로 인해 지속적인 풍자가 어렵다고 보아야 한다.

오히려 방자가 작품의 문맥에서 사라진 점에 주목할 필요가 있다. 실상 방자는 처음부터 사건의 주도자로 나서고, 뒷부분에 와서도 작품의 문맥에서 사라짐으로써 풍자의 효력을 여전히 유지하고 있는 것이다. 배비장을 벌거벗겨 만인의 웃음거리가 되게 하고 방자는 작품에서 사라진다. 애초 내기대로 타고 다니던 말을 받거나 다른 것을 요구하지 않는다. 여기에 이르면 이제는 방자가 풍자를 주도하고 있다고 봐야한다. 사건이 마무리됨에 따라 방자와 애랑의 공모 단계에서 목사와 애랑의 공조 단계로 넘어갔지만 방자는 참여하지 않고 사라진다. 여기에 와서는 목사와 애랑의 대척점에 방자가 위치한다. 그 구체적 지점이 어디인가? 바로 관아와 대립되는 제주도민의 자리이다.

개작의 흔적은 보이나 사건 전개는 크게 바뀌지 않았을 것으로 여겨 뒷부분을 논의하는데 참고한다. 작품의 인용 역시 괄호 속에 '신구서림'이라 표기하고 쪽수만 적는다.

3. 제주도민의 참여

이미 작품의 앞부분에서 방자와 배비장의 신분적 대립이 노출되었던
바, 방자의 그러한 시각은 제주도민들의 그것과 일치한다. 주지하다시
피 배비장은 동헌에서 뭇사람들에게 망신을 당하고 서울로 도망친다.
그 길에 해녀들과 만나 수작을 벌이는데 양반의 신분을 내세워 반말을
하다가 해녀들에게 호되게 봉변을 당한다.

> (빈) 이스롬 량반이 말을 무르면 엇지ᄒ야 뒤답이업노
> (계집) 무슨 말이람나 **량반량반 무슨 량반이야 힝금이 조와야 량반이지**
> 량반이면 남녀유별 례의염치도 모로고 남의 여인네 발가벗고 일ᄒ는 데
> 와셔 말이 무슨 말이며 싸락이밥 먹고 병풍뒤에셔 낫잠자다 왓슴나 초면
> 에 반말이 무슨 반말이여 (신구서림, 95면, 강조 인용자)

그런가 하면 서울 가는 배를 구하려고 사공에게 반말을 하다 욕을 당
하기도 한다.

> (빈) 어 이배ㅅ공이 누구여
> 사공이 반말에 비위가 틀녀
> (ㅅ공) 어 ㅅ공은 웨ᄎ져
> (빈) 말좀 무러보면
> (ㅅ) 무슨 말
> (빈) 그빈가 어드로 가는빈여
> (ㅅ) 물로 가는빈여
> 원릭 빈비장이 ㅅ공더러 위딕ᄒ기는 초라ᄒ고 희라ᄒ자니 졔모양 보

고 밧을는지 몰나 어중쌩쌩이 말을 내놋타가 ᄉ공에 뒤답이 한층더 올너

가는 것을 보고 흔슘을 휘 쉬며

(빅) 허 내가 그져 츈몽을 못ᄭ고 쏘 실슈를 ᄒ엿구나 (신구서림, 98～

99면)

이 해녀와 사공의 말은 목사의 주도로 이루어지는 길들이기의 웃음이

나 애랑에 의해 자행되는 양반의 위선에 대한 풍자와는 질을 달리 한다.

곧 '냉소'(sarkasm)라 할 수 있는데 웃음도 미소도 유발하지 않으며, 오

히려 거부감, 불쾌감, 경멸감, 분개감만을 일으킨다.[13] 이런 태도는 인간

의 비속함과 배덕함에 의해, 즉 이상에 모순되고 이상을 위협하며 이상

에 위험한 어떤 것에 의해서 야기된다는 사실이다.[14] 배비장이 내세우는

것은 그래도 알량한 자존심을 지키려는 양반의 권위이지만 이것마저도

허용되지 않는다. 어떤 해녀는 아예 배비장을 들먹거리며 잘 나가던 배

비장도 궤중원귀가 될뻔 했다고 으름장을 놓는다.

이 정도까지 오면 풍자는 잘못된 것을 꼬집어 교정한다는 의미보다

계급적인 대립으로까지 발전함을 알 수 있다. 여기서 이루어지는 냉소

는 경직함을 교정한다거나 위선을 풍자하는 단계를 넘어선다. 대상에

대한 증오와 비판의 의미를 담고 있다. 그래서 풍자는 "끊임없이 어떤

한 계급이나 어떤 한 계급사회와 맞서 싸우는 것"[15]이 된다. 자연 앞의

경우처럼 배비장 개인에 대한 풍자가 아니라 배비장을 포함한 양반사회

혹은 제주 관아의 관인들에 대한 풍자가 된다.

이들은 결코 타협하거나 화해하지 않는다. 결말 부분에서 배비장이

---

13 M·S 까간, 진중권 옮김, 『미학강의』, 벼리, 1989, 207면 참조.

14 같은 책, 208면.

15 루카치, 김혜원 편역, 「풍자의 문제」, 『루카치 문학이론』, 세계, 1990, 62면 참조.

정의 현감이 되어 부임할 때도 "저 스름이 엇그젹에 피나무궤 쇽에셔 고싱ᄒ던 빅비쟝이더니 엇지 져러케되엿나 춤 희한ᄒ 일이로구"(신구서림, 111면)라며 고소설의 관용적인 표현처럼 칭송하는 것이 아니라 의문을 표시한다. 또한 그 풍자가 집단적으로 이루어짐을 유념할 필요가 있다. 이른바 민중들의 집단적 분노와 공격을 감지케 된다.

물론 이들이 행하는 풍자가 작품의 중심축을 형성하는 것은 아니다. 하지만 양반의 권위를 인정하지 않으려는 집단적 공분(公憤)의 모습을 보이고 있어 작품 내면에 잠재된 민중적 저력을 느끼게 한다. 이런 제주 도민의 집단적 분노는 어디에 기인하는 것일까? 작품의 서두에 보면 정비장이 가져가는 뱃짐에 다음과 같은 품목이 등장한다.

> 중량(中凉) 한 통, 세량(細凉) 한 통, 탕건 한 죽, 우황 열 근, 인삼 열 근, 월자(月子) 서른 단, 마미(馬尾) 백 근, 장피(獐皮) 사십 장, 녹피(鹿皮) 이십 장, 홍합·전복·해삼 백 개, 문어 열 개, 삼치 서 뭇, 석어(石魚) 한 동, 대하 한 동, 장곽, 소곽, 다시마 한 동, 유자·백자·석류·비자, 청피(靑皮)·진피(陳皮)·용(茸), 얼레·화류살쩍·삼층 난간 용봉장·이층 문갑·가께수리·산유자 궤·뒤주 각 여섯 개, 걸음 좋은 제마(濟馬) 두 필, 총마(驄馬) 세 필, 모시 다섯 필, 면주(綿紬) 세 필, 간지(簡紙) 열 축, 연적(硯滴) 열 개, 설대 열 개, 쌍수복 백 통, 대 한 켤레, 서랍 하나, 남초 열 근, 생청(生淸) 한 되, 숙청(熟淸) 한 되, 생율 한 되, 마늘 한 접, 생강 한 되, 나미(糯米) 열 섬, 황육(黃肉) 열 근, 후추 한 되, 아그배 한 접 (22~24면)

이들 품목은 제주도의 토산물이다. 이 토산품은 국가에 공납(貢納)으로 바치는 것인데 정비장의 뱃짐 속에 들어간 것이다. 제주에서 나라에 진상하는 공물 품목의 대종은 전복·말·귤·약재·녹피 등이었다 한다.[16] 그런데 국가에 바치는 공물을 대는 것도 힘겹거니와 성종 이후부터는 목민관 이하 관리들이 진상제를 남용해 자기들의 재산을 증식하는 기회로 도구화 하거나, 임금의 선심을 얻고자 엄청난 진상품을 요구하는 등 극심한 민폐를 자행하였다.[17] 말하자면 진상을 구실로 수령에 의한 수탈은 물론이고 아전들에 의한 소위 중간관리의 착취가 일반화되어 제주도민들이 이중의 수탈에 시달려야 했다. 茶山도 "재물은 백성으로부터 나오는 것이며 이것을 받아서 나라에 바치는 것이 수령이다. 아전의 부정을 잘 살피기만 하면 비록 수령이 너그러이 하더라도 폐해가 없을 것이며, 아전의 부정을 잘 살피지 못하면 비록 수령이 엄하게 하더라도 아무런 보탬이 안된다"[18]고 중간관리의 수탈을 경계했다. 그런가 하면 제주의 전복이 "무혈복이라하여 수년 이래로는 감사가 이를 요구하여 점차 민폐가 되었다"[19]고 수령의 착취를 비난하기도 했다.

18세기까지 제주도의 진상물은 주로 목자(牧子), 포작인(浦作人), 잠녀(潛女), 약한(藥漢) 등의 고역담당자들에게 충당되었다. 이 방식 외에도 사노비를 비롯한 공노비의 신공을 기반으로 하여 진상물을 마련하기도 했다. 이러한 진상의 막중한 부담은 결국 도민들의 피역 현상을 가져왔으며 이를 완화하기 위해 평역고(平役庫)와 보민고(補民庫)를 운영하였다. 하지만 19세기 중반으로 오면서 지방관아에서는 부족한 재정을 만회하기 위하여 평역고, 보민고의 확대 운영을 도모하게 되고, 그 결과

---

16 김동전, 「제주도의 공물진헌에 대한 고찰」, 『제주사학』 창간호, 제주대 사학과, 1985, 21면.
17 같은 글, 32면.
18 정약용, 『역주 목민심서』 Ⅰ, 창작과 비평사, 1978, 271면. 원문은 "財出於民 受而納之者 牧也. 察吏奸 則雖實無害 不察吏奸 則雖急無益".
19 같은 책, 283면. 원문은 "名之曰 無穴鰒 數年以來 監司求之 漸爲民弊".

도민들에 대한 수탈은 더욱 강화되었다.[20]

이런 관점으로 〈배비장전〉을 보았을 때, 서울로 떠나는 정비장의 뱃짐은 단순한 개인 물품을 싼 뱃짐이 아니라 자신의 사욕을 채우려는 서울 출신 양반 관리들의 수탈 품목으로 읽힌다. 국가에 대한 진상은 물론이고 수령 이하 관리들이 사욕을 채우기 위해 제주도민들의 희생을 강요하는 상황에서 이들 비장들의 수탈행태를 곱게 볼 리 만무하다. 더욱이 이들 비장들은 "동시 낙양친구(同是 洛陽親舊)"(44면)라는 말처럼 모두 서울 양반 출신이니 반감은 더 클 수밖에 없다. 작품의 서두에서 정비장을 홀딱 벗기어 '알비장'(34면)을 만들었던 것도 기실 이러한 제주도민들의 분노에 그 뿌리를 두고 있다.

사태가 이러하니 제주도민들은 양반관료들이나 아전들을 곱게 볼 리 없다. 19세기에 일어난 제주민란(1862)은 바로 이런 중간관리의 탐학 때문에 일어난 것이다.[21] 배비장이 양반의 위세를 내세웠다가 해녀들에게 무슨 양반이냐고 호되게 질타를 당한 것이나 사공에게 반말을 하다가 욕을 당한 것은 이런 수탈에 대한 저항의 몸짓으로 읽힌다. 이들이 누구인가? 바로 석북(石北) 신광수(申光洙, 1712∼1775)가 〈잠녀가(潛女歌)〉에서 "(죽음과 맞바꾸어 채취하지만)팔도 진상품이 서울로 달려가서 / 하루에도 몇 바리나 건복 생복 서울로 올라가는고[八道進奉走京師 一日幾駄生乾鰒]"[22]라고 진상의 폐해를 한탄했던 당사자인 해녀들이 아니던가. 게다가 이들 해녀와 사공이야말로 제주도 수탈구조의 맨 밑바닥에 위치하여 희생을 강요당했던 사람들이다. 이들이 바로 1862년 임

---

20 박찬식, 「19세기 제주지역 진상의 실태」, 『탐라문화』 제16호, 제주대 탐라문화연구소, 1996, 268∼269면.
21 김진봉, 「철종조의 제주민란에 대하여」, 『전통시대의 민중운동(하)』, 풀빛, 1981.
22 임형택 편역, 『이조시대 서사시(상)』, 창작과비평사, 1992, 166면.

술민란의 주역들이다. 임술민란은 그 원인의 하나가 진상과 관련된 평역의 폐단이었다. 안핵사 이건필(李建弼, 1820~?)이 국왕에게 건의한 18개조 가운데 진상과 관련된 것이 무려 7개항에 이를 정도로 많은 부분을 차시한다.[23]

결국 〈배비장전〉의 풍자는 여느 세태소설처럼 호색적 성격이 폭로되는 차원과는 달리 그 이면에는 이런 제주도의 수탈에 대한 역사적 실상과 맞물려 있기에 그것이 잔인하고 냉소적일 수밖에 없는 것이다.

4. 마무리

19세기 시정세태를 잘 반영한 〈배비장전〉은 관아를 중심으로 한 웃음에서부터 양반의 위선에 대한 풍자, 양반의 권위에 대한 냉소 등 다양한 풍자의 층위를 보여주는 작품이다.[24] 여기서는 특히 작품의 표면에 드러나는 화해의 결구와는 달리 방자를 통해 구현되거나 해녀나 사공으로 대변되는 신랄한 풍자와 공격이 이루어짐을 주목하였다. 이는 곧 진상으로 인한 가혹한 수탈에 직면한 제주도의 역사적 실상과 맞물려 있기에 기능한 것이다.

작품에 보이는 다양한 풍자의 스펙트럼은 또한 19세기라는 전환기 사회의 실상과 맞물려 있다. 흔히 풍자는 어둡고 암담한 사회일수록 절실히 요구되는 바, 세도정권의 부패, 타락이 극심했던 19세기는 풍자가 성행할 수 있는 필요충분조건을 갖추고 있는 셈이다. 하지만 풍자는 또한

---

23 박찬식, 앞의 글, 270면 참조.
24 졸고, 「〈裵裨將傳〉의 풍자층위와 역사적 성격」 참조.

당대 현실을 꿰뚫어 보는 통찰력이나 전망을 확보하고 있을 때 가능한 것이다. 현실에 매몰돼서는 풍자가 성립되지 않는다. 이 때문에 〈배비장전〉에 보이는 풍자의 다양한 스펙트럼은 당대 현실을 극복하려는 민중들의 적극적인 참여로 읽힌다. 특히 방자나 해녀, 뱃사공에게 보이는 강한 풍자야말로 19세기 들어 더욱 심해진 수탈체제에 저항하는 제주도민들의 의지를 대변하는 것이다. 그 역사적 사건은 임술민란을 통해 구체화됐거니와 〈배비장전〉에서 해녀나 뱃사공의 항변을 통해 그 기운을 감지케 한다.

〈배비장전〉은 단순하게 19세기 유흥세태의 한 단면을 반영한 작품만이 아니라 진상을 통한 제주도민의 수탈체제를 내면화 하고 있는 작품이다. 목사를 중심으로 한 내기와 공모의 방식으로 〈배비장전〉을 읽을 것이 아니라 방자와 제주도민들의 분노의 목소리를 통하여 〈배비장전〉을 다시 읽어야 하는 이유가 여기에 있다.

항일의병의 전개와 소설의 형상화

1. 문제의 제기

두 차례에 이르는 '의병전쟁'이 일제의 국권침탈에 대항하여 국가와 민족을 지켰던 유일한 대안이었음은 주지의 사실이다. 이른바 '애국계몽기'라 일컫는 1894년에서 1910년에 이르는 이 시기에 한편으론 지식인들을 중심으로 한 '애국계몽운동'도 일어나 의병전쟁과 더불어 국권수호와 민족의 자존심을 지키는데 앞장섰다. 즉 도시를 중심으로 한 합법적 애국계몽운동과 농촌을 중심으로 한 비합법적 의병전쟁이 당시 민족운동의 두 축이었다.

이런 역사적 실상에 비추어 최원식은 당시의 문학도 의병전쟁문학, 애국계몽문학, 친일문학으로 노선을 나눌 필요가 있다고 하여 "이 삼자는 뚜렷이 구분되는 듯 얽혀있"어 "나라의 독립을 추구하는 문제를 중심으로 하면 앞의 2자와 친일문학이 대립하고, 나라의 개명을 기준으로 삼으면 의병전쟁문학과 뒤의 2자가 경계를 이루고 있기 때문이다. 물론 애국계몽문학과 의병전쟁문학이 이 시기 문학사의 주류임은 말할 것도 없겠

다."고 역설한다.[1]

지식인 주도의 애국계몽문학은 다양한 형태의 가사, 신체시, 신소설 등으로 문학적 형상화를 이루었다. 하지만 의병전쟁문학은 문학적 형상화가 상대적으로 빈약하다. 게다가 이미 문학사적 사명을 다한 옛 양식에 의존한 경우도 많다. 의병장의 격문과 한시, 〈창의가〉나 〈안사람의 병가〉와 같은 가사 등이 그렇다. 당대 서사양식인 신소설과 같은 방식으로 의병전쟁이 다루어진 경우가 그래서 소중하다. 하여 과연 어떤 작품이 있으며 어떻게 의병전쟁이 형상화 됐는가를 따져보고자 한다.

의병을 다룬 대표적인 신소설 작품은 이해조(李海朝, 1869~1927)의 〈고목화(枯木花)〉(『제국신문』 1907.6.5.~10.4)와 이인직(李人稙, 1862~1916)의 〈은세계(銀世界)〉(同文社, 1908.)인데,[2] 일별하자면 그다지 의병에 대해 우호적이지 못하다. 작가가 애국계몽운동 노선이나 친일의 노선에 있기 때문이다. 게다가 의병의 활약도 서사의 중심이 아닌 배경으로 등장하고 있다.

하지만 당시 일간신문에 연재된 일우생(一吁生)의 〈오경월(五更月)〉(『대한민보(大韓民報)』 1909.11.25~12.28)은 여러모로 이해조의 〈고목화〉와 유사한 작품이다. 특히 주목되는 작품은 빙허자(憑虛子)가 쓴 〈소금강(小金剛)〉(『대한민보』 1910.1.5~3.6)이란 작품이다. 의병을 주인공으로 삼고 있을뿐더러 당시의 정세를 현실적으로 반영하고 있다.

이상의 네 작품을 통해 의병의 형상을 당대에 나온 신소설들이 어떻게 다루고 있는가를 살펴보고자 한다. 그럼으로써 의병전쟁문학을 애국계몽기 문학사의 주류로 복원시키고자 한다.

---

1 최원식, 「애국계몽기의 이해조 소설」, 『한국계몽주의 문학사론』, 소명, 2002, 156면 참조.
2 텍스트는 『신소설, 번안(역)소설 전집』, 아세아문화사, 1978에 수록된 것으로 하고, 작품인용은 현행 맞춤법을 따르되 괄호 속에 면수만 표시한다.

2. 개화에 역행하는 '무뢰지배'-〈은세계(銀世界)〉

일제의 침탈에 대항해 무장투쟁을 전개했던 의병을 가장 악의적으로 형상화한 작품은 당연히 대표적 친일파 작가였던 이인직의 〈은세계〉다. 이인직은 이 무렵 이완용의 개인비서로 그의 후원을 얻어 『만세보(萬歲報)』를 인수해 1907년 7월 『대한신문(大韓新聞)』을 창간하고 사장 자리에 앉는다. 이 신문은 이완용 내각의 기관지로서 역할을 착실히 수행했던 바, 이인직은 이완용의 밀사로서 일본을 수시로 드나들며 소위 '합방'의 기반을 다지는 일에 매진한다.[3] 이 무렵 쓴 소설이 〈은세계〉이니 그 정치적 의도는 쉽게 짐작할 수 있다.

주지하다시피 〈은세계〉는 강원감사의 수탈에 맞서다 죽음을 맞이한 최병도의 이야기가 전반부를, 유복자로 태어난 옥남이의 파란만장한 이야기가 후반부를 형성한다. 의병이 등장하는 것은 후반부의 마지막 부분이다. 아버지 최병도가 죽고 어머니마저 미쳐버려 고아나 다름없는 옥남, 옥순 자매는 김진사의 도움으로 미국으로 유학가고 거기서 '씨엑기 아니쓰'라는 미국인의 보호아래 양육된다. 이들 남매는 고종이 강제 퇴위당하고 순종이 즉위한 융희 원년(1907), "일반 정치를 개혁"한(129면)[4] 때를 맞아 "배운 대로 나라에 유익한 사업을 하여"(129면) 보자고 귀국하게 된다. 강릉으로 가 어머니를 찾고 절에 가서 아버지의 영혼을 위로하기 위해 불공을 드리던 중 '강원도 의병'과 조우한다. 그 장면을 〈은세계〉는 이렇게 그려낸다.

---

3 이인직에 관한 사항은 최원식 「친일문학의 선구자, 이인직」, 앞의 책 참조.
4 원문의 표기는 현행 맞춤법을 따르고, 앞으로 인용은 괄호 속에 면수만 표시한다.

절 동구 밖에서 총소리 한번 탕 나면서 웬 무뢰지배 수백 명이 들어오더니 옥남의 남매를 붙들어 나린다. 옥순이와 옥남이는 **학문과 지식이 넉넉한 사람**이라 조금도 겁내는 기색이 없고 천연히 붙들려 나가는데 그 **무뢰지배**가 옥순의 남매를 잡아놓고 재약한 총부리로 겨누면서

(무뢰) 네가 웬 사람이며 머리는 왜 깎았으며 여기 내려오기는 무슨 정탐을 하러 왔느냐. **우리는 강원도 의병이라** 너같은 수상한 놈을 포살하겠다.

하며 기세가 당당한지라. (136~137면, 강조 인용자)

여기 등장하는 의병은 을미의병과 달리 군대해산 이후 본격적으로 기병했던 2차 의병을 말한다. 강원의병으로 1907년 원주에서 거병한 민긍호(閔肯鎬, 1865~1908) 부대는 제천 의병과 합류하였고, 김덕제(金德濟, ?~?) 부대는 평창·강릉·양양 방면으로 진출하였다. 강원도 지역은 『대한신문』의 지적처럼[5] 을미의병 당시 유인석(柳麟錫, 1842~1915)에 의해 10여 년 전부터 터전이 되어왔던 곳이기에 강력한 결집력을 보여줄 수 있었다. 8월 중순 영동 지역으로 진출한 김덕제 부대는 그곳 의병과 합세하여 3천명의 대부대를 이루었다. 이 부대가 평창, 진부를 거쳐 강릉방면으로 진출했으니 〈은세계〉에 등장하는 강원의병이 바로 이들이다. 작품의 배경도 융희 원년(1907) 가을이니 강릉 지역의 의병봉기와 일치한다. 강릉 의병의 규모에 놀란 일본군은 원산주둔 보병 50연대 제 11중대를 8월 12일 급파할 정도였다.[6]

하지만 이인직의 〈은세계〉에서는 이들 강원의병을 한낱 '무뢰지배'로

---

5 『대한신문』 1907년 8월 13일자.

"원주 폭동의 도류가 1천여 명에 달하여 일병과 포화상접(砲火相接)하기 시작했다고 한다. 상보는 아직 듣지 못했으나 도청도설에는 10여 년 전부터 화태(禍胎)를 양출하던 소굴이라, 이를 반거(盤據)하여 작금에 해대병(解隊兵)의 폭동이 일어났다"

6 박성수, 『독립운동사 연구』, 창작과 비평사, 1980, 152면~158면 참조.

격하시키고 있다. 그 근거가 되는 이념은 이른바 '문명개화론'이다. 이미 작품의 전반부에서 최병도를 김옥균과 연결시켜 그 문하로 설정했으며 이 인연을 문명개화로 발전시켰다.

> 갑신년 시월(갑신정변 : 인용자)에 변란이 나고 김씨(김옥균 : 인용자)가 일본으로 도망한 후에 최씨가 시골로 내려가서 재물모으기를 시작하였는데 그 경영인즉 재물을 모아가지고 그 부인과 옥순이를 데리고 문명한 나라에 가서 공부를 하여 지식이 넉넉한 후에 우리나라를 붙들고 백성을 건지려는 경륜이라. ··· 한 두 사람을 구하고자하는 일이 아니오, 팔도 백성이 도탄에 든 것을 고치려는 경륜이 있었더라. (55면~56면)

오직 문명개화만이 민족의 살길이라는 논리는 실상 1894년 이래 거부할 수 없는 대세였던 것만은 사실이다. 다양한 방법론상의 분화에도 불구하고 큰 틀은 문명개화고 자강(自疆)이었다. 문제는 여기에 편승하여 일제의 침략과 지배가 합리화 된다는 데 있다. 야수의 발톱이 숨겨진 셈이다. 더욱이 1907년 대대적으로 개화를 표방하는 정미 7조약과 순종의 즉위에 따른 개화파 정권의 수립은 이제 문명개화가 국가적 과업임을 만천하에 표방한 것이다. 이제 드디어 개화파의 세상이 되었고, 그 이면은 다름 아닌 일제에 의한 식민지 지배다. 곧 일제의 지도아래 이루어지는 문명개화의 프로그램 속에 〈은세계〉가 있는 것이다. 당연히 무장투쟁을 전개하는 의병은 가장 큰 걸림돌이 되는 것이다. 의병은 개화한 문명세계가 아닌 미개한 야만의 상태로 존재하기에 '무뢰배'가 되는 것이다. 이 '무뢰지배'인 의병에 맞서는 옥순과 옥남은 '학문과 지식이 넉넉한 사람'이기에 조금도 겁내는 기색이 없을 뿐더러 여기서 더 나아가 의병들을 향해 일장 연설을 하는 지경에까지 이른다.

의병도 우리나라 백성이오 나도 우리나라 백성이라. 피차에 나라 위하고 싶은 마음은 일반이나 지식이 다르면 하는 일이 다른 법이라. 이제 여러분 동포께서 의병을 일으켜서 죽기를 헤아리지 아니하고 하시는 일이 나라에 이롭고자 하여 하시는 일이요 나라에 해를 끼치려는 일이요? 말씀을 하여주시오. 내가 동포를 위하여 그 이해(利害)를 자세히 말하면 여러분의 마음과 같지 못한 일이 있어서 나를 죽이실 터이나 그러나 내가 그 이해를 알면서 말을 아니하면 여러분 동포가 화를 면치 못할 뿐 아니라 국가에 큰 해를 끼칠 터이니, 차라리 내 한 몸이 죽을지라도 여러분 동포가 목전에 화를 면하고 국가 진보에 큰 방해가 없도록 충고하는 일이 옳은 터이라. 여러분이 나를 죽일지라도 내 말이나 다 들은 후에 죽이시오.

여러분 동포가 의리를 잘못 잡고 생각이 그릇 들어서 **요순 같은 황제폐하 칙령을 거스리고 흉기를 가지고 산야로 출몰하여 인민의 재산을 강탈하다가 수비대 일병 사오십 명만 만나면 수십 명 의병이 저당치 못하고 패하여 달아나거나 그렇지 아니하면 사망 무수하니 동포의 하는 일은 국민의 생명만 없애고 국가 행정상에 해만 끼치는 일이라.** 무엇을 취하여 이런 일을 하시오. 또 동포의 마음에 국권을 잃은 것을 분하게 여긴다 하니 진실로 분한 마음이 있을진대 먼저 국권 잃은 근본을 살펴보고 장차 국권이 회복될 일을 하는 것이 옳은 일이라. (137면~138면 강조 인용자)

옥남이에게 있어서 의병은 "인민의 재산을 강탈"하여 "나라에 해를 끼치"는 '무뢰지배'인 것이다. 그 반대편에 옥순이 옥남이와 같은 문명개화한 사람이 존재한다. 옥남이는 아버지 최병도의 뒤를 이은 문명개화의 화신인 셈이다. 문명개화만 된다면 "국권을 잃은 것"은 그리 중요하지가 않다. 이 문명개화의 미망 속에 일제의 침탈 논리가 숨어 있음은 주지의 사실이다. 당시의 신문기사에도 이와 유사한 논리가 자주 등장한다.

근일에 의병이라 하는 의자는 의리라 하는 의자인지 의무라 하는 의자인지 의자로 말하면 의자는 일반이라. 삼천리 강토와 이천만 생령이 부지할 길이 없고 완전할 도리가 없으니 이 나라의 백성이 되고 이 백성의 마음을 가지고 누가 탄식하지 아니하며 통곡하지 아니하리오. 탄식하는 마음과 통곡하는 마음으로 분발하고 격동할 터이면 사람마다 피를 흘리고 사람마다 뼈를 갈아도 아까울 것이 있으리오마는 세계의 형편과 천지의 운수를 돌아보지 못하고 나의 능력과 나의 계책을 헤아리지 못하고 혈분과 울기를 가지고 한번 일어나매 사방이 향응하여 나라를 위하고 백성을 위하는 마음이 지극하다 하나 일국 풍진이 이로 좇아 분운하여 애매한 백성과 무죄한 인생만 죽으니 이것은 나라를 위하려다가 나라를 더욱 위태케 함이오 백성을 위하려다가 백성을 더욱 멸망케 하는 것이니 탄식하는 중에 더욱 탄식할 일이오 통곡하는 중에 더욱 통곡할 일이라.[7]

애국계몽운동의 근거지였던 『대한매일신보(大韓每日申報)』가 이정도이니 다른 신문은 말할 것도 없겠다. 옥남이의 논리보다는 민족의 아픔을 대변하지마는 결론적으로는 힘도 모자라는데 쓸데없이 일어나 왜 희생되느냐는 것이다. 그 저변에는 역시 문명개화의 논리가 자리하고 있다.

결국 〈은세계〉는 1907년 전국적인 의병의 항거를 둔화시키기 위해 이인직의 친일적 의도를 명백히 드러낸 작품이며, 내세우는 논리는 당시 개화운동의 구호였던 문명개화다. 그러다보니 마지막 부분에 가서 옥남이와 의병들은 서로 어긋나 희화되기까지 이른다. "나는 오늘 개혁하신 황제 폐하의 만세나 부르고 국민 동포의 만세나 부르고 죽겠소"(141면)라고 의병들 앞에서 만세를 부르는 마지막 장면은 그 '문명개화'가 얼마

---

7 백학산인, 「기서」, 『대한매일신보』 1907.10.9일자.

나 민중들의 삶과 유리된 허구인가를 여실히 보여주는 해프닝이다. 이 기괴한 해프닝을 끝으로 〈은세계〉는 더 이상 이야기가 진행되지 않고 종결된다. 옥남이와 의병이 어긋난 것처럼 이야기의 전개와 문명개화의 논리가 민중들의 실생활과 어긋나있기 때문이다.

3. 명분과 방향을 상실한 화적패
　 -〈고목화(枯木花)〉, 〈오경월(五更月)〉

　주지하다시피 1895년 10월 민비시해와 11월 단발령에 대한 반발로 일어났던 1차 을미의병은 다음해 고종의 아관파천과 김홍집 내각 붕괴 후 대부분 해산한다. 거기에 참여한 무장농민들은 그 뒤 어떻게 되었을까? 유인석이 이끌었던 제천의병은 서진(西進)을 결행하여 훗날 항일독립운동의 기초를 다지지만 대부분은 일상으로 돌아가거나 또 다른 무장집단으로 변모하였다. 황현(黃玹, 1855~1910)은 『매천야록(梅泉野錄)』에서 "이때 의병으로 있다가 흩어진 자들이 토비(土匪)로 바뀌어 사건이 끊이지 않았다"[8]고 한다. 토비 곧 화적으로 변한 셈인데, 그 중 일부는 조직력을 갖추고 활빈당(活貧黨)을 결성하기도 했다. 이들 주력은 의병전쟁에 참가한 농민군으로 1차의병이 해산된 뒤 대략 1899년경부터 일어나 1906년까지 활동했다.[9] 그리고 2차 의병이 일어난 1907년에는 대부분 의병부대로 흡수된다.

8　황현, 임형택 외 옮김, 『역주 매천야록』 상(문학과지성사, 2005) 501면. "是時 義兵散者 轉成土匪 警報不絕."
9　강재언, 「활빈당 투쟁과 그 사상」, 『근대 조선의 민중운동』, 풀빛, 1982, 247면.
　박찬승, 「활빈당의 활동과 그 성격」, 『한국학보』 35집, 일지사, 1984, 153면.

어쨌든 대부분의 의병부대는 해산하여 조직력을 잃고 화적이 되거나 활빈당 등 또 다른 형태의 투쟁을 전개한 셈인데 의병처럼 명분을 얻지는 못했던 것 같다. 황현도 "충천남북도에서 도적떼가 봉기하여 자칭 활빈당이라 하고 대낮에도 약탈을 일삼았다. 내포(內浦) 지방으로부터 관동지방의 여러 고을에 만연하므로 그들을 토벌하도록 청하는 전보가 연이어 왔다."[10]고 할 정도였다. 이들 해산된 의병이나 활빈당을 다룬 작품이 이해조의 〈고목화〉와 일우생의 〈오경월〉이다. 두 작품 모두 의병이나 활빈당에게 잡혀간 여자의 기구한 이야기가 서사의 핵심을 이루고 있다.

우선 이해조의 〈고목화〉를 보자. 활빈당이 두령을 삼고자 데려온 보은 황간(黃澗)에 사는 권진사, 청주 조치원에서 붙잡혀온 청주댁이 여러 험난한 고비를 겪으면서 결연하는 과정을 작품은 중심으로 그리고 있다. 권진사는 보은 속리사에 갔다가 몸통만 있는 새의 대가리를 그려 활빈당에 납치되어오고 거기서 청주집을 만난다. 외동딸을 화적에게 빼앗긴 박부장은 포교가 되어 딸을 찾으러 다닌다. 하지만 괴산읍내에서 도둑의 내력을 알게 된 박부장은 오히려 패거리에게 붙잡히고, 죽음에 직면한 권진사는 청주집의 도움으로 사지에서 벗어나 가족을 이끌고 서울로 상경한다.

하권은 서울을 중심으로 이야기가 전개된다. 권진사 댁 종인 갑동이를 매개로 의사인 조박사가 권진사를 치료해주고 동료들에게 구출된 박부장이 딸인 청주댁과 같이 천신만고 끝에 권진사를 다시 만나, 홀아비인 권진사와 과부인 청주댁이 새로운 인연을 이루는 것으로 마무리 된

---

10 황현, 앞의 책 하권, 45면. "忠淸南北道盜起 自號活貧黨 白晝剽掠 自內浦蔓延關東府郡 連電請勒."

다. 작가인 이해조는 남녀의 기연 속에 이인직의 친일적 개화와는 다른 국권회복의 의지를 담고 있는데 공옥학교에 다니는 권진사의 아들 옥남이야말고 제목이 뜻하는 것처럼 "이 낡은 조선이라는 고목 위에서 태어난 꽃, 곧 국권회복의 소망"[11]이라고 한다.

그런데 여기에 활빈당이 등장하여 주인공인 권진사, 청주댁과 밀접한 관계를 맺는 것으로 설정되어 있다. 그 활빈당의 정체는 무엇인가?

> 여기 마중군이라는 사람이 주장이 되어 온갖 지휘를 다했다는데 괴산집이 그 사람의 소실로 있었더니 칠월 백중날 안성장을 치러 갔다가 윤영철이라는 양반이 그 고을 군수인데 어쩌면 그렇게 명관이든지 세상 없드래도 겁을 아니 내든 마중군을 고만 잡아 죽인 까닭으로 그 원수를 갚고자 하나 (9면)

바로 저 유명한 마중군(馬中軍) 패가 바로 이들이다. 마중군은 맹감역(孟監役)과 같이 활빈당의 저명한 수령으로 속리산을 중심으로 활동했다. "충청도 사람으로 갑오년(1894)에는 농민전쟁에 참가하고 병신년(1896)에는 의병으로 활동했는데 도망자들을 불러 모아 수백리 사이를 홀연히 출몰하니 관군이 그를 추적하지 못했던"[12] 인물이었다. 그런데 작품에서는 그 마중군이 안성군수 윤영철[실존인물 윤영렬]에게 잡혀 죽은 것으로 되었지만 사실은 죽지 않고 살아남아 1906년 활빈당 활동이 쇠퇴할 때까지 끝내 체포되지 않았던 드문 수령이었다.[13]

이런 마중군 패를 이해조는 왜 여자나 납치해 첩으로 삼는 '불안한

---

11 최원식, 「이해조 문학연구」, 『한국근대소설사론』, 창작사, 1986, 71면.
12 황현, 앞의 책 33면. "馬胡西人 甲午投東匪 丙申投義兵 亡命嘯聚 修忽數百里 官軍莫之跡."
13 박찬승, 앞의 글, 133면.

당'(10면) 곧 화적패로 그렸을까? 활빈당은 분명 의병의 잔존세력으로 농민전쟁과 의병전쟁을 계승한 것으로 사찰과 양반, 부호가에 대한 습격, 관아습격, 장시습격, 탈취재화의 빈민분급, 외국인 습격이 주 활동이었다.[14] 민가를 덮쳐 여자를 잡아 오는 것은 있을 수 없는 일이다. 박해받는 일반 민중들이 바로 활빈당의 지지기반이기 때문이다.

그런데 이해조는 왜 이들을 정말 형편없는 화적패로 그림으로써 폄하했을까? 물론 대부분 계몽주의자들이 그렇듯이 극단적 반봉건투쟁에 대해 반대의 뜻을 지니고 있었던 것은 사실이지만 "이처럼 작가는 활빈당과 그에 동조적인 인물들을 과장적으로 왜곡함으로써 민중적 저항파에 대한 반대를 명확히 드러내었다. 여기에 이해조의 한계는 뚜렷한 것이지만 한편 경제적 지향의 진보성에도 불구하고 유교적 왕도정치를 이상으로 삼았던 활빈당의 의연히 낡은 정치적 퇴영성에도 문제가 있었"[15]다고 한다. 이는 물론 이해조만의 문제가 아니라 애국계몽운동의 노선상에 있었던 대부분의 계몽주의자들이 가졌던 일반적인 생각이기에 문제가 심각하다.

대한협회의 기관지격인 『대한민보』에 실린 〈오경월〉도 의병에 대해 비슷한 시각을 견지하고 있다. 대한협회는 당시 대표적인 애국계몽단체로, 국민정신을 고취하고 교육과 실업으로 국가의 실력을 양성하자는 취지로 『대한민보』를 발행했다.

일우생(一吁生)이란 필명으로 모두 22회에 걸쳐 연재된 〈오경월〉은 시집온 지 서너 달 밖에 안되는 박좌수의 며느리가 의병에게 납치되는 것으로 이야기가 시작된다. 몸값 2,000여원을 준비해 며느리를 찾으려

---

14 같은 글, 146면.
15 최원식, 「이해조 문학 연구」, 앞의 책, 68면.

간 박좌수는 일본 헌병토벌대가 닥치는 바람에 도로 산에서 내려온다. 그런데 의병과 내통했다고 일본 헌병에게 닦달을 당하고 다시 며느리를 찾아 나선 길에 이번에는 의병에게 고발했다하여 매를 맞고 혼절을 한다. 한편 헌병토벌대의 공격을 받은 의병은 뿔뿔이 흩어지는데, 그중 한 명이 박좌수의 며느리를 끌고 내려와 강간을 하려던 차에 헌병이 들이닥치자 도망가고 며느리는 혼자 몸을 피해 숨어 있다 시아버지인 박좌수를 만난다는 내용이다.

〈오경월〉은 침탈의 전위대인 일본헌병과 명분을 잃고 타락해버린 의병 사이에서 일반 민중들이 겪어야 하는 참상을 잘 보여주고 있는 바, 여기에 바로 화적패로 전락한 의병의 형상이 적나라하게 드러나 있다. 작가도 작품 속에서 이런 타락한 의병들에 대해 아래와 같이 질타하고 있다.

> 의병이라 하는 것은 우으로 나라를 위하고 아래로 인민을 구할 좋은 목적으로 힘을 헤아리고 시세를 살펴 참된 형성으로 한번 부름에 백식따라서 지나는 바에 추호를 범치 않고 이르는 곳마다 반가이 맞게 하여야 의병이라는 의(義)자에 뜻이 합당타 하겠거늘 근일에 소위 의병이라는 무리는 힘도 없고 시세도 모르고 다만 동리를 소탕하고 행인을 노략하던 적당들이 때나 만난듯이 성군작당하여 이름 좋은 의병기치를 앞세우고 양민을 늑입하고 부녀를 겁탈하며 낮이면 산곡에 엎드려있고 밤이면 촌리에 횡행하는 무리들이라 (4회)

여기서 의병은 깃발만 내걸었지 명분도 잃고 조직도 와해되어 화적패로 전락한 형편없는 무리임을 확인할 수 있다. 1896년~1906년 무렵 당시 애국계몽노선에 서있던 사람들의 의도적 폄하가 있다고 하더라도, 실제 의병의 잔존세력들이 몸을 피하기 위해 화적패로 전락한 경우도 없지 않았을 것이다. 1906년 『대한매일신보』에 실린 논설은 이런 의병의 타락상을 통렬히 지적하고 있다.

> 을미년의 의거는 나라의 원수를 갚는 것으로써 의를 삼고 올해의 의거는 국권회복을 명분으로 삼으니… 그 주모한 우두머리는 죽기를 결심하는 마음을 가진 자가 혹 있으나 그 응모하여 따르는 자는 일정한 직업이 없는 무뢰배가 아닌가. 저들의 생각은 백성들의 재산을 약탈하는 데 있어… 이름은 의병이나 도리어 도적의 행실을 면하지 못하는 고로 나라의 수치를 씻는다고 인민의 재산을 약탈함이 더욱더 심하다.[16]

당대의 이런 실상이 〈고목화〉나 〈오경월〉에 반영되어 화적패로 전락한 활빈당이나 의병들의 형상으로 나타나고 있는 것이다. 당시 '화적'과 '활빈당'의 사이에는 확연하게 구별되지 않는 경우가 많이 있으며, 일반적으로 화적이라고 하는 경우, 그 속에 '활빈당'이 포함되고 있는 예가 대부분이니[17] 화적, 의병, 활빈당이 혼재되어있어 무장투쟁이 명분이나 방향을 상실했을 때 얼마나 위험할 수 있는가를 또한 이 작품들은 보여주고 있는 셈이다.

---

16 『대한매일신보』 광무 10년 5월 30일자.
17 강재언, 앞의 글, 252면.

4. 의병전쟁의 낙관적 전망-〈소금강(小金剛)〉

애국계몽운동과 항일의병전쟁은 각각 도시와 농촌을 무대로 하여 국권수호를 목적으로 전개되었던바 당대 민족운동의 양 축으로 서로 보완적 관계이기도 했지만 배타적 관계인 경우가 더 많았다. 앞서 이해조의 경우나 『대한매일신보』의 논설에서 알 수 있듯이 실력을 양성하고 후일을 도모해야하는 계몽론자들의 눈에 무장투쟁을 전개하는 의병전쟁은 도저히 이길 수 없는 싸움이기에 국력의 낭비로 보인 것은 사실이다. 친일적 개화론자들은 차치하고서라도 애국계몽운동에 투신했던 자들조차도 의병전쟁을 승산없는 싸움으로 여긴 것이다. 하지만 의병전쟁이야말로 당시 국권수호의 가장 핵심이었다. 전 민중의 역량이 결집되지 못해서였지 그것이 국력을 낭비하는 쓸데없는 일은 아니었다. 실상 일제의 강제병합이 늦어진 것도 전국에서 일어난 2차 의병전쟁에서 그만큼 저항했기 때문이다. 악랄한 '남한대토벌'을 마치고 강제병합에 들어선 것을 보더라도 그 사실을 확연히 알 수 있다.

하지만 의병의 맥은 끊어지지 않고 국외로 나가 간도와 연해주에서 다시 이어져 훗날 항일독립운동의 초석을 다지게 되었다. 1차의병 해산 후 제천의병을 이끌었던 유인석의 서진이 그렇다. 곧 의병전쟁은 항일독립운동으로 초석으로 이어진다 하겠는데 바로 이런 의병전쟁의 낙관적 전망을 형상화한 소설이 빙허자의 〈소금강〉이다. 대한협회의 기관지격인 『대한민보』에 총 47회에 걸쳐 연재된 소설로 작가인 '빙허자(憑虛子)'는 신채호가 아닐까 추정하고 있다. 김복순은 신채호가 1908~9년 무렵부터 애국계몽운동이 한계에 도달했음을 인식하면서 역사인식의 변모를 보이고 있는 점, 즉 종래의 영웅사관으로부터 민중적 지향을 보이며, 대종교에 대한 인식이 나타나는 점과 이 작품이 맥락을 같이하는

것으로도 충분히 추정이 가능하다고 하지만, 아직 성급한 결론을 내리기는 어렵다 한다.[18]

이 작품은 애국계몽운동과 의병전쟁의 관계, 또 의병부대의 간도 이주 등이 자세히 형상화 되어있어 여러모로 흥미롭다. 갑신정변에 가담했던 개화파 구도사의 아들 구홍서는 '갑오풍진' 이후 세상이 돌아가는 것을 보며 개화사상의 한계를 느끼고 친구 정달빈, 안규원과 같이 철원지방 활빈당 조직인 '소금강단'에 투신하여 두령이 된다. 이 소금강단은 임오군란에 가담했다가 몸을 피한 이또갑이 이끄는 조직이었다. 그런데 일제의 토벌이 진행되면서 무장해제를 할 수도 없고, 관군과 맞설 수도 없는 상황에서 서간도로 이주하여 후일을 기약한다. 그 과정에서 구홍서는 김극여의 주선으로 오씨 부인과 결혼한다. 마침내 서간도로 이주한 이들은 동포들의 고난을 목격하고 이를 해결하기 위해 애쓰던 중 오씨 부인을 탐낸 왕대인이 이끄는 중국마적들을 맞아 승리를 거둔다.

이상의 줄거리에서 알 수 있듯이 이 작품은 개화사상을 지닌 주인공이 개화사상의 한계를 깨닫고 민중적 입장으로 접근하면서 활빈당에 가담하고, 그 활빈당이 의병전쟁, 국외의 독립운동으로 발전해 나가는 의병전쟁의 역정을 보여주는 주목할 만한 소설이다. 한일 강제합병이 박두한 시점에서 이 소설만큼 정면으로 반봉건·반외세의 문제를 진지하게 고민한 소설은 없다고 할 정도로 문학사에서 귀중한 자리를 차지한다.[19]

하지만 작품의 서사구조는 〈홍길동전〉이나 야담의 '군도담'과 같은 '의적 이야기'의 틀을 따르고 있다. 우선 첫 장면부터 구홍서가 활빈당에

---

18 김복순, 「신소설 〈소금강〉과 항일의병운동」, 『연세어문학』 20집, 연세대학교 국문학과, 1987, 12면 참조.
19 기존의 문학사와는 달리 김재용·이상경·오성호·하정일, 『한국근대민족문학사』, 한길사, 1993, 105면~106면에서 유일하게 이 작품을 주목하였다.

들어가기 위해 친구들과 함경도 관찰사의 봉물짐을 터는 것이 등장한다. 의적소설에서는 두령이 되고나서 자신의 지략을 보이는 것인데 여기서는 미리 능력을 보여줌으로써 자신의 존재를 알린다. 게다가 관찰사의 봉물짐을 털며 다음과 같이 꾸짖기도 한다.

> 관찰로 갔으면 아무쪼록 민정을 관찰하야 우으로 국가의 망극한 은혜를 보답하고 아래로 인민의 비상한 질고를 구제함이 옳거늘 노욕이 불같이 일어나서 매향매유(賣鄕賣儒)를 한다 무명잡세를 늑봉한다 원결에 가징을 한다 부민을 무함한다 별별 악정을 다 하다가 필경 민요를 만났거든 (3회)

전형적인 의적의 형상이다. 이렇게 꾸짖는 주체인 구홍서는 누구인가? 이미 "부패한 정부를 개혁하고 국가기초를 공고히 하려"(6회) 애썼지만 결국은 "일이 마음과 같이 되지 않"는데다가 "갑오풍진 이후로 시사가 점점 글러가며 정부에는 간신배가 권세를 잡고 주군에는 탐관오리가 웅거하야 국세는 불칙한 땅에 떨어지고 생령은 도탄에 빠"(6회)져 결국 무장투쟁을 결심한 자이다. 아버지의 뒤를 따라 개화운동에 앞장섰지만 민중들의 참상을 목격하면서 개화의 허구를 깨닫고 반외세·반봉건 무장투쟁의 길로 나서게 된다. 그 계기가 13도를 주유하면서 민중들의 참상을 목격했기 때문이다.

> 우리 인민의 생활경상을 살펴보니 지극히 참혹 가긍하기는 향곡의 잔민들이라. 묵은 들 돌밭을 비바람을 무릅쓰고 갈아 거치벼 몇섬을 떨어뜨려 놓으면 포학한 관리의 이름없는 장세와 토호강반의 경위없는 토색이 시시로 자심하여 늙은 부모와 어린 자녀가 기갈을 면치 못할 뿐 아니라 닭머리 소바리를 부지런히 쳐서 논 마지기·밭 날갈이를 장만하면 범강을 했느니

음모가 있나니 각색 죄명으로 일거에 없이 빼앗기고 부르짖어 우는 소리가 처처에 끝일 날이 없는지라 (6회)

이런 참상을 목격하면서 소위 지식인 중심의 개화파의 운동이 얼마나 허무한 것인가를 깨닫고 탐관오리의 재물을 빼앗아 빈민을 구제하는 활빈당에 참여하게 된다. 활빈당은 이미 앞의 〈고목화〉를 다룰 때 거론했거니와, 이해조의 시각과 달리 여기서는 단순한 화적패가 아닌 반외세·반봉건 투쟁에 앞장선 명분을 지닌 민중 무장조직으로 그리고 있어 주목된다.

이는 재물에 탐욕을 내어 사람을 죽이고 촌에 불질러 무단이 재산을 겁탈하는 것이 아니라 각박한 행위와 괴휼한 수단으로 온당치 않게 치부집과 가혹한 형벌과 탐학한 정치로 백성의 기름을 빨아가는 관리를 차례로 겁박하야 불쌍한 사람과 가난한 동리를 구제하기로 목적을 삼으니 비리의 재산가진 자는 밤에 잠을 편히 못자고 자주 놀라되 민한한 인민들은 도리어 환영을 하여 그 도당을 활빈당(活貧黨)이라 일컫더라 (5회)

그래서 구홍서도 "비록 법을 범하는 패류의 하는 바이나 실지로 그 본의를 궁구하면 남아의 국축지안인 기개로 권도를 행함이라 어찌 구구히 적은 규모를 지키어 우리 이천만 빈한 동포의 참혹히 죽는 것을 등한히 보리오 차라리 저 당에 투신하여 강한 자를 억제하고 약한 자를 붙잡으리라"(7회) 하고 활빈당의 두령이 된다.

소설의 구조는 의적이야기의 틀을 따라 능력있고 의기있는 자가 백성을 구제할 목적으로 의적의 두령이 되는 것이지만 그 속에 당시 복잡한 정세를 삽입하여 활빈당 투쟁의 정당성을 부여하고 있다. 이는 국내에서의 투쟁에 한계를 느끼고 간도로 건너가는 후반부의 이야기에서 더 분명하게 드러난다.

소금강단은 "그후로 총을 다수 무역해 들이고 탄환을 적지 아니 제조할뿐더러 대오를 정제히 하고 기율을 엄숙히 하니 그 당당한 기세가 향하는 바에 적군이 없을 듯하더라"(21회) 고 하지만 실상은 일본군에 대항해서 장기적인 투쟁을 전개하기가 쉽지는 않았다. 2차에 걸친 의병전쟁 뒤 간도나 연해주로의 이주는 장기적인 투쟁에 대비하는 독립기지 건설로서 중요한 의미가 있다. 〈소금강〉은 신소설에서 유일하게 그 점을 다루어 역사적 실상과도 일치할 뿐더러 독립투쟁에 대한 낙관적 전망도 보여주고 있다.

애초에 발단은 구두령으로부터 시작됐다.

> 지금 이곳에 소금강 단체가 되었음은 자기 억울불평한 회포가 있어 마지못함에 나온 일이나 이는 남아의 한번 시험해 본 바인즉 엇지 장구지계를 삼을 수 있소. 하물며 지금 성천자가 위에 계셔 장차 승평연월을 볼지어늘 병기를 작만하고 무예를 숭상함은 치안에 방해가 될지니 여러분은 아무쪼록 활시위를 고치고 바퀴를 바꿀 좋은 계교를 연구하시기 바라오 (22회)

두령인 구흥서는 계속 무력투쟁을 할 것이 아니라 무력투쟁이 아닌 다른 대안을 생각해보자고 제안한다. 명백한 의식의 한계고 전선에서의 후퇴인 셈이다. 양반으로서 가지고 있는 계급적 입장을 버리지 못한 결과다. 많은 '군도담'에서도 이와 유사한 면을 볼 수 있으니, 녹림의 두령이 되었던 양반이 일을 끝내고 자신의 위치로 다시 돌아오는 것이 그것이다.[20] 또한 여기서 양반출신 개화파의 한계도 아울러 짐작할 수 있다.

구두령의 이런 제안에 대해 민중계층이 주를 이루고 있는 참모들은 적극 반대한다. 당연한 것이 활빈당은 주로 행상, 무직자, 프로화한 빈농, 초보적 노동자, 걸인 등[21] 으로 구성되어 있으니 돌아갈 자리가 없는 이들이 대부분이기 때문이다. 척후관 박지륜은 이렇게 말한다.

> 책임을 받자와 날마다 산밖 일을 살펴보온 즉 시랑과 사갈같은 관리배가 우리 소금강을 일망타진 하려고 사나운 어금니와 이로운 발톱을 베풀어 날로 엿보고 때로 엿보는데 병기를 버리고 무예를 주장치 아니하여 개현역철(改絃易轍)을 하게 되면 우리 수백명이 속절없이 되올지니 (22회)

이들 활빈당에게 항복이나 귀순은 곧 죽음이다. 어차피 계속 싸워나갈 수밖에 없는 것이 이들의 입장이다. 하지만 전력면에서 엄청난 열세를 어떻게 극복할 것이냐가 문제인 것이다. 계속 싸워 이길 수만은 없는 노릇이고 언젠가는 수적으로 불리하여 질 수 밖에 없는 것이 현실이다. 이점에 유의하여 안규원, 정달빈 두 참모는 다음과 같이 제3의 대안을 말한다.

> 지금 이두령이 하신 말씀이 충실무의하오나 무단히 저항만 할 것이 아니라 아무쪼록 시의에 적당하도록 후회없이 처사를 하여야 가할 바이라, 가령 우리가 지금으로 병기를 버리고 단체를 해산하였다가는 저 시랑같은 관리 수중에 참혹한 죽음을 모조리 할 것이오 또한 그 일을 두려워서 이곳에 장구히 웅거하야 관군을 대적할진댄 백전백승하라는 대도 없고 어느

---

20 〈洪吉童以後〉, 〈宣川 金進士〉, 〈聲東擊西〉 등의 야담이 그 예다.
  이우성·임형택 역편, 『이조한문단편집(하)』, 일조각, 1978.
21 박찬승, 앞의 글, 150면.

때까지 면치 못할지니 미련한 소견 같건대 서간도나 북간도나 두 곳중 들어가 일변으로 진황지를 개척하여 농업을 힘쓰며 기계를 제조하여 실업을 발달하며 일변으로 기십만명 양병을 하여 외국인의 침탈을 물리치고 우리나라 잃었던 판도를 도로 찾으면 공으로는 국토를 확장하겠고 사로는 죄명을 씻을가 하나이다 (23회)

이 두 사람의 참모는 이미 앞서서 시세가 어지러운 것을 보고 북간도로 가던 차에 구홍서를 만나(8회) 같이 활빈당에 참여한 터이다. 시각을 넓혀 본다면 일본군의 힘이 미치지 않는 곳으로 가서 실력을 양성하며 국토를 회복하겠다는 주장은 지극히 당연하다. 바로 그런 까닭에 간도나 연해주가 일제하 독립운동의 기지로 그 역할을 한 것이다. 또한 당시 의병전쟁의 대안이기도 했다. 이 작품에서 우리는 국내에서의 투쟁이 한계에 부딪힌 상황에서 의병이 해외에서의 독립투쟁으로 발전해가는 전개과정을 자세히 볼 수 있다. 역사적 실상과 소설의 형상화가 일치한 셈이다.

그 뒤 "옛적 우리나라 판도"(31회)였던 서간도로 건너가 "기지를 개척하고 근거를 확실케 하여 일변 농업을 힘쓰며 일변 공업 상업을 발달하야 생활상 의복 음식 등 제반 경제에 구차함이 없도록 하며 우리나라 사람으로 타국에 입적하는 자를 금단할 뿐 아니라 이왕 입적한 자를 자국사상으로 인도하야 차례로 환적을 시키고 곳곳에 학교를 설립하여 후진 아이들을 열심 교습케 함으로"(41회) 그 일대가 변화하게 되었다. 완전히 새 세상이며 이상국이 건설된 셈이다. 그런가 하면 반일투쟁의 근거지를 굳건히 하여 동포를 괴롭히는 마적들을 소탕하는 일도 벌여나간다. 마지막 부분에서 중국 마적과의 싸움에서 승리하는 것을 그림으로써 일제에 대한 국권회복의 가능성과 낙관적 전망을 열어 보이고 있다.

이상 이 〈소금강〉은 개화사상의 한계를 깨닫고 민중무력투쟁인 활빈당에 가담하고 그 활빈당이 의병투쟁으로, 다시 간도의 독립운동으로 발전해가는 과정을 보여줌으로써 역사적 실상과도 일치할뿐더러 의병전쟁에 대한 낙관적 전망을 보여주는 작품이다.

5. 마무리

2차에 걸치는 의병전쟁을 소설이 어떻게 그렸는가를 네 작품을 통해 다루었다. 의병전쟁 당시에 신소설들은 의병에 대하여 지극히 부정적이었다. 이인직을 비롯한 친일적 개화론자들은 당연하겠고, 애국계몽노선에 서 있었던 이해조조차 의병에 대해선 긍정적이지 못했다. 그래서 대부분의 소설에서 의병은 '무뢰지배' '폭도' 혹은 '불한당'으로 그려져 있다. 물론 역사적 실체와는 거리가 멀다.

이인직의 〈은세계〉에서는 옥남이의 개화를 역설하는 조연으로 등장한다. 개화라는 미명아래 의병투쟁은 한낱 무뢰배로 전락한다. 〈은세계〉는 1907년 전국적인 의병의 항거를 잠재우기 위한 친일적 의도를 드러낸 작품이며, 이에 대응하는 논리 역시 친일적 문명개화론이다. 전국적으로 봉기했던 2차 의병의 실상을 심하게 왜곡시키고 무뢰배로 전락시켰던 것이다.

이해조의 〈고목화〉와 일우생의 〈오경월〉은 명분과 방향을 상실한 활빈당과 의병의 타락한 형상을 그리고 있다. 두 작품 모두 부녀자 납치에서 발달된 사건을 이야기의 중심으로 삼고 있다. 애국계몽운동의 노선에 서 있었던 이해조의 한계도 있었지만 활빈당 투쟁의 방식에도 문제가 있었다. 더욱이 극히 일부겠지만 의병의 잔존세력 중에는 부녀자를 납치하고 민간의 재물을 터는 화적패도 있어 의병전쟁이 명분과 방향을 상실하면 어떻게 되는가를 비판하고 있는 작품이다.

긍정적으로 주목되는 작품은 빙허자의 〈소금강〉이다. 개화운동의 한계와 의병전쟁의 중요성, 그리고 간도의 독립기지 건설을 통해 미래의 낙관적 전망을 제시하고 있는 작품이다. 개화운동이 갖는 허구를 민중들의 참상을 통해서 밝히고 국권을 수호하는 적극적 방법으로 의병전쟁이 얼마나 소중한 것인가를 보여준다. 역사적 실상과도 일치하고 활빈당 혹은 의병들의 모습을 긍정적으로 그리고 있어 주목된다.

1894년~1910년의 문학을 의병전쟁문학, 애국계몽문학, 친일문학의 세 노선으로 구분할 때 〈소금강〉은 다른 노선의 문학에는 찾아볼 수 없는 낙관적 전망을 확보하고 있어 이 시기 의병전쟁문학이 문학사의 주류로 복원될 수 있다는 가능성을 보여준다.

현대소설에서도 의병을 다룬 작품이 다수 있는 바, 조정래의 〈태백산맥〉을 비롯하여 권운상의 〈월악산〉과 특히 제천의병을 다룬 강승원의 〈남한강〉이 그것이다. 이들을 같이 다루어 소설에서 의병에 대한 형상이 시대에 따라 어떻게 바뀌었나를 살펴볼 필요가 있다. 여기서는 의병전쟁 당시 작품인 신소설만을 다루었다. 현대소설에 나타난 의병형상에 대한 고찰은 뒤로 미룬다.

'제천의병'의 문학적 형상화, 그 시각과 전망

1. 문제의 제기

근대 초기 격동기의 역사와 문학적 대응을 살피기 위해 항일의병(抗日義兵)이 어떻게 문학 속에 형상화됐는가를 당시 작품들을 통해 검토한 바 있다. 친일작가인 이인직의 〈은세계(銀世界)〉(1908)는 의병을 한낱 '무뢰배'로 전락시켰으며, 애국계몽노선을 따랐던 이해조의 〈고목화(枯木花)〉(1907)와 일우생의 〈오경월(五更月)〉(1909)에서는 의병의 잔존세력을 명분과 방향을 상실한 '화적패'로 그렸지만, 빙허자의 〈소금강(小金剛)〉(1910)에서는 1차 의병부대의 서진(西進)과 간도 정착을 통해 의병전쟁의 낙관적 전망을 그리고 있음을 확인했다.[1] 이 작품들은 2차 의병까지 해산됐던 1907년 이후에 등장한 것으로 당시 사람들이 항일의병을 어떻게 인식하고 있는가의 다양한 시각과 전망을 보여주고 있는

---

1 졸고, 「抗日義兵의 문학적 형상화」, 『반교어문연구』 19집, 반교어문학회, 2005, 152~153면 참조.

셈이다.

그러면 오늘날에는 의병을 어떻게 인식하고 있을까? 동학농민전쟁에서 한일강제합병으로 이어지는 근대사의 격랑 속에서 의병전쟁의 기억은 실종된 것은 아닌가 하는 의구심도 든다. 항일의병의 전반적인 모습을 본격적으로 형상화한 것은 조정래의 『아리랑』이 유일한 데, 이 작품에서는 의병만을 다룬 것이 아니라 일제 식민지 수탈의 전사(前史)로서 의병의 항쟁을 그린 것이다. 그렇게 본다면 항일의병 자체를 문학적으로 형상화 한 것은 참으로 희귀한 편이다. 전체 의병전쟁을 다룬 것도 이럴진댄 1, 2차 의병전쟁의 핵심활동지였던 제천에서의 의병을 구체적으로 다룬 것은 말할 것도 없을 것이다. 필자가 확인한 바로는 권운상의 『월악산(月岳山)』²과 강승원의 『남한강』³이 각기 다른 방식으로 '제천의병(堤川義兵)'을 형상화한 작품으로 주목된다.

제천의병은 우리에게 지금, 여기서 무슨 의미가 있는가? 위의 두 작품은 백년 이상이 지난 의병전쟁의 흔적과 기억들을 소환하여 그 물음에 대한 답을 제시하고 있을 것으로 보인다. 그리하여 오늘날의 소설 속에서 제천의병을 어떻게 형상화했는가의 시각과 전망을 확인하는 것은 지금, 여기서 제천의병이 우리에게 어떤 의미가 있는가를 확인하는 것과 다름 아니다. 더욱이 이 두 작가는 묘하게도 모두 제천 출신이다.

권운상은 1991년 이미 『녹슬은 해방구』(백산서당)를 통해 이 지역을 무대로 한 빨치산들의 투쟁을 다룬 바 있으며, 강승원은 제천에서 기병했던 1차의병에 참여했으며 2차의병 때에는 의병장 이강년(李康秊,

---

2 권운상, 『月岳山』, 백산서당, 1994. 앞으로 이 작품은 일일이 주를 달지 않고 괄호 속에 면수만 표시한다.
3 강승원, 『남한강』, 소담출판사, 1997. 앞으로 이 작품은 일일이 주를 달지 않고 괄호 속에 면수만 표시한다.

1858~1908)의 종사관으로 활약했던 강학수(姜學秀)의 친손자이기도 하다. 이 두 작가는 누구보다도 제천의병에 대해 많은 자료를 수집하고, 이야기를 들었으며 피부로 느꼈을 터, 작품을 통해서 제천의병을 어떻게 다루고 있는지의 그 형상화 방식과 시각을 알아보도록 한다.

2. 민중들의 함성이 빠진 의병장들의 갈등과 해산

권운상의 『월악산』은 1895년 동학농민전쟁의 실패로부터 그 뒤에 일어나는 일련의 사건들, 즉 의병전쟁, 활빈당 투쟁, 독립협회, 만민공동회 등을 교묘하게 꿰맞추어 격동의 근대사를 재구성하여 보여주고 있다. 작가는 "갑오농민전쟁과 활빈당, 의병투쟁, 그리고 위정척사파, 독립협회와 만민공동회 등 각각의 흐름은 그간 상호연관 없는 별개의 흐름으로 구별 취급되었다. 역사가 아닌 소설가로서, 나는 이런 정형화된 구별 취급에 체질적인 저항감을 가지고 있다. 소설가와 역사가를 구별하는 것은 쉬운 일이다. 역사가에 의해 해체된 현실을 소설가는 다시 종합해 낼 수 있다."(〈머리말〉, 상권, 5면)고 한다.

그런데 당시의 민중들이 다수 참여하여 외세의 침탈에 대한 분노를 표출했던 이 사건들이 서로 내적 연관성은 있다 하더라도 그 지향이 상이한 것을 어떻게 연결할 수 있을까? 그 방법으로 권운상은 주도적인 인물 서장옥(徐璋玉, ?~1900)을 등장시켜 격랑의 근대사를 종합하고 있다. 그야말로 '이인계사(以人繫事)'로 인물을 통해 사건을 엮어가는 동아시아 역사소설인 '연의(演義)'의 방식을 활용한 것이다. 서장옥이 누구인가? 승려이자 전봉준의 스승이며 남접의 중심이었던 인물이다. 이 작품은 '서장옥을 위한 소설'이라 부를 수 있을 만큼 서장옥의 존재가 중요한데, 그러기에 권운상은 〈머리말〉에서 비교적 소상하게 그의 인물내력을 밝히고 있다.

> 서장옥이라는 인물은 사람들의 관심을 끌 만한 드라마틱한 요소를 모두
> 가지고 있다. '녹두장군 전봉준의 스승', 동학의 주류인 북접에 대항해서
> 흔히 말하는 남접, 혹은 서포를 창시하고, 1894년 전봉준, 김개남, 손화중,
> 김경선 등 강철 같은 사나이들과 함께 창의한 갑오농민전쟁의 핵심 인물.
> 동학교주의 후계 자리를 마다하고 무장봉기를 주장하여 최시형으로부
> 터 전봉준과 함께 '추살령'을 받은 동학의 이단자였지만, 기어이 최시형의
> 북접을 움직여 농민전쟁에 참가하도록 만든 집념의 사나이가 바로 서장옥
> 이다.
> 그는 제자 전봉준이 효수된 바로 그 자리에서 꼭 같은 이유로, 꼭 같은
> 방법으로 역사의 뒤안길로 사라져갔다. 부리부리한 눈매와 강렬한 인상으
> 로 인해 살아서 '이인(異人)', 혹은 '진인(眞人)'이라 불렸던 그는 마침내는
> '생불(生佛)'이 되어 다시 태어났다는 전설을 남겼다. (상권, 4면)

서장옥이라는 인물은 작가가 밝힌 것처럼 이렇게 대단한 활약을 보였음에도 불구하고 동학농민전쟁이 실패로 끝난 뒤에도 잡히지 않았다. 본래 승려였던 그는 한동안 사찰에 은신해 있었으며, 어디서 무엇을 했는지 잘 알려져 있지 않았다. 다만 1900년 잡히는 몸이 되어 처형됨으로써 기록에 등장한다. 말하자면 그 기간 동안 서장옥은 역사적 사실의 그물망에 포획되지 않은 셈인데, 『월악산』은 바로 그런 인물의 사각지대를 통해 1895년 전봉준이 효수되는 시점으로부터 1900년 서장옥이 체포되어 희생되기까지 6년에 걸친 역사를 종합적으로 복원시켰던 것이다.

그리하여 "쓰러져가는 조국의 운명을 바꾸어보기 위해 치열한 삶을 내던진 한 사나이의 불꽃같은 집념을 읽어내기"(상권, 3면)위하여 서장옥을 중심으로 주요 인물들을 배치하였다. 우선 아군을 보면 서장옥을 중심으로 그의 분신과 같은 존재인 유생 출신의 이적이 등장하여 서장옥과 같이 이원체제를 형성하여 활동한다. 그리고 주력부대인 월악산패의 이길하와 호남 지리산의 천용검, 속리산의 활빈당 두령인 맹감역(孟監役)과 이적의 아들이자 장사꾼인 이일혁이 주위에 포진하고 있다. 이들은 맹감역을 제외하고는 모두 허구적 인물이다. 이들을 통해서 동학의 잔존세력과 활빈당이 결합하고 게다가 이일혁을 통해 만민공동회와 독립협회까지 연결되는 것이다.

서장옥을 중심으로 한 동학의 잔존세력 34명은 처음 이일혁의 상선을 얻어 타고 월악산으로 숨어 들어가는 과정에서 당시 활빈당 두령으로 이름을 떨쳤던 맹감역과 조우한다. 활빈당은 당시의 기록에 의하면 "근일에 수·륙의 화적들은 육지의 도적인즉 洪大將, 孟監役의 牌가 있어 모두 말을 타고 통솔하여 다니면서 富民의 곡식과 돈을 탈취하여 貧民에게 나눠주는데, 노상에서 행상을 하거나 혼자 나그네로 다니거나를 불문하고 이들을 活貧黨이라 부른다."[4]고 한다. 맹감역은 마중군과 같이 활빈당의 저명한 수령으로 속리산을 중심으로 활동했다. 당시의 정세를 기록한 『매천야록(梅泉野錄)』에 의하면 "마중군은 호서사람으로 갑오년(1894)에는 동비(東匪 : 동학군 - 인용자)에 들어갔고 병신년(1896)에는 의병으로 활동했는데 도망자들을 불러 모아 수백 리 사이를 홀연히 출몰하니 관군은 그를 추적하지 못했다.…이때의 화적대장으로 마중군과 맹감역이 일컬어졌다"[5]고 한다.

---

4 金允植, 『續陰晴史』, 권지11, 光武 8년 甲辰 3월조.

작품에서는 월악산으로 들어가는 과정에서 맹감역의 무리들과 충돌이 있었고 이를 무마하고 동지적 관계를 지속하기 위해 속리산 산채로 이적이 찾아가 맹감역을 만난다. 거기서 이적은 "우리는 동학도요. 폐정개혁과 척왜양이가 우리의 목표요. 우리는 이 목표를 위해 군사를 일으키고 서울로 진격해 썩은 조정을 갈아치울 것이요."(상권, 95면)라고 자신들의 목표를 밝혔고, 맹감역 역시 미륵이 출현하여 '후천개벽'을 이루기 위해 활동한다고 대답함으로써 서로의 동지적 유대가 만들어진 것이다. 동학의 잔존세력이 활빈당에 가담했다는 기록은 『매천야록』의 마중군의 경우에도 보이거니와, 폐정개혁과 일제의 침탈에 대항하는 유사한 목표를 가지고 투쟁했기에 별무리 없이 연결될 수 있었던 것으로 보인다. 본격적인 연대는 1차 의병전쟁이 해산된 이후부터다.

활빈당은 실상 1차 의병부대의 잔존세력이 많았다. 주지하다시피 1895년 10월 민비시해와 11월 단발령에 대한 반발로 일어났던 1차 의병은 다음해 고종의 아관파천과 김홍집 내각 붕괴 후 대부분 해산한다. 거기에 참여한 무장농민들은 그 뒤 어떻게 되었을까? 유인석(柳麟錫, 1842~1915)이 이끌었던 제천의진은 서진을 결행하여 훗날 항일독립운동의 기초를 다지지만 대부분은 일상으로 돌아가거나 또 다른 무장집단으로 변모하였다. 황현(黃玹,1855~1910)은 『매천야록』에서 "이때 의병으로 있다가 흩어진 자들이 토비(土匪)로 바뀌어 사건이 끊이지 않았다"[6]고 한다. 토비 곧 화적으로 변한 셈인데, 그 중 일부는 조직력을 갖추고 활빈당을 결성하기도 했다. 이들 주력은 의병전쟁에 참가한 농민군으로 1차 의병이 해산된 뒤 대략 1899년경부터 일어나 1906년까지 활

---

5 黃玹, 임형택 외 옮김, 『역주 매천야록』 상, 문학과지성사, 2005, 33면. "馬胡西人 甲午投東匪 丙申投義兵 亡命嘯聚 修忽數百里 官軍莫之跡. …是時, 賊魁有馬中軍 孟監役之稱."
6 같은 책, 501면. "是時 義兵散者 轉成土匪 警報不絕."

동했다.[7] 그리고 2차 의병이 일어난 1907년에는 대부분 의병부대로 흡수된다. 그러기에 『월악산』에서도 1차 의병전쟁 이후 본격적인 조직을 갖추어 나가는 것으로 형상화 했다.

작품에서는 서장옥을 중심으로 조직하다보니 동학의 잔존세력이 1차 의병으로 합류하고 거기서 다시 활빈당과 합류하는 것으로 사건을 이어 갔다. 물론 가능성이 높다. 민중들의 분노로 촉발됐던 동학농민전쟁과 단발령과 민비시해로 명분을 내세운 유생 중심의 의병전쟁은 그 지향과 역사적 성격이 다름에도 불구하고 일제의 침탈야욕에 분노한 민중 층들이 다수 가세했을 것이다. '제천의병사'를 연구한 구완회는 유인석이 제천의병을 창의했을 당시 1895년 12월 20일 팔송(八松)의 모임에 유인석 이하 제천의 유력한 선비들이 다수 참여하였으며, 수천 명의 농민과 갑오년의 '동학의 남은 무리(東徒餘黨)' 백여 명이 이들의 지도하에 조직적으로 재집결하였다 한다. 이는 유인석이 동학농민군까지를 무력적 기반으로 하는 봉기노선에 본격적으로 착수하였다는 점에서 그 의미가 적지 않다는 것이다.[8]

이렇게 본다면 작품에서 서장옥을 중심으로 한 패거리가 동학농민전쟁이 실패로 끝난 뒤 잔존세력으로 떠돌다가 의병과 합류하고, 의병이 해산된 후에 다시 활빈당으로 활약한 것은 역사적 실상과도 일치하는 셈이다. 물론 작품의 중심은 '월악산'이라는 제목이 의미하듯이 동학과 의병의 잔존세력과 기존 활빈당이 가세한 새로운 조직인 월악산패 활빈당의 활약에 있다. 역사적으로 활빈당은 1906년까지 활약했고 잔여세력들은 대부분 2차 의병으로 합류했으니 역사적 실상과 어긋나지 않는다.

---

7 강재언, 「활빈당 투쟁과 그 사상」, 『근대 조선의 민중운동』, 풀빛, 1982, 247면.
   박찬승, 「활빈당의 활동과 그 성격」, 『한국학보』 35집, 일지사, 1984, 153면.
8 구완회, 『韓末의 堤川義兵』, 집문당, 1997, 81면.

『월악산』에서 제천의병과의 관련부분은 7장 〈박달재〉~12장 〈깨어진 꿈〉으로 모두 여섯 장에 해당된다. 장별 제목과 내용을 간략히 정리하면 다음과 같다.

7장 〈박달재〉: 월악산패가 박달재로 와서 제천의병진에 합류함
8장 〈충주성 함락〉: 월악산패가 김백선 부대로 편입되어 충주성 함락
9장 〈소백의 꽃〉: 부상병 치료 문제로 의병 지도부와 마찰
10장 〈탈출 충주성〉: 가흥창 공격의 실패 책임 추궁과정에서 김백선 참수
11장 〈결별〉: 이적, 부대 이끌고 월악산으로 귀환하여 맹감역과 합류함
12장 〈깨어진 꿈〉: 제천의병진 해산과 안승우의 죽음

해당 부분의 이야기는 1차 제천의병의 기병과 충주성 함락이라는 성과 그리고 포수 출신의 평민 의병장 김백선(金佰善)의 안타까운 처형과 의진(義陳)의 해산에 이르는 과정을 자세히 보여준다. 작품의 전반적인 줄거리는 역사적 사실과 크게 다르지 않다. 그런데 제천의병을 보고 있는 시각은 유생들이 기록한 제천의병사적(堤川義兵事跡)과는 사뭇 다르다. 특히 제천의병 지도부인 유생에 대한 월악산패의 태도나 입장은 계급적 갈등이 심하게 드러나 있다. 동학농민군의 잔존세력으로 반봉건과 반외세를 지향했던 기층민중의 시각에서 의병 지도부인 유생들을 보기 때문이다.

우선 월악산에 모여 제천의진에 참여할 것인가를 놓고 벌인 토론에서도 양반과 유생들에 대한 불신의 골이 깊었다. "반 년 전만 해도 동학도를 토벌했다 하여 일본 군인들에게 송덕비까지 세워주던 각 고을의 양반과 유생"(상권, 113면)이 주도하여 일어난 것이기 때문이다. 그래서 천용검의 입을 빌어 "그 자들이 때가 되면 우리를 배신하고 자기들 잇속

이나 챙기려는 것도 동감이네. 의병대에 들어가면 그자들이 우리를 하인 부리듯 다룰 것이라는 것도 불 보듯 뻔한 일이지. 그자들이 어제까지만 해도 우릴 토벌하겠다고 눈이 뻘개서 돌아다녔다는 것도 알아."(상권, 113면)라고 말하지만 결국 제천의진에 합류한다. 일본이라는 공동의적에 대응하기 위해서다. 반면 이들과 협조체제를 구축했던 맹감역은 "나는 왜놈이든 양반이든 그놈들과는 같이 일하지 않을 것이오."(상권, 117면)라고 단호히 거절한다.

이들 월악산패가 처음 유생 지도부와 마찰을 빚은 것은 종사관의 치료 문제 때문이었다. 위급한 부상병이 많아 한시라도 손을 뗄 수 없는 상황에서 종사관이 팔을 다쳤다고 우선적인 치료를 요구하자, 부상병 치료를 맡았던 이적은 이를 단호히 거절하여 결국에는 서장옥이 대신 끌려가 양반을 능멸했다는 죄목으로 곤욕을 치른다. "갑오년 때보다 꼭 배가 힘들구먼."(상권, 153면)이라는 이들의 푸념은 그런 유생 지도부와의 갈등을 극단적으로 드러낸 말이다.

본격적인 갈등이 표면화 되어 결국 이들이 제천의진과 결별한 것은 평민의병장 김백선의 처형이었다. 주지하다시피 김백선의 처형은 제천 의병 내에서 가장 큰 사건이었고, 이 사건의 처리에 따라 평민 의병군과 양반 지도부의 갈등이 심화돼 결국 제천의진이 와해되는 결과를 가져오기도 했다. 그래서 흔히 김백선의 처형은 지도부 양반들과 평민 출신 의병장 간의 계급적 대립으로 이해되곤 한다. 즉 김백선이 이끄는 선봉대가 가흥에 주둔한 일본군 수비대를 공격하여 승리를 거두었지만, 병력을 보충해달라는 요구를 중군장인 안승우(安承禹, 1865~1896)가 거절하여 결국 패배했고, 이에 분노한 김백선이 안승우에게 무력으로 항의하다 군률을 들어 처형됐다는 것이다. 이는 『기려수필(騎驢隨筆)』의 다음 대목에서 기인된 바가 크다.

적병은 충주에서 물러나 가흥에 주둔하였다. 김백선이 병력 300을 이끌고 이를 추격하여 연전연승하기를 4,5일에 이르렀는데, 백선이 병력이 적어 대적할 수 없음을 헤아려 본진에 보고하기를 "약간의 원병이 있으면 적을 섬멸할 수 있겠으니 청컨대 다소의 병력을 보내주시오." 하였으마 중군장인 안승우는 보내지 않았다. 백선이 과연 대적하지 못하고 마침내 패하였다. 백선이 본진에 돌아와 안승우를 보고 크게 노하야 칼을 빼어 죽이려 하니 승우가 겁내어 피하였다. 대장 유인석은 "군중에 이런 일이 없으니 그리 말라."고 하였다. 이에 백선이 잘못 되었음을 알고, 스스로 허리띠를 풀어 주면서 "이것으로 나를 묶어 죄를 다스리십시오." 하고 묶였다. 유인석이… 김백선을 죽이니 원근의 듣는 자가 원통히 여기지 않는 이가 없었다.[9]

대부분 김백선의 처형에 대한 인식이 이런 연장선상에 있었고 『월악산』의 서술도 여기에 기인하고 있다. 우선 작품에서 안승우가 군사를 보내지 않아 김백선이 패배했다는 그 부분을 보자.

김백선과 함께 하던 선봉대가 이 전투[가흥병참소에 대한 총공격]를 실질적으로 담당하였다. 그러나 전투에서 의병대는 참담한 패배를 맛보았다. 김백선의 포수 부대원 중에서 삼십여 명이 사망하고 용검의 대원도 일곱 명이나 죽었다. 수많은 전투를 해온 선봉대였지만 이토록 비참한 결과를 맞기는 처음이었디. 십여 차례의 요청에도 불구하고 박달재에서 진을 치고 주저앉아 지원병력을 보내지 않은 중군장 안승우에게 책임을 물어야 한다며 김백선은 울분을 터뜨렸다. (상권, 167면)

---

9 宋相燾,「金佰善」,『騎驢隨筆』, 국사편찬위원회, 1955, 38면.

하지만 당시의 여러 사료를 면밀하게 검토하고 분석한 구완회의 견해는 다르다. 김백선의 선봉대만이 가흥창을 공격한 것이 아니라 후군, 좌군, 우군, 선봉대 등 여러 장수 들이 총공격을 하였고, 일관된 지휘체계가 존재하지 않아 공동작전이 잘 이뤄지지 않았기 때문이고, 무엇보다도 김백선의 비협조가 주요 원인이라고 한다.[10] 평민 의병장이었던 김백선으로서는 양반 유생들로 이루어진 지휘체계에 대한 불만이 많을 것인데, 이는 결국 대장인 유인석에게 칼을 빼어드는 항명으로 드러나기도 했다. 당시의 상황을 『종의록(從義錄)』은 다음과 같이 전한다.

> 군대를 주포에 주둔시키고 비밀리에 그의 義兄인 高牙將에게 통지하여 "大陣에 있는 지평 포군 출신을 모두 뽑아서 자기가 있는 곳으로 오게 한다면 그날 밤으로 군사를 들이쳐서 선비들을 다 죽이겠다."고 했다.…다음 날 아침 식사 후 남산에서 얼마동안 진법훈련을 하고 있을 때에 김백선이 건장한 군사 삼십 명에게 총을 들게 하여 바짝 뒤따르게 하고, 칼을 휘두르며 진을 버려둔 채 들어와 장검을 높이 들고 곧바로 선생이 있는 곳으로 나아가니 다섯 발자국 내에서 변이 날 것 같았다.[11]

물론 양반 유생들의 입장에서 기록한 것이어서 어느 정도 객관적인 입장을 견지하고 있는지 알 수 없지만 적어도 여기서 김백선이 제천의병의 투쟁노선에 대하여 불만을 가지고 있었다는 것과 그러한 불만을 직접 칼을 빼어들고 표출했다는 것은 명백한 사실이다. 바로 이렇게 칼을 빼어든 항명파동에 의해 군기확립의 차원에서 김백선이 처형된 것으

10 구완회, 「1896년 제천의병의 가흥전투와 김백선」, 『한말 제천의병 연구』, 선인, 2005, 102~106면 참조.
11 李正奎, 「從義錄」, 『湖西義兵事蹟』, 제천군문화원, 1994, 165~166면.

로 보인다.[12]

그런데 작품에서는 조금 다른 시각차를 보인다. 앞의 『종의록』에서는 고아장이 김백선과 같이 반란모의를 했던 인물로 나오는데, 작품에서는 안승우에 의해 김백선에게 모함을 씌운 인물로 처리했다. 김백선과 고아장은 서로 전혀 모르는 사이인데도 안승우에 의해 조작된 것이다.

> 김백선은 본소에 들어서자 곧 바로 유인석에게 안승우에 대해 말을 꺼낼 참이었다. 그러나 이야기를 하기도 전에, 유인석이 백선의 말을 가로막으며 야단을 쳤다.
>
> "어디라고 술을 먹고 행패를 부리려는가?"
>
> 그때 옆자리에 있던 안승우가 한 사나이를 데리고 와서 무릎을 꿇게 하고 그 사나이를 윽박질렀다.
>
> "김백선의 반란모의에 대해 이실직고하라."
>
> "제가 김백선과 함께 양반들을 전부 죽일 모사를 꾸몄습니다."
>
> 그러자 주위가 술렁거리기 시작했다. 김백선이 무릎꿇려 있는 그자에게 물었다.
>
> "너는 무엇을 하던 누구냐?"
>
> 그 사나이가 고개를 빳빳하게 들고 큰소리를 쳤다.
>
> "너는 의형제인 이 고아장을 모르는 척하려느냐?"
>
> 김백선은 어이가 없었다.
>
> "별 실성한 놈 다 보겠구나! 지금 선봉대에는 친형제보다 더 가까운 동료들이 수백이거늘, 내 무슨 할 일이 없어 난생 처음 보는 너와 호형호제 한단 말이냐?" (상권, 171~172면)

---

12 구완회, 「1896년 제천의병의 가흥전투와 김백선」, 앞의 책, 111면 참조.

과연 무엇이 사실인가? 실제로 김백선이 반란모의를 하고 실행하려 했는지, 아니면 평민 의병장 김백선을 제거하기 위한 안승우의 계략인지는 알 수는 없다. 여기서 당시의 사실을 가리자는 것이 아니다. 작품에서 작가가 어떤 시각을 가지고 서술했는가가 중요하다. 권운상의『월악산』은 분명 평민 의병장인 김백선에게 초점이 맞춰져 있고, 민중의 입장에서 사건을 바라보고자 했다. 그래서 양반 유생들과 평민 간의 갈등이 심화되면서 중군장인 안승우가 김백선에게 모함을 씌워 그를 제거하고자 했고, 의병장인 유인석은 안승우의 말만 믿고 김백선을 처형한 것으로 작품을 형상화 했다. 김백선의 처형부분을 보자.

바로 이때 유인석의 불호령이 떨어졌다.

"불문곡직하고 죄인을 참수에 처하라!"

그리고 유인석은 등을 돌려 본소 안에 있는 자기 자리에 가서 앉았다. 김백선은 순간 망설였다. 어찌할 것인가? 칼을 빼서 휘두를 것인가? 아니면 순순히 포박을 당하고 입증할 기회를 달라고 할 것인가?

김백선은 칼을 빼서 옆으로 내던졌다.

"내가 칼로써 맞서면 너희들 모두 이 자리에서 살아 돌아가기 어려울 것이지만 그리 하면 내 누명은 벗지 못할 것이니 원하는 대로 칼을 버리겠노라. 대신 지금 즉시 선봉대를 데려와 이 김백선이 정말 반란을 모의했는지 물어보라!"

그러나 그렇게 해서 묶인 김백선에게는 다시 말할 기회가 주어지지 않았다. 얼마 안 있어 김백선은 제천의 향교 앞에서 목이 잘리고 말았다. (상권, 172면)

작품에서 김백선은 당당하게 맞서고 의연하게 죽음을 맞이한다. 반면 유생 지도부는 초조함을 보인다. 그러기에 김백선의 죽음은 앞서 언급했던 바, 항명에 대한 것이라기보다 음모에 의해 이루어졌다는 혐의가 짙다. 왜 이런 입장을 취했을까? 작품의 초점이 유생 중심의 지도부보다는 민중적 입장을 대변하는 서장옥의 월악산패에 맞춰져 있기에 유생지도부의 무능함과 부정적인 모습을 드러내고자 했기 때문이다. 월악산패와 동지적 유대를 느끼는 김백선이 안승우의 모함으로 억울하게 처형당한 것을 부각시켜야 하기에 유생지도부는 자연히 부정적으로 그려질 수밖에 없었다. 심지어는 작품 내에서 안승우가 악역을 맡아 김백선의 선봉대를 제거할 계획도 세울 정도다. "선봉대를 토벌대 주력군과 맞부딪치게 하는 것이다. 될 수 있으면 본소와 거리가 먼 곳을 택하여 선봉대를 토벌대 깊숙이 들어가게 하는 것이 좋을 것이다. 그러면 쉽게 정리가 될 것이다. 안승우의 계산은 끝이 났다."(상권, 177면)고 한다.

이런 고통과 슬픔의 과정을 겪었기에 제천의병에 참여한다는 명분은 사라지고 월악산패는 결국 제천의진과 결별하여 독자노선을 취하는 방향으로 나아간다.

"얼마나 시원하시겠소. 그러나 김백선의 죽음은 그대들을 파멸로 이끌 것이요!"

이적은 전보다 차분한 어조로 말했다. 그러자 순간 안승우의 눈에서 적의에 불타는 빛이 서린다.

"반란을 하겠다는 뜻이오?"

"뭐, 반란?"

유인석은 안승우의 입을 통해 나온 반란이라는 말에 눈이 다시 휘둥그래졌다.

"우리는 당신들처럼 빈대 잡겠다고 초가삼간을 태울 만큼 우매하지 못하오. 이미 이 의병진이 두 사람의 사유물이 되었으니 이제는 더 이상 아무 말도 하지 않겠소. 우리는 어떤 일이 있어도 당신들을 공격하는 일은 없을 것이고 또 더 이상 당신들의 명령에 따르지도 않을 것이오. 작별이오. 부디 살아서들 봅시다." (상권, 178면)

제천의병은 분명 유생 지도부와 기층 민중들 간의 신분에 따르는 현실적 처지나 요구가 달랐고 투쟁노선에 대한 갈등이 있을 수밖에 없었으며, 이것이 극명하게 드러난 것이 김백선의 처형이다. 게다가 전투 경험이 전무한 유생들이 명분만을 앞세워 봉기했기에 군사 조직이나 지휘체계가 일사분란하게 이루어지지 않은 면도 있다. 그렇다고 만 명이 넘는 인원이 참여했던 제천의병의 역사적 의미가 삭감되는 것은 아니다. 모두가 숨을 죽이거나 앞장 서 일제에 투항할 때, 침탈에 분노한 민중들의 국권수호의 의지가 의병전쟁을 통해서 표면화 된 것은 분명한 사실이다.

권운상의 『월악산』에는 그 점이 부각되지 않았다. 민중의 입장으로 근대사를 연결하고자 했지만 34명의 월악산패들이 제천의진의 일원으로 활동하다가 지도부 유생들과의 갈등이 심화되어 떠났다는 것 정도다. 그리고 다시 월악산패로 돌아가 맹감역과 같이 활빈당 활동에 주력해 나간다. 그럼 제천의병은 무엇인가? 잠시 머물고 간 역사의 한줄기 바람인가? 제천의병에 참여했던 수많은 민중들이 무엇을 위하여 그렇게 목숨을 내놓고 싸워야했는지를 다루어야 했다. 게다가 이들은 다시 1907년에 일어난 2차의병에 합류하지 않았던가. 물론 작품에서도 2차의병에 대한 복선이 등장한다. 2차의병의 중심인물인 이강년이 문경을 가면서 월악산패들이 의병에 참여했으면 하는 속마음을 미륵사 해원스님에게 비치기도 했지만 그 정도로는 부족하다. 유생지도부에 대한 부정적 시각보다는 민중들의 열망을 읽어냈어야만 민중 중심의 근대사를 재구할 수 있는 것이다.

이 작품은 결국 서장옥을 중심에 놓고 동학농민전쟁 - 의병전쟁 - 활빈당 - 만민공동회로 이어지는 근대사의 큰 물줄기를 그리려는 일에 주력하여 각각의 사건들이 실존인물인 서장옥에 의해 꿰맞춰지고 있다. 이렇게 된다면 근대를 향한 민중들의 열망과 함성은 사라지고 월악산패와 그 반대세력만 작품에서 남는다. 작가의 의도는 1895~1900년에 벌어지는 갖가지 사건의 내적 연관성이고 이를 통해서 근대를 향한 민중들의 몸부림을 그리고자 했을 것인데, 제천의병을 다룬 것에서 보듯이 월악산패와 김백선 그리고 무능하고 부패한 유생 지도부만 남아 역사를 주관적으로 재단했다는 비난을 피할 수 없게 되었다. 말하자면 월악산은 해방구고, 재야정부인 셈이다. 이렇게 본다면 우리의 근대사는 서장옥의 손에서 좌우된 셈이 되지 않겠는가?

이런 작가의 입장은 적대적인 세력인 친일파 이용구, 동학 변절자 서병학, 대원군 밀사 나성산, 그리고 일본낭인 우찌다를 주요인물로 등장시킨 것에도 드러난다. 이들 상이한 이해관계를 지닌 세력들과 월악산패의 팽팽한 대결구도가 작품의 중심축을 형성한다. 특히 일본 침략의 선봉장격인 대륙낭인 우찌다의 존재는 서장옥에 비해 조금도 뒤지지 않는다. 그래서 작품이 후반부로 갈수록 서장옥을 중심으로 한 월악산패와 우찌다를 중심으로 한 침략세력 간의 한판 대결구도로 치닫는다. 많은 사료를 바탕으로 민중들이 중심이 된 근대사를 재구하고자 했지만 너무 서장옥에 집착함으로써 근대를 향한 민중들의 열망과 함성은 사라지고, 우리의 지난한 근대사가 몇몇 주요인물들이 벌이는 '생존게임'으로 전락한 감이 있다. 제천의병을 다룬 것도 이런 관점과 무관하지 않다. 작품은 적어도 유생 지도부가 아닌 민중들의 열망과 분노가 다시

모아지는 2차의병까지 갔어야 했다. 거기까지 다루어야 일제의 식민지
화에 저항하는 민중들의 분노를 그려낼 수 있음이다.

루카치가 말한 바, 역사상 실존했던 주요인물이 아닌 작가에 의해 창
조된 '중도적 인물'[13]을 통하여 위와 아래를 아우르는 시각으로 근대사의
편폭을 총체적으로 그려야 했다. 허구적 인물인 이적이나 천용검, 이길
하, 이일혁 등의 인물이 있는데도 군이 서장옥이라는 실존인물을 중심축
으로 설정함으로써 그가 역사의 공간을 마음 놓고 행보할 수 없게 만들
었고, 더욱이 이에 맞서는 인물 우찌다를 등장시켜 민중들의 열망과 분
노가 서린 격동의 근대사를 지략과 음모가 맞대결하는 역사 스릴러의
무대로 바꾸고 말았던 아쉬움이 남는다.

3. '잃어버린 세월'의 흔적과 기억

강승원의 『남한강』은 제천의병을 동시대의 사건으로 직접 다루었다
기보다도 일제강점기와 해방 후 그 의병의 후손들이 어떻게 살았는가를
다루고 있는 일종의 '후일담 소설'이다. 모두 3권으로 이루어진 작품의
개략적인 줄거리는 다음과 같다.

기미년 삼일만세운동이 일어난 몇 해 뒤 제천 거문돌[두학]의 같은 지붕
밑에서 두 소년이 동시에 태어난다. 집주인인 친일 지주 이병남의 아들로
태어난 아이는 이준기이고, 그 집 행랑채에서 의병의 후손인 소작인 조서
방의 자식으로 태어난 아이는 조남북이다. 친일 지주를 아버지로 뒀던 이

---

13 G.루카치, 이영욱 옮김, 『역사소설론』, 거름, 1987, 31~77면 참조.

준기는 일본 유학에서 돌아와 서울 법대를 마치고 조선 변호사시험에 합격하여 검사가 되었다. 5.16 이후에는 공안기관의 핵심인물이 되어 민주인사와 학생운동권을 탄압하는 일에 앞장선다. 이준기는 이런 공로를 인정받아 제5공화국 시절에는 검찰총장을 거쳐 법무장관으로 승승장구 출세가도를 달린다.

하지만 의병을 거쳐 독립운동에 뛰어든 조부의 흔적을 찾고자 했던 조남북은 백범 김구의 경호원이 되었다가, 백범 피살 후 철도원으로 들어가 파업을 주동한 혐의로 감옥에 간다. '남북전쟁'이 일어나고 북군이 남침하면서 조남북은 감옥에서 풀려나지만 3개월간의 인공치하에서 잠시 민청위원장을 지낸 죄로 남군에 의해 다시 감옥에 들어가고 군법회의에서 무기징역을 언도받는다. 조남북은 공안당국에 의해 장기수로 40년 가까이 복역하고 출감하는데, 그때서야 비로소 교도소 측은 전직 법무부장관이자 공안 책임자였던 이준기의 지시로 감형이나 특사 혜택이 이루어지지 않았다고 실토한다. 부인 방옥은 옥바라지로 온갖 힘든 일을 하다 병을 얻어 죽고, 딸 정숙은 이미 고아원에 맡겨진 뒤였다. 가족과의 왕래가 끊긴 지 오래인 조남북은 우선 무연고 출소자들이 모여 사는 형제원으로 들어간다. 어느 날 잊고 있었던 딸 조정숙이 찾아와 딸과 같이 노년을 보낸다.

한편 법무장관을 지내고 명망 있는 변호사로 여생을 즐기던 이준기는 어느 날 안방에서 잠을 자다가 괴한에 의해 살해당하는데, 그 범인은 바로 삼십여 년 전 자신이 범한 하녀 해깐이에게서 출생한 사생아 박을수였다.

법무부장관을 지낸 유명한 법조인이 자신의 사생아에 의해 죽음을 당한다는 다소 오이디푸스적인 발상으로 시작되는 이 작품은 어찌 보면 역사 스릴러물 같기도 하지만 여기에는 우리 근대사의 파행적 전개에 대한 분노와 질타의 목소리가 들어있다. 도대체 어디부터 잘못된 것일까? 작가는 『남한강』을 통해 이들 인물들이 겪어야 했던 파행적 근대사와 인생역정의 출발점은 바로 '제천의병'이라고 강조해서 말한다. 그럼으로써 이 사건을 통해 그동안 억눌려 지냈던 제천의병의 후손에 대한 복권을 기도하고 있다.

이는 한편 의병을 조부로 두었던 작가의 가족사적 체험이기도 하지만 그 체험은 가족사를 넘어 우리 근대사의 파행적 전개를 상징적으로 압축해 보여주는 것이다. 작가는 "우리 가족들이 이렇듯 수십 년 동안 유랑생활을 할 수밖에 없었던 것은 의암 유인석의 문인이던 두 분의 내 조부가 제천에서 일어났던 한말의병 때 의병꾼이 되는 바람에 집안이 사상범으로 몰려 고향 땅에서 쫓겨났었기 때문이었다."(〈작가의 말〉 1권, 5면)고 말한다. 그리고 필자와의 대담에서 집안의 상황을 자세히 일러주기도 했다.

우리 문중이 의병과 관련돼 있었고 내가 어려서 어른들에게 들은 것이 많아 오랜 기간 동안 자료를 준비해 왔습니다. 내 할아버지인 강자 학자 수자 어른(姜學秀 : 을미의병시 제천의진에서 활약. 정미의병시 이강년진에서 종사관으로 활약)과 작은 할아버지인 강자난자 수자 어른(姜蘭秀 : 을미의병시 제천의진에서 장서기로 활약. 1905년 두학동 박약재에서 이강년의 의병투쟁사인 〈창의록(倡義錄)〉을 편찬하다가 체포되어 청주 형무소에서 46일간 복역하였다.)이 모두 의병에 가담했고, 당숙 강명희 또한 의진에 참여했습니다. 이 때문에 일제 식민지 기간 내내 감시가 심해 고향에서 살지 못하고 소백산 자락이나 정선, 영월, 평창 등 산간벽지로 숨어 다녔습니다. 40년가량 집안의 대가족들이 모두 그렇게 살았습니다. 1945년 해방이 되고나서 9월에야 고향에 돌아올 수 있었습니다.[14]

그러기에 『남한강』은 개체발생이 계통발생을 반복하듯이 제천 출신 작가의 가족사를 넘어 우리 근대사의 축소판으로 읽혀진다. 작가는 "내가 남한강을 무대로 한 소설을 써야 되겠다고 작정한 것은 내가 그곳에서 태어났다는 토착민의 의무감도 작용했지만 의병에 나섰다는 것만으로 남한강변이나 백두대간 언저리의 산골짜기로 숨어들어가 이름 없이 살다간 백성들의 고통스러웠던 숨결을 전하고 싶었기 때문이었다."(〈작가의 말〉, 1권, 7면)고 힘주어 말한다.

그렇다. 제천의병에 참여해서 일제의 침탈에 맞서 싸운 것은 그 당사자에게는 피할 수 없는 삶의 선택이고 명분이었지만, 할아버지가 의병에 참여했다는 이유만으로 쫓겨 다녀야 했던 후손들의 운명은 고통 그 자체였을 것이다. 어쩌면 자랑스러운 의병의 후손임을 가슴에 담고 고된 삶을 이겨나가고자 발버둥을 쳤을 것이고, 어쩌면 자신의 '저주 받은 운명'을 슬퍼하면서 절망에 고통스러워하기도 했을 것이다. 실상 참여했던 사람들보다 뒤에 남은 가족이나 후손들이 더 힘겨운 삶을 살아야 했을 것은 분명하다. 죽는 것보다 살아 절개를 지키는 것이 더 어렵다고 하지 않았던가! 이 '살아남은 자의 슬픔'을 다룬 것이 곧 『남한강』이다.

이 작품은 두 집안의 이야기, 즉 의병 후손들의 삶과 친일지주 집안의 삶을 극명하게 대비시킴으로써 마치 보색대비처럼 의병 후손이 얼마나 힘겹게 살아갔는가를 증언하고 있다. 우선 의병 집안을 보자. 조남북을 중심으로 아버지 조서방은 친일지주 이병남의 행랑채에서 기거하는 소작인이고, 할아버지는 의병전쟁에 참여했다가 중국으로 망명하여 소식을 알 수 없는 독립운동가다. 증조할아버지는 소백산의 달밭골에 숨어서 살고, 당숙은 영월 사자산 북쪽의 다랫골에 살며, 고모는 둔내의 자포

---

14 「잃어버린 세월에 대한 복원(대담)」, 『남한강』 2호, 제천·단양 민예총, 1999, 15~16면.

리에 숨어 산다. 모두 깊은 산속에서 짐승처럼 숨어 사는데, 의병집안의 후손이기 때문이다. 작품에서도 "더구나 일제가 조선을 식민지로 다스리기 시작하고 얼마 되지 않아서 관청의 통제가 그다지 심하지 않았던 시대였으므로 깊은 산협에는 세상에서 못된 짓거리를 저지른 범죄자들이나 일제의 식민정치에 반기를 들었던 동학군의 후예들, 그 밖의 의병꾼들의 후손과 활빈당의 후예들이 대대로 살아오던 삶의 터전을 뿌리 뽑힌 채 산 속으로 숨어들어가 뗏장으로 묻은 의지간이나 통나무를 잘라 엮어 쌓은 귀틀집을 지어서 산짐승처럼 사는 일이 허다했다."(1권, 93~94면)고 한다.

그런데 아버지인 조서방은 당시 면장을 했던 이병남에 의해 일제의 징용으로 끌려가 소식이 끊기고, 혼자 남은 어머니는 지주 이병남에 의해 강제로 내연관계를 맺고 그것이 부끄러워 자살로 삶을 마감한다. 이제 어린 나이에 고아가 된 남북이는 의병장이었던 할아버지의 자취를 확인하고자 괴산 사는 선비의 도움으로 "충주 내챙이 출신으로 일이차 의병 때 유격장으로 활약했으며 지금은 임시정부의 호위부에서 일하는"(2권, 42면) 할아버지의 존재를 확인한다. 그 과정에서 의병의 격전지를 둘러보며 자신과 집안의 정체성을 찾기도 한다. "의병 때문에 집안이 풍비박산이 났다고 원망했던 지난날이 부끄럽게 생각되기까지"(2권, 45면)했고, "자신도 아버지와 할아버지의 뒤를 이어서 뭔가 나라에 보탬이 되는 일을 할 것이라고"(같은 곳) 다짐까지 한다. 이 부분은 '의병꾼'이라는 집안의 오랜 명에에서 벗어나 스스로 앞날을 개척하고자 하는 결의이며, 주인공격인 조남북에 대한 성장의 이야기로도 읽혀진다.

제천의병의 격전지를 돌아보는 과정에서 최대 격전지였던 수안보에서 평민 의병장 김백선이 화제로 떠오른다. 지원군을 보내지 않은 중군장에게 칼을 뽑아들고 항의를 하다가 오히려 하극상이란 죄목으로 억울하게 처형됐다고 하여 『월악산』의 시각과 유사한 입장을 보인다.

> "그래서 어떻게 됐습니가유?"
> "오히려 유인석 총대장이 김백선 중군장(사실은 선봉장인데 작가의 오류)의 행동을 제지했다네."
> "왜유?"
> "중인이 양반을 능멸한다고…군률을 어긴 원군대장은 되려 용서하고 그를 응징하려던 김백선 중군장은 하극상이란 죄목으로 효수시키고 말았다네."
> "그건 말이 안 되네유. 원군의 대장이 혼쭐나야지 어째서 김백선 대장을 효수합니까유?"
> "그러게 말일세. 그게 다 나라의 운명이네!"
> "운명이라니유? 그건 이치에두 어긋나는 일이네유."
> "암, 이치에도 어긋나고 말고. 그러나 원군의 대장은 양반이고 김백선 대장은 양반이 아닌 중인이었단 말일세." (2권, 38~39면)

이 부분 역시 양반과 평민의 계급갈등으로 몰아가고 있는데, 그건 비록 의병장의 손자로 태어났어도 지금 조남북의 처지나 앞으로의 삶이 김백선의 경우와 유사하기 때문일 것이다. 자연 민중적 시각을 견지했을 것이고, 이는 그 뒤에 이어지는 조남북의 삶과 밀접한 연관을 가진다.

그 뒤 조남북은 농민회에 가담하고, 북진나루에서 뱃사공 일을 하기도 하며, 상경하여 백범 김구의 경호원으로 활약한다. 백범이 암살당하자 철도국에 취직하여 파업에 참여하기도 한다. 하지만 파업을 주동했다는 혐의로 체포되고, 뒤이어 '남북전쟁'이 터져 '북군'에 의해 석방되고 우격다짐으로 민청위원장까지 맡는다. 하지만 이 일로 '남군'에 의해 부역행위로 몰려 특무대에 수감되었다가 공안검사였던 이준기의 지시로 종신형을 언도받고 무려 40년 가까이 복역한다. 참으로 긴 유형의 세월이었다. 장기수로 감옥을 나온 조남북은 무연고 출소자들의 쉼터인 형제원에 머물다 찾아온 딸을 만나 여생을 보낸다.

이상의 내용을 통해 제천의병의 후손인 조남북 집안의 3대에 걸친 인생역정을 도식하면 **의병, 독립운동가(조부) - 소작인(부친) - 뱃사공 - 철도노동자 - 부역행위 - 장기수**로 우리 근대사의 파행성과 상흔을 그대로 보여준다. 조남북 자신이 곧 우리 근대사의 아픈 기억이자 상처인 셈이다.

반면 그 반대편에 선 이준기의 삶은 어떠한가? 친일 지주 이병남의 아들로 태어나 일본 와세대[早稻田] 대학에 유학하고, 해방 후 다시 서울법대를 마치고 조선 변호사시험에 합격하여 검찰청 검사를 시작으로 중앙정보부 핵심요원을 거쳐 검찰총장에 이르며 나중에는 법무부장관까지 고속승진의 출세가도를 질주한다. 그의 집안내력은 어떠한가?

평안도 어느 고을에서 중인으로 살던 이생원의 할아버지가 양반으로 살고 싶은 생각이 간절하여 양반이었던 어떤 이씨네 족보를 큰돈을 주고 매입한 뒤 부지거처 고향을 떠나 거문돌로 들어왔던 것이다. 말하자면 부치기 이씨였고 족보 없는 양반이었다.

그러나 거문돌로 들어오면서부터 조상의 한 사람이 성균관 진사를 지냈다는 식으로 생원 댁을 자처하게 되었고 중인의 탈을 벗어나기 위해 죽기 살기로 돈을 모으는 족족 산지나 농지를 사들였던 이면장네는 의병전쟁이 막을 내린 뒤 일제가 조선을 병탄하고 식민지 정책을 펴는 데 협조하면서 많은 재산을 늘리고 날로 번성해 나갔던 것이다. 심지어 행정 경험이나 능력이 없음은 물론이고 한낱 난봉꾼이었던 이생원이 주재소 일본인 주임에게 뇌물을 바치고 면장 자리에 까지 오르는 영광을 누리게 됨으로써 그야 말로 이씨네의 전성기를 맞고 있었다. (1권, 203~204면)

일제 식민지 시대에 평민들이나 중인들이 돈을 벌어 양반의 족보를 사서 도금하는 사례가 빈번했던 바, 이 집안이 바로 그런 경우라 하겠다. 이들은 대부분 친일파 졸부들로 채만식(蔡萬植, 1902~1950)이 『태평천하』에서 그토록 신랄하게 풍자했던 윤직원과 같은 부류인 셈이다. 게다가 이생원 곧 이병남은 일제 식민지시대 면장에 만족하지 않고 축재한 부를 토대로 해방 후 국회의원까지 이른다. 그럼으로써 거문돌의 유력한 집안이었던 박씨를 누르고 제천에서 이씨의 전성시대를 맞이한 것이다.

그런데 그 과정에서 결정적으로 박씨 집안이 몰락하고 이씨 집안이 부상하게 된 것은 제천의병이 원인이었다. 거문돌의 유력 가문인 박씨네의 몰락은 "을미사변 뒤에 이 고장 제천에서 일어난 선비의병 때에 박씨네 일가의 많은 선비들이 앞에 나서거나 남몰래 뒤에 숨어서 의병진 중에 씨갑씨 역할을 맡아 열성적인 활동을 벌인 데 따른 더침 때문"(1권, 201면)이라고 한다.

실제로 제천 2차의병의 거병 모의와 연락 거점이 거문돌 강씨 문중의 '박약재(博約齋)'였기 때문에 작품에서도 "면사무소가 있는 장터 가까운 곳에 연락 장소로 쓸 거점이 불가불 필요함에 따라 면소재지에서 지근 거리에 있는 박약재가 선택되었던 것"(1권, 203면)이라고 형상화 했다. 그 결과 "박씨네는 의병들에게 활동할 장소와 음식물을 제공했다는 몇 가지의 더 큰 죄목이 추가되어서 끝내는 일족이 멸문지화의 탄압을 받"(같은 곳)게 됨으로써 "의병전쟁을 기점으로 번성과 영락의 두 길로 치달았다."(같은 곳)고 한다.

이씨네의 재력 역시 의병전쟁으로 죽어 주인이 없거나 폐허가 된 집과 땅을 헐값에 사들여 이룬 것이다. 이렇게 모은 부(富)를 바탕으로 면장에서 국회의원으로 신분을 상승시켰고, 아들 이준기는 검찰총장을 거쳐 법무부상관으로 출세가도를 달리게 된 것이다. 친일파 이준기 집안은 제천의병의 희생의 대가로 번영을 누렸던 셈인데, 더욱이 이준기가 검찰총장으로 재직할 때 친일파였던 이병남을 '항일독립투사'로 조작하는 어처구니없는 일을 벌이기도 했으니 역사의 아이러니가 아닐 수 없다.

이준기 집안의 3대에 걸친 가족도를 거칠게 도식하면 중인 출신으로 **족보 매입(조부) – 친일파 면장 – 국회의원(부친) – 일본 유학 – 검찰총장 – 법무부장관**이 된다. 항일의병과 독립운동가의 후손은 뱃사공을 거쳐 노동자로 파업을 주동한 혐의로 감옥에 가며, 친일파의 아들은 재력을 바탕으로 일본유학을 거쳐 검찰총장과 법무부장관의 출세가도를 달리는 역사의 극명한 대조를 보여준다. 무엇이 같은 날, 같은 곳에서 태어났던 이들의 운명을 이렇게 극단적으로 벌어지게 했을까? 베루톨리치 감독의 〈1900년〉처럼 같은 날, 같은 곳에서 지주와 소작인의 아들로 태어난 두 사람의 운명을 격동기의 역사와 만나게 하여 그 속에서 이들의 선택이 인생을 어떻게 달라지게 했는가의 실상을 그려냈던 것이다. 『남한강』에서는 그 엄청난 간극의 출발점이 바로 제천의병이라는 것이다. 제천의병 때문에 한 집안은 몰락의 길을 걸으며, 다른 집안은 부귀와 영광을 누리게 되었다. 이런 점에서 이 작품은 우리 근대사에 대한 아이러니며 역사에 대한 항변이 아닐 수 없다. 제천의병의 후손인 작가 강승원은 그것을 말하고 싶은 것이다. 그 정황을 〈작가의 말〉에서 이렇게 전한다.

이렇듯 산머슴아 같았던 내가 삼 년 간의 군대생활을 마치고 고향으로 돌아와 보니 세상은 온통 부정과 부패로 얼룩져 있었다. 해방군으로 진주

한 미군이 헐벗고 굶주리는 백성들에게 보낸 원조물자들은 그들의 손에 들어가기도 전에 모조리 시장에 나와 거래되고 있었고 일제강점기의 친일 공직자들이 다시 내 나라의 정부요직에 붙어 고관대작을 지내고 있었으며 동족을 수탈하는 데 앞장섰던 악질 친일지주들은 시읍면도의원과 국회의원 등 각급 국민대표로 둔갑하여 일제강점기나 다름없이 지배자로 군림하고 있었다. 일본 침략자들만 물러갔지 통치자들은 옛날 사람들 그대로였던 것이다. (1권, 6면)

어떻게 할 것인가? 근대사의 이 극명한 대비를 통하여 의병의 후손이기에 숨어 살아야 했던 이름 없는 사람들의 '고통스러웠던 숨결'을 전할 수밖에 다른 선택이 없었을 것이다. 그래서 붓을 들고 소설을 썼다고 작가는 말한다.

하지만 두 집안의 구도는 너무 도식적이다. 잘못된 근대사에 항변해야 한다는 소명감이 너무 강하여 시대 상황이나 개개인의 섬세한 디테일이 빠져 있는 것이다. 자연 역사의 격랑 속에서 몸부림치는 민중들의 삶의 형상을 풍부하게 그려내지 못했다. 작가도 "이 잘못된 역사 전개를 바로 잡아야 한다는 강박감이 인간의 풍부한 삶을 그리지 못한 이유"[15]라고 말하고 있다.

4. 마무리

제천의병이 창의한 지 118년이 되는 시점에서 그것을 다룬 두 편의

---

15 같은 글, 18면.

작품을 통하여 제천의병이 어떻게 형상화됐는가를 살펴보았다. 권운상의 『월악산』은 동학농민전쟁, 의병전쟁, 활빈당, 만민공동회로 이어지는 격랑의 근대사 속에 제천의병을 위치시켜 그 의미를 찾고자 했다. 실존 인물 서장옥을 중심으로 한 동학 잔존세력 월악산패를 등장시켜 이들이 제천의진에 참여하고 활빈당과 결합되며 만민공동회로 이어지는 활약을 보이도록 하여 1895년~1900년의 근대사를 '종합'하였다.

제천의병을 형상화한 방식은 이들과 동지적 유대를 갖는 평민 의병장 김백선의 시각을 통해서이다. 그러다 보니 김백선의 처형을 가장 중요한 사건으로 다루었고 그것이 제천의병이 해산되는 원인이며, 월악산패가 제천의진과 결별하는 계기가 되기도 했다. 양반 유생들로 이루어진 지도부와 평민의병들의 갈등을 김백선의 처형으로 몰고 갔으며, 양반 지도부는 무능하고 독선적이며 부정적인 모습으로 다루었다. 철저하게 민중적 시각을 견지한 셈이지만 일제의 침탈에 분노한 만 명이 넘는 만중들이 왜 제천의병으로 모이게 됐는가는 다루지 못했다. 일제의 침탈에 직면한 민중들의 함성과 분노를 제대로 그려내지 못한 아쉬움이 남는데 이는 서장옥을 중심으로 한 주요 인물들의 대치구도로 작품을 몰고 갔기 때문이다.

제천의병의 후손인 강승원의 『남한강』은 제천의병 당시의 역사를 다룬 것이 아니라 그 후손들이 얼마나 힘겹게 살아갔는가를 다룬 작품이다. 이는 의병의 후손인 작가의 가족사이자 파행적 전개를 보인 근대사의 축약된 모습이다. 형상화 방식으로 제천의 거문돌을 무대로 같은 날, 같은 곳에서 출생한 지주와 소작인 아들의 서로 다른 인생역정을 다루었다. 지주의 아들인 이준기는 일본유학을 마치고 해방 후 검사를 시작으로 중앙정보부의 핵심인물과 검찰총장을 거쳐 법무부장관으로 출세가도를 달린 반면 제천의병장의 손자이자 소작인의 아들인 조남북은 고아가 되어 북진나루의 뱃사공을 시작으로 백범 김구의 경호원을 거쳐 철도노동자가 되지만 파업주동자로 감옥에 들어가고, '남북전쟁'으로 민청위원장을 맡은 것이 빌미가 되어 40년간 장기수로 복역한다.

이들 두 사람의 인생이 극명하게 어긋난 것은 바로 제천의병 때문이었다. 제천의병 때문에 한 집안은 후손이라는 이유로 산속에 숨어살면서 몰락의 길을 걸은 반면 친일 지주의 집안은 제천의병으로 인해 부를 축적하고 정치적 출세를 추구할 수 있었던 것이다. 작가는 이 두 집안의 엇갈린 인생역정을 통해 파행적 근대사에 항의하고 의병후손들의 삶을 복권시켰던 것이다. 하지만 두 집안의 구도가 너무 도식적으로 전개되어 의병 후손들이 겪었던 고통의 세월을 풍부하게 그리지 못한 아쉬움이 남는다.

과연 오늘날, 우리에게 '제천의병'은 어떤 의미인가? 118년 전 일제의 침탈에 분노하여 이 땅에서 처음으로 기치를 올렸던 한차례 함성으로 끝난 것인가? 아니면 역사의 구비마다 살아나서 시대의 정신을 올곧게 세웠던가? 그 현재적 의미는 무엇이며, 아직도 유효한가? 강승원도 분명 그 점을 얘기하고자 했을 것인데, 너무 '잃어버린 세월'을 복원하는데 공을 들였다. 이제는 남은 사람들의 몫이다. 의병의 후손이 아닌 보다 많은 작가들이 제천의병의 현재적 의미를 묻는 작품을 써야만 할 것이다. 어쩌면 제천의병의 영혼들은 이곳 제천에서 수많은 시민들의 삶 속에도 살아있을 것이다. 우리는 그것을 그저 모르고 지나칠 뿐이다. 충주 출신의 시인 신경림은 김백선을 다룬 〈평민 의병장의 꿈〉[16]에서 제천의병을 이렇게 노래한다.

---

16 신경림, 〈평민 의병장의 꿈〉, 『기행시집 길』, 창작과 비평사, 1990, 112면.

양반에게 대들었다 해서 괘씸죄로

평민 의병장 김백선이 목이 잘린

박달재 아래 평동이라는 동네에

젊은 판화가 이철수는 들어와 터를 잡았다

힘겹게 사는 농민들을

그의 판화 속에 넣을 작정이란다

하지만 그는 알고 있을까

평민 의병장 김백선이

그의 판화 속으로 들어가려

무진 애를 쓰고 있다는 사실을

겨울비 추적이는 저녁이면 곧잘

옹기장수와 동무해서 재를 넘기도 하고

여름이면 참외밭 수박밭에서

슬픈 얼굴로 아이들 노는 것을

구경하기도 하면서

〈제천의병제〉 20년의 반성과 전망

1. 왜 '의병제'인가

올해로 1895년 '제천의병'[1]이 창의(倡義)한 지 120주년이 되고, 창의 100주년을 기념하여 시작된 〈제천의병제〉[2]가 20주년을 맞게 되었다. 일제의 노골적인 침략 앞에 국가와 민족을 구하고자 일어났던 의병이라는 제천의 자랑스러운 역사적 전통을 지역의 문화예술 역량을 모아 축제로 승화시킨 것이 벌써 20년이 된 것이다. 이제 바야흐로 제천의병제가 성년을 맞이한 셈이다. 과연 20년 동안 거행됐던 〈제천의병제〉는 성년에 걸맞게 안으로는 지역의 문화적 역량을 성숙시켜 지역민들의 삶의 질을

---

1 예전에는 乙未義兵, 湖左倡義隊 등으로 불리던 것을 제천이 의병봉기의 터전이 되었고, 의병활동의 시원지이자 근거지가 되었기에 구완회 교수에 의해 '堤川義兵'으로 부르게 된 것이다. 구완회, 『韓末의 堤川義兵』, 집문당, 1997 참조.

2 〈제천의병제〉는 원래 의미를 풀이하자면 '제천의병 창의기념 문화예술축제'인데, 의병정신을 기리는 것을 강조하고자 초창기부터 쉽게 인식되는 〈제천의병제〉로 공식화 시켰다. 필자는 초창기에 기획위원장을 맡아 〈제천의병제〉를 기획하고 실행하여 왔다. 이 글은 2015년 20주년을 맞아 행사에 대한 반성과 전망을 정리한 것이다.

높이고, 밖으로는 제천의병을 문화, 예술로 승화시켜 제천이 자랑스러운 의병의 고장임을 알리는데 얼마나 기여했는가?

이를 검토하고자 지난 20년 동안 〈제천의병제〉의 걸어온 길을 살펴보고, 이를 토대로 앞으로 나아갈 길을 찾아본다. 아무래도 〈제천의병제〉 20년 전기간을 포괄하여 논의하는 것은 불가능하고 성대하게 치러진 초기의 행사를 중심으로 당시 활동상이나 자료들을 통하여 얘기할 수밖에 없는 한계를 지니고 있다. 먼저 제천에서 가능한 다양한 축제의 형태 중에서 왜 역사적 사건인 의병을 통해 축제, 곧 〈제천의병제〉를 만들었는가를 살펴보도록 한다.

제천은 강원, 충북, 경북의 접경지역에 위치한 산악 도시로 조선시대에는 매우 궁벽한 곳이었다. 의림지를 개축했던 정인지(鄭麟趾, 1396~1478))가 지은 〈의림지(義林池)〉라는 시에 보더라도 그 사실을 분명히 밝히고 있다.

> 지세(地勢) 가장 높은 곳,　　　　　　　　　　　地勢最高處,
> 백성들 거기 궁벽한 마을에 사네.　　　　　　　民居其僻鄕[3]

이렇게 제천을 설명할 정도였다. 하지만 근대에 들어 철도의 중심지로, 상업도시로 발전을 이루면서 전혀 새로운 모습으로 변모하였다. 그러면 제천문화의 정체성은 어디에 있을까? 제천의 근대 이전의 문화를 보면 의림지를 중심으로 한 농경문화와 청풍을 중심으로 한 사대부(士大夫) 문화 가 두드러진다. 하지만 이 문화적 특질은 생활의 기저에 내면화되어 있고 다른 지역과의 차별성이 두드러지지 않기에 그것을 제천

---

3 『국역 신증동국여지승람』 II, 민족문화추진회, 1969. 480면.

문화의 정체성으로 추출하여 구체화 하거나 축제의 형태로 형상화 하기는 쉽지 않은 일이다.[4]

다른 지역과의 차별성이 두드러지면서 제천만이 가진 정체성으로서 지역민들을 하나로 모을 수 있는 구심점이 중요한데, 그것이 바로 '의병(義兵)'이다. 주지하다시피 제천은 구한말 의병항쟁이 가장 치열하게 전개됐던 의병의 고장이라는 자랑스러운 역사를 지니고 있는 곳이다. 1895년에 일어난 유인석(柳麟錫, 1842~1915))의 호좌창의대(湖左倡義隊, 1차의병)와 1907년 거병한 이강년(李康年, 1858~1908)의 호서창의대(湖西倡義隊, 2차의병) 등 이른바 '제천의병'이 모두 제천을 무대로 활동했으며, 제천 장담에는 의병장 유린석의 사당인 자양영당(紫陽影堂)이 위치하고 있다. 이런 외세에 저항했던 자랑스러운 역사와 그 실체인 유적지를 지니고 있기에 의병을 제천의 정신, 제천의 정체성으로 승화시키는 일이 중요한 과제로 부각된 것이다. 〈제천의병제〉를 처음 만들 당시에 제천이 지니고 있는 농경문화, 사대부 문화, 의병문화 등 다양한 문화적 특질 중에서 '선택과 집중'의 방식으로 제천의병을 소환했던 것이다.

하지만 1995년 〈제천의병제〉를 통해 제천이 의병의 고장임을 알리기 전까지는 실상 제천에서 관심 가진 사람들만 제천의병을 알고 있었고, 자랑스러운 유적지 자양영당은 찾는 사람들 발길이 뜸해 잡초에 뒤덮여 있을 정도였다. 처음 〈제천의병제〉를 시작하면서 제천 시민들에게 제천이 자랑스러운 의병의 고장임을 알려 자긍심을 갖도록 하자는 것이 1차적으로 세운 목표였다. 당시 의병제의 전체 예산은 대략 1억원 정도였으

---

4 제천문화의 기저를 형성하는 의림지의 농경문화와 청풍의 사대부 문화는 그 자체로 문화적 특질을 보유하기에 〈제천의병제〉와는 별도로 논의가 필요한 부분이다.

며, "1억을 들여 제천이 의병의 고장임을 알려 자긍심을 심어주는 것으로도 가치가 있다."라고 여겼던 것이다.

마침 제천의병이 창의한 지 100주년이 되는 1995년은 이른바 '풀뿌리 민주주의'라는 지방자치제가 본격적으로 시행되던 원년이었다. 제천 역시 제천시와 제원군이 통합되면서 지역에서 행해지던 '의림문화제'(제천시)와 '청풍문화제'(제원군)가 하나로 통할 될 시점에 있었다. 다행스럽게도 의림지의 농경문화와 청풍의 사대부 문화가 통합되는 방식은 역사의 추이에 따라 외세의 침탈 앞에 유생(儒生)과 일반 민중들이 하나가 되어 일어났던 의병처럼 〈제천의병제〉로 자연스럽게 모일 수 있었다. 역사의 추이도 그렇거니와 제천이 의병의 고장이라는 자긍심에서 촉발된 지역의 정서가 이를 허용한 것이다.

여기에는 이에 앞서 민예총 제천단양지부(당시 지부장 이철수)에서 1994년에 〈팔도에 고하노라!〉는 제목으로 〈제천의병 100년 기념문화예술제〉를 개최해 시군 통합문화제인 〈제천의병제〉로 가는 촉매제 역할을 수행하기도 했다. 기존 문화예술제에서 흔히 보던 운동장 행사와 지역 예술인 중심의 전시회가 아닌 지역민들이 참여하고 가까이 볼 수 있는 거리 만장행렬과 제천의병의 활약을 형상화한 거리상황극을 보여줘 지역의 민심에 신선한 충격을 준 바 있다.

그런 과정을 거쳐 제천의 문화예술 역량을 총 집결시켜 안으로는 제천의병을 통해 제천 시민들에게 자긍심을 느끼도록 하고, 밖으로는 제천이 의병의 고장임을 널리 알리는 취지로 〈제천의병제〉를 시작하게 된 것이다. 이런 의도를 드러내고자 1995년 창의 100주년이 되는 첫 해에는 의병장 유인석의 격문 〈격고팔도열읍(檄告八道列邑)〉을 그대로 가져와 〈팔도에 고하노라〉는 제목으로 행사를 시작했다. 100년 전의 그 자랑스러운 의병을 소환하여 의병정신으로 축제의 나아갈 방향을 세운 것이다. 당시 창의 100주년 제천의병제의 대회선언문 〈다시, 팔도에 고하노라〉는 이 점을 분명히 적시하고 있다.

> 아아, 제천이여!
> 자랑스러운 제천의병이여!
> 이제 우리는 오랫동안 잊어왔던 이 영광스러운 이름을 다시 부르고자 한다. 그날의 조국애와 민족애를, 오늘을 살아가는 시민정신의 지표로 삼고자 한다. 우리는 이름 없는 시민에 지나지 않는다. 하지만 100년 전, 이름 없는 의병들이 민족의 자존심을 사수했듯이 우리는 다시 그날의 함성을 되새겨 오늘 또다시 제2창의의 깃발을 높이 든다.
> 아아, 제천이여!
> 자랑스러운 의병의 후손이여!
> 의로운 제천시민이여!
> 우리들 가슴 속에 의병의 넋을 묻고, 15만 시민이 모두 깃발이 되고, 횃불이 되어 의(義)를 외치자. 자랑스러운 의병의 이름으로, 다시, 팔도에 고하노라! 팔도에 고하노라![5]

2. 〈제천의병제〉가 걸어온 길

1) 〈제천의병제〉 조직과 추진기구의 변화

제천의병제가 있기 전까지 행사 단위별로 문화원, 예총, 민예총 등 각

---

5 제천의병 100주년 기념사업회, 『팔도에 고하노라』(행사 팸플릿), 1995, 1면.

종 문화예술단체들이 개별적으로 시청에서 예산을 지원받아 해오던 것을 〈제천의병제〉로 큰 틀의 판을 다시 짰다. 자연 행사 인원을 의병제에 맞게 재조직하는 것이 필요했다. 단위 행사가 아닌 대규모로 창의 100주년 〈제천의병제〉를 거행하기 위해서는 별다른 조직이 필요했고, 그래서 탄생한 단체가 '(사)제천의병 100주년 기념사업회'(이하 '기념사업회'로 약칭)다. 6.27 지방선거에 영향을 미치지 않게 하기 위해서 지방선거가 시행되기 전인 1995년 4월 26일 450명 가량의 인원이 모여 기념사업회를 꾸렸고, 이 조직이 창의 100주년 제천의병제를 맡아 본격적으로 행사를 추진하게 되었다. 기념사업회는 〈창립선언문〉에서 "100년전 일제의 강탈에 맞서 분연히 일어났던 호좌의병(湖左義兵)의 장엄한 창의(倡義)를 상기하며 우리는 오늘 '제전의병백주년기념사업회'의 출범을 엄숙히 선서한다. 우리가 해야 할 일들은 그날의 의병정신을 팔도에 알리고 오늘에 되살리고자 하는 것이다."[6]고 명시하고 있다.

조직도에 따르면 회장과 부회장, 사무국장이 있고 행사의 중심은 상임위원장이 맡아 그 산하에 기획위원회, 재정위원회, 홍보위원회, 문화예술위원회, 학술위원회 등이 배치되었다. 당연히 창의 100주년 〈제천의병제〉는 기념사업회가 주도하여 행사를 주관하였다. 물론 순수하게 민간주도라고는 볼 수 없고 예산과 인력문제로 관민연합체의 형태를 띨 수밖에 없어 당시 마지막 관선 시장이었던 정원영 시장이 회장을 맡기도 했다.

100주년 기념사업회는 창의 101주년부터는 조직을 확대, 개편해 '제천의병제추진위원회'(이하 '추진위원회'로 약칭)의 일부로 편입되고, 〈제천

---

6 제천의병 100주년 기념사업회 준비위원회, 『제천의병 100주년기념사업회 창립대회』(팸플릿), 1995, 1면.

의병제〉는 추진위원회(위원장 송만배)에서 주관을 하게 되었다. 이 조직 역시 독립된 예산을 확보하지 못해 제천시의 예산으로 행사를 치르다 보니 관민연합체 형태로 예산은 시에서 지원하고 행사인력은 시와 추진위원회에서 각각 배정하는 방식으로 행사를 주관하였다.

그런데 시장이 바뀐 2003년부터 추진위원회는 다시 제천문화원과 연합하여 '축제추진위원회'(위원장 송만배)로 명칭과 조직이 바뀌게 되었다. 당시 문화원에서 제천에서 거행되는 대규모의 축제를 관리하기 어렵기에 따로 축제위원회로 분리하면서 당시 〈제천의병제〉 추진위원장이었던 문화원장이 그 직위까지 맡았던 것이다. 이는 실상 기관장이 엄태영 시장으로 바뀌면서 거기에 따라 새로운 형태로 조직을 꾸린 결과일 것이다.

이런 전례에 따라 최명현 시장이 취임하면서 〈제천의병제〉를 추진하는 조직도 추진위원회에서 (사)제천시문화예술위원회로 바뀌게 되었다. "제천시는 2010년 12월 3일 시가 주최하는 모든 축제와 지역 문화공연, 각종 행사를 전담할 기구로 (사)제천시문화예술위원회를 출범시켰다. 2011년 6월 송만배 제천문화원장의 바통은 제천농협조합장을 맡고 있는 이광진 원장에게 넘겨졌다. 최명현 시장을 이사장으로 제천시문화예술위원회는 12년간 제천문화원장을 지낸 송만배 위원장과 9명의 이사, 15명의 운영위원으로 구성됐다. 2011년 5월6일 (사)제천시문화예술위원회 설립운영 및 지원에 관한 조례가 제정됐다. 현재 사무국장과 상근직원 3명 등 총4명이 상근하고 있다"고 한다.[7]

사단법인이지만 당시 최명현 시장이 이사장을 맡고 위원장과 이사, 운

7 정홍철 기자, 「제천문화원과 축제추진위, 문화예술위원회의 맥 ①」, 『아시아뉴스통신』 인터넷 사이트, 2014.7.16. 참조.

영위원 등으로 조직을 개편한 것이다. 현재 이근규 시장이 취임하면서 어떤 형태로 제천의병제를 추진하는 기구가 바뀔지는 알 수 없다. 일단 현 이근규 시장도 (사)제천시문화예술위원회의 이사장을 맡고 있는 실정이다. 분명한 것은 〈제천의병제〉를 추진하는 기구와 조직이 시장이나 유력 정치인들의 성향에 따라 행사 담당자들이나 관련단체들과 아무런 협의나 논의도 없이 새로운 조직으로 손바닥 뒤집듯 바뀌어 왔다는 것이다.

〈제천의병제〉는 그 취지에 걸맞게 순수한 민간주도의 형태로 진행되고 관에서는 예산을 지원하는 정도로 그쳐야 그 기능을 효율적으로 발휘하는데 실상은 그렇지 못했다. 지금까지 드러난 모습은 축제를 추진하는 조직까지 시장과 유력 정치인의 의도가 개입됐다는 의혹이 든다. 제천을 대표하는 대규모 행사이기에 그만큼 정치적인 이익이 크다고 판단했기 때문일 것이다. 이런 이유로 〈제천의병제〉는 초창기에 가졌던 열기가 점차 식어 제천 문화예술인들의 참여도는 낮아지고 예전처럼 관(시청) 주도의 의례적인 행사로 되돌아가고 있는 형국이다.

2) 〈제천의병제〉의 주제와 세부행사

무슨 행사를 벌이기 위해서는 거기에 맞는 의도 곧 주제가 있어야 하고 이를 뒷받침 해줄 구체적 내용이 뒤따라야 한다. 말하자면 축제의 방향과 이를 구현할 다양한 아이템이 필요한 셈이다. 무슨 일이건 그것이 일치해야만 효과를 거둘 수 있다.

〈제천의병제〉의 연도를 창의 100주년이라 명명한 것은 제천의병의 창의(倡義)를 기준으로 그때로부터 축제의 햇수를 계산한 것이다. 의병 정신을 온전히 이어받고자 하는 의도에서다. 첫 해의 주제는 「팔도에 고하노라」다. 제천의병장 유인석의 격문을 그대로 가져와 다듬은 것으로 제천 시민을 비롯하여 국내외에 제천이 의병의 고장임을 알리고 선포하기 위한 것이었다. 행사타이틀 그대로 그 동안 의병의 고장임을 몰랐던 제천 시민들과 다른 지역 사람들에게 100년이 지난 지금, 일제에 항거했던 자랑스러운 제천의병의 역사적 사건을 눈앞에 보여주고자 격문을 띄운 것이다.

그러기 위해서 행사의 중심은 거리행사가 되어야 했다. 많은 중소도시에서 그렇듯 대부분의 행사는 운동장에 모여 기념식을 거행하고 지역 기관장들의 축사를 듣고 박수 몇 번 치면 끝나는 것이다. 시민들이 철저하게 들러리로 전락된 경우다. 이를 배제하기 위해선 축제의 틀을 모두가 언제라도 참여할 수 있고 느낄 수 있는 거리 행사로 바꿔야 한다고 논의하여 이를 실행에 옮겼다.

실상 거리행사는 닫힌 공간에서 벌어지는 운동장 행사와는 달리 열린 행사이며 언제라도 참여가 가능한 행사다. 운동장을 채우기 위해서는 인원을 강제로 동원해야만 한다. 하지만 거리에서 판을 벌이면 지나가던 사람들이 무슨 일인가 하고 모여 들고 흥미가 있으면 직접 참여할 수도 있다. 이 강제성과 자발성의 차이는 엄청나다. 이는 또한 행사의 주체가 누구인가와도 관계되어 지역민이 주체가 되느냐 단순한 구경꾼이 되느냐의 차이이기도 했다.

「팔도에 고하노라」에 걸맞게 창의 100주년 의병제의 주요 행사는 대부분 거리에서 진행했다. 그래야만 시민들이 제천이 의병의 고장임을 알게 되지 않겠는가! 주행사는 크게 3일로 잡아 전야제(금), 본행사(토), 마무리(일)로 했으며 각각 '창의의 날', '구국의 날', '부활의 날'로 명명했다. 창의 101주년 의병제부터는 전야제를 따로 하게 되면서 행사가 4일로 늘어난 적도 있지만 대부분 주요 행사는 3일로 의병제 행사의 전체적인 구도는 대강 이렇다.

첫날(창의의 날)에는 자양영당에서의 고유제(告由祭)를 시작으로 제천의병제가 막이 오른다. 고유제는 전통제례의 중요성과 아울러 의병의 정신적 중심인물을 모시는 상징의례라는 점에서 의병제의 중요한 기능을 한다.[8] 이 땅을 지키기 위해 죽어간 수많은 넋들을 위로하고 이를 기리기 위한 제의를 통해서 제천의병이라는 희생제의의 상징성을 부여받아야 이를 재현할 수 있는 것이다. 고유제를 마치면 그 혼불을 봉송하여 이를 거리에 점화하고 악귀를 쫓는 의미의 길놀이가 진행되며 제천의병을 형상화한 거리 상황극 공연이나 직접 참여하는 의병축제로 이어져 시민들이 제천의병을 가까이서 체험할 수 있게 된다.

둘째 날(애국의 날/ 의병의 날)은 의병을 형상화 한 가장행렬이 주를 이루어 동(洞) 단위의 시민들의 참여가 두드러지며, 종합운동장 혹은 열린 공간에서 거행되는 기념식과 의병제전이 주요 행사로 자리를 잡는다. 여기서 동네별로 다양한 민속공연이 벌어진다. 저녁에는 노래를 비롯한 음악 공연이 이어진다.

한편 창의 102주년 의병제부터는 인기 높은 대중가요 〈울고 넘는 박달재〉에서 발단된 '전국 단위의 트로트가요제'인 〈박달가요제〉가 끼어들어와 시민들에게는 볼거리를 제공해 주었지만, 왜색 트로트는 의병정신과는 맞지 않고 대규모 군중이 모이다 보니 시장이나 정치인들이 자신을 알리는 행사로 변질될 우려가 많아 최근에는 제천의병제와는 별도로 행사를 진행하고 있는 실정이다. 많은 예산이 들어가는 이런 공연은 지역민들을 문화의 생산자로 서게 하지 못하고 단순한 구경꾼으로 전락

---

8 이창식, 「堤川地域 義兵文化祭의 性格과 方向」, 『堤川義兵과 傳統文化』, 제천문화원, 1998, 166면 참조.

시키는 위험을 안고 있다.

셋째 날(부활의 날)은 대개 행사를 마무리 하며 차분하게 의병정신을 되새기는 날로 첫 해에는 제천의병을 상징하는 장승을 세우는 장승제를 거행했다. 그 다음 해부터는 사생대회나 웅변대회, 글쓰기 대회, 금수산 산악마라톤 대회 등의 각종 대회나 의병사적지 순례를 마련하여 의병정신을 내면화하도록 시도했다.

의병제 기간 동안 의병후손들을 초청해서 많은 행사에 같이 참여함으로써 의병의 후손임을 자랑스럽게 여기는 계기를 만들기도 했다. 의병제 집행위원장을 역임했던 고 김학영 선생이 그 일을 맡아 주관했다.

그러면 매년 거행됐던 〈제천의병제〉의 방향, 곧 주제는 무엇이며, 거기에 따라 어떤 행사들이 진행됐는가? 창의 100주년부터 105주년이 되는 2000년까지 거행된 제천의병제의 주제는 아래와 같다.

1995년	창의 100주년	"팔도에 고하노라"
1996년	창의 101주년	"모두가 제천의병이로다"
1997년	창의 102주년	"내일은 우리가 의병"
1998년	창의 103주년	"다시 서는 의병"
1999년	창의 104주년	"새천년을 여는 제천의병"
2000년	창의 105주년	"모두가 한마음 되는 2000 제천의병"

여기에 따라 항쟁을 뜻하는 불꽃과 격문을 의미하는 두루마리를 형상화한 〈제천의병제〉 로고(logo)와 매년 의병제의 주제에 맞는 엠블럼(emblem)을 만들어 포스터와 팸플릿에 적극 활용하여 주제를 보다 구체화하였으며[그림 참조] 각각의 행사내용도 가능하면 의병제의 주제를 구현하도록 했다. 하지만 2001년 창의 106주년부터는 의병제의 주제나 행사 상징인 엠블럼을 만들지 않고 일반적 명칭인 〈제천의병제〉로 통일하여 포스터나 팸플릿을 만들어 사용했다.

　창의 101주년 〈제천의병제〉는 「모두가 제천의병이로다」라는 주제에 걸맞게 읍면지역을 찾아가는 순회공연을 마련하여 제천시민 모두가 의병이고, 제천이 의병의 고장임을 구석구석까지 알리고자 했으며, 만장제작에 시민들이 참여하는 이벤트를 마련하여 모두 의병의 후손임을 느끼게 했다. 더욱이 의병제 주행사로 명동 로터리에서 시민들이 모두 참여하는 기줄다리기 행사를 개최하여 제천의병으로 시민 모두가 하나가 되는 계기를 만들기도 하였다. 차 없는 거리에서는 거리미술제를 개최하여 시민들과 지역의 미술인들이 같이 어울려 미술을 통해 소통하는 場을 마련하기도 했다.

　창의 102주년 〈제천의병제〉는 「내일은 우리가 의병이로다」라는 주제에 맞추어 청소년을 대상으로 한 행사를 많이 마련하였다. 저녁에는 청소년 횃불음악제를 개최했으며, 거리미술제와 축제도 청소년에 맞춰 얼굴에 그림그리기나 댄스 경연대회 등을 거행하였다. 각급 초중고에서 제천의병을 주제로 출품한 작품을 모아 문화회관에서 학생 종합예술제를 거행하기도 했다.

　창의 103주년 〈제천의병제〉의 주제는 「다시 서는 의병」으로 의병정신을 어떻게 오늘에 구현할 것인가에 초점을 맞추어 제천의병을 소재로 제천 미술인들의 다양한 미술작품을 거리에 전시하는 전람회를 열었으며, 창의 104주년 〈제천의병제〉는 「새천년을 여는 '99 제천의병」으로 자전거에 의병제 깃발을 부착하고 단체로 길을 여는 행사를 하여 새천년을 맞아 환경의 소중함을 일깨우는 행사를 했으며, 국제자매 도시인 워싱턴과 스포켄시의 미술작품과 의병제 입선작을 함께 전시하는 행사를 했다. 2000년 밀레니엄을 맞아 창의 105주년 의병제의 주제를 「모두 한마음 되는 2000 제천의병」으로 정했다. 새로운 세기를 맞아 다시 한 번 제천이 의병으로 하나가 되자는 취지에서 시민들이 참여하는 거리 미술제나 거리 공연 등을 많이 배려하였다. 대규모 행사보다는 작고 내실이 있는 행사를 통해 서로 하나가 되자는 의도에서다.

3) 〈제천의병제〉 행사 성격의 변모

지난 20년 동안 제천의병제의 행사는 어떻게 바뀌어 왔는가? 큰 틀로 보자면 대략 3일 동안 의병제 기념식을 중심에 두고 고유제를 시작으로 전야제와 본행사 그리고 마무리 행사로 짜여져 표면적으로는 큰 변화가 없다. 첫날 노래공연을 가졌으며, 주행사로 길놀이와 대규모 거리공연을 개최했고, 의병후손 초청과 전시회나 각종 대회 등의 부대행사를 해 왔다.

하지만 시간이 지나면서 시장이 중심이 된 관(시청) 주도의 성격이 강해져 시민참여 행사보다는 무대행사나 기념식 위주의 행사가 많아졌다. 시민들이 자유롭게 참여하여 같이 만들어가는 거리미술제나 거리공연이 없어지거나 대폭 축소 됐으며 의병을 형상화하여 의병제의 하이라이트 격인 대규모 거리공연은 자취를 감췄다. 대신 〈박달가요제〉(이 행사는 처음엔 제천의병제 행사로 치르다가 규모가 커지면서 따로 독립하여 개최했다.)나 〈추억의 가요무대〉와 같은 가요제나 공연 등의 무대행사가 주행사로 자리 잡게 되었다. 거리공연을 주도할 인원이 부족한데다가 연습할 시간과 장소도 마땅치 않기에 이벤트 회사에 행사를 맡겨 출연료를 주고 가수들을 불러오는 무대행사로 대체했기 때문이다.

하지만 의병정신을 살리기 위해서는 무대행사로는 부족하다. 무대행사는 시민들이 생산자로 참여하는 것이 아니라 철저하게 구경꾼으로 전락시킨다. 그래서는 제천의 문화예술을 발전시킬 수 없다. 비록 미약하더라도 제천 스스로의 역량을 동원하여 행사를 치르고 그것을 통해 문화예술이 한 단계 발전할 수 있는 것이다. 초창기 〈제천의병제〉를 치룰 때는 그러했다. 제천의 문화예술인들이 서로 모여 힘을 모아 행사를 치르고 그것을 통해 제천 문화예술의 수준을 높여나갔다. 그들은 지금 어디에 있는가? 과연 20년 동안 〈제천의병제〉를 성대하게 치루면서 제천의 문화예술 역량이 얼마나 발전되고 성숙했는가?

필자가 보기에는 별로 나아진 것이 없어 보인다. 관(시청) 주도로 행사를 치르다보니 대규모 무대행사를 유치하여 시장이나 국회위원 등 유력 정치인들이 얼굴을 알리기에 급급하면서 정작 행사의 주인이 되어야 할 시민은 소외되고 잊혀갔다. 그렇게 행사가 변질되면서 외세의 침탈 앞에 분연히 일어섰던 의병정신은 빛을 바랬고 대신 정치인들이 얼굴을 드러내는 행사가 줄을 이었다. 어쩌면 제천의 문화예술인들이 의병제를 외면한 이유가 여기에 있지 않을까?

지금은 제천시장이 이사장으로 있는 (사)제천시문화예술위원회에서 행사의 틀을 결정하고 예산에 맞게 이벤트 회사들을 불러 행사를 맡기는 형편이다. 단적으로 표현하자면 가수 몇 명 불러와 노래 몇 곡 부르고 박수 치고 나면 의병제가 끝난다. 〈제천의병제〉를 치르면서 시민들의 가슴에 무엇이 남는가? 자기가 좋아하는 가수를 보고 열광하는 것이 진정 의병정신을 오늘에 되살리는 길일까? 이제는 왜 〈제천의병제〉를 해야 하는가라는 근본적인 질문부터 다시 되물어야 할 것이다.

그나마 다행스러운 것은 초기에 종합운동장에서 거행했던 〈제천의병제〉 기념식 등 본행사를 야외음악당으로 옮겨 한 일이다. 그 장소는 종합운동장에 비해 열려진 공간일뿐더러 제천의병들의 한이 서린 남산전투가 있었던 곳이어서 역사성과 상징적 의미도 크다. 이번 창의 120주년 제천의병제 개막식에서 그곳을 '의병광장'으로 선포한다고 한다. 당연히 제천의병을 위한 장소로 적극 활용되어야 할 것이다.

20년 동안 〈제천의병제〉는 많은 변화가 있었다. 문제는 과연 더 나은 방향으로 나아갔느냐는 것이다. 이제 앞으로 제천의병제가 어떤 방향으로 나아가야 할 것인가? 이를 위해선 행사를 주관했던 사람들과 이 분야의 전문가들, 관심 가진 시민들이 모여 보다 심도 있는 논의를 필요로 한다. 그럼으로써 바람직한 전망을 확보할 수도 있을 것이다. 초창기 〈제천의병제〉를 기획하고 집행했던 필자로서 미약하게나마 그 전망을 모색해 본다.

3. 〈제천의병제〉가 나아갈 길

1) 관(官) 주도에서 민간주도로

앞에서도 언급했듯이 제천의병제가 이렇게 퇴보한 이유는 무엇보다도 모든 행사를 관(시청)에서 주도하고 집행했기 때문이다. 현재 의병제를 관장하는 (사)제천시문화예술위원회의 조직이 현직 시장이 당연직 이사장으로 되어있는 상황에서 그것이 비록 외형적으로는 사단법인의 형태를 띤다고 하지만 시청의 조직과 무엇이 다르겠는가? 시청의 외곽조직이나 다를 바 없다. 그러다 보니 많은 행사들이 시장이나 유력 정치인에게 집중되어 그들을 위한 행사로 전락될 위험을 안고 있다.

"제천시에서 시민들에게 제천의병을 알리고자 열심히 행사를 준비했는데 무슨 소리인가?" 라고 반문할지도 모른다. 그렇다. 『이솝우화』의 〈여우와 두루미의 식사초대〉처럼 상대방이 먹지 못할 그릇에 음식을 내놓고 "이렇게 맛있는 음식을 준비했는데, 왜 먹지 않으십니까?" 하는 것과 무엇이 다른가? 상대방은 배려하지 않고 자신의 입장에서 행사를 진행하기에 문제가 되는 것이다. 바로 자발성과 강제성의 차이고, 주체로 설 것인가, 객체로 물러날 것인가의 문제다.

시장이나 지역의 유력한 정치인들을 중심에 두고 얼굴을 알리는 대형 무대공연을 위주로 하다 보면 지역의 문화는 더 위축되고 피어날 계기를 확보하지 못한다. 제천의병제가 지역의 문화예술인이 중심이 돼야 하는 이유가 여기에 있다. 그러기 위해선 얼굴을 알리고자 하는 정치인이 아닌 순수 민간조직에서 그 행사를 주관해야 하고 시청은 시민들이 낸 세금에서 만들어진 예산을 그들에게 온전히 돌려줘야 한다. 행사를 주관하다 보면 시의 문화예산을 마치 선심 쓰듯이 지급하는 것을 본다. 행사를 위해서 당연히(!) 받아야 할 것을 받는데 시에서는 자기의 돈을 주는 것으로 착각하기 쉽다. 그러다 보니 시장이나 국회위원 등 유력 정치인을 중심으로 행사가 진행되기가 일쑤다. 행사가 시작할 시간이 지났는데도 시장이나 유력 정치인이 도착하지 않아 행사를 지연시키는 경우도 종종 있다.

행사가 시장이나 유력 정치인의 얼굴을 알리는 정치적인 의도가 개입되면 본래의 목적 자체가 퇴색되고 시민들의 자발적 참여가 줄어든다. 많은 행사가 주관자의 개회사와 유력 정치인들을 알리는 내빈소개와 그들의 축사로 진행되고 시민들은 박수부대로 위치한다. 마치 본래의 행사보다 그들의 얼굴을 알리고 한 두 마디 말을 듣는 것이 중요하게 되어버린다. 주객이 전도된 경우다. 이런 관행이 지금까지 당연하게 이어져

오고 있다.

이제는 관(시청) 주도의 행사를 민간 주도로 바꿔야 한다. 시청은 주최나 주관 부서가 아니라 예산을 지원해주는 후원 부서로 만족해야 한다. 〈강릉 단오제〉나 〈남원 춘향제〉 등 한국의 대표적인 축제들을 보면 시청과는 별도의 추진위원회나 조직위원회가 있어 행사를 주관하고 있다. 〈제천의병제〉도 판을 다시 짜야하고 그 중심에는 행사를 담당할 제천 시민들로 구성된 문화단체, 곧 문화원이나 (사)예총, (사)민예총 등이 배치돼야 한다.

많은 사람들이 의병제의 방향을 전망하면서 "앞으로 의병문화제의 주도는 민간주도형이 바람직하다. 지역의 봉사단체(관변봉사단체와 민간봉사단체)가 중심축이 되어 지속과 변화를 추구하되, 실무적인 처리를 문화원과 관(시)이 상호협조 체제에서 이루어져야 한다. 관은 예산상정과 집행과정을 뒷받침"해야 하고 '의병문화제추진위원회' 같은 순수 민간단체 설치가 반드시 필요하다고 강조하고 있다.[9] 지극히 당연한 지적이고 이것이 이루어지기 위해서는 시청에서 관장하고 있는 의병제의 주도권을 내려놓고 예산지원에 만족해야 할 것이다.

2) 시민들을 행사의 구경꾼에서 주인이자 생산자로

모든 행사는 제천 시민을 위한 것이어야 하고 당연히 그 중심에는 시민들이 있어야 한다. 앞서 언급했듯이 〈제천의병제〉는 시민들이 중심이 된 순수 민간기구에서 주도해야 한다. 시민들이 주인이 되고 생산자가 되어 지역의 문화를 만들어 나가는 장(場)이 돼야 함은 당연하다. 애초

---

9 이창식, 앞의 글, 172~174면 참조.

문화는 모두가 생산자이면서 향유자였다. 말하자면 문화의 생산과 향유가 동시에 이루어져 왔다. 하지만 자본주의의 유통방식은 생산과 소비를 분리하게 했고 교환가치에 의해 문화의 등급을 매겼다. 이래서 문화는 소수에 의해 독점되게 되었다. 이제는 글로벌 시대를 맞아 세계적 자본의 침탈에 의해 그 현상은 더욱 심해졌다. 이렇게 가다간 지역의 문화는 말살된다. 제천에서의 공연과 서울에서 이루어지는 세계적인 공연을 비교해 보면 그 차이는 분명 드러난다. 서울의 공연을 따라가 유명 가수를 부르는 방식으로는 도저히 경쟁이 되지 않는다. 어차피 세계자본의 수직적 질서 속에 이미 향유 혹은 소비의 문화는 서열화 돼있는 셈이다. 결국 제천의 지역문화를 활성화하게 하기 위해선 시민들이 문화의 생산자로 참여할 수 있는 통로를 개척해야 한다. 지역을 단위로 한 문화의 활동이 그래서 필요한 것이다. 제천의 대표적인 축제인 〈제천의병제〉가 당연히 그 통로 역할을 해야 한다.

처음 〈제천의병제〉를 시작할 때 시민들을 중심에 세우고 자발성에 초점을 두었다. 운동장 행사보다는 거리행사나 공연을 위주로 하고 만장 만들기 이벤트처럼 지나가던 시민들의 자발적인 참여를 유도한 것은 그런 이유에서다. 거리행사는 시민들이 지나가다 자연스럽게 참여할 수 있는 장점이 있다. 접근성이 뛰어나기에 언제라도 참여하여 행사의 일부가 될 수 있다. 여기서는 기관장이나 유력 정치인의 말을 들을 필요도 없고 그런 절차도 필요치 않는다. 언제라도 자연스럽게 참여할 수 있으며 굳이 시간에 맞춰 행사에 참여할 필요도 없다. 시작도 없고 끝도 없으며 언제라도 자신들이 행사의 주체라 여기면 자발적으로 참여하여 행사를 주도하게 된다. 시민들을 행사의 주체로 세워야 하는 이유가 여기에 있다.

행사의 진행방식은 제천의 많은 시민단체들이 개별 행사를 맡아 하는 방식이 돼야 한다. 추진위원회에서는 전체적인 틀을 짜고 그 틀 속에 개별행사를 배치시키는 조정의 역할을 해야 한다. 제천의 미술인들이 모여 미술전시회와 거리미술제를 개최하고 그것이 전체 의병제의 주제와 일치시키는 일은 추진위원회와 조정하면 된다. 추진위원회에서는 애초 의병제의 주제와 기획 의도를 미술위원회에게 전달하고 미술위원회에서는 개별 작가들과 이 문제를 협의한 다음 작업에 들어가면 될 것이다.

실상 제천에서 가장 취약한 분야는 연극을 비롯한 공연분야다. 제천에서 '의림극단'(1986년 창단)이 있었지만 지금은 해체된 상태고, 현재는 '여성극단 정'(2001년 창단)과 악극이나 전통극을 공연하는 〈청사초롱〉(2004년 창단)만 있을 뿐이다. (세명대 교수와 학생들이 만든 〈언덕과 개울〉이 있지만 대학이라는 테두리에 근거하고 있어 제천의 전문 극단에 포함시키기는 어렵다.)제천이 연극의 불모지다 보니 연극을 통해서 생계를 해결하기가 쉽지 않기에 다른 직업들을 가지고 연극에 참여해야 하는 시간적, 경제적 어려움이 있다. 이런 연극 분야의 역량을 높이기 위해서는 시의 적극적인 지원이 필요한데 전국적으로 유명한 외부의 공연팀을 초청해 공연을 하고 나면 행사가 끝난 뒤에 남는 것이 없다. 결국 제천의 연극은 행사를 통해서 아무런 발전도 이루지 못하게 된다. 비록 지금은 미약하더라도 시간을 가지고 예산을 적극 지원하여 성장시켜야 한다. 그것이 제천의 공연문화를 발전시키는 일이고, 제천 시민을 행사의 주인으로 놓고 생각할 때 가능한 일이다.

3) 〈제천의병제〉는 '의병'을 중심으로

너무도 당연한 말이지만 〈제천의병제〉는 의병을 중심에 놓고 모든 행사가 만들어져야 한다. 제천의병과 다소 거리가 있는 가요제 등은 가능하면 배제하고 제천의병으로 주제가 모아져야 한다. "이름만 앞세운 축제는 지속성과 정통성을 확보하기 어렵다"[10]고 한다. 제천의병의 전투를 재현한 거리상황극이나 의병을 소재로 한 연극, 뮤지컬, 창극, 마당놀이 등 다양한 형태의 연희가 공연돼야 하며, 이와 관련된 영화도 상연되면 효과적이다. 제천은 '제천국제음악영화제'(JIMFF)'를 개최되는 영화의 도시이기에 의병을 소재로 외국의 독립운동을 다룬 영화나 창작 단편영화를 공모해 이를 의병제 기간에 상영하면 제천의병과 연관돼 일체감을 조성하고 좋은 반응을 얻을 수 있을 것이다. 왜 아직도 그런 시도가 없었는지 모르겠다. 한편 창의 120주년이 되는 2015년에는 유사한 영화인 〈암살〉을 미디어센터에서 상연한 바 있다.

〈나도 의병〉과 같은 의병 체험행사는 계속 종목을 확대해 발전시켜 나가야 하고 의병을 주제로 글쓰기 대회, 웅변대회, 사생대회, 사진 촬영 대회, 의병 운동경기 등도 지속, 확대돼야 한다. 시민들이 쉽게 참여할 수 있는 거리미술제도 의병을 주제로 한 전시뿐만 아니라 판화 찍기나 화본을 놓고 그리기 등 즉석에서 그리는 행사도 진행해야 한다.

현재까지 20년 동안 이어지는 〈의병유적지 순례〉도 일반 시민은 물론이고 청소년층을 대상으로 보다 확대돼야 한다.

의병후손 초청 행사는 형식적인 행사에 그치면 안 되고 의병후손들을 중심에 세워 그들을 통해 의병 후손들의 역사적인 삶을 이야기할 수 있는 '이야기 마당'을 벌이면 좋다. 의병 후손들이 구경꾼이 되는 것이 아니라 의병제의 주인으로 의병에 관한 이야기보따리를 풀 수 있다면 어떤 행사보다도 의미가 있을 것이다.

자양영당에서의 고유제와 의병 혼불 봉송과 길놀이 등은 의병제가 제

---

10 이창식, 같은 글, 172면.

천의병들이 넋을 위로하고 그 상징성을 부여받고자 하는 제향(祭享)으로부터 시작됨을 알리는 중요한 행사다. 고유제(告由祭)에서 이제까지 초헌관(初獻官)을 대개 시장이 했는데, 서울 보신각 타종 행사처럼 매년 제천을 대표할 수 있는 인물을 시민단체에서 선정해 그 사람이 초헌관을 맡는 것도 의미 있을 것이다. 이를테면 의병 후손 대표나 향교의 대표자나 그 해 제천을 빛낸 인물을 선정해 고유제의 초헌관을 맡기는 방안을 생각해 볼 수 있다.

의병제의 날짜가 대개 10월 첫째 주~둘째 주에 거행되는데 이때는 개천절, 한글날 등의 국경일과도 겹치고 전국의 많은 축제가 이 기간에 집중되어 변별성을 갖지 못하는 어려움이 있다. 무엇보다도 의병과 관련된 날을 고정시켜 이날 의병제를 개최해야 의병제의 의미가 더 클 것이다. 마침 정부에서 2011년 6월 1일을 국가기념일인 '의병의 날'로 정하고 경남 의령(宜寧)과 경북 청송(靑松)에 이어 3회 째인 2013년 6월 1일 제천에서 의병의 날 행사를 거행한 바 있다. 2013년에는 창의 118주년 제천의병제도 10월 초가 아니라 그 기간에 거행되었다. 별다른 문제가 없다면 매년 의병의 날인 6월 1일을 기해 의병제를 개최하는 것이 타당하지 않을까 싶다. 제천의병과 관련된 뭔가 의미 있는 날로 고정을 해야지 시민들이 기억하기가 좋을 것이다. 이 문제는 몇 가지 시안을 마련해 시민공청회를 통해 의견을 물으면 좋겠다.

제천의병제가 벌어지는 3~4일은 제천에서 이루어지는 모든 행사가 의병으로 하나 돼야 한다. 마치 1895년으로 돌아온 것 같은 착각을 불러일으킬 정도로 의병으로 제천 시내가 물결쳐야 한다. 의병은 말하자면 제천의 '이미지 메이킹(Image-making)'인 셈이다. 그래야만 시민들의 머릿속에 제천이 의병의 고장이라는 것이 각인되고, 다른 곳에도 제천을 '의병의 고장'으로 분명히 인식할 수 있게 되는 것이다. 그것이 세계화와 지방화가 동시에 진행되는 '글로컬리제이션(glocalization))' 시대에 제천이 생존할 수 있는 길이다.

프랑스 남부 아비뇽(Avignon)에 가면 매년 7월에 무려 한 달 동안 세계적인 연극축제인 '아비뇽 페스티발'이 개최된다. 2차 세계대전 직후인 1947년 실의에 빠진 젊은이들에게 꿈을 심어주고자 컴컴하고 좁은 무대가 아닌 열려진 공간에서 많은 사람들에게 연극 혹은 퍼포먼스를 보여주기 위해 당시 30대의 패기 발랄한 연극인 장 빌라(Jean Vilar, 1912~1971)에 의해 시작된 것이 벌써 68년 전이다. 지금은 세계에서 가장 유명한 연극축제가 되었다. 9만 명 정도에 불과한 작은 도시에 무려 한 달 동안 50만 명이 넘는 사람들이 이 도시를 찾아 다양한 연극을 즐긴다. 무엇이 아비뇽을 세계적인 연극도시로 만들었을까? 아름다운 자연, '아비뇽의 유수'라는 말이 있듯이 교황청을 보유한 역사성, 그리고 참신한 기획력과 시 당국의 적극적인 지원이 만나 세계에서 가장 유명한 연극축제를 탄생시킨 것이다. 우리도 '국민의 정부' 말기인 2001년 7월 23일 대통령이 "아비뇽이나 에든버러 같은 세계적인 문화관광 축제를 우리도 집중적으로 육성해야 한다."고 할 정도로 성공한 축제의 대명사로 거론된 곳이다.[11]

제천의병제가 이렇게 우리나라의 유수한 축제가 되기 위해서는 보다 참신한 기획과 적극적인 지원이 뒷받침 돼야 한다. 제천은 의병의 고장으로서 어느 도시에도 없는 자연 환경과 역사성은 갖추고 있는 것이다. 어느 곳에도 없는 이 자랑스러운 자원을 왜 방기하는가? 이제부터라도 새로운 틀을 짜서 〈제천의병제〉를 획기적으로 다시 세워야 할 것이다.

---

11 아비뇽 페스티벌은 김규원, 『축제, 세상의 빛을 담다』, 시공사, 2006, 146~173면 참조.

4. 마무리: "다시, 팔도에 고하노라"

　"다시, 팔도에 고하노라"는 말은 1985년 제천의병제를 처음 시작하면서 100년 전의 의병창의 정신을 살리자고 내건 구호였다. 20년이 지난 지금 그 구호가 다시 생각나는 이유는 지난 행사를 검토한 결과 제천의병제가 너무 의례적인 행사로 흐르지 않았나 하는 반성 때문이다. 시장이 당연직 이사장으로 있는 (사)제천시문화예술위원회나 기관장과 유력 정치인들이 나서서 얼굴을 알리는 무대행사 위주의 행사 내용이 그것을 대변한다. 게다가 정체도 불분명한 단체에서 운영하는 길게 늘어선 먹자판 야시장은 저것이 과연 '제천의병'의 정신을 구현하는 것인가 라는 의구심을 갖게 만든다.

　분명한 것은 '의병'을 중심에 놓고, 제천 시민을 주체로 세워서 행사를 해야 한다는 사실이다. 구체적인 내용과 방법론 이전에 이런 철학이 전제돼야 한다는 것이다. 그것이 120년이 지난 제천의병을 오늘에 되살리는 일이다. 제천의병 역시도 당시 이름 없는 민초에 지나지 않았다. 하지만 위기에 빠진 나라를 구하고자 목숨을 초개처럼 버리면서 싸우지 않았던가? 무엇이 그들을 그렇게 이끌었는가? 바로 이 나라와 이 땅에 대한 사랑이 아니겠는가. 오늘 우리는 바로 그 정신을 되살려 〈제천의병제〉로 승화시켜야 한다.

　20년이 지난 시점에 이제 성년이 된 〈제천의병제〉에 대한 전면적인 재검토가 필요해 보인다. 이를 위해서 행사 담당자들과 추진 단체 대표자 들이 모여 제천 시민을 상대로 공청회를 개최하면 좋겠다. 그간 의병제에 관한 문건이나 자료들을 공개하고 심도 있는 논의를 펼친다면 〈제천의병제〉의 방향과 내용을 새롭게 전망하여 재창조의 계기가 될 수도 있을 것이다. 물론 120년 전 제천의병이 그랬듯이 제천과 제천의병에 대한 애정이 전제되지 않고는 불가능한 일이다. 시청과 각 문화단체들이 각자의 이해관계에 집착한다면 이 문제는 세월이 아무리 지나도 해결되지 않을 것이다.

120년 진 국가존망의 위급한 시기에 〈격고팔도열읍(檄告八道列邑)〉을 보낼 수밖에 없었던 유인석 의병장의 애타는 심정을 헤아려 보면서 지금 다시, 〈제천의병제〉의 재도약을 기대해 본다. 그래서 〈제천의병제〉를 통해 "다시, 팔도에 고하노라!"는 우렁찬 외침을 펼칠 그날을 기대해 본다.

> 이야말로 참으로 위급존망(危急存亡)의 시기이니, 각자가 거적자리에서 자고 창을 베개 삼으며, 또한 모두 끓는 물에도 나가고 불에라도 뛰어 들어서, 이 나라의 재조(再造)를 기약하고 천일(天日)이 다시 밝아짐을 보아야 할 것이다. 그렇다면 어찌 한나라에 공이 되기만 할 것이랴. 실로 만대 후에까지 전하여질 것이다. ~ 적은 성의나마 다하여 함께 대의(大義)를 펴게 할지어다. (〈檄告八道列邑〉 중에서)

제천 소재 시조 · 한시(漢詩)

1. 〈황강구곡가(黃江九曲歌)〉〈국문/한역〉

옥소(玉所) 권섭(權燮, 1671~1759)

총가(摠歌)

하늘이 뫼를 열어 지계(地界)도 밝을시고

천추수월(千秋水月)이 분(分) 밖에 맑았어라

아마도 석담파곡(石潭巴谷)[1]을 다시 볼 듯 하여라

대암(對岩)

일곡(一曲)은 어드메오 화암(花岩)이 기이(奇異)할 사

선원(仙源)의 깊은 물이 십리(十里)의 장호(長湖)로다

엇더타 일진범풍(一陣帆風)[2]이 갈 데 알아가나니

화암(花岩)

이곡(二曲)은 어드메오 화암(花岩)도 좋을시고

천봉(千峯)이 합답(合沓)[3]한데 한(限)없는 연화(烟花)[4]로다

어디서 견폐계명(犬吠鷄鳴)[5]이 골골이 들리나니

---

1 석담파곡(石潭巴谷) : 황해도 해주에 있는 석담으로, 율곡 이이가 이곳에서 학문하며 제자들을
  가르쳤다. 율곡이 이를 배경으로 〈고산구곡가〉를 지었음.
2 일진범풍(一陣帆風) : 한바탕 돛바람.
3 합답(合沓) : 중첩함.
4 연화(烟花) : 봄 경치.
5 견폐계명(犬吠鷄鳴) : 개 짖는 소리와 닭 울음소리.

황강(黃江)

삼곡(三曲)은 어드메오 황강(黃江)이 여기로다

양양현송(洋洋絃誦)[6]이 구재(舊齋)[7]를 이었으니

지금(至今)의 추월정강(秋月亭江)이 어제론 듯 하여라

황공탄(皇恐灘)

사곡(四曲)은 어드메오 이름도 혼란할 사

탄성(灘聲)[8]과 악위(岳危)가 일학(一壑)[9]을 흔드는데

그 아래 깊이 자는 용(龍)이 도가성(櫂歌聲)[10]에 깨었다

권호(權湖)

오곡(五曲)은 어드메오 이 어인 권(權)소런고

이름이 우연(偶然)한가 화옹(化翁)[11]이 기다린가

이중의 좌우(左右) 촌락(村落)에 살아 볼까 하노라

금병(錦屛)

육곡(六曲)은 어드메오 병산(屛山)이 금수(錦繡)[12]로다

백운(白雲) 명월(明月)에 옥경(玉京)이 여기로다

저 위에 태수신선(太守神仙)이 네 뉘신줄 몰라라

---

6 양양현송(洋洋絃誦) : 가야금 따위를 타며 글 읽는 소리가 끝없이 울려 퍼짐.
7 구재(舊齋) : 여기서는 수암 권상하가 학문을 하며 제자들을 가르치던 한수재(寒水齋)를
　말함.
8 탄성(灘聲) : 여울 물소리.
9 일학(一壑) : 한 골짜기.
10 도가성(櫂歌聲) : 뱃노래 소리.
11 화옹(化翁) : 조물주.
12 금수(錦繡) : 비단에 수를 놓은 것.

부용벽(芙蓉壁)

칠곡(七曲)은 어드메오 부용벽(芙蓉壁)이 기절(奇絶)할 사

백척천제(百尺天梯)[13]의 학려(鶴唳)[14]를 듣자올 듯

석양(夕陽)의 범범(泛泛)[15] 고주(孤舟)로 오락가락 하노라

능강(凌江)

팔곡(八曲)은 어드메오 능강동(凌江洞)[16]이 맑고 깊어

금서(琴書) 사십 년(四十年)의 네 어인 손이러니

아마도 일실쌍정(一室雙亭)에 못내 즐겨 하노라

구담(龜潭)

구곡(九曲)은 어드메오 일각(一閣)이 그 뉘러니

조대단엽(釣臺丹葉)이 고금(古今)에 풍치(風致)로다

저기 저 별유동천(別有洞天)이 천만세(千萬世)인가 하노라

황강구곡(黃江九曲)(漢譯)

하늘이 열어놓은 이 골짜기 지세는 밝고	天開是峽地明靈,
물위에 달 천추의 분에 넘치게 맑구나.	水月千秋分外淸.
전날 상(喪)을 치르고 오늘 사당에서 정성드렸으니	昔日齋居今廟猊,
석담파곡(石潭巴谷)의 명성을 이어보네.	石潭巴谷繼名聲.

---

13 백척천제(百尺天梯) : 아득히 높은 곳.

14 학려(鶴唳) : 학의 울음 소리.

15 범범(泛泛) : 물에 떠서 흔들리는 모양.

16 능강동(凌江洞) : 충북 제천시 청풍면 능강. 옥소 선생이 한때 이곳에서 기거했음.

일곡(一曲) 화암(花岩)

청산은 멀리 합쳐 보이는데 늘어선 천 봉우리   青山合杳列千峯,
봄 경치 스스로 단장한 것은 아닐세.   風物煙花未自容.
물 밖의 긴 개울 들 빛과 이어지고   水外長川連野色,
숲속 마을 개와 닭 울음 작은 숲에 울리네.   藪村鷄狗小林重.

이곡(二曲) 대암(對岩)

일 년 내내 위태롭게 계곡을 거스르는 자태   終歲欹危溯峽般,
동남으론 푸르른 빛 산천도 좋을시고.   東南蒼翠好山川.
넓은 바위 엎드려 있는 맑은 물가   平岩伏在澄澄畔,
십리 긴 호수엔 담담한 연기.   十里長湖淡淡烟.

삼곡(三曲) 황강(黃江)

연기 파도에 둥실 떠서 오르내리는 배   泛泛烟波上下船,
한수재(寒水齋) 경치 몇 해나 되었을꼬.   寒齋風物已何年.
명궁(明宮)[17] 고요한 곳에서 옷깃을 여미고 읊노라니   明宮儼處衿紬咏,
달빛 비친 가을 강 더욱 사랑스러워라.   月色秋江優可憐.

사곡(四曲) 황공탄(惶恐灘)

구렁이 뿜어내는 거센 물결 어지러이 바위에 부딪치고 噴壑驚濤亂拍岩,
등 넝쿨 단풍나무에 얽혀 늘어져 있네.   藤蘿楓枯又毿毿.
오랜 세월 그렇게 있는 것 하늘의 솜씨인 듯   長年已有如神手,
잠룡(潛龍)이 누워 있는 못이란 것 알겠네.   知是潛龍臥下潭.

---

17 명궁(明宮): 신사(神祠).

오곡(五曲) 권호(權湖)

한줄기 강물 흘러드니 호수가 깊고　　　　　一江流到是湖深,
남북으로 마을 울타리 곳곳이 숲이로다.　　　南北村籬處處林.
땅은 이곳을 만들고 하늘은 기다렸다는 듯하네,　地設斯區天似待,
이 늙은이 작은 오두막 짓고 살 마음 오래도록 있었나니. 是翁長有小廬心.

육곡(六曲) 금병(錦屏)

짧막한 병산(屏山)에 물굽이 몇 곡인가　　　短短屏山幾曲灣,
삼분(三分)의 태수인 신선 그대는　　　　　三分太守神仙汝,
옥경(玉京)[18]이라면 멀리 백운관(白雲關)가리키네,　玉京遙指白雲關.
한벽루에서 아침 저녁 한가하리.　　　　　寒碧樓臺早暮閒.

칠곡(七曲) 부용벽(芙蓉壁)

두 놋대로 거슬러 삼탄(三灘)을 오르내리다　雙橈溯上下三灘,
석양 빛 밝을 때 고개 들어 바라본다.　　　　夕照明時仰首看.
몇날 황계(黃鷄) 울음 들리듯 하더니　　　　幾日如聞黃鷄唳,
사다리처럼 높이 솟아 창공이 서늘하다.　　　一梯高聳碧穹寒.

팔곡(八曲) 능강(綾江)

작은 구렁 깊은데 내집에서 조금 떨어져 있으니　小壑深開與我開,
몇해나 모옥(茅屋)을 흘러갔던가.　　　　　幾年茅棟每沿洄.
거문고와 책을 산중에서 즐길 순 없고　　　　琴書不是山中客,
한 집의 두 정자 오락가락 하노라.　　　　　一室雙亭所去來.

---

18 옥경(玉京): 옥황상제가 산다고 하는 상상의 도시.

구곡(九曲) 귀담(龜潭)

외로운 누각 바라보니 의연한데,　　　　　　　　亭亭一閣望依然,

붉은 글씨 푸른 대 흐르는 개울가에 있네　　　　丹筆蒼臺坐逝川.

큰 절벽 버텨서고 천길 물 흘러오네　　　　　　大壁張來千丈水,

그 밖의 골짝 하늘은 별세계인 듯 감춰있네.　　別藏其外洞中天.

2. 〈제천팔경(堤川八景)〉

계릉(桂陵) 정운호(鄭雲灝, 1862~1930)

1) 의림지 낚시하는 늙은이(林湖釣叟)

의림지 뛰어난 경치 제천을 떨치게 했는데　　　　林湖名勝擅堤州,

낚시하는 늙은이 맑고 한가로워 세상 밖에서 노니네.　釣叟淸閒物外遊.

비바람에도 돌아가지 않는 뜻 화락한 풍취,　　　　風雨未歸志和趣,

산하와도 바꿀 수 없는 자릉(子陵)의 부류로세.　　河山不換子陵流.

봄이 오매 이 내 몸 바위 위 제비와 짝하고　　　　春來身伴岩頭燕,

늙어감에 이내 맘 물가의 배와 함께하네.　　　　老去心盟水上舟.

우륵대는 비었어도 용폭은 남았으니　　　　　　牛勒臺空龍瀑在,

한 길의 아름다운 경치 한 낚싯대로 거두네.　　　一道烟景一竿收.

2) 백련사 돌아가는 중(蓮寺歸僧)

백련사 장삼 입은 중 한 걸음 한 걸음 오르는데　　蓮寺緇徒步步登,

늙은 솔 향기로운 계수나무 산등성이에 늘어섰다.　老松香桂列岡陵.

돌 끝은 삐쭉삐쭉 산사로 돌아가며 밟는데,　　　　石尖戛戛歸山履,

나뭇가지 휘늘어져 예불등 같네.　　　　　　　　　樹罅依依禮佛燈.

맑고 깨끗한 샘물엔 밝은 달이 머물고　　　　　　　金水澄淸明月在,

돌 비탈진 감악산엔 저녁 구름 엉기네.　　　　　　紺巖砑屼暮雲凝.

집착 없는 선사(禪師)의 자취로 나아가고 싶지만　　欲進無著禪師迹,

날마다 남은 경전 외워도 잘 못할 것만 같네.　　　日誦遺經恐未能.

3) 대암(坮巖)의 노니는 물고기(坮巖遊魚)

골짝 여울 속 궁벽한 곳 대암 있으니　　　　　　　　坮巖僻在峽灘中,

노니는 고기 더위 겪고 몰래 바람을 좇네.　　　　　嘗暑遊魚暗逐風.

낚시하는 늙은이 꺼려서 구멍에 숨어 얌전히도 있다가　處穴何順嫌釣叟,

촌 늙은이 두려워 물길 거슬러 내 곁에서 머뭇거리네.　溯流伺我怕村翁.

물결이 궁곡(弓谷)을 지나도 달은 여전히 있고　　　波通弓谷月仍在,

땅이 옥전(玉田)에 접했으니 연기가 없어지질 않네.　地接玉田烟不空.

아마도 상단(常丹)에 어진 원님 계신가　　　　　　疑是常丹賢刺史,

놓여 자란 꽃과 물 즐거움 한이 없네.　　　　　　　放生花水樂無窮.

4) 관란정의 우는 여울(觀瀾亭鳴灘)

관란정 아래 푸른 물결 더디 흐르고　　　　　　　　觀瀾亭下碧流遲,

오열하는 여울 소리 옛날을 느끼게 하네.　　　　　鳴咽灘聲感舊時.

낚싯대 드리우던 물가 예전처럼 남아있고　　　　　垂釣遺磯依舊在,

표주박 띄어보내던 옛 모래톱 이제야 알겠거니.　　送瓢古渚尙今知.

사나운 바람 궁검(弓劍)을 슬퍼하듯 울리고　　　　激風響似悲弓劍,

구르는 돌은 바둑알처럼 어지러운데,　　　　　　　翻石形如亂奕棋.

멀리 보니 푸른 오동 구름안개 속에 흐릿하고　　　遙望蒼梧雲霧暗,

물결은 한없이 울어대니 생각하는 것이 있는 듯.　　波鳴不盡若爲思.

5) 한벽루 가을 달(碧樓秋月)

물 가까이 한벽루는 비취빛을 둘러 희미하게 보이고	近水碧樓環翠微,
맑은 하늘 밝은 달은 가을을 따라 돌아가네.	晴天晧月伴秋歸.
가을바람 불어 맑은 술에 그림자를 만들고	金風吹影沉明酒,
옥로(玉露)는 빛을 더해 객의 옷을 씻누나.	玉露添光潔客衣.
청초호(靑草湖) 맑아 물고기 헤아릴 만하고	靑草湖明魚可數,
금병산(錦屛山) 환해 새는 공중에 나는구나.	錦屛山耀鳥空飛.
일 년 중에 오늘 같은 밤경치 다시 오기 어려우니	一年難再今宵景,
휘파람 불며 난간에 기대 눈을 씻고 살펴보네.	發嘯憑欄候見拭.

6) 능강의 봄 돛단배(綾江春帆)

능강의 봄이 되어 물은 반쯤 맑아	綾江春日水偏彰,
고깃배와 장삿배가 함께 어울리는 마당.	魚楠商帆共聚場.
살구꽃 가는 비에 창이 젖고	杏花細雨逢窓濕,
버드나무 여린 바람에 깔아놓은 자리 펴진다.	楊柳微風布席長.
영춘 단양으로 드나들 때 산은 첩첩이요	出入永丹山疊疊,
한양으로 오갈 때 나무는 창창하다.	往來漢洛樹蒼蒼.
가득 떠 있는 배들 하늘에 올라앉은 듯한데,	泛泛船如天上坐,
세상 사람들 하필이면 모두 신선을 찾을까.	世人何必竟仙方.

7) 옥순봉 기암(玉筍奇巖)

옥 죽순이 산이 되니 산의 돌 가볍고	玉筍爲山山石輕,
기이한 옥 같은 바위 산을 채워 밝구나.	巖如奇玉滿山明.
강가에 우뚝 서 높고 험함 놀라운데	江于特立嶒峻驚,
호수 왼쪽 이로 인해 절경이라 이름 전하네.	湖左由傳絶勝名.

별계의 불두산 구름에 갇혀 어둑하고　　　　別界佛頭雲鎖暗,

하늘로 반쯤 솟은 선장(仙掌) 이슬이 맺혀 맑도다.　半天仙掌露凝清.

봉우리마다 돌마다 보배 아님이 없으니　　　峯峯石石無非寶,

백성마다 평생을 만족할 게 분명해.　　　　必是民民足一生.

8) 월악산 늦단풍(月岳晚楓)

월악산 단풍 구경에 나그네 수레 멈추었는데　看楓月岳客車停,

그림으로도 시로도 쉽게 형용할 수 없네.　　於畫於詩未易形.

놀에 물든 모습 천추에도 끝내 변치 않으며　霞染千秋終不變,

서리에 취한 온갖 잎들도 깨어나기 어려우리.　霜酣萬葉亦難醒.

또렷한 산천은 모두 살아있는 채색이요　　山川歷歷皆生彩,

곱디고운 초목은 마치 밝고 좋구나.　　　草木娟娟若炳靈.

덕주사 신륵사 가까움 알고 있는데,　　　知是德周神勒近,

추적추적 꽃비에 골짜기 하늘 어두워지네.　濛濛花雨洞天冥.

3. 〈청전팔경(青田八景)〉

학고(鶴皐) 김이만(金履萬, 1683～1758)

1) 남산의 난약사(南山蘭若寺)

멀리서 보면 푸른빛 한 색　　　　　遙看碧一色,

범종 소리도 거의 안 들려.　　　　鐘聲亦難聞.

구름이 열리며 해가 돌아 비추니　雲開日回照,

이제야 집과 논밭이 구분되네.　　屋稜猶可分.

2) 북방의 소나무 돈대(北邦松墩)

기복 심한 큰 들판 가운데	起伏大野中,
푸른 소나무 뭇 언덕에 줄지어 있네.	蒼松列衆皐.
관아의 돈대 고마운 줄 모르리니	未知謝公墩,
칠성산(七星山)이 있기 때문 아니겠는가.	亦有七點否.

3) 월악산의 아침 구름(月岳朝雲)

월악산은 까마득한 옛적부터 있어왔고	月岳萬古在,
구름도 없던 때가 없었네.	雲亦無時無.
제일 좋은 것, 잠에서 막 깨고 난 때에	最是睡初覺,
창을 열고 본다면 더욱 뛰어난 경치.	開牕看更殊.

4) 지촌의 야화(芝村夜火)

지촌은 바로 저기에 있어,	芝村在阿堵,
소 울음 들릴 정도로 조금 떨어져 있네.	只隔一牛鳴.
반짝반짝 매일 밤, 불을 켜놓으니	熒熒每夜火,
내 책 읽을 때 등잔으로 삼는다네.	伴我讀書檠.

5) 새벽달의 어떤 뿔피리(曉月誰角)

은자 꿈에서 막 깨어났을 때	幽人夢初醒,
산에 달이 졌던가 안 졌던가.	山月落未落.
백조가 세 번이나 겹쳐 울어대니	天鵝三疊聲,
성문을 여는 뿔피리인 줄 알았네.	知是開門角.

6) 석양의 농요(夕陽農謳)

성밖 서쪽에 해가 저물려 하는데   西郊日將夕,
곳곳에서 화답하는 노랫소리.   處處相應謳.
쇠락한 늙은이 일 없이 누웠으니   衰翁臥無事
바삐 김매는 농사꾼들에게 부끄럽도다.   愧爾競鋤禾.

　　　7) 동소의 붉은 잎(東沼紅蕖)

밭 한 두둑을 다 파내어   鑿破一畦地,
천 자루 연꽃을 담아 두었네.   載成千柄蕖.
푸른 동전처럼 겹친 입새 사랑스럽더니만   始愛靑錢疊,
문득 붉은 비단처럼 펼쳐진 연꽃에 놀란다.   忽驚紅錦舒.

　　　8) 서원의 푸른 잣나무(西園翠栢)

푸르디푸른 몇 그루 잣나무   蒼蒼幾株栢,
심은 지 서른 해가 지났네.   種來三十霜.
유월에도 더위를 모를 지경   六月不知暑,
나무 아랜 푸른 돌 자리가 있다.   下有靑石床

4. 〈제천풍토(堤川風土)〉 외 1수

　　　　　　　　　　학고(鶴皐) 김이만(金履萬, 1683~1758)

용두산 멀리 울창한 산세 높고 높아   龍頭遠勢鬱嵯峨,
큰 들 가운데 묵묵한 달팽이 모양 품고 있네.   大野中含黙黙螺.
골짜기 길 고갯마루 험해 말 타고 가는 이 적고   峽路嶺巇騎馬少,

묵정밭 거칠고 돌 많아 소 꾸짖는 이 많도다.	畬田磽确叱牛多.
봄 밥상엔 매양 북쪽 못의 붕어가 오르고	春盤每薦北池鮒,
눈 내린 고개는 멀리 서해가로 통한다.	雪嶺遙通西海差.
요즘 의관이 하나의 유행이 되어	近者衣冠成一聚,
거연히 집집마다 글 읽는 소리.	居然十室有絃歌.

또 제천풍토를 읊다(又堤川風土)

백리에 펼친 뽕과 삼나무 절로 한 세상	百里桑麻自一天,
충주 동북 여기가 제천이라.	忠州東北是堤川.
의림지 너른 들에 관개를 하고	林湖灌作千畦雨,
피재 골 땔감은 수만호의 굴뚝 연기를 대어주네.	稷嶺樵成萬竈烟.
높은 손 맞은 산골 집에서 흰 술을 사 바치느라	上客山家沽白酒,
관아에선 궁한 백성에게 세금을 받네	窮民官市稅青錢.
천추를 두고 누가 신선의 일을 하리	千秋欲何于仙事,
고운 대나무 남긴 소리 그 비결은 전하지 않네.	嫩竹遺音秘不傳.

5. 서사한시 〈어장사참사가(魚壯士斬蛇歌)〉

학고(鶴皐) 김이만(金履萬, 1683~1758)

옛날 씩씩한 다섯 장사가 있었으니	昔有堂堂五壯士
그가 바로 제천의 어씨 아들들이네.	乃是堤州魚氏子
의림지 위에 대송정이 있어	義林池上大松亭
형제들이 활과 화살 갖추어 와 연습하곤 했다.	兄弟俱來演弧矢

담배를 피고 싶었으나 부싯돌이 없는 중에	欲吸銅腔無火燧
멀리 바라보니 북쪽에 한 줄기 연기 오르는구나.	遙望北坨孤煙起
막내가 맨몸으로 뛰어들어 푸른 물결 헤치는데	季也赤身凌碧波
누가 말했던가 호수가 넓어 시야에 다 차지 않는다고.	誰云湖廣不盈視

심지에 불을 붙이고 상투에 묶어서는	紙繩取火束之髻
헤엄쳐 가고 오기를 지척인 듯하는데	泳去泳來如咫尺
가운데서 갑자기 큰 뱀이 솟아나와 놀래니	中流忽驚大蛇出
대낮에 사나운 파도 일어 양 물가가 분간 없네.	白日風濤迷兩涘
몸을 날려 후려 차니 뱀이 잠간 주춤하고	奮身一就蛇輒退
하늘과 수면에 생사를 건 싸움 번뜩인다.	天水光中鬪生死
간간이 거의 따라 잡힐 듯 말 듯 보이는데	看看幾及不能及
호숫가 네 형들 주먹 움켜쥐고 기다린다.	湖上四者摩拳俟
드디어 호수 끝의 언덕에서 뛰어 올라 나오니	湖窮岸平躍而出
뱀 또한 화가 나 긴 꼬리 휘두르네.	蛇亦怒掣常山尾
꼬리가 매우 길어 가시못이 나무에 걸리니	尾有脩距釘著樹
그 형세가 울타리에 뿔이 걸린 양과 비슷하구나.	勢與觸藩羝羊似
드디어 몽둥이로 두들겨 패 죽이니	遂將白梃擊之斃
떨어진 비늘 땅에 가득하고 피는 물처럼 흐르네.	碎鱗滿地血如水
허리를 가로 말아 높은 나무에 매어다니	橫捲其腰胃高柯
머리와 꼬리는 진흙 바닥에 쳐박혔네.	頭尾下垂蹯泥滓
신령스러운 용도 겁을 먹고 물귀신도 자취 감추니	神虯瑟縮馮夷遁

| 사나운 기운 하늘에 뻗쳐 하늘도 붉어진다. | 猛氣射天天爲紫 |
| 蘇定方이 용을 낚은 것은 논할 필요도 없고 | 蘇公釣龍不須論 |

周處가 교룡을 벤 것은 다르지만 비길 만하네.　　　周處斬蛟差可擬

앞으로도 사람이 짐승 만나 얼마나 해를 입겠는가?　　向來人畜幾遭害

이로부터 어부와 나무꾼이 서로 은혜입어 기뻐하네.　從此漁樵相報喜

아득한 옛일은 물에 비친 구름처럼 뚜렷한데　　　悠悠往事雲水白

늙은 소나무만 홀로 사양을 받으며 서있구나.　　　老松獨立斜陽裏

내 지금 이 노래를 비교하여 헤아리노니　　　　　我今商搉爲此歌

천년을 이어온 '시사(詩史)'의 맥을 잇는구나.　　　留與千秋續詩史

6. 의림지시(義林池詩)

의림지(義林池)

학역재(學易齋) 정인지(鄭麟趾, 1396~1478)

지세(地勢) 가장 높은 곳,　　　　　　　　　　地勢最高處,

백성들 거기 궁벽한 마을에 사네.　　　　　　　民居其僻鄕.

샘은 끝없이 깊은 구멍으로부터　　　　　　　　泉從無底竇

펑펑 솟아나 절로 못이 되었네.　　　　　　　　觱沸自成塘.

의림호에서 차운함(義林湖次韻) 외 2수

임호(林湖) 박수검(朴守儉, 1629~1699)

지팡이 짚고 늦게 무하경에 들어오니　　　　　携节晚入境無何

나의 게으름 탓하듯 연잎은 나부끼네.　　　　　歎我疎慵獵獵荷

구름 낀 해 붉음을 가린 채 빛은 뻗쳤고	雲日掩紅光自透
물과 하늘 파랗게 잠겨 그림자만 서로 붙었네.	水天涵碧影相磨
모름지기 이 저녁에 글을 세세하게 논의하니	須知此夕論文細
전날 밤 달빛 오래도록 구경한 것보다 낫구려.	猶勝前宵得月多
고기 물결 백로 사장(沙場) 보니 다시 좋고	魚浪鷺沙看更好
그대 위해 붓 잡고 한 번 읊조리네.	爲君操筆一吟哦

을해년 늦봄에 의림호에서 놀며 짓다(乙亥暮春遊林湖作)

아득한 고기 물결 녹음 짙은 의림지	浩浩鱗波漲綠池
거울 속에 산 그림자 불쑥불쑥 비치네.	鏡中山影倒參差
꽃은 바람에 어지러이 떨어져 봄은 살구나무에 깊었고	風花亂落春深杏
안개 낀 버들은 고개 숙여 비온 뒤 버들개지 날리네.	煙柳低垂雨後絲
물가에서 경쾌하게 노 젓는데 갈매기는 유유히 떠있고	幽渚棹輕鷗泛穩
옛 단(壇)위의 늙은 소나무에 학은 천천히 돌아오고	古壇松老鶴回遲
자소(紫簫) 소리 나더니 어느 새 금잔에 술이 가득	紫簫聲轉金盃滿
술에 취해 현로(縣路)조차 분간할 수 없네.	縣路東西醉不知

의림지에 썰매타기 놀이(林湖雪馬戱)

얼음 위에서 다투어 썰매를 경쾌하게 내달려	氷腹爭馳雪馬輕
힘껏 내달려 옥 같은 모래가 앞길에 뿌려지네.	瓊沙矗矗漲前程
은하수 황홀하고 별은 비스듬히 비꼈으니	銀河怳惚星槎迴
백옥의 영롱한 호수 세상이 평화롭네.	白玉玲瓏世界平
교룡은 그림자에 놀라 번개처럼 지나가고	鮫室影忙飛電過
물가 학은 시끌벅적 소리에 급히 날아오르네.	鶴汀聲雜駕飇行
다시 여흥을 끌어안고 선대(仙臺) 가에서	更攜餘興仙臺畔

지는 해에 술잔엔 만고의 정을 머금었다네.　　　　　落日啣杯萬古情

의림지에서 짓다(義林池作)

옥소(玉所) 권섭(權燮,1671~1759)

나라에 이보다 빼어난 경관 없음 분명 알겠으니　　　定識國中無此勝
이곳을 중국과 비교하면 여기가 서호로다.　　　　　中原比此此西湖
이 호수가 만약 서호에 있다 한다면　　　　　　　　此湖若在西湖地
누대가 반드시 이렇게 오래 못 가지는 않을 것이다.　未必樓臺此久無

의림지의 폭포를 보며(林湖觀瀑)

학고(鶴皐) 김이만(金履萬, 1683~1758)

위태로운 정자에 지는 해 높은 산에 의지하고　　　危亭落日倚嵯峨,
한 길의 나는 폭포 만 이랑의 물결이라.　　　　　一道飛流萬頃波.
아직까지 흘러내려도 오히려 마르지 않으니　　　倒瀉至今猶未涸,
의림지 많은 물 이제야 비로소 알겠네.　　　　　義林池水始知多.

의림지(義林池)

의당(毅堂) 박세화(朴世和, 1834~1910)

용두산 아래 의림지 있어　　　　　　　　龍頭山下義林池,
깊은 풍광 감춘 지 얼마나 되었는고　　　涵蓄深圖貯幾時.
훗날 하늘에서 비가 내릴 때　　　　　　異日化爲天下雨,
만물 고루 적셔 살아나게 할 것이리.　　潤露萬物使生之.

의림지(義林池)

계당(溪堂) 김창진(金昌鎭)

하늘로 반쯤 솟은 푸른 빛 바로 용두산인데	半天冗翠是龍頭,
산 아래 맑은 못 깊어서 물이 흐르지 않네.	山下澄潭深不流.
마을은 양쪽으로 트여 넓은 들이 열리고	洞坼二方開廣野,
제방에 열길 높이로 새 누대가 섰네.	堰高十丈起新樓.
폭포 소리 들으니 옥을 갈아 눈을 날리는 듯하고	瀑音碎玉還飛雪,
솔바람 소리 맑으니 가을이 된 듯하네.	松籟虛凉想入秋.
명승지에 감흥을 주는 경치 없지 않아	勝地無非感興物,
자주 들리는 어부의 피리소리에 시름을 보내네	數聲漁笛送閑愁.

의림지(義林池)

김금원(金錦園)

못가의 버드나무 푸르게 축축 늘어져있으니	池邊楊柳綠垂垂
어두운 봄의 수심을 마치 아는 듯.	黯黯春愁若有知.
그 위에 꾀꼬리 울어 그치질 않으니	上有黃鸝啼未已,
떠나보내야 하는 때 슬픔을 견딜 수 없구나.	不堪惆悵送人時.

7. 한벽루시(寒碧樓詩)

한벽루(寒碧樓)

주열(朱悅, ?~1287)

물빛 맑고 맑아 거울인 듯 아닌 듯   水光澄澄鏡非鏡,
산기운 자욱하여 연기인 듯 아닌 듯.   山氣靄靄煙非煙.
찬 빛[寒]과 푸른 기운[碧] 엉기어 고을이 되었는데   寒碧相凝作一縣,
맑은 바람 만고에 전할 이 없도다.   清風萬古無人傳.

한벽루운(寒碧樓韻)

원재(圓齋) 정추(鄭樞, ?~1287)

산골의 나날 사람은 없고 번거로운 송사와 공문이니   峽日無人煩訟牒,
손 맞을 때 있지만 바람에 날리는 연기라네   有時迎客颺風烟.
산 곁에 띠집 있는 청풍(淸風)의 고을   傍山茅屋淸風縣,
한벽루 마루에서 서로 나랏일을 전하네   寒碧軒從相國傳.

벽루운(碧樓韻)

쌍매당(雙梅堂) 이첨(李詹, 1345~1405)

선인(仙人)이 허리에 찬 패옥 쟁글쟁글   仙人腰佩玉璁璁.
높은 누에 올라서 푸른 창에 걸었네   來上高樓掛碧牕.
밤 깊어 다시 유수곡(流水曲)을 타니   入夜更彈流水曲,
한 바퀴 밝은 달 가을 강에 내려오네   一輪明月下秋江.

한벽루(寒碧樓)

삼탄(三灘) 이승소(李承召, 1422~1484)

호남의 쉰 고을 모두 다녀봤지만	行盡湖南五十城,
오늘에야 이 좋은 곳 그윽한 정취 흡족하네.	勝區今日愜幽情.
백척 솟은 푸른 다락 바람도 내려다보며 아득하고	靑樓百尺凌風逈,
천길 솟은 비췻빛 절벽 쇠를 깎아 만든 듯.	翠壁千尋削鐵成.
산이 좋으니 산에 오를 신 만들고 싶게 하고	山好使人思蠟屐,
강이 푸르니 나를 불러 갓끈의 먼지를 씻게 한다.	江淸邀我濯塵纓.
무릉도원 인간세상이 아닌 것만은 아니니	桃源未必非人世,
어옹(漁翁)을 좇듯 이런 삶을 보내리라.	擬逐漁翁送此生.

청풍경물(淸風景物)

공숙(恭肅) 김양경(金良璥, ?~1484)

서리 맞은 단풍 절벽 끼고서 물속 비단 되었고	霜紅夾崖水中錦,
허공엔 희뿌연 하늘에 연한 강위의 연기라	虛白連天江上烟.
늦도록 동헌을 단단히 하고도 흡족치 않아	晩堅東軒看不足,
다시 한벽루에 올라 이 절경 길이 전하려네	更登寒碧永相傳.

청풍부(淸風府)

조계상(曺繼商, 1466~1543)

유리 같이 고운 물 가득, 거울을 닦아 놓은 듯	琉璃灩灩渾磨鏡,
틀어 올린 머리는 층층, 또 연기를 보내는구나	螺髻層層又送烟.

한 누각 한벽루는 원래 소임이 아니나　　　　　　一樓寒碧元無管,

한가한 사람으로 더불어 만고에 전하리　　　　　附與閑人萬古傳.

　　　한벽루(寒碧樓)

　　　　　　　　　　충암(沖菴) 김정(金淨, 1486～1520)

이리 저리 방황해도 산천은 장한데　　　　　　盤避山川壯,

하늘과 땅 이에 경계가 깊구나　　　　　　　乾坤茲境幽.

바람은 만고의 혈(穴)에서 나오고　　　　　　風生萬古穴,

강물은 깊은 밤 누대에서 한탄 하네　　　　　江憾五更樓.

빈 베개는 맑은 여름이 마땅하고　　　　　　虛枕負淸夏,

시혼(詩魂)은 구추(九秋)에 상쾌하다　　　　　詩魂爽九秋.

어찌하면 몸의 매임 벗어나　　　　　　　何因脫身累,

높이 누워 창주(滄州)에 붙여 살거나　　　　　高臥寄滄州.

산협엔 맑은 강물 이리 저리　　　　　　　山峽淸江亂,

바람 연기는 빈 세상에 남았네　　　　　　風烟空世餘.

벼랑에 걸린 절간 단촐하고　　　　　　　懸崖僧寺約,

성긴 나무 사람 살기를 금하네　　　　　　疎樹禁人居.

밤 거울은 맑아 차고 푸르르며　　　　　　夜鏡湛寒碧,

흐르는 거문고 소리 멀리 허공에 엉기네　　　流絃凝遠虛.

세상 티끌 묻었어도 씻어내고　　　　　　塵綴如可濯,

서로 쫓아서 무릉(武陵)의 고기 낚을 만하네　相逐武陵漁.

가을이 다하니 산중 생활 고요하고　　　　　秋盡山居靜,

한가로운 구름 고을 누대 위에 옅게 떠 있네　閑雲淡郡樓.

편편한 모래펄 나무색을 띄우고　　　　　　平沙帶樹色,

빈 산협엔 강물 흘러 울리네   空峽響江流.

더불고 기탁할 창주(滄州)는 멀고   與托滄州遠,

피리에 정 실으니 총총한 계수나무 그윽하네   情笛叢桂幽.

떠 있는 구름 지금 골짝에서 나오고   浮雲今出洞,

어골(魚骨)은 스스로 유유하기만 하네   魚骨自悠悠.

청풍 한벽루(淸風寒碧樓)

사암(思菴) 박순(朴淳, 1523~1589)

나그네 마음 외롭고 아득하여 절로 시름 일어   客心孤迴自生愁

앉아서 강물 소리 들으며 다락을 내려가지 않네   坐聽江聲不下樓

내일이면 또 벼슬길에 올라 길 떠나리니   明日又登官道去

흰 구름과 단풍은 누굴 위한 가을인고   白雲紅樹爲誰秋

한벽루운(寒碧樓韻) 외 1편

아계(鵝溪) 이산해(李山海, 1538~1609)

옥난간에 흐르는 기둥, 강물을 베개 삼았는데   玉欄流棟枕江流,

승경(勝景)은 호서 제일이라   形勝湖西第一洲.

강 숲에 모인 흰 구름 말을 매어둔 듯   江樹白雲曾駐馬,

여기 저기 봉우리엔 잔설(殘雪), 다시 누에 오른다 亂峰殘雪又登樓.

한벽루를 또 읊다 [又]

거친 들 비 갠 색 촌가의 자리를 환하게 하고   荒野霽色明村筵,

기우는 해에 남쪽 땅끝으로 낚싯배 보내네   極南斜陽送釣舟

스스로 웃는다, 뜬 명성 참으로 날 그르쳤음을   自笑浮名眞誤我,
옷자락 터니 오히려 늙은 창주(滄州)는 아니라네   拂衣猶未老滄州.

한벽루(寒碧樓)

잠곡(潛谷) 김육(金堉, 1580~1658)

밤에 응청각에 잠 자고   夜宿凝淸閣,
아침에 한벽루에 오르네   朝登寒碧樓.
산바람은 속된 귀 열리게 하고   山風醒俗耳,
강비는 먼지 낀 눈을 씻어주네   江雨洗塵眸.
아직 하늘 풀리지 않아 수레 덮어두고   未弛霄衣軫,
한갓 멋진 놀이 그림으로 그려보네   徒爲畵錦遊.
선향(仙鄕)에는 오래 머물기 어려운데   仙鄕難久住,
밝은 달은 강물 가운데에 내려오네   明月下中流.

한벽루(寒碧樓)

두곡(杜谷) 홍우정(洪宇定, 1593~1654)

우주 간 한 남자요   宇宙一男子,
청풍 한벽루라   淸風寒碧樓.
난간에 기대어 긴 휘파람 부는데   憑欄發長嘯,
가을 깊은 밤 강달은 밝구나.   江月五更秋.

한벽루에서 충암의 운에 차하다(寒碧樓次沖菴韻) 외 1수

수암(遂菴) 권상하(權尙夏, 1641~1721)

벽옥(碧玉) 바위 벼랑은 창고(蒼古)하고	碧玉巖崖古
붉은 노을 동부(洞府)가 그윽하네	丹霞洞府幽
학은 구름가 절간에 돌아오고	鶴歸雲際寺
사람은 달 주변 누대에 기대었네	人倚月邊樓
한 젓대소리 들리는 빈 강의 밤	一笛空江夜
천산(千山)에 낙엽 지는 가을이라	千山落木秋
외로운 배 어디서 온 나그네	孤舟何處客
흰 마름 모래톱에서 밧줄을 매네	繫纜白蘋洲

한벽루에서 최부백 후량의 운에 차하다(寒碧樓次崔府伯後亮韻)

관청집 고요하여 절간과 비슷한데	官居寂寂似禪關
세상 밖 푸른 산 속 인가가 높여있네	世外人煙積翠間
깡마른 모습 앉을 손 모두가 도골이고	坐客癯形皆道骨
하얀머리 수령은 동안이 분명하이	使君華髮卽童顏
천년이라 동부는 풍운을 감추었고	使君洞府風雲秘
백척이라 누대는 일월이 한가롭네	千年樓臺日月閒
어찌하여 별고로 현포 찾아갈건고	何用別尋玄圃去
학 둥지 복사 언덕 이게 바로 선산일레	鶴巢桃岸是仙山

한벽루에서 사암의 현판 운에 차하다(寒碧樓次思菴懸板韻)

옥소(玉所) 권섭(權燮,1671~1759)

강물에 백년 수심을 띄워 보내니	江流泛送百年愁,
상쾌한 바람 먼저 한 누대로 모이네	爽籟澄先集一樓.
열두 난간머리에서 피리를 부는데	十二欄頭吹竹笛,
벽오동 달에 맑은 가을 가까웠네	碧梧桐月近淸秋.

한벽잡영(寒碧雜詠)

명와(明窩) 이기진(李起振, 1869~1908)

강을 낀 버들가지 짙푸른 그늘 많고	夾江楊柳綠陰多,
제비는 진흙 물고 난간 밖을 지나가네	燕子銜泥檻外過.
잠 깨어 간밤에 비 온 줄 몰랐고	睡起不知前夜雨,
멀리 보니 붉게 젖은 만개한 물가의 꽃	遙看紅濕滿汀花.

한벽루에 초대되어(寒碧樓招待)

몽평(夢平) 황학수(黃學秀, 1879~1953)

한벽의 오래된 누대 적막한 가운데	寒碧古樓寂寞中,
땅 이름 여전히 예전 청풍이라 하네	地名尙說古淸風
지난날 이역으로 떠났던 청년의 객이	昔離異域靑年客,
지금 고향에 이르니 백발 늙은이로세	今到古鄕白髮翁.
흐르는 물에 산촌의 연기 곧게 올라가고	流水山村烟直上,
석양 동산 숲엔 새들은 날아가 버렸네	斜陽園樹鳥飛空.

친우들 이웃 가까운 골짝에 많이 사니   親友多居隣近洞,
수시로 뜻을 좇고 따름이 무궁하여라   隨時追逐意無窮.

참고문헌

1부

1. 자료

[한국구비문학대계] http://gubi.aks.ac.kr

『증편 구비문학대계 3-5(충청북도 제천시)』, 한국학중앙연구원, 2013, 207~218면.

『高麗史』 권 103, 列傳 16, 〈金就礪〉.

『宣祖實錄』, [조선왕조실록] http://sillok.history.go.kr

『국역 신증동국여지승람』 Ⅱ, 민족문화추진회, 1969.

강재철 외편, 『退溪先生 說話』, nosvos, 2011, 511~523면.

權尙夏, 『국역 한수재집』, 민족문화추진회, 1997.

權燮, 「黃江九曲圖記」, 『玉所集』 권9, 56~57면.

극단 가교, 『울고 넘는 박달재 공연제안서』, 2010. 1~13면.

김기현 역주, 『박씨전 임장군전 배시황전』, 고대 민족문화연구원, 1995.

金富軾, 『三國史記』.

金允植, 〈渡木溪津〉, 『雲養集』, 1권 시, [한국고전종합DB] http://db.itkc.or.kr

金履萬, 『鶴皐先生文集』, 『韓國文集叢刊』(續65), 한국고전번역원, 2007, 85~233면.

金宗直, 〈可興站〉, 『佔畢齋集』, 권지 4. [한국고전종합DB] http://db.itkc.or.kr

민족문제연구소 편, 『친일인명사전』, 민족문제연구소, 2009, 166~167면.

朴守儉, 『林湖集』.

成俔, 『慵齋叢話』, 『大東野乘』 1권, 민족문화추진회, 1982, 91~92면.

세명대 지역문화연구소편, 『구술로 전하는 20세기 제천 이야기』, 제천시, 2009, 300~301면.

소재영, 장경남 역주, 『임진록』, 고대 민족문화연구원, 1993.

신경림, 시집 『새재』, 창작과 비평사, 1979, 6면.

심우섭 감독, 영화 〈울고 넘는 박달재〉(1968), 〈눈물의 박달재〉(1970)

유성룡, 이민수 역주, 『懲毖錄』, 을유문화사, 1986.

尹繼善, 〈達川夢遊錄〉, 『校堪本 韓國漢文小說 夢遊錄』, 고대 민족문화연구원, 2007.

李德懋, 〈彈琴臺用三淵韻〉, 『靑莊館全書』 권지 51, [한국고전종합DB] http://db.

itkc.or.kr

이우성, 임형택 역편,『李朝漢文短篇集(上)』, 일조각, 1973, 212～259면.

이종원,〈江山萬里 - 제천〉,『경향신문』 1979년 2월 14일자.

一然,『三國遺事』, 권1, 기이 1,「古朝鮮」.

林悌 저, 신호열 · 임형택 공역,『白湖全集』, 창작과 비평사, 1997.

임형택 편역,『李朝時代 敍事詩(下)』, 창작과 비평사, 1992, 123～132면.

전신재 편,『강원의 전설』, 강원발전연구원, 2007, 241～250면.

丁若鏞,〈望彈琴臺〉,『與猶堂全書』, 시문집 제1권, [한국고전종합DB] http://db.itkc.or.kr

제천시지편찬위원회,『제천 제원사』, 제천시청, 1987.

제천시지편찬위원회,『제천시지』, 제천시, 2004.

충주시지편찬위원회,『충주시지』, 충주시, 2001.

충청북도,『전설지』, 1982.

黃中允,〈㺚川夢遊錄〉,『校堪本 韓國漢文小說 夢遊錄』, 고대 민족문화연구원, 2007, 161～173면.

〈가요 100년, 그 노래 그 사연(10) - 이별이 아쉬운 남녀의 노래〉,『동아일보』 1991년 10월 11일자.

〈울고 넘는 박달재 - 가슴 저미는 운명, 저절로 쏟는 눈물〉,『동아일보』 1999년 1월 17일자.

〈반야월, "친일행적 후회 - 국민에 사과"〉,『한국일보』 2010년 6월 10일자.

DAUM 인터넷. 〈울고 넘는 박달재〉 항목.

「남한강 水運」,『남한강(학술조사보고서)』, 충청북도 · 국립민속박물관, 2012.

2. 논저

구완회,「堤川 義林池에 관한 역사적 검토」,『인문사회과학연구』 제7집, 세명대 인문사회과학 연구소, 1999.

구완회,「제천 의림지의 경제 · 문화적 활용에 대한 역사적 검토」,『朝鮮史研究』 28집, 조선사연구회, 2019.

권순긍,「중원지역의 문학지리와 그 의미」,『고전문학연구』 33집, 한국고전문학회, 2008.

김남주,「사랑과 혁명의 시인, 빠블로 네루다」,『심장은 탄환을 동경한다』, 민글, 1993.

김승환, 「21세기 충북·청주의 지역문화와 민족문화」, 『21세기 충북·청주의 지역
　　문화와 민족문화』, 충북민예총문화예술연구소, 1996.

김영진, 「충북인과 충북문화」, 『충북정신의 기둥』, 충북 교육청, 1993.

김영진, 『忠北文化論攷』, 향학사, 1997.

김화진, 『韓國의 風土와 人物』, 을유문화사, 1973.

박경남, 「임경업영웅상의 실체와 그 의미」, 『고전문학연구』 23집, 한국고전문학회,
　　2003, 30면.

박요순, 『옥소 권섭 시가 연구』, 탐구당, 1990.

신동흔, 「신립 장군 설화의 인간관과 역사인식」, 『서사문학과 현실 그리고 꿈』,
　　소명출판, 2009.

신해진, 『조선중기 몽유록 연구』, 박이정, 1998, 265면.

이강옥, 『한국야담연구』, 돌베개, 2006, 23~26면.

이상주, 『충북의 구곡문화』, 다운샘, 2019.

이윤석, 『임경업전 연구』, 정음사, 1985, 60면.

이정재 외, 『남한강 수운의 전통』, 한국학술정보(주), 2007.

이창식, 「충북지역 민속특성과 문화권 모색」, 『충북학』 제2집, 충북학연구소, 2000.

이창희 외, 『18세기 예술사회사와 옥소 권섭』, 다운샘, 2007, 286~304면.

이형석, 『임진왜란사』 상, 서울대출판부, 1967, 688면.

임덕순, 「충북지역의 지리적 특성과 문화권」, 『충북학』 제2집, 충북학연구소, 2000.

임재해, 「전설과 역사」, 『한국문학연구입문』, 지식산업사, 1982.

임형택, 「현실주의의 발전과 서사한시」, 『李朝時代 敍事詩』, 창작과 비평사, 1992,
　　29~32면.

임형택, 「야담의 근대적 변모」, 『韓國漢文學硏究』 특집호, 한국한문학회, 1996,
　　70~85면.

장호식, 「신립장군 전설 연구」, 세명대 교육대학원, 2006, 66면~76면.

정우택, 「'아리랑 고개'의 인식 과정」, 『벽사 이우성 선생 정년기념 국어국문학
　　논총』, 간행위원회, 1990, 1119~1125면.

조동일, 『인물 전설의 의미와 기능』, 영남대 출판부, 1979.

조동일, 「문학지리학, 어떻게 할 것인가?」, 『문학지리·한국인의 심상 공간』, 논형,
　　2005, 21면.

진재교, 「李朝 後期 敍事漢詩 연구」, 『이조 후기 한시의 사회사』, 소명, 2001,
　　43~44면.

최래옥, 『한국구비전설의 연구』, 일조각, 1981, 8면.

최원식, 「지방을 보는 눈」, 『생산적 대화를 위하여』, 창작과 비평사, 1997.

최원식, 「長恨夢과 위안으로서의 文學」, 『民族文學의 論理』, 창작과 비평사, 1982.

최천식, 「지역문화 활성화」, 『향토사와 지역문화』, 문화체육부, 1995.

충북문학지리편찬위원회, 『너의 피는 꽃이 되어』, 고두미, 2005, 195~196면.

한상복, 『한국인과 한국문화』, 심설당, 1982.

호현찬, 『한국영화 100년』, 문학사상사, 2000, 188~191면.

피에르 쌍소, 김주경 옮김, 『느리게 산다는 것의 의미』, 동문선, 2000.

2부

1. 자료

『국역신증동국여지승람』 Ⅱ, 민족문화추진회, 1969.

權尙夏, 『국역 한수재집』, 민족문화추진회, 1997.

權燮, 『玉所集』(김연호 소장본)

김시천, 〈우리는 이렇게 살고 있구나〉 외 2편, 『분단시대』 3집, 학민사, 1987.

김시천, 시집 『청풍에 살던 나무』, 제3문학사, 1990.

김시천, 시집 『지금 우리들의 사랑이라는 것이』, 온누리, 1993.

김시천, 시집 『떠나는 것이 어찌 아름답기만 하랴』, 내일을 여는 책, 1995.

김시천, 시집 『마침내 그리운 하늘에 별이 될 때까지』, 문학동네, 1998.

김시천, 시집 『늙은 어머니를 위하여』, 내일을 여는 책, 2003.

김시천, 시집 『풍등』, 고두미, 2018.

金履萬, 『鶴皐先生文集』, 『韓國文集叢刊』(續65), 한국고전번역원, 2007.

도종환, 시집 『접시꽃 당신』, 실천문학사, 2011.

신현수, 『처음처럼』, 내일을 여는 책, 1994.

정영상, 시집 『행복은 성적순이 아니다』, 실천문학사, 1989.

정영상, 시집 『슬픈 눈』, 제3문학사, 1990.

정영상, 유고 산문집 『성냥개비에 관한 추억』, 깊은사랑, 1993.

정영상, 유고 시집, 『물인 듯, 불인 듯, 바람인 듯』, 실천문학사, 1994.

朴守儉, 『林湖集』(문중 소장본)

2. 논저

박요순, 『옥소 권섭 시가 연구』, 탐구당, 1990.

이창희 외, 『18세기 예술사회사와 옥소 권섭』, 다운샘, 2007, 286~304면.

진재교, 『이조 후기 한시의 사회사』, 소명, 2001.

3부

1. 자료

『국역 신증동국여지승람』 Ⅱ, 민족문화추진회, 1969. 480면.

강승원, 『남한강』, 소담출판사, 1997.

권운상, 『月岳山』, 백산서당, 1994.

김동욱 편, 『영인 고소설 판각본 전집』, 연세대 출판부, 1973.

김만중, 『西浦集』(문집총간 148), 경인문화사, 1995.

김만중, 정규복·진경환 역주, 『구운몽』, 고려대 민족문화연구소, 1996.

金允植, 『續陰晴史』, 국사편찬위원회, 1960.

憑虛者, 〈小金剛〉, 『대한민보』 1910년 1월 5일~3월 6일.

설성경 역주, 『춘향전』, 고려대 민족문화연구소, 1995.

宋相燾, 『騎驢隨筆』, 국사편찬위원회, 1955.

신경림, 「평민 의병장의 꿈」, 『기행시집 길』, 창작과 비평사, 1990.

이인직, 〈銀世界〉, 『신소설, 번안(역)소설 전집』, 아세아문화사, 1978.

李縡, 「三宮記」 耳部, 『稗林』 제9집, 탐구당, 1969, 338면.

李正奎, 「從義錄」, 『湖西義兵事蹟』, 제천군문화원, 1994.

이해조, 〈枯木花〉, 『신소설, 번안(역)소설 전집』, 아세아문화사, 1978.

인권환 역주, 『토끼전』, 고려대 민족문화연구소, 1993.

일우생, 〈五更月〉, 『대한민보』, 1909년 11월 25일~12월 28일.

임형택 편역, 『이조시대 서사시』(상), 창작과비평사, 1992.

정병욱 교주, 『배비장전·옹고집전』, 신구문화사, 1974.

정약용, 『역주 목민심서』 Ⅰ, 창작과 비평사, 1978.

정하영 역주, 『심청전』, 고려대 민족문화연구소, 1995.

제천시·제천의병제 추진위원회, 〈제천의병제〉(팸플릿), 1995~2001.

제천의병 100주년기념사업회 준비위원회, 〈제천의병 100주년기념사업회 창립대

　　　회〉(팸플릿), 1995.

제천시지편찬위원회, 『제천시지』, 제천시, 2004.

홍인표 역주, 『西浦漫筆』, 일지사, 1987.

黃玹, 임형택 외 옮김, 『역주 梅泉野錄』, 문학과 지성사, 2005.

『대한신문』, 『대한매일신보』

2. 논저

강재언, 「활빈당 투쟁과 그 사상」, 『근대 조선의 민중운동』, 풀빛, 1982.

구완회, 『韓末의 堤川義兵』, 집문당, 1997.

구완회, 「1896년 제천의병의 가흥전투와 김백선」, 『한말 제천의병 연구』, 선인, 2005.

권두환·서종문, 「방자형 인물의 등장과 그 기능」, 『한국소설의 탐구』, 일조각, 1978.

권석환 외, 『중국문화 답사기』 2, 다락원, 2004, 10면.

권순긍, 「〈裵裨將傳〉의 풍자층위와 역사적 성격」, 『반교어문연구』 제7집, 반교어문학회, 1996.

권순긍, 「제천의병제」, 『堤川義兵과 傳統文化』, 제천문화원, 1998.

권순긍, 「〈토끼전〉의 매체변환과 존재방식」, 『고전문학연구』 30집, 한국고전문학회, 2006.

김규원, 『축제, 세상의 빛을 담다』, 시공사, 2006.

김동전, 「제주도의 공물진헌에 대한 고찰」, 『제주사학』 창간호, 제주대 사학과, 1985.

김복순, 「신소설 〈소금강〉과 항일의병운동」, 『연세어문학』 20집, 연세대학교 국문학과, 1987.

김병국, 『서포 김만중의 생애와 문학』, 서울대학교 출판부, 2001.

김재용 외, 『한국 근대 민족문학사』, 한길사, 1993.

김종철, 『판소리의 정서와 미학』, 역사비평사, 1996.

김진봉, 「철종조의 제주민란에 대하여」, 『전통시대의 민중운동』(하), 풀빛, 1981.

박성수, 『독립운동사 연구』, 창작과 비평사, 1980.

박찬승, 「활빈당 활동과 그 성격」, 『한국학보』 35집, 일지사, 1984.

박찬식, 「19세기 제주지역 진상의 실태」, 『탐라문화』 제16호, 제주대 탐라문화연구소, 1996.

이우성·임형택 역편, 『이조한문 단편집』, 일조각, 1978.

이창식, 「堤川地域 義兵文化祭의 性格과 方向」, 『堤川義兵과 傳統文化』, 제천문화원, 1998.

전성운, 「〈구운몽〉의 서사전략과 텍스트 읽기」, 『문학교육학』 17호, 한국문학교육학회, 2005.

조동일, 『한국문학 통사』 3, 지식산업사, 1984.

최원식, 「한국문학의 근대성을 다시 생각한다」, 『민족문학과 근대성』, 문학과지성사, 1995.

최원식, 『한국 계몽주의 문학사론』, 소명, 2002.

최원식, 『한국 근대 소설사론』, 창작사, 1986.

Arthur Pollard, 송낙헌 역, 『Satire』, 서울대출판부, 1979.

G. Lukacs, 이영욱 옮김, 『역사소설론』, 거름, 1987.

G. Lukacs, 김혜원 편역, 「풍자의 문제」, 『루카치 문학이론』, 세계, 1990.

M·S 까간, 진중권 옮김, 『미학강의』, 벼리, 1989.